BLOOD & BONES: REV

EINE MOTORRADCLUB-ROMANZE

BLOOD FURY MC
BUCH ACHT

JEANNE ST. JAMES

Übersetzt von
LITERARY QUEENS

Midnight
ROMANCE

Fotograf/Cover Designer: Golden Czermak von FuriousFotog

Cover-Model: Dylan Horsch

Editor: Proofreading by the Page

Testleser: Andi Babcock, Sharon Abrams & Alexandra Swab, Autor Whitley Cox

Blood-Fury-MC-Logo: Jennifer Edwards

❀ Erstellt mit Vellum

INHALT

HOLEN SIE SICH IHR KOSTENLOSES BUCH!

Tragen Sie sich in meine E-Mail Liste ein, um als erstes von Neuerscheinungen, kostenlosen Büchern, Sonderpreisen und anderen Zugaben zu erfahren.

https://geni.us/jungfrauunddervampir

OHNE TITEL

LISTE DER CHARAKTERE

Um Spoiler zu vermeiden, enthält diese Liste nur Figuren, die in den vorherigen Büchern bereits erwähnt wurden.

<u>**BFMC-Mitglieder:**</u>

Trip Davis – *President* – Sohn von Buck Davis, Sigs Halbbruder, Mutter ist Tammy, leitet Buck You Recovery

Sig Stevens – *Vice-President* – Sohn von Buck Davis, Mutter ist Silvia, drei Jahre jünger als Trip, hilft bei der Leitung von Buck You Recovery

Judge (Judd) **Scott** – *Sergeant at Arms* – Vater (Ox) war ein *Original*, Inhaber von Justice Bail Bonds

Deacon Edwards – *Treasurer* – Judges Cousin, Leerverkäufer/Kopfgeldjäger bei Justice Bail Bonds

Cage (Chris Dietrich) – *Road Captain* – Dutchs jüngster Sohn, Mechaniker bei Dutch's Garage

Ozzy (Thomas Oswald) – *Secretary* – *Original* – leitet das clubeigene Lokal The Grove Inn.

Rook (Randy Dietrich) – Dutchs ältester Sohn

Dutch (David Dietrich) – *Original* – Inhaber von Dutch's Garage, Söhne: Cage & Rook

Dodge – Hilft bei der Leitung von Crazy Pete's Bar

Whip – Mechaniker bei Dutch's Garage (vorher bekannt als Prospect Sparky)

Rev (Mickey Rivers) – Mechaniker bei Dutch's Garage (vorher bekannt als Prospect Mouse)

Shade (Julian Bennett) – arbeitet bei Tioga Pet Crematorium (früher bekannt als der Prospect Shady)

Easy – arbeitet bei Tioga Pet Crematorium

Tater Tot – *Prospect* – Arbeitet im Crazy Pete's

Possum – *Prospect* – Arbeitet im Crazy Pete's

Castle – *Prospect*

Scar – *Prospect*

Bones – *Prospect*

Old Ladys:

Stella – *Trips Old Lady* – die Tochter von Crazy Pete, Inhaberin von Crazy Pete's Bar

Autumn (Red) – *Sigs Old Lady* – Buchhalterin für die Geschäfte des Clubs

Cassidy (Cassie) – *Judges Old Lady* – leitet das vereinseigene Tioga Pet Crematorium

Reese – *Deacons Old Lady* – Anwältin für Zivilrecht

Jemma – *Cages Old Lady* – Hospiz-Schwester, Judges jüngere Schwester

Chelle (Rachelle) – *Shades Old Lady* – Grundschulbibliothekarin

Jet Bryson – *Rooks Old Lady* – Arbeitet bei Justice Bail Bonds, Schwester von Adam Bryson

Ehemalige Originals:

Buck Davis – *President* – Verstorben, Vater von Trip und Sig

   Ox – *Sergeant at Arms* – Verstorben, Vater von Judge und Jemma

   Crazy Pete – *Treasurer* – Verstorben, Stellas Vater

Andere:

Tessa – Trips jüngere Schwester, die Hausmaus von Cage und Jemma

   Reilly – Reeses Schwester, arbeitet in *Dutch's Garage*

   Henry (Ry) – Judges Sohn

   Daisy – Cassies Tochter

   Syn Stevens – Sigs Halbschwester

   Saylor – Revs Schwester, Judge und Cassies Hausmaus

   Dyna – Cages Tochter

   Josie (Josephine) – Chelles jüngere Tochter

   Maddie (Madison) – Chelles ältere Tochter

   Jude – 12 Jahre alt, von Shade gerettet, Shade und Chelles Adoptivsohn

   Silvia Stevens – Sigs Mutter, Razors ehemalige Old Lady

   Tammy Davis – Trips Mutter, Bucks ehemalige Old Lady

   Bebe Dietrich – Cage und Rooks Mutter, Dutchs ehemalige Old Lady

   Clyde Davis – Bucks Vater, Trips und Sigs Großvater, verstorben

   Lizzy/Billie/Angel/Amber/Crystal/Brandy – Sweet Butts

   Max Bryson – *Chief of Police* – Manning Grove PD, Bryson-Bruder

   Marc Bryson – *Corporal* – Manning Grove PD, Bryson-Bruder

   Matt Bryson – *Officer* – Manning Grove PD, Bryson-Bruder

   Adam Bryson – *Officer* – Manning Grove PD, Cousin der Brysons, Teddys Verlobter

   Leah Bryson – *Officer* – Manning Grove PD, Marcs Frau

Jet Bryson – *Officer* – Manning Grove PD, Adams Schwester

Tommy Dunn – *Officer* – Manning Grove PD

Teddy Bryson – Eigentümer von Manes on Main, Ehemann von Adam Bryson

Amanda Bryson – Max' Frau, Besitzerin der Boneyard Bakery

Carly Bryson – Matts Frau, Ärztin für Gynäkologie und Geburtshilfe

Levi Bryson – Adoptivsohn von Matt und Carly Bryson (leibliche Mutter: Autumn)

PROLOG

Denn ich habe gesündigt

Er hasste es.

    Er hasste sie.

    Er hasste sie alle.

Jede von ihnen. Jede Einzelne.

Er hasste es, zu knien.

Er hasste es, zu beten.

Er hasste das endlose Dröhnen ihrer Stimmen.

Er hasste sogar die zehn Holzstühle, die einen Kreis um ihn bildeten.

Auf diesen Stühlen saßen seine Mutter und neun weitere Frauen aus der Kirche. Als die Frauen den Raum betraten, weigerten sie sich, ihn anzusehen, und seine Mutter verlangte, dass er seinen Blick auf das aufgeschlagene Buch in seiner Hand senkte.

Warum?

Weil Michael ein Sünder war.

Seine Wirbelsäule, vom Steißbein bis zum Nacken, fühlte sich an, als würde sie gleich zersplittern.

1

Die Haut an seinen nackten Knien drohte aufzureißen, weil er auf einem Stapel Holzlineale kniete.

Seine Muskeln verkrampften sich, weil er ganz stillhalten musste, damit die auf seinem Kopf balancierende Bibel nicht auf den Boden fiel.

Seine Arme zitterten von dem aufgeschlagenen ›guten Buch‹ in seinen Händen.

Er durfte sich nicht bewegen, außer um die hauchdünnen Seiten umzublättern.

Sein Mund bewegte sich, als er dem Text folgte, aber kein einziges Wort kam heraus. Seine Augen mussten sich nicht weiter auf die winzige Schrift auf den abgenutzten Seiten konzentrieren, denn er hatte die Bibel schon so oft lesen müssen, dass er den Text auswendig kannte.

Nicht, dass ihm dieser besondere Schriftzug irgendetwas bedeutet hätte. Das tat er nicht.

Weil er ein Sünder war.

Er wurde als solcher geboren.

Und er würde eines Tages als solcher sterben.

Und dazwischen wollte er ein Leben voller Sünden führen.

Er hielt den Kopf gesenkt, um zu verbergen, wie sich ein Winkel seiner Oberlippe zu einem Grinsen hob.

Er würde in der Mitte dieses Kreises bleiben, umgeben von diesen Frauen und ihren monotonen Stimmen, bis die Älteste, die wie eine wandelnde Leiche aussah, entschied, dass er für seine letzte Verfehlung gebüßt hatte.

Wenn er davor die Bibel fallen ließ, bekam er zehn Peitschenhiebe. Wenn er ohne Erlaubnis aufstand, zwanzig. Er wusste nicht, mit wie vielen Peitschenhiebe er *gesegnet* würde, wenn er allen sagte, dass sie sich verpissen sollten. Aber ein Stück Seife würde ihm in den Mund geschoben und er würde ohne Abendessen in sein Zimmer gesperrt werden. Um über seine unverzeihlichen Taten nachzudenken, säße er dann auf einem Holzstuhl, die Hände im Schoß, die Füße flach auf dem

Boden, während er weiter betete und um Vergebung bat, bis sein Vater nach Hause kam.

Sein Vater war derjenige, der entschied, ob der Gebetskreis eine ausreichende Strafe für sein jüngstes Vergehen war. Wenn nicht, würde er die Strafe verhängen, die er für angemessen hielt, und nicht damit aufhören, bis der Mann zufrieden war. Bis er sicher war, dass Michael seine Lektion gelernt hatte. Und natürlich schwor Michael dann, so etwas nie wieder zu tun.

Bei dem Gedanken, er könnte es mit seinem Vater zu tun bekommen, verriegelten sich seine Gelenke und sein Kopf wackelte kein Stück.

Er glaubte nicht mehr an Gott. Denn wenn es wirklich einen gäbe? Dann würde er oder sie nicht zulassen, dass seine Eltern ihn oder Sarah so verletzten, wie sie es taten.

In den Kirchen, die seine Freunde besuchten, wurde ihnen gesagt, Gott sei voller Liebe und Vergebung. Dass Jesus für ihre Sünden gestorben sei.

In der Kirche seiner Eltern wurde ihnen beigebracht, Gott zu fürchten. Dass er sie immer beobachtete. Er beurteilte sie und ihr Leben, bevor er schließlich entschied, ob sie dem letzten Gang durch die Himmelspforte würdig waren.

Michael wusste: Wenn jemandem der Eintritt in den Himmel verwehrt wurde, dann seinen Eltern. Nicht ihm. Nicht Sarah.

Sollten seine Eltern in die Umarmung Gottes aufgenommen werden, dann wollte er nichts damit zu tun haben.

Überhaupt nichts.

Aber wenn er so weitermachte wie bisher – so wurde ihm gesagt –, würde er sowieso nicht willkommen sein. Man würde ihn aussperren.

Weil er ein Sünder war.

Gestern Abend hatte er eine ungeheuerliche Sünde begangen, wie seine Mutter sagte.

Der heutige Gebetskreis war zustande gekommen, weil sie

ihn heute Morgen im Bett seiner Schwester Sarah erwischt hatte.

Das war eine Sünde, die sein Vater niemals ungestraft lassen würde. Der Gebetskreis wäre ein Anfang, aber sicher nicht das Ende.

Das Keuchen seiner Mutter und dann ihre Schreie hatten sowohl ihn als auch Sarah aus dem Tiefschlaf geweckt. Verschwommen bekam er mit, wie sie zum Bett eilte und ihn am Haar packte, um ihn aus dem Bett und auf den Boden zu zerren.

Ihr Gesicht war rot gesprenkelt, eine Maske der Wut, als sie versuchte, ihn über den Boden zu schleifen. Doch er war zu schwer und sie nicht stark genug. Er wehrte sich, indem er sein Gewicht und seine Fingernägel in die abgenutzten Holzdielen presste.

Er warf nur einen kurzen Blick auf seine Schwester – sie saß in ihrem Bett und weinte wieder einmal. Ihr schockiertes, blasses Gesicht war fast durchsichtig. Ihr Mund war weit geöffnet und die Worte, die sie ihrer Mutter zuschrie, wurden ignoriert.

Er war letzte Nacht in Sarahs Bett geklettert, als er sie durch die gemeinsame Wand weinen gehört hatte. Sein einziger Beweggrund war gewesen, sie zu trösten, weil es sonst niemand tat. Sie hatte sich bei ihm ausgeweint, war schließlich eingeschlafen. Er leider auch.

Sein erster Fehler war der Versuch, seine Schwester zu trösten. Er wollte ihren Schmerz und ihre Tränen vertreiben.

Der zweite war, sie in ihrem Bett im Arm zu halten.

Der dritte war, dass, sobald sie aufgehört hatte zu weinen, ihr gleichmäßiger Atem ihn auch in den Schlaf lullte.

Der vierte war, dass er nicht aufwachte, um vor dem Morgengrauen in sein eigenes Bett zurückzukehren, wie er es normalerweise tat.

Der fünfte war, dass er weiterschlief, bis seine Mutter hereinkam, um seine Schwester zu wecken.

Sein sechster war, erwischt zu werden.

Seine Mutter dachte automatisch an das Schlimmste. Es tat weh, dass seine eigene Mutter ihm nicht vertraute. Sie hielt ihn für schuldig, obwohl seine Motive völlig unschuldig gewesen waren.

Sie weigerte sich, seine Entschuldigungen anzuhören, weil sie Beweise sah, die sie nicht abtun wollte.

Denn sie bemerkte etwas, das ein Teenager nicht unter Kontrolle hatte.

Etwas, das er nie unter Kontrolle hatte.

Seine Erektion stammte nicht vom Festhalten seiner fünfjährigen Schwester. Es lag daran, dass er vierzehn war und nicht wusste, wie er sie kontrollieren sollte. Es passierte oft, wenn er es am wenigsten erwartete. Es geschah auch zu den seltsamsten Zeiten.

Es geschah häufig genug, damit es peinlich wurde.

Es geschah in der Schule. An der Bushaltestelle. Beim Baseballspielen. Mitten in der Nacht. Mitten am Tag.

Selbst während einer langen, langweiligen Predigt in der Kirche.

Er wünschte, es würde nicht passieren, aber tat es.

Und seine Mutter wollte nicht hören, dass es nichts zu bedeuten hatte.

Er hatte seine Schwester nur trösten wollen wegen dem, was ihr Vater ihr letzte Nacht angetan hatte. Für welche Sünde auch immer ihr Vater seine Tochter für schuldig befunden hatte. Welchen Grund auch immer er sich einfallen ließ, um sie zu bestrafen. Eine erfundene Ausrede, um die Tür ihres Zimmers – mit ihm darin – zu verschließen.

Je mehr er gegen seine Mutter kämpfte, um sie davon abzuhalten, ihn aus Sarahs Zimmer zu zerren, desto wütender und wahnsinniger wurde sie. Spucke floss aus ihrem Mund und klebte an ihren Lippen. Ihre Hände krümmten sich zu Klauen. Ihre Worte wurden schärfer, lauter und verletzender.

Alles, was sie tat, war Sarah zu beunruhigen. Doch Michael wollte seine Schwester nicht noch weiter aufregen, als sie es ohnehin schon war. Also erhob er sich widerwillig und ließ sich von seiner Mutter aus dem Zimmer ziehen. Er blickte nicht einmal zurück.

Er wurde in eine Wanne mit glühend heißem Wasser gezwungen und die Bürste, die sie ihm gab, um seine Sünden abzuschrubben, hatte keine weichen Borsten. Sie waren nicht einmal fest. Sie waren wie Stahlwolle auf seiner Haut.

Sie stand über der Wanne gebeugt und beaufsichtigte ihn, während er jeden Zentimeter seines Körpers schrubbte, bis er rot und wund war. Sie ließ ihn seinen Penis schrubben, bis die zarte Haut blutete und die Borsten sichtbare Kratzer hinterließen.

»Du schrubbst den Dreck von deiner Haut. Du schrubbst die Sünden von deiner Seele. Du wäschst diese hässlichen, hässlichen, verbotenen Gedanken weg.«

Als das Wasser rosa und kalt war, als die Wut seiner Mutter in Erschöpfung umgeschlagen war, zwang sie ihn, in der Wanne aufzustehen und sich im Kreis zu drehen. Sie wollte sichergehen, dass er jede Stelle erwischt hatte. Als sie den Stöpsel des Abflusses zog, ließ sie ihn dort zitternd stehen, wie er die Hände über sein rohes, brennendes Gehänge hielt.

Er weinte nicht. Kein einziges Mal.

Stattdessen flüchtete er sich an einen anderen, weit entfernten Ort. Irgendwohin, wo es dieses Badezimmer nicht gab. Weil er nicht weinen konnte.

Sein Vater sagte ihm immer wieder, dass echte Männer nicht weinten.

Wenn er weinte, machte er alles nur noch schlimmer.

Dabei wollte er weinen. Nicht wegen der Verbrennungen

auf seiner Haut, sondern weil seine Eltern nur das sahen, was sie sehen wollten. Sie hörten die Wahrheit nicht.

Sie sahen ein launisches Kind in ihm, das mehr Disziplin brauchte.

Das Gleiche galt für Sarah.

Sie wollten ihr beibringen, wie sie ihrem zukünftigen Ehemann eine gute und gehorsame Ehefrau sein konnte. Wie sie eine gute Mutter für ihre ungeborenen Kinder sein würde.

Aber für Michael war es nicht der Gebetskreis, nicht das Schrubben der Bürste, nicht die harschen Worte seiner Mutter, die er fürchtete. Es war das, was sein Vater täte, wenn er später nach Hause kam.

Gestern Abend hatte ihr Vater Sarah zum Weinen gebracht.

Heute Abend würde Michael an der Reihe sein. Nur würde er jede einzelne Träne verbergen müssen.

1

Rev stand unter dem Toyota Avalon und sah abwesend dabei zu, wie das dunkle Motoröl aus dem Motor und in den Ölablasswagen tropfte.

Er konnte Öl im Schlaf wechseln. Wahrscheinlich hatte er das sogar schon ein paar Mal getan, nachdem er an manchen Abenden lange gefeiert hatte und wie ein verkaterter Zombie zur Arbeit gekommen war. Er musste nur darauf achten, dass er in der Werkstatt wach genug aussah, damit Dutch ihm keinen Schraubenschlüssel an den Kopf war. Sein Schädel war schon ein paar Mal kurz davor gewesen, verbeult zu werden.

In Wahrheit schätzte er den ruppigen alten Knacker. Er hatte es ihm nur noch nie gesagt, weil es Dutch wahrscheinlich scheißegal gewesen wäre und er ihn stattdessen angeschrien hätte, er solle wieder an die Arbeit gehen.

Aber es war Dutch, der ihm vor ein paar Jahren einen Job zum Bodenfegen und zum Erledigen von anderem Mist verschafft hatte, nachdem er seine letzte Strafe im Gefängnis von Dauphin County abgesessen hatte und nirgendwo anders hinkonnte.

Er hatte in einem Diner in Harrisburg gesessen, sein erstes

gutes Frühstück seit seiner Entlassung gegessen und die Stellen-
anzeigen in der Tageszeitung gelesen, die ein anderer Gast
hinterlassen hatte.

Er besaß kaum Fähigkeiten, aber in der Anzeige von Dutch's
Garage stand, dass der Besitzer einen Lehrling suchte, den er
ausbilden konnte. Rev hatte zwischen den Zeilen gelesen und
sich gedacht, dass der Besitzer im Grunde genommen nur einen
fähigen Mitarbeiter für einen Hungerlohn suchte.

Zufälligerweise war Rev aber motiviert und zum Arbeiten
bereit. Er war auch bereit, sich für eine Weile irgendwo niederzulassen – zumindest, bis seine Schwester aus dem Jugendknast
kam –, um etwas Kohle zu verdienen und selbst vom Knast
wegzubleiben.

Er lieh sich das Telefon des Diners, rief die Nummer der
Anzeige an und wurde angewiesen, seinen Arsch pronto nach
Bumfuck, Pennsylvania, zu bewegen, was er dann auch tat. Da
er keinen Wagen hatte, dauerte es etwas länger als erwartet, um
von Harrisburg bis nach Manning Grove zu trampen. Aber
nachdem er unterwegs ein paar fragwürdige Dinge getan hatte,
um eine Mitfahrgelegenheit zu ergattern, schaffte er es
schließlich.

Und er brachte es sogar fertig, lebend und in einem Stück
anzukommen, *Gott sei Dank*. Aber mit leeren Taschen, ohne
Bleibe, ohne Auto und natürlich ohne Moral, was ihm dabei
half, zu tun, was er tun musste, um etwas zu essen und Kleidung
zu bekommen.

Das graubärtige Original hatte ihm beigebracht, einen
Schraubenschlüssel zu drehen, so wie er es allen anderen in
dieser Werkstatt beigebracht hatte. Dutch mochte es, sie jung
auszubilden und sie anschließend zu behalten.

Jahrelang hatte der Mann mit Mechanikern zu tun gehabt,
die kamen und gingen, aber mit seinen beiden Söhnen, plus Rev
und Whip, hatte er jetzt eine feste Crew. Nun, jetzt, da Rook
nicht mehr alle paar Monate im Knast landete. *Verdammt*, jetzt,

wo keiner von ihnen mehr ständig hinter Gittern landete. Das hatte allerdings mehr mit Trip, dem BFMC-President, zu tun als mit Dutch.

Rev hatte hier und da ein wenig Zeit abgesessen. Nicht annähernd so viel wie Rook. Meistens wegen kleinerer Delikte und sicher nicht wegen schweren Diebstahls oder schwerer Körperverletzung an Bullen, wie es Dutchs ältester Sohn auf seinem Konto zu verbuchen hatte.

Trotzdem gab es eine Person, die Rev gerne ermordet hätte. Aber er verdrängte diesen Impuls lieber aus seinem Kopf, statt sich damit zu beschäftigen. Der Hass auf den Mann war nicht eine lebenslange Haftstrafe nicht wert. Oder gar einen dauerhaften Urlaub in der Todeszelle.

Nein, dieser Mann war keinen verdammten Gedanken wert.

Rev spuckte in den Bodenablauf unter dem Lift und sah zu, wie der schaumige, schleimige Klumpen durch eines der metallenen Abflüsse glitt.

Da das Wetter heute verflucht schön war, waren alle Tore der Garage weit geöffnet. So sah Rev, wie Rook von einer Testfahrt zurückkam. Sobald der Mann den reparierten Käfig auf dem Parkplatz abstellte und ausstieg, stürzte sich Cujo aus der untersten Schublade von Rooks rollendem Werkzeugkasten und lief nach draußen zu seinem Daddy, als wäre der Mann tagelang weg gewesen und nicht nur eine Viertelstunde.

Rook beugte sich vor, hob den kleinen Scheißer an und ging hinein. Nur wenige Meter von Rev entfernt blieb er stehen. »Hast du nichts Besseres zu tun, als dreckiges Öl anzustarren? Es gibt genug Dinge zu tun, während das Öl abläuft.«

Rev zeigte ihm den Vogel.

Rook grinste. »Arschloch.«

»Schwachkopf.«

Rook ließ den Chihuahua auf den Boden plumpsen. »Hol dir den Arsch, Cujo!«

Der drei Pfund schwere Hund lief mit erhobener Rute um

seinen Besitzer herum und bellte ihn an. Rook deutete auf Rev. »Nicht mich, Arschloch, ihn!«

Rev lachte. »So ein dummes Arschloch, genau wie du.«

»Du bist nur eifersüchtig, weil er dich nicht mag.«

»Ich bevorzuge Pussys.«

»Davon laufen schon genug im Hof rum.«

»Ich meine die Art, die ihre eigene Scheiße nicht vergräbt«, stellte Rev klar.

Plötzlich stand eine Blondine da, mit den Händen in den Hüften, was seinen Blick auf sie lenkte. Sie waren jetzt etwas voller als noch vor einem Jahr, als sie sich zum ersten Mal in den Club gedrängt und das Büro der Werkstatt wie ein Drill-Sergeant in Beschlag genommen hatte.

Jedes Mal, wenn sie über die paar zusätzlichen Pfunde jammerte, die sie zugenommen hatte, und darüber, dass sie eine Diät machen wollte, lief Rev zu Dino's Diner, kaufte ihr einen Burger und eine Portion der berühmten Pommes und brachte ihr beides.

Natürlich konnte sie nicht widerstehen.

Er fühlte sich kein bisschen schlecht deswegen, denn obwohl die Blondine schon vorher verdammt heiß ausgesehen hatte, machten diese Kurven sie nur noch attraktiver.

Was auch seine Fantasie anregte.

Whips Fantasie.

Dutchs altertümliche Träume.

Wahrscheinlich auch die von Rook, bevor Jet ihn bekam, sowie die von Cage, bevor er Jemma kennenlernte.

Feuchte Träume über Reilly zu haben, war allerdings nicht dasselbe wie die echte Sache an sich. So wie Pepsi nicht annähernd so gut war wie Cola.

Rev blinzelte die Sekretärin an und fragte sich, warum sie sich in sein und Rooks Treiben einmischte.

»Hau ab, Frau«, befahl Rev und drehte ihr den Rücken zu. Manchmal, wenn er sie ignorierte, ging sie wieder.

»Sei nicht so ein Arschloch.«

Manchmal tat sie es nicht.

Reilly passte perfekt in diese Werkstatt. Sie konnte so gut austeilen, wie sie einstecken konnte.

Sie weinte nicht. Sie jammerte nicht. Das Gute war, dass sie ein dreckiges Mundwerk und einen dreckigen Verstand hatte, doch das Schlechte war, dass sie rumzicken konnte – und zwar verdammt laut – wie eine typische Frau.

Rev griff sich in den Schritt und schüttelte ihn. »Warum lutschst du nicht meinen Schwanz?«

Reilly zog eine Augenbraue hoch und schürzte die Lippen, als sie auf die Stelle starrte, an der seine Hand gelandet war. »Nein, danke. Wenn ich in meinen Zähnen herumstochern wollte, würde ich einen Zahnstocher benutzen.«

Rook lachte laut auf, was Cujo zu einer weiteren Runde Kläffen veranlasste. Er schüttelte den Kopf und ging mit einem Grinsen und seiner wilden, schwarzbraunen Ratte auf den Fersen zurück zu seinem Garagenplatz.

»Warum nervst du mich? Siehst du nicht, dass ich arbeite?«

»Arbeiten? Du stehst doch nur dumm rum und hältst dir deinen winzigen Schwanz.«

»Woher weißt du, wie winzig er ist?«

»Ich bitte dich. Es ist ja nicht so, als würde sich einer von euch um Privatsphäre scheren, wenn ihr eure Nadeln in einen Sweet Butt steckt oder auf der Farm herumhängt. Ich glaube, ich habe schon alle eure Pakete gesehen. Oder eben das Fehlen davon.«

Whip hob den Kopf aus dem Motorraum des Käfigs, an dem er in der nächsten Abteilung arbeitete. »Wer hat den größten?«

Reilly legte einen Finger an die Lippen und blickte zur Decke, als würde sie angestrengt nachdenken. Nach ein oder zwei Sekunden grinste sie und sagte: »Dutch. Er stellt den Rest von euch locker in den Schatten.«

Rev, Cage, Whip und Rook beschwerten sich lautstark,

JEANNE ST. JAMES

während Dutch, der an einer der Werkbänke einen Vergaser umbaute, laut brüllte und eine faltige Faust in die Luft stemmte.

»Wie wäre es, wenn du ein Lineal nimmst, wir uns alle aufstellen und du dich dann hinkniest, um sie zu messen?«, schlug Rev vor. Wenn sie es nackt machen würde, wäre es noch besser.

»Wie wäre es mit nein?«

»Wie wäre es, wenn du dich umdrehst und deinen knackigen Hintern zurück in dein Büro bewegst?«

»Damit du ihn anstarren kannst?«

Rev zuckte mit den Schultern. »Ja, natürlich. Ich weiß, dass du ihn trainierst, damit wir ihn ansehen. Mach dir nicht einmal die verdammte Mühe, das zu leugnen.«

Sie wackelte mit den Augenbrauen und ihren Hüften. »Will ich das etwa?«

»Hast du dich jemals gefragt, wie viele Ladungen schon in eine Faust geschossen wurden, mit dir, deinem Arsch und deinem Mund in Gedanken?«

Sie warf ihm einen Luftkuss zu. »Ich bin froh, wenn ich helfen kann.«

Er schnaubte bei ihrer Stichelei. »Verschwinde, Reilly.«

»Ich bin aber nicht hergekommen, um über deine Mikrokugeln zu reden.«

Er wartete ab.

»Ich bin hergekommen, um dir eine Nachricht zu überbringen.«

Er runzelte die Stirn, zog einen Lappen aus der Tasche seines Overalls und wischte sich die schmutzigen Hände ab. »Was für eine Nachricht?«

Sie streckte ihre Hand aus. In ihren Fingern befand sich eine dieser rosafarbenen Zettel aus dem Notizblock, den sie für Telefonnachrichten benutzte.

Er starrte ihn an. Jeder, der ihn kannte, rief auf seinem

Handy an oder schrieb ihm eine SMS. Wer zum Teufel würde in der Werkstatt anrufen, um ihn zu erreichen?

Das konnte nichts Gutes bedeuten.

Ihre sexy Lippen bogen sich nach unten. »Nun, ich nehme an, diese Nachricht ist für dich.«

Er riss ihr den Zettel aus den Fingern und betrachtete ihn.

»Ist dein Nachname nicht Rivers?«, fragte sie, trat an ihn heran und stieß ihre Hüfte an seine.

»Ja.«

»Wer ist Michael Schmidt?«

»Nach dem haben sie gefragt?«

»Ja.« Er spürte ihren neugierigen Blick auf sich, als sie sagte: »Ich dachte, dein richtiger Name wäre Mickey Rivers.«

»Stimmt auch.«

Sie deutete auf den Namen auf dem Papier, das er in der Hand hielt. »Und wer ist dann Michael?«

Er fixierte ihre Handschrift und das Blut wich im aus dem Gesicht. »Hau ab, Schnüfflerin.«

Sie trat einen Schritt zurück und sagte scharf: »Gern geschehen, Rev.«

Er blickte auf und sah, wie sie auf ihrer Unterlippe kaute. »Danke«, erwiderte er verwirrt. Nicht nur von der Nachricht, sondern auch von dem, was sie da gerade tat.

Er zerknüllte das rosa Papier in seinen Fingern, starrte auf den zerknitterten Ball und kratzte sich im Nacken. Dann holte er ein paar Mal tief Luft und sah wieder auf.

Reilly stand immer noch da, mit ihren grünen Augen auf ihn gerichtet. »Alles okay?«

»Warum zum Teufel sollte es das nicht sein?«, fragte er und tat sein Bestes, um seine echte Reaktion zu verbergen. Dabei wusste er nicht einmal, wie er sich fühlte. Seine Gedanken waren in einen Mixer geworfen und der Knopf auf die höchste Geschwindigkeitsstufe gestellt worden.

»Du siehst aus, als hättest du einen Geist gesehen.«

Das hatte er auch.

»Weißt du, wer das ist?«

Und ob er das tat. »Habe ich dir nicht gesagt, du sollst dich verpissen?«, schnauzte er sie an. »Lass mich verdammt noch mal in Ruhe, Reilly.«

Sie war nicht die Art von Frau, die zusammenbrach, wenn man ihr sagte, sie solle sich verpissen. Verdammt, nein. Ihr ehemaliger Arschloch-Freund hatte sie fast umgebracht, weil sie einfach nicht *wusste*, wie man sich zurückhielt, selbst wenn es in ihrem besten Interesse und zu ihrer Sicherheit war. Wenn man Reilly sagte, sie solle etwas nicht tun, dann tat sie es – wie Rev – erst recht, um zu beweisen, dass sie es konnte.

Diese Einstellung war der Grund, warum sie fast zu Tode geprügelt worden war.

Warum sie eine Narbe an der Schläfe trug.

Warum sie von diesem verdammten Mistkerl ins Krankenhaus eingeliefert worden war. Von dem Mann, den sie letztendlich abgefackelt hatte, während er noch atmete.

Am Ende bekam sie ihre endgültige Rache.

Am Ende drückte sie den Knopf der Verbrennungsanlage, weil sie es konnte.

Am Ende tötete sie diesen missbrauchenden Mistkerl, weil sie es wollte.

Dennoch gab es kein stichhaltiges Argument dafür, dass der Bastard nicht jede Sekunde seines Leidens verdient hatte.

Rev hätte es nicht überrascht, wenn sie danach einfach mit einem breiten Grinsen davon marschiert wäre, während sie sich die Hände aneinander rieb.

Doch keiner von ihnen – keiner, der das Geschehen miterlebt hatte – würde es je vergessen können. Sogar ihre Schwester hatte gleich danach kotzen müssen und schnell die Stadt verlassen, um mit all dem fertig zu werden.

Reilly tat dagegen so, als wäre es nie passiert. Als wäre das nur ein weiterer, ganz normaler Tag in Manning Grove gewesen. Sie redete nie darüber und keiner sprach es in ihrer Gegenwart an.

Aber an diesem Tag, aus irgendeinem Grund, als er ihr sagte, sie solle sich verdammt noch mal verpissen, huschte etwas über ihr Gesicht, von dem er sich nicht sicher war, ob er es wirklich gesehen hatte. Vielleicht war es nur eine Illusion. Vielleicht hatte er sich bei dem Schock, den der Namen auf dem Papier in ihm ausgelöst hatte, diesen Schmerz nur eingebildet.

Er war da, dann war er weg.

»Du bist echt ein Arschloch«, meinte Whip, der nun mit angespanntem Kiefer und gestemmten Händen in den Hüften dastand und die beiden beobachtete.

Egal, was für eine Nervensäge Reilly war, sie beschützten sie alle. Nicht, weil sie Reeses kleine Schwester war, sondern weil sie jetzt zum Club gehörte. Sie war tief verwurzelt in der Fury-Schwesternschaft, auch wenn sie keine Old Lady war.

Sie hatte es so gewollt und es durchgezogen. Es war egal, was irgendjemand – auch Reese – darüber dachte.

Das war auch der Grund, warum sie bei den Clubfahrten immer bei jemandem hinten drauf saß. Außer den Mitgliedern und den Old Ladys war normalerweise niemand anderes dabei. Reilly passte in keine dieser beiden Kategorien. Niemand fickte sie, auch wenn die meisten es wollten.

Wenigstens einmal.

Vielleicht zweimal.

»Gab es jemals einen Zeitpunkt, an dem du dachtest, ich wäre keins?«, bellte er Whip an. Dann schloss er die Augen und brummte ein: »Fuck.«

Er holte tief Luft, dann ein zweites Mal. Als er die Augen öffnete, erwartete er, dass Reilly wieder in ihrem Büro gelandet war. Er erwartete, dass sie sich weit von ihm entfernt hatte, da er sich wie ein mieses Arschloch benahm.

Aber es fiel ihm schwer, sich auf etwas anderes zu konzentrieren als auf den Namen und die Telefonnummer, die in der Mitte des Papierbündels gekritzelt waren.

Doch er war überrascht, dass sie immer noch dastand. Andererseits war niemand so stur wie Reilly.

Okay, vielleicht ihre ältere Schwester Reese. Es war ihm ein Rätsel, wie Deacon es mit ihr aushielt, obwohl sie so heiß war. Aber der Mann war glücklich. Reese musste verdammt wild im Bett sein, damit der Mann sich mit dieser Streitaxt abgab.

Aber nicht Reese stand vor ihm. Sondern Reilly, deren Hand automatisch nach oben fuhr, um ihr blondes Haar nach vorne zu ziehen und damit die Narbe an ihrer Schläfe zu verdecken. Sie tat das ständig, ohne nachzudenken. Egal, wie oft man ihr sagte, dass die Narbe ihr Aussehen in keiner Weise schmälerte, sie versuchte immer, sie zu verbergen.

Er griff nach ihrem Handgelenk und zog es weg. Als er ihre Hand losließ, fiel sie an ihre Seite. Sie blinzelte ihn mit ihren verdammten großen, grünen Augen überrascht an, als er die Haarsträhne, an der sie gezogen hatte, hinter ihr Ohr strich und stattdessen die immer noch leicht rosafarbene Linie entlang ihrer rechten Schläfe von der Stirn bis zum oberen Ende ihres Wangenknochens freilegte.

»Sorry«, flüsterte er. Es tat ihm leid, dass er so ein Arsch war, obwohl sie es nicht verdient hatte.

Aber ihm tat noch mehr leid. Es tat ihm leid, dass ihr Arschloch-Freund ihr den Kopf mit irgendeinem beschissenen Dekoartikel aufgeschlagen hatte und diese Narbe hinterlassen hatte, als er sie eigentlich hatte töten wollen.

Reilly blinzelte einmal, zweimal, dann flüsterte sie: »Was?«

Normalerweise würde er darüber lächeln, dass sie so schockiert war, weil er sich entschuldigte. Aber er bekam einfach kein Lächeln hin. Nicht in diesem Moment.

Nein, jetzt gerade tat ihm der Kopf weh und er musste raus, um wieder klar denken zu können. Und um all den neugierigen Blicken zu entgehen, die auf ihn gerichtet waren. Nicht nur wegen seines Verhaltens, sondern auch wegen dem, was gerade zwischen ihm und Reilly passierte.

Reilly war unantastbar. Absolut tabu. Für ihn. Für jeden, der im Club einen Schwanz besaß. Er hatte keinen blassen Schimmer, warum, denn sie war erwachsen und ganz sicher keine Jungfrau mehr. Trotzdem hatte man sie auf die Verbotsliste aller Fury-Mitglieder gesetzt.

Er vermutete, wenn er keine Fury-Kutte trüge, könnte er zwischen ihre Schenkel gleiten. Aber das tat er nun mal, also durfte er es nicht.

Das war nur eine der Regeln, die die Jungs befolgten, um ihren guten Ruf im MC zu wahren. So sehr er Regeln auch hasste, er gab sein Bestes, sie nicht zu brechen.

Wie auch immer, Reilly lenkte ihn von dem ab, was er wirklich tun musste. Und dabei ging es nicht um Ölwechsel. Er sollte besser nach draußen gehen, wo er etwas mehr Privatsphäre hatte, und den Namen und die Nummer zurückrufen. Damit er herausfinden konnte, warum zum Teufel diese Person das Bedürfnis hatte, ihn zu jagen und dabei sein Leben auf den Kopf zu stellen.

Um alles, was er tief vergraben hatte, wieder an die Oberfläche zu bringen.

Um Erinnerungen wachzurufen, die er und seine Schwester Saylor vergessen wollten.

Vielleicht sollte er den zerknüllten Zettel einfach in den Papierkorb werfen und sein Leben weiterleben. Einfach ignorieren und Reilly sagen, nie wieder eine Nachricht von dieser Person anzunehmen. Aber wenn er ihr das sagte, würde sie wissen wollen, warum. Die Frau hatte eine Art zu graben, die man erst bemerkte, wenn es zu spät war.

Sie war ein verdammter Profi darin.

Sie hätte Anwältin werden sollen, genau wie ihre Schwester. Das würde Reese wahrscheinlich sogar gefallen. Anwältin statt in einem Büro in einer Autowerkstatt in Manning Grove zu sitzen, umgeben von geilen Bikern, die schmutzige Dinge mit ihrer kleinen Schwester anstellen wollten.

Er seufzte und bemerkte, dass sie *immer noch* dastand und ihn mit einem besorgten Gesichtsausdruck beobachtete.

Er musste verdammt noch mal von ihr wegkommen. Er ging zu seinem Werkzeugkasten, schnappte sich sein Handy und blieb nicht eher stehen, bis er durch die Hintertür hinaus in das warme Aprilwetter trat, wo er seelenlos über den Friedhof starrte.

Er holte tief Luft.

Noch einmal.

Dann ging er zu dem Picknicktisch hinüber, an dem sie während der Mittagspause saßen oder sich einen Joint drehten, und ließ sich auf der Holzbank mit Blick auf den Lagerplatz und Rücken zum Gebäude nieder. Er kramte durch seinen offenen Overall in der Vordertasche seiner Jeans herum, holte seine Metallpfeife und ein altes verschreibungspflichtiges Päckchen Gras heraus. Er hatte die rosafarbene Papierkugel auf den Tisch geschleudert und warf ab und zu einen Blick darauf, während er das hochwertige Gras fest in die Pfeife stopfte.

Dann zog er ein Feuerzeug hervor, setzte die Messingpfeife an die Lippen, hielt die Flamme an den Pfeifenkopf und inhalierte den Rauch, bis kein Platz mehr in seiner Lunge war. Er hielt ihn tief drin, bis seine Lungen nach Sauerstoff schrien, dann blies er den Rauch in einem frustrierten Atemzug wieder aus.

Er nahm einen weiteren langen Zug, dann noch einen, und saß da, bis die harten Kanten des Lebens etwas abgestumpft waren.

Er schnappte sich das Papierbündel und drückte es mit den Fingern auf dem abgenutzten Holz der Tischplatte glatt. Verdammt, es gab nicht genügend Gras auf dieser Welt für den Anruf, den er gleich tätigen würde.

Er sollte es nicht tun.

Er sollte einfach sein Feuerzeug nehmen und das Papier zu Asche verbrennen, um die Versuchung loszuwerden.

Aber er war neugierig.

Er konnte sich nicht vorstellen, warum sich jemand aus seinem früheren Leben die Mühe machte, sich bei ihm zu melden, es sei denn, es gäbe etwas Wichtiges oder schlechte Nachrichten. Oder beides.

Vor allem wollte er aber wissen, wie diese Person ihn überhaupt aufgespürt hatte. Wie zum Teufel hatte man ihn gefunden? Warum glaubte jemand, dass Rev sich für die Neuigkeiten interessierte?

In Wahrheit war es mit der heutigen Technologie für niemanden mehr schwierig, jemanden zu finden. Selbst, wenn dieser nicht seinen offiziellen Namen benutzte. Man musste sich wirklich anstrengen, um völlig von der Bildfläche zu verschwinden.

Doch er hätte nie gedacht, dass ihn jemand suchen würde.

Er hatte sich geirrt.

Er legte sein Handy neben das zerknitterte Papier und beschloss, dass er erst mal noch eine Ladung Gras brauchte. Als er damit fertig war, nahm er sein Telefon in die Hand und wählte die Nummer, die in Reillys sauberer Handschrift auf dem Papier stand.

Ein paar Herzschläge lang starrte er auf die Hörertaste, dann, bevor er es sich anders überlegte, tippte er auf das grüne Symbol. Er hielt das Telefon an sein Ohr und als das Klingeln sein Ohr erfüllte, kroch Angst in seine Brust.

Vielleicht nahm niemand ab.

Vielleicht nahm niemand ab.

Vielleicht …

»Hallo?«

Revs Kinnlade zuckte, als er eine Stimme erkannte, die er seit Ewigkeiten nicht mehr gehört hatte. Älter, aber immer noch vertraut.

»Hallo?« Wieder eine Pause. »Ist da jemand?«

Rev sollte auflegen.

»Michael?« Die Stimme klang fast hoffnungsvoll.

Scheiße. »Ja.«

»Oh, welch ein Segen! Gott ist gut! Ich habe in den letzten drei Wochen versucht, dich zu finden.«

»Du hast mich gefunden.«

»Was für eine Erleichterung. Du hast es uns ziemlich schwer gemacht, weißt du.«

Absichtlich.

Du hast nie etwas getan. Du hast dich nie eingemischt. Du hast immer ein Auge zugedrückt. Du bist nicht besser als sie.

»Aber ich habe gebetet und gebetet, dass Gott mich führt. Und er hat es getan. Er hat unser verlorenes Lamm gefunden.«

Die sengende Hitze des Zorns begann wie eine Flamme in Revs Brust zu flackern. »Ich bin nicht verloren.«

Ein langes Zögern kam vom anderen Ende des Telefons, dann: »Ja, du hast dich verirrt, mein Neffe. Aber der Weg ist leicht wiederzufinden. Für dich und für Sarah. Gott steht dir mit seiner Hilfe immer bei.«

Sarah.

Er hatte diesen Namen schon lange nicht mehr gehört. Genauso lange, wie er den Namen Michael nicht mehr gehört hatte.

»Sarah ist tot«, sagte Rev schlicht und einfach.

Ein tiefes Keuchen drang an sein Ohr. »Oh nein, Bruder Michael. Möge der liebe Gott mit Schwester Sarah sein. Gott umarmt sein Kind in seinen liebenden Armen.«

Das brachte Rev beinahe zum Kotzen.

Als sie noch ein Kind war, war der ›liebe Gott‹ nicht bei ihr gewesen, warum zum Teufel sollte er also jetzt bei ihr sein? Warum hatte Gott sie damals nicht in seine liebenden Arme genommen?

Warum hatte dieses ›allsehende‹ und ›allwissende‹ göttliche Wesen nichts getan, um sie zu stoppen?

Aber er wollte keine weiteren Fragen stellen, denn das Gespräch sollte nicht länger als nötig dauern. Er wollte wissen, warum zur Hölle sein Onkel nach ihm gesucht hatte.

Und es geschafft hatte, ihn zu finden.

»Diese Neuigkeit ist wirklich niederschmetternd. Ich werde Schwester Sarah natürlich in meine Gebete einschließen. Ich weiß allerdings nicht, ob ich diese traurige Nachricht deiner Mutter oder deinem Vater mitteilen soll. Ihre Last ist im Moment schon schwer genug.«

Rev hoffte, dass diese schwere Last sie erdrückte. Aber egal, womit sie gerade auch zu kämpfen hatten, wäre es nicht wichtig, zu erfahren, dass ihre Tochter tot war?

Natürlich nicht, verdammt.

»Hast du mich deshalb nachverfolgt?«

»Ja, ich hatte das Gefühl, dass du es wissen solltest und dachte, du würdest nach Hause kommen wollen.«

»Warum zum Teufel sollte ich nach Hause kommen wollen?«

Nach Hause. Das war nicht mehr sein Zuhause, und zwar schon seit über zehn Jahren nicht mehr.

Zuhause war bei seiner Familie und die Fury war jetzt seine Familie. Jeder in dieser Werkstatt hinter ihm gehörte zur Familie. Nicht der Mann am Telefon.

»Ich … ich …«, stotterte der Bruder seiner Mutter. Wahrscheinlich wegen Revs Wortwahl. »Bitte benutze doch keine Kraftausdrücke.«

Drauf geschissen. »Du hast mich kontaktiert, Matthew. Wenn es dir nicht passt, leg verdammt noch mal auf und ruf nie wieder in der Werkstatt an.«

»Es ist erschütternd zu hören, dass Satan deine Seele immer noch fest im Griff hat, Bruder Michael. Ich werde auch weiterhin jede Nacht für dich beten.«

Satan hatte seine Seele fest im Griff. *Heilige Scheiße.* »Ja. Das hat er ganz sicher.«

»Du kannst Buße tun und dich befreien ...«

»Warum zur Hölle hast du mich gefunden?«, brüllte Rev ins Telefon, denn er hatte keine Geduld mehr, sich diesen evangelischen Schwachsinn anzuhören. Scheiße, die ihm seit seiner Geburt und bis zu dem Tag, an dem er diesen einschränkenden Ketten entkommen war, ununterbrochen in die Ohren gestopft worden war.

»Deine Mutter braucht dich jetzt.«

Er ließ die Hand, die das Telefon hielt, fallen, starrte eine Sekunde lang ungläubig auf das Display, holte tief Luft und hielt es dann wieder an sein Ohr. »Sie hat dir gesagt, du sollst mich verdammt noch mal anrufen?«

»Nein ... Sie weiß es nicht. Ich ... Sie leidet, Michael. Du musst das mit ihr wieder in Ordnung bringen.«

Mein verdammter Name ist nicht Michael!

»Deshalb hast du mich angerufen, verdammt? Damit ich mit meiner Mutter wieder ins Reine komme?«

»Das ist nicht der Hauptgrund. Es geht um deinen Vater. Vor ein paar Wochen hat sie zufällig erwähnt, dass sie hofft, du und Sarah würdet euch mit ihm versöhnen, bevor er stirbt.«

»Ist er tot?« Zumindest das war eine Sache, zu der er ›Halleluja‹ rufen könnte.

»Noch nicht. Er ist fast am Ende seines Lebensweges angekommen und bereitet sich darauf vor, sein glorreiches Leben nach dem Tod in den Armen Gottes zu beginnen.«

Rev rollte mit den Augen und seufzte. »Der Wichser hat also immer noch nicht den Löffel abgegeben.«

Ein scharfes Geräusch drang durch das Telefon. »Du hast immer noch Zeit, die Dinge zwischen euch beiden richtigzustellen. Du hast immer noch Zeit, die Dinge mit Gott richtigzustellen. Du kannst den Teufel in deiner Seele anprangern, Bruder Michael.«

Rev ignorierte den Scheiß mit dem Teufel und Gott. Stattdessen konzentrierte er sich auf den Schwachsinn, er solle die Dinge zwischen ihm und seinem Vater ›richtigstellen‹. »Wie will er die Dinge mit mir wieder in Ordnung bringen? Wird er sich entschuldigen? Wird er mich die Dinge mit ihm tun lassen, die er mir und Sarah angetan hat?«

Mehr Stille. Stille, die verdammt alles sagte.

»Sich dafür entschuldigen, dass er versucht hat, dich und deine Schwester so zu erziehen, wie es der liebe Gott wollte?«

Meine Güte. Sein Magen drehte sich um. So verdammt heftig, dass es wehtat. »Was hat er?«

»Er wird auf Bauchspeicheldrüsenkrebs getestet.«

Rev bezweifelte, dass Bauchspeicheldrüsenkrebs eine Art Gottesprüfung war. Trotzdem hätte es keinen besseren Menschen treffen können. »Habt ihr es mit einem Gebetskreis versucht? Ihr glaubt doch alle, dass er heilt, was euch plagt.«

Matthew atmete scharf ein. »Ich sehe, dass Satan dich so fest im Griff hat, dass du nicht bereit bist, die von mir erhofften Heilungsschritte zu unternehmen. Ich wünsche dir einen gesegneten Tag, Neffe. Es tut mir leid um Schwester Sarah. Möge sie in Frieden und in der Herrlichkeit Gottes ruhen.«

»Es tut dir verdammt noch mal nicht leid!«, schrie Rev ins Telefon, obwohl sein Onkel bereits aufgelegt hatte. »Es tut dir verdammt noch mal nicht leid«, flüsterte er und warf das Handy auf den Picknicktisch. Er ließ den Kopf in die Arme sinken, spürte ein befremdliches Brennen in den Augen und sein Atem stockte. »Es tut dir verdammt noch mal überhaupt nicht leid.«

Scheiß auf sie.

Scheiß. Auf. Sie. Alle.

Er zuckte zusammen, als sich ein warmer Körper an ihn drückte und Finger sanft am stacheligen Haar auf seinem Kopf zupften. Er räusperte sich und blinzelte ein paar Mal, um das stechende Gefühl in sich loszuwerden, dann hob er zögernd den Kopf.

Reilly stand mit einer Hüfte an seinen Arm gepresst und ihre großen, grünen Augen waren auf ihn gerichtet. »Alles okay?«

Sie war nicht so neugierig wie sonst. In ihrer Stimme schwang echte Sorge mit. Das ließ die Anspannung in seiner Brust wachsen, bis er glaubte, seine Haut würde platzen.

»Ja.«

»Lügner.«

Ohne Kraft sagte er sanft: »Hau ab, Frau.«

Wie er es sich gedacht hatte, ignorierte sie ihn und kletterte neben ihn zwischen die Holzbank und den Picknicktisch, während sie seine Schulter zum Abstützen benutzte. Sie schlang einen Arm um seinen Rücken und drückte ihre Wange an seinen Bizeps. »Schlechte Nachrichten?«

Die Antwort auf diese Frage war nicht einfach.

Was er für eine gute Nachricht hielt, hielten andere nicht unbedingt für eine. Die meisten würden den Tod des Vaters wohl nicht als gute Nachricht bezeichnen. Rev war jedoch der Meinung, dass dies schon vor Jahren hätte passieren müssen. Am besten, noch bevor er gegangen war und durch seine eigene Hand. Aber damals hatte er es nicht gekonnt. Er hatte niemandem das Leben nehmen können, egal, wie sehr er es wollte. Wie sehr er davon träumte. Wie sehr er es fast probiert hätte. Aber mit vierzehn, ja sogar mit fünfzehn, hatte er nicht den Mut gehabt, er hätte es nicht durchziehen können.

Aber jetzt? Sahen die Dinge anders aus. So verdammt anders.

Was er für eine schlechte Nachricht hielt, war die Tatsache, dass er geortet worden war. Und er wusste immer noch nicht, wie. Das ärgerte ihn, denn er bezweifelte, dass sein überreligiöser Onkel technisch besonders versiert war. Schlimmer noch, er hätte niemals gedacht, dass eine dieser durchtrennten Verbindungen genutzt werden würde, um ihn zurückzuholen.

Warum dachte er überhaupt noch darüber nach? Es war seine Vergangenheit, dort sollte sie auch bleiben, selbst wenn es um Blut ging.

Aber Blut war nun mal nicht immer gleich Familie. Blut konnte das ›gute‹ Wort Gottes benutzen, um unter dem Deckmantel der Rechtschaffenheit das pure Böse zu sein.

Manchmal spiegelte das, was aus jemandes Mundes kam, nicht das wider, was im Herzen und in der Seele des Menschen lag. Was an der Oberfläche schimmerte, war nicht dasselbe wie das, was im Innersten zu finden war. Nur hautdünne Frömmigkeit.

Heuchelei.

Täuschung.

Worte, deren wahre Bedeutung er verstand, je älter er wurde. Sobald er zurückblickte, sobald er frei war.

Jetzt erkannte er die Gehirnwäsche. Den Kampf, den seine Eltern auf sich genommen hatten, um ihre Kinder davon abzuhalten, ihre eigenen Gedanken, ihren eigenen Glauben zu haben. Ihren eigenen, freien Willen.

Im Kern war ihr Weg der einzig richtige. Jeder individuelle oder abweichende Gedanke würde aus ihnen heraus geprügelt werden.

Mit einer Rute, einem Gürtel, einer großen Hand.

Die ›Reinigungen‹ dauerten nicht ganz so lange wie die Gebetskreise.

Doch Rev wusste nicht, was von beidem er mehr hasste. Beides war auf seine Weise fürchterlich.

Aber das, was dieser Bastard seiner Schwester angetan hatte, würde er niemals verzeihen können. Wie sein Vater die Reinigung seiner Schwester einen Schritt weiterführte.

Er musste sie anrufen. Denn er musste das hier mit jemandem teilen. Er konnte das nicht für sich behalten. Wenn er das täte, würde er explodieren.

Er sollte Reilly befehlen, wieder hineinzugehen. Zurück in

ihr Büro. Sie sollte ihn verdammt noch mal in Ruhe lassen. Ihn mit seinen persönlichen Dämonen allein fertig werden lassen.

Ihm erlauben, seine Geheimnisse als solche zu bewahren.

Aber er konnte ihr nicht sagen, sie solle gehen. Dass sie so ruhig war, war eine Seltenheit, denn normalerweise hatte sie ein aufbrausendes Temperament. Überraschenderweise war diese ruhige Stärke, mit der sie sich jetzt an ihn lehnte, genau das, was er in diesem Moment brauchte.

Vor allem, um seinen nächsten Anruf zu tätigen.

Er griff unter den Tisch, legte seine Hand auf ihren Ober-schenkel und drückte ihn. Ihre Hand legte sich auf seine und so blieben sie. Verbunden.

Wenn jetzt jemand herauskäme und ihren Arm um ihn und seine Hand auf ihrem Oberschenkel sähe, würden sie sich einiges anhören müssen. Warnungen würden ausgesprochen werden. Das wussten sie beide.

Aber im Moment war ihm das scheißegal.

Alle anderen konnten sich verpissen.

Er starrte auf das Handy vor ihm. Er ließ es auf dem Tisch liegen, scrollte mit einem Finger durch seine Kontakte und fand Saylors Nummer. Er drückte auf das Anrufsymbol und stellte dann auf Lautsprecher.

Das hier hätte ein privates Gespräch zwischen ihm und seiner Schwester sein sollen, aber auch das war ihm scheißegal. Insgeheim wollte er das nicht allein durchstehen.

»Ich bin beschäftigt«, lautete Saylors ruppige Antwort.

»Womit? Daisy ist in der Schule.« Normalerweise hätte er sie wegen ihres Verhaltens angeschnauzt, aber im Moment hatte er keine Lust dazu.

Aber ihr Schweigen beunruhigte ihn. »Womit, Saylor? Führst du was im Schilde?«

»Immer«, antwortete sie mit einem leisen Kichern.

Er schüttelte frustriert den Kopf. »Vermassele es bloß nicht.«

»Das werde ich nicht.«

»Ich mein es ernst, Saylor. Wenn du Scheiße baust und Judge dich rausschmeißt, kannst du nirgendwo hin.«

»Dann suche ich mir eben eine eigene Wohnung.«

Große Träume für ein mittelloses und gebrochenes Mädchen. »Du kannst dir deine eigene Wohnung nicht leisten.«

»Das könnte ich, wenn ich einen richtigen Job hätte.«

»Was du tust, ist ein echter Scheißjob, Saylor.« Sie hatte erst vor Kurzem ihren Schulabschluss gemacht, weil Cassie darauf bestanden hatte. Doch abgesehen davon – und davon, dass sie eine Hausmaus war – hatte seine Schwester keine Fähigkeiten. Im besten Fall würde sie einen Job zum Mindestlohn in einem Fast-Food-Restaurant bekommen. Im Haushalt von Judge und Cassie hatte sie wenigstens etwas zu tun, bekam Verantwortung und, was noch besser war, zwei weitere Menschen, die auf sie aufpassten.

»Ich kriege hierfür nichts, Mickey.«

»Judge gibt dir etwas Kohle.« Es war zwar nicht viel, aber immerhin etwas Taschengeld. Wenn es mehr wäre, hätte Rev Sorge, was sie damit anstellen würde.

Er wollte um keinen Preis, dass seine Schwester mit einer Überdosis in einer verdammten Gasse landete, nachdem sie Meth von irgendwelchen Hinterwäldlern geschnupft hatte, um die Sünden ihres gottverdammten Vaters zu vergessen.

»Ja, verdammtes Taschengeld. Aber nicht genug, um damit auch etwas Lustiges anzustellen.«

»Beschwerst du dich gerade ernsthaft über dein Leben?« Im Moment war es das Beste, das sie je gehabt hatte. Und das wusste sie.

Als Antwort folgte noch mehr Schweigen.

»Saylor.«

Ein langer Seufzer. »Nein.«

»Du hast es gut. Es ist nicht perfekt, aber du gehörst jetzt zu einer richtigen Familie. Eine Familie, die sich um dich kümmert *und* auf dich aufpasst. Mach das nicht kaputt.«

»Hast du mich nur angerufen, weil du mich daran erinnern wolltest, dass ich mich benehmen soll?«

»Ich erwarte nicht, dass du dich benimmst. Ich erwarte nur, dass du den Haushalt von Judge und Cassie respektierst. Dass du sie respektierst.«

»Wie auch immer, Bruder. Also, warum störst du mich?«

»Wobei störe ich dich?«

»Beim Pornos gucken.«

Er wusste nicht, wie er darauf reagieren sollte. Aber Reilly schlug sich eine Hand über den Mund, um das Geräusch zu dämpfen, das ihr beinahe entwichen wäre. Er drehte den Kopf und sah, wie sich ihre Augenwinkel verzogen und sie Tränen darin hatte.

»Was zur Hölle, Mickey!«, kam es durch das Telefon. »Denkst du wirklich, ich würde beim Pornoschauen ans Telefon gehen?«, lachte sie. »Ich war dabei, die Küche aufzuräumen. Und glaub mir, ich liebe dich, Bruder, aber ich werde meinen Porno-Konsum sicher nicht mit dir teilen.«

»Gott sei Dank«, brummte er.

Reilly gab ein süßes kleines Quietschen von sich und stieß mit ihrer Schulter gegen seine.

»Wer hört mit?«

»Was?«

»Du hast mich auf Lautsprecher, ich habe eine Frau gehört. Schwänzt du heute die Arbeit, weil du Sex haben willst?«

Heilige Scheiße. »Nein.« Er warf noch einen kurzen Blick auf die Blondine, die an ihn gepresst war, ihre großen weichen Titten drückten jetzt gegen seinen Arm. Er prüfte kurz, ob ihre Nippel hart waren. Waren sie. »Es ist Reilly.«

»Hey, Süße!«, schrie Saylor durch das Telefon.

»Hey!«, rief Reilly zurück und grinste nun.

»Bumst dich mein Bruder gerade?«

»Nein, wir sind in der Werkstatt«, antwortete Reilly mit einem übertriebenen Schmollmund. Als ob Saylor sie sehen könnte. Rev schüttelte den Kopf.

»Oh, schade. Ich hatte gehofft, ihr zwei würdet im Bett landen.«

»Saylor. Verfluchte Scheiße. Sag so einen Scheiß nicht«, knurrte Rev.

»Warum? Ist doch wahr. Ihr zwei würdet wunderschöne Babys machen.«

»Fuck! Ich kriege keine Kinder. Wir sind nicht zusammen. Deswegen rufe ich nicht an.«

Sie lachte. »Okay, dann spucks aus, großer Bruder. Cassie will, dass ich Essen im Crockpot zubereite …«

»Ja, wie auch immer, Crockpots interessieren mich nicht. Ich habe dir etwas viel Wichtigeres zu erzählen.«

»Was ist wichtiger als Hähnchen mit Frischkäse auf Reis? Der Scheiß ist geil. Genau wie ihr beide es gerade sein solltet.«

»Ich wusste nicht, dass du den Tod deines Bruders willst«, sagte Rev trocken.

»Reilly, deine Muschi ist es doch wert, zu sterben, oder?«, fragte Saylor. »Ich wette, sie hat eine Bombenmuschi.«

»Saylor!«, rief Rev und vermied es nun, Reilly anzusehen, die so sehr lachte, dass sie weinte. »Ich muss dir etwas sagen. Also hör auf mit dem Scheiß.«

»Okay, was? Spucks aus. Warte. Hey, Reilly, du musst heute Abend ins The Barn kommen. Wir müssen uns besaufen und dann einen Wettbewerb veranstalten, wer von uns beiden mehr Jungs einen Ständer verpasst, ohne dass wir sie anfassen.«

»Was zur Hölle!«, murmelte Rev. »Für so einen Scheiß geht sie nicht ins The Barn. Ihr zwei werdet euch nicht besaufen und ihr solltet euch besser nicht mit den Jungs anlegen. Besonders nicht mit diesen verdammten Prospects. Sei bloß nicht der Grund dafür, dass ich einem dieser Wichser die Kehle durchschneide, weil er aus der Reihe tanzt, nur weil du ihn verführst.«

»Du verstehst echt keinen Spaß.«

Rev holte tief Luft, um sein Temperament zu zügeln.

»Ich schreibe dir später«, meinte Reilly.

Er drehte seinen Kopf zu ihr. »Einen Scheiß wirst du.«

Reilly runzelte die Stirn.

Er tat es auch.

»Okay, ich habe echt was zu tun. Was willst du von mir, Bruder, wenn du schon nicht anrufst, um mir zu sagen, dass du und Reilly in der Kiste landet?«

Rev seufzte. Er musste dieses Gespräch wieder in die richtige Spur bringen, damit er es endlich hinter sich hatte. »Mich hat jemand angerufen.«

»Und?«

»Matthew.«

Es folgte Totenstille. Nach ein paar Sekunden hörte er, wie sie erschrocken Luft holte. Ja, plötzlich war dieses Telefonat für Saylor kein Spaß mehr. »Warum?«

»Er sagte, der Wichser stirbt.«

Reilly zuckte gegen ihn und die Hand, die seine auf ihrem Oberschenkel umschloss, drückte fest zu.

»Gut«, antwortete seine Schwester schlicht.

»Er will, dass ich hinfahre.«

»Er wer?«

»Matthew.«

In der darauffolgenden Stille hörte Rev seinen eigenen Herzschlag in seinen Ohren.

Schließlich fragte Saylor leise: »Nur du?«

»Ich habe ihm gesagt, du seist tot.«

Reilly keuchte auf und Saylor gab einen erstickten Laut von sich.

Um Panik zu vermeiden, fügte Rev schnell hinzu: »Sie wissen nicht, dass du hier bei mir bist.«

Es war keine Angst oder Panik, die er in ihrer Stimme hörte, es war brodelnde Wut, als sie fragte:»Warum zum Teufel sollten sie dich dort haben wollen? Warum sollte er?«

Rev kratzte sich mit dem Daumennagel über die Stirn und seufzte, während er darum kämpfte, seine eigene Wut unter Kontrolle zu halten.»Ich weiß es nicht. Ich glaube, unser Onkel hat mich von sich aus kontaktiert. Unser wunderbarer, liebevoller Vater weiß es wahrscheinlich nicht. Denn ich kann mir nicht vorstellen, dass er nach mir fragt.« Wenn er nach jemandem gefragt hätte, dann nach Saylor. *Sarah.*

»Du gehst doch nicht, oder?«

Er fuhr sich mit der Hand über den Nacken.»Ich weiß es nicht.«

»Na ja, ich bin froh, dass du ihnen gesagt hast, dass ich tot bin, denn du wirst mich niemals in der Nähe dieses verdammten Ortes finden. Das nächste Mal, dass ich den Bastard sehe, wird in der Hölle sein.«

Sie beendete den Anruf, aber nicht, bevor er noch ihr Schluchzen hörte.

War es ein Fehler gewesen, weil er ihr davon erzählt hatte? Vielleicht hätte er sie lieber in Unwissenheit lassen sollen, statt ihr den Albtraum ihrer Vergangenheit wieder aufzutischen.

Vielleicht hätte er den Anruf von Matthew in erster Linie gar nicht erst erwidern sollen.

Warum hatte er das nur getan?

Warum?

Schlimmer noch, warum *dachte* er überhaupt daran, zurückzugehen?

Und wenn er es täte, könnte er das überhaupt allein? Ohne Saylor? Aber er würde sie niemals dazu zwingen. Sie an den Ort zurückzubringen, der ihre Albträume verursachte.

Ihnen beiden jahrelang Albträume verursacht hatte.

Er hatte das alles erfolgreich hinter sich gelassen.

Bis zu diesem Anruf.

Wenn er klug wäre, würde er nicht gehen.

Wenn er klug wäre, hätte er Matthew nie zurückgerufen.

Wenn er klug wäre, hätte er den Zettel verbrannt.

Nur offenbar hatte jemand vergessen, ihn daran zu erinnern, dass er keineswegs klug war.

2

R eilly wusste nicht, was sie sagen sollte. Ihrer Meinung nach war das Gespräch zwischen Rev und Saylor absolut verwirrend.

Sie wusste nicht, ob sie verärgert oder wütend sein sollte. Nicht auf ihn, sondern *für* ihn. Als sie vor die Tür getreten war und gesehen hatte, wie er die Schultern zusammenzog, den Kopf in den verschränkten Armen hielt und das Telefon auf dem Tisch neben einer immer noch glimmenden Pfeife lag, hatte sie gewusst, dass etwas nicht stimmte.

Wer auch immer die Person war, deren Namen und Nummer sie auf diesen Zettel geschrieben hatte, hatte ihm eine schlechte Nachricht überbracht. Sie hätte nicht einmal gewusst, dass es sich bei Michael Schmidt um Rev handelte, wenn der Anrufer nicht zufällig erwähnt hätte, dass Michael vielleicht den Namen Mickey benutzte.

Die Gesprächsfetzen, die sie gehört hatte, gaben ihr aber nicht genügend Anhaltspunkte. Also sagte sie das Einzige, was ihr einfiel: »Das mit deinem Vater tut mir leid.«

Er wandte ihr diese atemberaubenden Augen zu – diese

leuchtend blauen Kugeln, die ihren Bauch und Unterleib zum Flattern brachten – und sah sie an. »Muss es nicht.«

»Machst du dir keine Sorgen, weil er krank ist?«

»Es ist mir scheißegal, ob er krank ist«, antwortete er.

»Als ich rausgekommen bin, sah es aus, als wärst du … durcheinander.«

»Nicht, weil er Krebs hat.«

Krebs?

Sie wollte gerne weiter nachforschen, aber immer, wenn sie die Jungs nervte, wimmelten sie sie ab oder grenzten sie aus. Sie hatten alle ihre Geheimnisse, jeder Einzelne von ihnen, und sie teilten diese normalerweise nicht. Wenn sie es doch taten, dann nur untereinander und mit niemandem sonst, so nahm sie an. Vielleicht teilten einige von ihnen sie auch mit ihren Old Ladys. Etwas, das sie nicht war.

Aber sie wusste, dass sie nicht einfach rumsaßen und über irgendeinen Mist redeten. Nicht so wie es die Fury-Schwesternschaft tat. Wenn einer der Jungs sah, dass sich die Mädels versammelten – vor allem, wenn sie dabei tranken –, machten sie sich normalerweise so schnell wie möglich aus dem Staub, um nicht in das hineingezogen zu werden, was auch immer die Frauen vorhatten.

Sie stellte sich vor, wie sie warnend ›Schützt eure Lenden!‹ schrien, während sie davonliefen.

Je länger sie dasaß, ohne etwas zu sagen, desto mehr wurde ihr klar, dass Rev wahrscheinlich mit dem, was in seinem Kopf vorging, allein gelassen werden wollte. Aber normalerweise hatte keiner von ihnen ein Problem damit, ihr zu sagen, sie solle verschwinden. Man hatte ihr schon oft gesagt, ›sie solle sich verpissen‹. Nichts davon beleidigte sie, denn nachdem sie in Manning Grove gelandet und ein Teil des Clubs geworden war, hatte es nicht lange gedauert, bis sie herausgefunden hatte, dass die Jungs einfach so waren.

Sie versteckten nicht nur ihre Geheimnisse, sondern auch ihre Gefühle.

Wenn sie ein langes und *einigermaßen* sinnvolles Gespräch mit einem Mann führen wollte, tat sie das mit ihrem Friseur Teddy von Manes on Main. Dieser Mann konnte reden.

Er konnte auch zuhören. Und er konnte gute Ratschläge geben. Vor allem, wie sie mit Make-up ihre Narbe so gut wie möglich verdecken konnte.

Männer redeten mit ihren Barkeepern. Frauen unterhielten sich mit ihren Friseuren. Das war der Lauf der Welt. Zumindest in einer normalen Welt.

Die MC-Welt war definitiv nicht normal. Nicht einmal annähernd.

»Ich lasse dich in Ruhe.« Sie versuchte, die Enttäuschung aus ihrer Stimme zu halten.

Doch sobald sie aufstand, packte er sie am Handgelenk und zog sie wieder nach unten. Vielleicht brauchte er Gesellschaft, wollte aber nicht darum bitten. »Du weißt, dass Dutch einen Anfall bekommen wird. Wir sind schon viel zu lange hier draußen.«

»Er kann warten.«

Ja, das konnte er. Was auch immer mit Rev los war, war wichtiger. Nicht, dass Dutch davon wusste. Oder sich darum scherte.

Aber Dutchs Wutausbrüche verflüchtigten sich in der Regel recht schnell. Und wenn nicht, musste Reilly den Mann nur neckisch an seinem Bart zupfen und ihm einen schmatzenden Luftkuss zuwerfen. Das unterbrach in der Regel den Amoklauf des ruppigen Bikers und brachte ihr außerdem ein stilles Dankeschön der vier Mechanikern ein, die normalerweise Dutchs Ziele waren. Nicht nur mit Worten, sondern manchmal auch mit fliegenden Schraubenschlüsseln.

Im vergangenen Jahr war sie auch oft genug eingeschritten, wenn Rook und Dutch sich prügeln wollten. Sie hatte keine

Ahnung gehabt, wie viele Kämpfe es zwischen Vater und Sohn geben konnte, bevor sie in die Stadt gekommen war.

Okay, vielleicht war sie nicht ganz von selbst in diese Stadt gekommen. In Wirklichkeit war sie von Judge vom Haus ihrer Schwester abgeholt und zur Farm gefahren worden, damit sie sich dort vor ihrem verrückten Ex-Freund verstecken konnte. Doch nachdem sie das Arschloch abgefackelt hatte, hatte sie beschlossen, an diesem Ort zu bleiben.

Jede vernünftige Frau wäre geblieben, wenn sie von einem Haufen heißer, grollender Alpha-Biker umgeben worden wäre. Die Fury war der feuchte Traum einer alleinstehenden Frau.

Die Wahrheit war jedoch, dass sie niemand anderen hatte. Abgesehen von ihrer Schwester Reese, die jetzt sowieso Teil des Clubs war.

Reilly gehörte also wirklich hierher. In diese Stadt, als Teil der Fury-Familie und, noch besser, der Fury-Schwesternschaft, auch wenn sie keine Old Lady war. Und vielleicht nie eine sein würde.

Nur gehörte sie nicht als Sekretärin in eine Autowerkstatt.

Ihre Schwester hatte recht. Sie hatte einen Abschluss in Betriebswirtschaft, den Reese mitbezahlt hatte, und den sie gerade einfach vergeudete. Sie musste ernsthaft darüber nachdenken, was sie damit anfangen konnte. Eine klare Richtung einschlagen, statt sich ständig treiben zu lassen.

Sie arbeitete nur deshalb noch für Dutch, weil es sie beschäftigt hielt und sie genug Geld damit verdiente, um eine winzige Einzimmerwohnung zu mieten, die nur wenige Gehminuten von der Werkstatt entfernt lag. Sie konnte sich auch ein zuverlässiges, gebrauchtes Auto kaufen und ein paar wirklich heiße Stiefel.

Zugegeben, sie hatte eine Schwäche für Stiefel. Knöchel-, schienbein-, knie- oder sogar oberschenkelhohe. Sie liebte sie alle.

Aber jetzt? Jetzt musste sie ernsthaft über ihre Zukunft nachdenken.

In Dutch's Garage ans Telefon zu gehen, war nur ihr ›Jetzt‹, nicht aber ihre Zukunft. Sie liebte die Arschlöcher, aber der Job war eine Sackgasse und nicht herausfordernd genug.

Wahrscheinlich war selbst Dutch überrascht, dass sie immer noch jeden Morgen mit Donuts und Kaffee von Coffee and Cream hereinkam. Aber sie fand, dass das Geld, das in die Kaffeedose im Pausenraum gesteckt wurde, besser in guten Kaffee und frisches Gebäck investiert werden sollte als in dieses beliebige Fünf-Kilo-Paket Kaffeebohnen, das Dutch in einem Lagerhaus in der Nähe von Williamsport bekam.

Sie konnten diesen Mist ruhig den ganzen Tag über trinken, aber sie sollten wenigstens gut in den Morgen starten. Aber leider hatten die täglichen Milchkaffees und glasierten Donuts ihre Hüften breiter gemacht, ihre Mitte leicht verdickt und ihre BHs zum Überlaufen gebracht.

Auch dagegen musste sie etwas tun.

Nur nicht gerade jetzt. In diesem Moment musste sie sich um ein anderes Problem kümmern. Reilly zügelte ihre Gedanken und betrachtete Revs ruhiges Profil.

Der Mann war so verflucht heiß.

So. Verflucht. Heiß.

Während die meisten Fury-Männer ziemlich heiß waren, stand Rev an der Spitze.

Jedes Mal, wenn ein weiterer Biker von dem Knüppel einer Old Lady am Kopf getroffen wurde – so nannte es die Schwesternschaft, wenn Mitglieder von Frauen geschnappt und eingesackt wurden –, war sie erleichtert, dass es nicht Rev war.

Sie hatte ein paar Fantasien über die anderen Jungs – wie könnte sie nicht? – aber jedes Mal, wenn sie ihren lila Rabbit-Vibrator hervorholte, dachte sie an Revs blaue Augen, seine Tattoos, seine zahlreichen Piercings, seine sexy, raue Stimme und seine vollen Lippen, die sie am liebsten auf ihre oberen *und* unteren Lippen gedrückt hätte. Sie träumte davon. Der Gedanke an Rev statt ihres Rabbits ließ sie ihre Orgasmen noch intensiver spüren.

Reilly rutschte auf der harten Holzbank hin und her. Rev steckte gerade in einer Krise. Sie sollte nicht davon träumen, ihn nackt auszuziehen und seinen Schwanz zu reiten, bis sie beide das Bewusstsein verloren.

Moment! War das überhaupt möglich? Sie wusste es nicht, aber sie war bereit, es auszuprobieren, auch wenn er es nicht war.

Der einzige Sex, den sie im letzten Jahr gehabt hatte – weil ihre liebe Schwester Angst davor hatte, dass sie sich wieder auf ein missbräuchliches Arschloch wie Billy einließ –, war mit einem angeheiterten Kerl gewesen, eingepfercht in seinem zweitürigen Coupé hinter dem Crazy Pete's. Er hatte es ungefähr zwanzig Sekunden ausgehalten, wenn überhaupt. Und dann war da noch …

Ein gescheiterter Versuch mit einem Fury-Mitglied.

Das nicht Rev war.

Aber sie brachen die Mission nach massivem Alkoholkonsum, heftiger Flirterei und einem tragischen Zwischenfall ab …

Er war ganz erstarrt vor Angst.

Offensichtlich reichte nur die Drohung einer ›Prügelparty‹, die Reese, Deacon und sogar Judge regelmäßig aussprachen, sollte eines der Mitglieder versuchen, eine der Frauen auf der ›Fass sie bloß nicht an‹-Liste zu berühren, um den Ständer eines Mannes zu killen.

Reilly hatte gehört, was mit Cage passiert war. Sie erfuhr es immer wieder, wenn sie mit einem der Jungs heftig flirtete. Sie konnte es in ihren Augen sehen. Sex mit Reilly war es nicht wert, von dem ein Meter neunzig großen und neunzig Kilo schweren Sergeant at Arms verprügelt zu werden.

Nachdem sie das Ergebnis von Cages Prügelparty gesehen hatte, stimmte sie da vielleicht sogar zu. Aber für sie war es beschissen, denn es bedeutete, dass, wenn sie mit jemandem Sex haben wollte, es ein beliebiger Typ sein musste, der keine Fury-Kutte trug und auch keine ›Maschine‹ fuhr.

Der Mann neben ihr tat beides.

Was scheiße war. Wirklich.

Denn es bedeutete auch, dass ihr Leben von jemand anderem als ihr selbst kontrolliert wurde. Selbst wenn es nur ihr Sexleben war. Normalerweise spielte Sexualität eine große Rolle in ihrem Leben. Nur derzeit nicht.

Und das gefiel ihr überhaupt nicht.

Sie wusste aber, dass die Jungs der Satzung und den Regeln zustimmen mussten, um ein angesehenes Mitglied mit Patches zu bleiben. Sie wusste auch, dass sie selbst diese Regeln und die Satzung einhalten musste, um weiterhin im Club willkommen zu sein.

War sie bereit, all das aufzugeben, nur um mit einem der alleinstehenden Fury-Mitglieder schwitzend zwischen den Laken zu landen? Sie starrte Rev an.

Ja.

Nein.

Scheiße. Vielleicht.

Sie schüttelte sich innerlich.

Der Mann neben ihr hatte schon genug Probleme. Sie sollte ihn nicht auch noch damit belasten, dass sie ihn bespringen wollte.

Das sollte sie nicht.

Das würde sie nicht.

Zumindest nicht jetzt.

Wenn er jedoch nicht bald etwas sagte, würden sich ihre Gedanken weiter auf einen sinnlichen, aber gefährlichen Weg begeben. Er musste dieses Gespräch entweder offiziell beenden, indem er aufstand und ging, oder es fortsetzen, da er sie zurück auf die Bank gezwungen hatte. Ihr ein Zeichen geben, das er nicht wollte, dass sie jetzt schon ging.

Nicht aber dasitzen, als hätte Cujo ihm die Zunge abgebissen.

Männer. So verdammt frustrierend.

»Warum erzählst du diesem Matthew, wer auch immer er ist«, *Andeutung, Andeutung,* »dass Saylor tot ist?«

»Für sie ist sie das.«

Sie. Seine Familie? Gehörte Matthew zu seiner Familie?

»Der Grund, warum Saylor hergekommen ist ...« Sie seufzte innerlich, weil er nicht auf ihre Vorlage eingegangen war. Also lenkte sie ihn weiter in die Richtung, in die sie das Gespräch führen wollte. »Du meintest, sie wollten nicht, dass Saylor nach ihrer Entlassung aus dem Jugendknast wieder nach Hause kommt, weil sie angeblich außer Kontrolle geraten war. Aber du hast diesem Matthew, wer auch immer er ist«, *Andeutung, Andeutung,* »gesagt, sie sei tot.« Sie wartete und drängte ihn im Geiste, es zu erklären.

»Matthew ist mein Onkel. Der Bruder meiner Mutter.«

Endlich!

Revs unwiderstehliche Augen musterten sie. »Ich habe es bisher noch niemandem erzählt. Dir sollte ich es auch nicht sagen, aber ...« Reilly hing an diesem letzten Wort und beobachtete, wie sich seine leckbaren, küssbaren Lippen bewegten, während er sprach. »Sie wollten, dass sie nach Hause kommt.«

Moment. Sie blinzelte verwirrt. Das war weder das, was Rev *noch* Saylor gesagt hatten. »Oh. Aber ...«

»Es war der letzte verdammte Ort, an den sie gehen wollte. Und selbst wenn, würde ich sie auf keinen Fall nach Hause gehen lassen. Nicht damals, nicht jetzt. Niemals.«

Doch je mehr er redete, desto verwirrter war sie. Gespräche sollten Missverständnisse aufklären, sie nicht aber noch verworrener machen. Jemand musste ihm das sagen. Oder ihn in die richtige Richtung lenken. Und dieser Jemand war sie. »Ich dachte, du hast sie eben angerufen, damit sie mit dir ... nach Hause geht, wo auch immer das ist.« *Andeutung, Andeutung.*

»Nein.« Er schüttelte den Kopf. »Ich hätte sie nicht anrufen sollen.«

Anstatt seinen Schwanz zu reiten, wollte sie ihn jetzt am liebsten erwürgen. »Aber sie muss doch wissen, dass ihr Vater – dein Vater – krank ist, oder?«

»Deshalb habe ich sie angerufen.«

»Aber du willst nicht, dass sie mit dir nach ... wo auch immer hingeht.« Andeutung ... Ach, scheiß drauf. »Wo ist ›wo auch immer‹?«

»Reilly.«

»Rev. Ernsthaft. Ich wollte wieder reingehen und dich allein lassen, aber du hast mich wieder auf diese Bank gesetzt. Ich denke, dafür gibt es einen Grund. Oder liege ich da etwa falsch?«

Er wandte seinen Blick von ihr ab und starrte hinaus auf den Lagerplatz, der eigentlich eher ein Schrottplatz war, voller alter Fahrzeuge, streunender Katzen und Ratten. Und Schlamm. Sie durfte den ganzen verdammten Schlamm nicht vergessen.

Sogar unter seinem dichten, aber kurzen dunkelblonden Bart sah sie, wie er den Kiefer fest zusammenbiss.

»Ich irre mich nicht«, flüsterte sie und drehte sich auf der Bank, bis ihr Schenkel gegen seinen presste. Sie strich mit den Fingern über die kurzen, drahtigen Haare, die seine feste Kieferpartie bedeckten. »Ich kann nicht ewig hier draußen bleiben, Rev. Dutch wirft wahrscheinlich gerade mit Sachen um sich. Vor allem, wenn das Telefon im Büro ununterbrochen klingelt und ich nicht da bin, um es zu beantworten.«

»Dann geh rein.«

»Du wolltest nicht, dass ich wieder reingehe«, erinnerte sie ihn sanft. »Du wolltest, dass ich bleibe. Ich bin hier. Ich höre zu.«

Er kniff die Augen zusammen. »Ich kann verdammt noch mal nicht klar denken.« Er öffnete die Augen wieder und wies mit dem Kinn auf den Zettel. »Nimm nie wieder einen Anruf von diesem Mann an.«

»Okay.«

»Ruft er an, legst du auf.«

»Okay.«

»Nein. Sag ihm erst, er soll sich verpissen, dann legst du auf.«

»Das werde ich tun.« Sie starrte ihn noch ein paar Augenblicke lang an, während die Emotionen, die er zu verarbeiten versuchte, über sein Gesicht huschten. »Was wirst du jetzt tun?«

Er fuhr sich mit beiden Handflächen über das Gesicht, um die Gefühle wegzuwischen und seufzte. »Ich weiß es nicht.«

»Was *willst* du tun?«

»Ich weiß es nicht.«

Vielleicht sollte sie lieber Fragen stellen, deren Antworten er kannte, um ihm die Verarbeitung dessen, was er zu verarbeiten versuchte, zu erleichtern. »Wo leben sie?«

»Außerhalb von Coatesville.«

Coatesville. Coatesville in Chester County?

Reilly blinzelte.

Coatesville war nicht weit von dem Ort entfernt, an dem sie gewohnt hatte, bevor sie vor all den Monaten bei Reese eingezogen war. Dort hatte sie gelebt, als ihr ehemaliger Freund sie fast umgebracht hatte.

Als ihr ehemaliger Scheißkerl von einem Freund ihr Gesicht entstellt hatte.

Bevor sie den Knopf des Ofens gedrückt hatte, in dem sich ihr alter Missbraucher befand.

Noch lebend. Noch atmend.

Bis er es nicht mehr tat.

Ihr Herz machte einen Satz in ihrer Brust und begann, heftig zu pochen.

Jedes Mal, wenn sie an diesen Tag dachte – obwohl sie es vermied, darüber zu sprechen, obwohl *jeder* es vermied, darüber zu sprechen –, durchlebte sie ihn wieder, als wäre er erst vor fünf Minuten geschehen.

Wie sie sich an Deacon vorbeidrängte, ihre Augen nur auf den roten Knopf geheftet.

Das Zischen der Brenner. Die gedämpften Schreie.

Dann das Gefühl der Erleichterung.

Das Gefühl der Freiheit, wie es sie überflutete. Wie es jede Zelle ihres Körpers erfüllte.

Die Anspannung war weg.

Die Angst war weg.

Das missbrauchende Arschloch … *puff* … weg.

Unfähig, sich ein neues Opfer zu suchen.

Mit einem einfachen Knopfdruck war ein tollwütiges Tier in einen Haufen wertloser Asche verwandelt worden.

Mit einem Ruck kehrte sie in die Gegenwart zurück. Zu Rev. Wo waren sie stehen geblieben? *Ach ja.* »Ziehst du überhaupt in Erwägung, hinzufahren?«

»Ich weiß es nicht.«

Er tat es. Aus welchem Grund auch immer.

»Falls du es tust, solltest du nicht allein hin.«

»Saylor wird nicht mitkommen.«

»Dann geh du auch nicht. Ich kann sehen, wie hin- und hergerissen du bist. Was bedeutet, dass es einen guten Grund dafür gibt. Lass die Vergangenheit in der Vergangenheit ruhen. Mach es wie Elsa: Lass sie einfach los.« Sie stand auf. Ihre Arbeit hier war getan.

Er runzelte die Stirn. »Wer zum Teufel ist Elsa?«

Sie biss sich auf die Lippen. Selbst wenn sie es ihm sagte, würde er nicht wissen, wovon sie sprach. Und dann müsste sie zugeben, warum sie Frozen ein halbes Dutzend Mal mit seiner Schwester und Cassies Tochter Daisy gesehen hatte.

»Niemand, den du kennen willst«, murmelte sie. Sie lächelte auf ihn herab und zupfte erneut am stacheligen dunkelblonden Haar auf seinem Kopf.

Er trug sein Haar kurz, benutzte aber eine Menge Gel. Während sie bei ihm die kürzeren Haare bevorzugte, rockten einige der anderen Jungs eindeutig den Langhaar-Look. Wie Shade, zum Beispiel. Oder Easy.

Sogar Cages längliches, zerzaustes Haar passte perfekt zu ihm. Bei einem der ›Wein und Weinen‹-Treffen der Schwesternschaft gestand Jemma eines Abends betrunken, dass es die perfekte Länge hätte, um seinen Kopf für bestimmte Aktivitäten zu packen.

Dieses Geständnis brachte Reilly allerdings dazu, aus Selbstmitleid noch *mehr* Wein zu trinken, da sie niemanden für solche ›Aktivitäten‹ hatte.

Außerdem hatte Rev – im Gegensatz zu den anderen Jungs – mehrere Barbell-Piercings in beiden Ohren und einen Reifen in seinem linken Nasenloch. Das einzige andere Fury-Mitglied, das solche Piercings trug, war der Old Man ihrer Schwester, Deacon.

Ihr Blick fiel auf Revs Brust, als ihr klar wurde, dass sie seinen Schwanz schon oft gesehen hatte, sogar seine nackten Arschbacken – die, wenn man sie fragte, eine solide Fünfzehn auf einer Skala von eins bis zehn waren –, da er auf der Farm Sex mit den Sweet Butts hatte. Doch sie hatte ihn noch nie ohne Shirt gesehen.

Hm.

Ihr lag auf der Zunge zu fragen, ob seine Brustwarzen gepierct waren. Aber das wäre eindeutig eine seltsame Frage, während sie darüber sprachen, ob er nach Hause fahren sollte, um seinen sterbenden Vater zu besuchen.

Sie würde es sich für die Zukunft aufbewahren, Deacon hatte gepiercte Brustwarzen, doch weder Reese noch Deke wollten Reillys zahlreichen Fragen beantworten. Allerdings hatte sie ihre Schwester schon dabei erwischt, wie sie die Piercings über Dekes Hemd berührte, wenn sie dachte, dass niemand zusah.

Daraus schloss sie, dass Reese sie mochte und Deacon sie *sehr* mochte.

Als Rev einen Arm um ihre Hüften legte und seine Hand ihre Taille drückte, holte er ihren Verstand in die Gegenwart zurück, der dazu neigte, sich unnötig zu verlieren. Wahrscheinlich, weil sie im Moment so verdammt sexhungrig war. Sie könnte auf einem verdammten Laternenpfahl reiten und denken, es sei der beste Sex aller Zeiten.

»Ich weiß, dass du normalerweise nicht darüber sprichst und ich erwarte das auch nicht von dir. Aber ... Weißt du, wie sehr du wolltest, dass dieser Wichser stirbt?«

Dieser Wichser?

Ach, Scheiße. Ihre Finger verharrten in seinem Haar. Er hatte sie vielleicht in die Gegenwart zurückgeholt, aber dafür taumelte sie jetzt und rang nach Luft.

»Irgendwie will ich das Gleiche. Ich bin nicht traurig, dass er stirbt. Ich hoffe, dass er verdammt noch mal leidet. Und die Wahrheit? Ich will dabei sein, wenn es passiert.«

»Rev.«

»Du hast keine Ahnung, Reilly. Und ich werde es dir auch nicht erklären. Aber glaub mir, wenn du es wüsstest, würdest du verstehen, warum ich das sage.«

Scheiße.

Sie hatte ihre Eltern gehasst – alle beide –, weil sie sie und Reese im Stich gelassen hatten. Ihre Mutter hatte vielleicht im selben Haus gewohnt, war aber nie anwesend gewesen. Sie war keine Mutter. Nur ein lebendes, atmendes Objekt, um das sie vorsichtig herumtreten mussten, wenn sie betrunken war.

Aber sie hatte nie gewollt, dass ihre Eltern starben.

Der einzigen Person, der sie das gewünscht hatte, war Billy Warren. Und zwar erst, nachdem er sie fast umgebracht hätte.

Zweimal.

Okay, vielleicht wollte sie einige der Shirleys ebenfalls tot sehen, wegen der ganzen Scheiße, die sie mit dem Club abgezogen hatten. Aber im Moment dachte sie nicht daran. Und im Moment war es ruhig um sie. Aus gutem Grund.

Viel wichtiger war es jedoch, dass sie den Hass auf einen Elternteil verstand, der so tief saß, dass jemand dessen Leid sehen wollte, bevor er seinen letzten Atemzug nahm. »Ich glaube nicht, dass das gesund ist.«

»Vielleicht nicht gesund, aber zumindest nötig. So was wie ein verfluchter Abschluss.«

»Also wirst du gehen.«

Er neigte den Kopf zu ihr hinauf. »Ja. Ich werde gehen. Du hast mir bei meiner Entscheidung geholfen.«

Na klar, mach mir ruhig ein schlechtes Gewissen. Danke dafür, Rev.

»Du solltest nicht allein hin, Rev. Besonders aus dem Grund, aus dem du gehst.«

»Saylor wird nicht mitkommen.«

»Nicht Saylor. Geh mit jemand anderen.«

»Ich werde niemanden sonst mitnehmen. Das ist kein Trip für mich und meine beste Freundin. Sowas machen nur Frauen. Ich fahre einfach runter, sehe zu, dass es erledigt wird, und hau dann ab.«

Sehe zu, dass es erledigt wird.

Mithelfen, zum Beispiel? Den Vater ein bisschen schneller ans Ziel bringen?

»Wann willst du los? Du musst das mit Dutch klären. Du weißt, dass er nicht glücklich darüber sein wird, dass du einfach so abhaust.«

»Er wird schon damit einverstanden sein. Ich tu einfach so, als ob mich mein Samenspender interessiert, dann kann Dutch nichts dagegen sagen. Welcher Boss lässt einen Angestellten nicht zu seinem sterbenden Vater gehen?«

Keiner. Nicht einmal Dutch.

»Wann?«, fragte sie erneut. Sie musste es wissen, weil sich in ihrem Kopf bereits ein Plan zusammenbraute. Sie musste nur noch einige grobe Details klären.

Eines davon war Dutch, der diesen Moment nutzte, um die Hintertür aufzureißen und zu brüllen: »Was soll der Scheiß? Glaubt ihr, ich bezahle euch dafür, dass ihr hier draußen rumsitzt und dem verdammten Unkraut beim Wachsen zuseht? Kommt verdammt noch mal rein, oder ihr seid gefeuert.«

Reilly biss sich auf die Unterlippe, um ihr Grinsen zu verbergen. »Hab ich dir doch gesagt.«

»Du brauchst mir nicht zu sagen, wie mürrisch dieses Arschloch ist.« Rev verbarg sein Grinsen nicht.

Heilige Scheiße, es war so schön wie dieser Mann selbst.

Hätte Dutch sie nicht gerade angestarrt, wäre sie versucht gewesen, sich die Faust unter das Kinn zu stützen, Rev mit klimpernden Wimpern anzustarren und verträumt zu seufzen.

Schnaub. Rev würde wahrscheinlich denken, sie hätte sich den Kopf an der Ecke einer Hebebühne angeschlagen.

»Darfst du sie so anfassen?«, knurrte Dutch. »Ich darf sie nicht anfassen, du darfst sie verdammt noch mal nicht anfassen.«

Die Tür knallte zu.

Rev gluckste, was schön anzusehen war.

Diesmal schnaubte Reilly laut auf. »Als ob ich mich von ihm anfassen lassen würde.«

Rev ließ sie los, stand auf und trat zwischen die Bank und den Tisch. Er bot ihr seine Hand an, um ebenfalls über die Bank zu steigen.

»Man weiß nie. Dem Mann fallen die Mösen links und rechts vor die Füße. Es muss einen Grund dafür geben.«

»Dir etwa nicht?« In manchen Nächten prügelten sich die Sweet Butts und die Besucherinnen praktisch um ihn.

Reilly wüsste zu gern, worüber sie sich stritten.

»Ich kann nicht klagen.« Er grinste und seine blauen Augen funkelten.

Sie verdrehte ihre eigenen.

Er wollte zurückweichen, aber Reilly zerrte an der Hand, die sie partout nicht loslassen wollte. Mit zusammengezogenen Augenbrauen drehte er sich zu ihr um.

»Hey, ich weiß, dass ihr Jungs nicht so gerne redet, aber falls du es doch mal brauchst, bin ich da. Ich spreche das einfach mal ins Universum hinaus.«

Er legte den Kopf schief und betrachtete sie. »Das Universum hat es gehört und weiß es zu schätzen. Und jetzt geh rein, bevor der alte Mann deinen süßen Arsch rausschmeißt.« Damit schlug er ihr so fest auf den Hintern, dass sie aufsprang und quietschte.

Aber verdammt ...

Was würde sie nicht alles für ein bisschen mehr davon tun ...

Zur Hölle mit ›ein bisschen‹. Sie würde noch eine ganze Menge mehr davon nehmen.

R eilly kaute auf ihrem Daumennagel, während sie auf Revs Motorrad saß, das in dem langen Lagerschuppen stand, in dem sie alle ihre Maschinen abstellten. Sie hatte ihr Auto heute Morgen hinter dem The Grove Inn versteckt und sich dann von Ozzy absetzen lassen.

Sie liebte den Großen Oz. Er war der Beste. Und das hatte er einmal mehr bewiesen, als er sich an diesem Morgen aus dem Bett geschält und von der schlafenden Lizzy entfernt hatte, nur um Reilly einen Gefallen zu tun. Ohne irgendwelche Fragen zu stellen.

Sie brauchte ihm keine Ausreden zu liefern, warum sie so früh eine Fahrt zur Farm brauchte. Anders als die meisten Kerle war ihm wirklich scheißegal, was sie tat und warum. Für ihn galt: Wenn du dich nicht in die Angelegenheiten von anderen einmischst, mischen sie sich auch nicht in deine ein.

So einfach war das.

In den vielen Monaten, in denen sie im Motel gewohnt hatte, hatte er sich immer für sie eingesetzt. Sie hatte ihm im Gegenzug, wenn nötig, im Büro ausgeholfen. Obwohl sie ihre eigene Wohnung liebte, vermisste sie seine Nähe, da er wie ein älterer Bruder für sie geworden war.

Doch jetzt war sie hier und wartete ... in einem dunklen Schuppen.

Nervös.

Denn sie wusste genau, dass Rev ihr einiges um die Ohren werfen würde, weil sie hier war. Aber sie hatte sich ihre unsichtbare Rüstung übergezogen und war auf alles vorbereitet. Sie hatte ihre Argumente auch immer wieder im Kopf durchgesprochen. Sie wusste, was sie ihm sagen wollte und wie sie ihn zur Vernunft bringen konnte.

Er hatte ihr gestern nicht verraten, wann er nach Coatesville fahren wollte, aber sie hatte ihn belauscht – ja, absichtlich belauscht –, als er anschließend mit Dutch darüber sprach.

Dutch murrte zwar viel, ließ ihn aber widerwillig die Tage freinehmen. Rev, der nicht wusste, wann sein Vater ›friedlich abreisen‹ würde – Reilly hatte sich bei dieser Beschreibung fast verschluckt –, ließ das Datum seiner Rückkehr offen. Daraufhin belauschte sie auch sein Gespräch mit Trip, um sicherzugehen, dass Rev erst heute Morgen und nicht schon gestern Abend abreiste.

Bevor Ozzy nun weggefahren war, hatte sie den Schuppen nach Revs Maschine abgesucht. Erleichtert hatte sie sie entdeckt. Aber eigentlich erwartete sie auch nicht, dass er vor dem Morgengrauen losfuhr, deswegen hatte sie sich von Ozzy so früh absetzen lassen. Nur um sicherzustellen, dass sie Rev erwischte, bevor er wegfuhr.

Sie hatte dem älteren Biker jede Menge Kaffee und frisches Gebäck von Coffee and Cream versprochen, sobald sie zurück war. Doch er hatte nur mit einem Grunzen geantwortet und war davongefahren. Das tiefe Rumpeln seiner Maschine war ohrenbetäubend laut in der ruhigen Dämmerung im April gewesen.

Danach hatte sich in der hinteren Ecke des Schuppens hinter

einigen Kisten versteckt, während nach und nach alle außer Rev hineingestolpert waren, ihre Motorräder geholt hatten und die Farm für die Arbeit verließen. Sie wollte all den Fragen aus dem Weg gehen, die man ihr stellen würde – und die sie nicht beantworten wollte –, wenn jemand sie entdeckte.

Ein verschlafener Biker nach dem anderen trat ein und rollte hinaus. Was allerdings kein Wunder war, denn nicht einer von ihnen war ein fröhlicher Morgenmensch.

Eine Stunde, achtzehn Minuten und vierunddreißig verdammte Sekunden später öffnete sich die Tür endlich wieder. Sie hoffte inständig, dass es sich diesmal um Rev handelte, denn sie war fertig mit dem Verstecken.

Wenn er es nicht war, würde sie zur Schlafbaracke gehen und ihn am Haar herauszerren. Außer Rev war wahrscheinlich niemand mehr hier, nur vielleicht ein paar der Prospects. Aber das Risiko, von einem dieser Prospects gesehen zu werden, ließ sie trotzdem zögern.

Ein Teil der Anspannung fiel von ihr ab, als sie seine vertraute Silhouette durch die offene Tür kommen sah. Als er den automatischen Toröffner an der Wand betätigte, um die Doppelgaragentür vor seiner Maschine zu öffnen, rief sie: »Mach das nicht auf!«

Sein ganzer Körper zuckte zusammen, während seine Hand automatisch dorthin wanderte, wo er ein Messer an seiner Hüfte versteckte. Sein Kopf wirbelte zu ihr. »Was zur Hölle?«, brummte er. »Was zur Hölle machst du hier?« Er klang und sah nicht sonderlich glücklich aus, sie zu sehen. Keine Überraschung.

»Schließ die Tür, bevor mich jemand sieht.«

»Ich habe dich doch schon gesehen.«

»Nicht du, du Dummkopf«, stellte sie klar. »Die anderen.«

Er schlug mit der Handfläche auf den Garagentorknopf und die Tür schloss sich brummend wieder. »Warum zum Teufel versteckst du dich hier drin?«

53

Als er den nächsten Schalter betätigte, gingen alle LED-Lampen im Schuppen an. Sie blinzelte und hob eine Hand, um ihre Augen vor dem grellen Licht zu schützen.

»Ich verstecke mich nicht«, sagte sie mit gespielter Unschuld.

Er schaute sie von seinem Platz aus an und zog eine Augenbraue hoch.

Sie warf ihm einen gleichgültigen Blick zu. »Hör mir einfach zu.«

»Reilly«, knurrte er.

»Hör mir einfach zu«, rief sie, »bevor du wie ein Alpha-Arschloch auf mich losgehst und anfängst, dir auf die Brust zu trommeln und mit den Stiefeln zu stampfen.« Seit sie gehört hatte, wie Teddy die Fury-Mitglieder als ›lederbekleidete Gorillas‹ bezeichnete, ging ihr dieser Vergleich nicht mehr aus dem Kopf. Er passte perfekt.

»Du solltest verdammt noch mal nicht hier sein.«

»Und du solltest nicht allein gehen«, konterte sie.

Sein Blick wurde hart. »Was soll der Scheiß, Reilly?«

Sie seufzte und schlängelte sich um die wenigen verbliebenen Maschinen im Schuppen, um sich ihm zu nähern, da er anscheinend an Ort und Stelle erstarrt war.

Als sie bei ihm ankam, neigte sie ihr Gesicht zu seinem und sagte: »Du fährst nicht mit deiner Maschine.«

Seine Augenbrauen schossen so weit nach oben, dass sie nicht mehr sagen konnte, wo sie endeten und wo sein Haaransatz begann. »Willst du mir vielleicht erzählen, seit wann ich Befehle von dir annehme?«

»Das ist kein Befehl, es ist nur … ein stark formulierter Vorschlag.«

»Ach so. Das klingt schon viel besser«, sagte er viel zu freundlich. Er starrte sie kurz an, dann brüllte er: »Was glaubst du eigentlich, wer du bist?«

Sie fuhr zusammen. »Jemand …«

»Ich muss wohl zu viel Whiskey getrunken und zu viel Gras geraucht haben, denn ich kann mich verdammt noch mal nicht daran erinnern, dass ich gestern Abend eine Frau für mich beansprucht habe.«

»Ich …«

»Und ich erinnere mich nicht daran, dass mich deine stark formulierten Vorschläge irgendeinen einen Scheiß interessieren. Ich nehme meine verdammte Maschine und fahre allein.«

Sie schob eine Hand unter seine Kutte und drückte sie gegen das geriffelte, dunkelgraue Thermoshirt, das er darunter trug. Die Muskeln unter ihren Fingern waren so angespannt, dass es sich anfühlte, als würde sie eine Felswand berühren. »Nein, tust du nicht.«

Er steckte einen Finger in sein rechtes Ohr und drückte es zu und wieder auf. »Mein Gehör muss wohl im Arsch sein.«

»Nein, du hast mich schon verstanden.«

Er legte den Kopf in den Nacken, starrte zur Decke des Schuppens hinauf, stieß ein trockenes Lachen aus, ließ den Kopf wieder zurücksinken, schüttelte ihn und neigte ihn dann den ganzen Weg zu ihr hinunter. Sein Mund öffnete sich, ein Zischen entrang, dann schloss er ihn wieder und ging um sie herum zu seiner Indian-Dark-Horse-Maschine.

Es war ein tolles Gefährt und ein knallhartes Motorrad, das sie – im Gegensatz zu seinem Besitzer – schon ein paar Mal geritten hatte.

Sie beschloss, ihm zu folgen.

Er ließ seinen Rucksack auf den Betonboden fallen, dann stieß er mit seinem Stiefel gegen ihre Tasche. »Was ist das für ein Scheiß?«

»Meine Sachen. Was ich für die nächsten Tage brauche.«

Seine Nasenflügel blähten sich auf, als er auf ihren Rucksack starrte, der viel voller zu sein schien als seiner. Im Gegensatz zu ihm konnte sie nicht tagelang dieselbe Unterwäsche, dieselben

Socken und dasselbe Hemd tragen. Außerdem benutzte sie mehr als nur einen Spritzer Gel für ihr Haar.

»Für unsere Reise«, fügte sie hinzu. Das kam ein bisschen schwächer rüber, als sie beabsichtigt hatte.

»Reilly, das ist nicht *unsere* Reise.«

Sie streckte den Rücken durch und hob ihr unsichtbares Schild, bereit zum Kampf. »Das war sie vielleicht nicht, aber jetzt ist es eben so.«

»Nein, ist es nicht.«

»Doch, ist es. Ich verstehe, warum du Saylor nicht mitnehmen willst. Aber jemand sollte bei dir sein.«

»Und du denkst, dass du dieser Jemand bist.«

Sie reckte ihr Kinn weiter, um ihm zu zeigen, dass sie nicht zurückweichen würde. »Ich weiß, dass ich das bin.«

»Nein, Reilly.«

»Hör zu, ich weiß, dass ich vielleicht nicht die beste Wahl bin, aber ich bin deine einzige Wahl. Oder kennst du jemand besseren?«

»Ja. Niemanden.«

»Ich lasse dich nicht allein gehen.«

»Reilly, die Entscheidung liegt nicht bei dir.«

Sie ignorierte ihn und fuhr fort: »Deine Maschine nimmst du schon mal nicht. Wir müssen stattdessen deinen Bronco nehmen.«

Seine Augenbrauen zogen sich zusammen und er konnte den Ärger in seinen Augen nicht verbergen. »Warum zum Teufel sollte ich mit meinem Bronco fahren? Das würde mich ein Vermögen an Benzin kosten.«

»Da ich sowieso in diese Richtung muss, dachte ich, wir könnten uns die Kosten teilen.« Okay, der letzte Teil war vielleicht ein bisschen geflunkert. Obwohl die Jungs wussten, dass sie gerne ihren eigenen Teil zahlte, würde keiner von ihnen jemals Geld von ihr verlangen, also verließ sie sich auch heute darauf, da sie nicht besonders viel hatte.

Wenn sie ihnen Geld anbot, waren sie normalerweise beleidigt. Dann beschimpften sie sie, drehten ihr den Rücken zu und gingen kopfschüttelnd davon. Das Gleiche war passiert, als sie Dutch einen fairen Preis für den Gebrauchtwagen angeboten hatte, den er ihr verkauft hatte. Und für die Reparaturen, die nötig waren, um ihn wieder in einen tipptopp Zustand zu bringen. Der Besitzer der Werkstatt hatte ihr fast den Kopf abgebissen und nur etwa die Hälfte dessen verlangt, was das Auto und die Reparaturen wert gewesen waren.

Obwohl sie das zu schätzen wusste, wollte sie auch unabhängig sein. Sie war schon viel zu lange abhängig von ihrer Schwester. Seit sie nach Manning Grove gezogen war, versuchte sie das zu ändern. Es war an der Zeit, dass sie ihre Frau stand, dass sie für ihre eigenen Entscheidungen und Fehler verantwortlich war. Vor allem, nachdem Billy Warren sie fast umgebracht hatte. Das war es, was sie sich vorgenommen hatte.

Er zog sein Kinn ein und wiederholte: »Du musst sowieso in diese Richtung? Bist du völlig verrückt geworden, Frau?«

Sie schüttelte den Kopf. »Verflucht schlau.« Sie tippte sich an die Schläfe. »Jetzt, wo ich meine eigene Wohnung habe, muss ich den Rest meiner Sachen aus dem Lagerhaus holen. Reese bezahlt die ganze Zeit dafür und das kann ich ihr nicht länger zumuten. Ich werde eh nie wieder dorthin zurückziehen, also macht es keinen Sinn, es zu behalten. Das hier ist jetzt mein Zuhause.«

»Hol dein Zeug selbst. Du hast doch jetzt einen Käfig.«

»Es geht nicht nur darum, Benzin zu sparen. Ich könnte die Hilfe wirklich gebrauchen. Außerdem passen meine Sachen nicht alle in mein Auto. Sieh es doch mal so: Ich helfe dir und du hilfst mir.«

»Wie zum Teufel willst du mir helfen?«

Abgesehen davon, dass sie seine emotionale Stütze wäre? Sie wusste, dass dieses Argument bei ihm nicht ziehen würde. Also sagte sie stattdessen:»Ich leiste dir während der dreieinhalbstündigen Fahrt Gesellschaft. Wenn du willst, kann ich singen. Oder Witze erzählen. Oder wir können uns eines meiner wirklich heißen Hörbücher anhören.«

»Oder du kannst einfach die ganze Zeit die Klappe halten.«

Sie lächelte. »Ich fürchte, das ist unmöglich.«

»Wenn das mal nicht die verdammte Wahrheit ist.«

Die zweite Wahrheit war, dass sie begann, dieses Gespräch zu gewinnen. Ihre Hartnäckigkeit zahlte sich aus. »Also ... heißt das, wir bilden eine Fahrgemeinschaft?«

»Du bist echt unvergleichbar«, murmelte er, stemmte die Hände in die Hüften, ließ den Kopf sinken und starrte zu seinen Stiefel.

»Danke.«

Er hob den Kopf an. »Das war kein Kompliment. Hast du das mit Reese und den anderen besprochen?«

Den anderen. Er meinte Deacon und Judge.

Sie biss sich auf die Unterlippe.

»Du kostest mir noch meinen Arsch, Frau.«

»Ach, ich denke nicht«, sagte sie.

»Schon klar. Ich werde so lange weg sein, wie nötig«, warnte er sie.

Das hatte sie bereits erwartet. »Mir ist es egal, wie lange es dauert.«

Sie nahm an, dass sein Onkel sich nur dann an ihn gewandt hätte, wenn sein Vater am Ende seiner Krankheit angekommen wäre, damit Rev Zeit und Gelegenheit bekam, ihn zu sehen, solange er noch lebte. Sie nahm auch an, damit Rev später nicht bedauerte, seinen Vater nicht ein letztes Mal gesehen zu haben.

»Welche Ausrede hast du? Denn ich habe deinen Käfig draußen nicht stehen sehen. Das heißt, du hast ihn irgendwo versteckt, richtig?«

Der Mann war nicht dumm.

Sie zuckte mit den Achseln. »Vielleicht.«

»Wo?«

Sie warf ihm einen Blick zu, den er sofort verstand.

»Verdammter Ozzy. Hast du ihm gesagt, dass du mit mir mitgehst?«

»Nö. Er hat weder gefragt noch sich darum gekümmert.«

»Verdammter Ozzy. Er hätte fragen sollen.« Er schüttelte ungläubig den Kopf. »Und was hast du den anderen gesagt? Zu denen, die mich mit einem verdammten Knüppel verprügeln würden?«

Sie warf ihm einen weiteren Blick zu.

»Mein Gott«, raunte er. »Spucks aus. Oder ich lasse dich hier und fahre ohne dich mit meiner Maschine. Und deine Geschichte sollte lieber verdammt gut sein.«

Ihrer Meinung nach war sie sogar ziemlich gut. »Nun ...«

Er stöhnte. »Du willst mich tot sehen, richtig? Ist es das, was du willst?«

»Ich habe Reese erzählt, dass ich für ein paar Tage nach Philadelphia fahre, um mich mit ein paar Freundinnen vom College zu treffen. Und weil sie so tolle Freundinnen sind, haben sie mir angeboten, mir beim Ausräumen des Lagerraums zu helfen.«

Er starrte sie eine ganze Weile an, bevor er murmelte: »Du und ein paar College-Freundinnen. Das würde ich gerne sehen.«

Natürlich war das der Teil der Geschichte, den er aufge- schnappt hatte. »Freundinnen im Sinne von Freundinnen, die weibliche Geschlechtsteile haben. Nicht Freundinnen, die über meinem Gesicht hocken, während ich ihre Muschis lecke.«

Rev stöhnte und wandte sich für einen Moment ab. Oder auch zwei. Als er sich schließlich wieder umdrehte, überschlug sich seine Stimme, als er fragte: »Und Dutch?«

»Ich bin sicher, Dutch wäre bei dieser Aktion gerne dabei. Oh, warte. Du meinst ... ich habe ihm das Gleiche gesagt wie Reese.«

»Und er war nicht sauer, weil du einfach abhaust?«

»Glaub mir, er ist eher überrascht, dass ich immer noch in der Werkstatt auftauche.«

»Da ist er nicht der Einzige.«

»Ich hänge irgendwie an euch Arschlöchern, ob ihr es glaubt oder nicht.«

Sie erwartete, dass er antworten würde, sie hingen auch irgendwie an ihr. Aber das tat er nicht. Stattdessen fragte er: »Lässt du auf deinem Handy deinen Standort verfolgen?«

Alles deutete darauf hin, dass er einlenken und sie mitgehen lassen würde. Wenn auch nur widerwillig. Jetzt durfte sie es nur nicht mehr vermasseln. »Ich weiß es nicht.«

Er streckte seine Hand aus.

Sie holte ihr Handy aus der Außentasche ihres Rucksacks und reichte es ihm, nachdem sie es entsperrt hatte. Er wischte sich durch die fünf Millionen anderen Apps auf ihrem Telefon und fand dann endlich die, nach der er suchte. Er klickte darauf herum, bevor er es ihr zurückgab.

»Ich sag es dir ja nur ungern, aber du bist nicht so schlau, wie du denkst. Wir alle haben aus gutem Grund diese *Finde-deinen-Arsch*-App auf unseren Handys. Aber es wäre nicht besonders günstig, wenn wir beide am selben Ort außerhalb von Manning Grove gefunden werden.«

»Da ist wohl jemand schlauer, als ich dachte.« Sie hätte niemals an eine App zur Standortermittlung gedacht. Sie hatte vergessen, dass Judge – während des ganzen Ärgers mit den Shirleys – von allen verlangt hatte, dass sie sie auf ihren Handys installierten.

»Nicht ganz so schlau, wenn man bedenkt, dass ich dich mitlasse.«

Sie wippte auf den Zehenspitzen, packte sein Shirt und zupfte daran. »Du wirst es nicht bereuen.«

»Oh, ich werde es ganz sicher bereuen. Das weiß ich jetzt schon.«

Sie grinste. »Du wirst meinen Gesang lieben.«

»Ich hätte dich lieber als Navigationssystem.«

»Es ist schwer, dir auf deiner Maschine den Weg zu weisen.«

»Dafür leicht in meinem Bronco.«

Sie grinste.

Er grinste.

Moment. Vielleicht meinte er es gerade ernst.

»Wenn dein Kopf in meinem Schoß liegt, kannst du nicht nur deine Klappe halten, sondern auch nicht gesehen werden, wenn wir von der Farm und aus der Stadt fahren. Ich will nicht, dass dich jemand in meinem Bronco sieht.« Er griff nach seinem Rucksack. »Schnapp dir deinen Scheiß. Ich werde ihn nicht für dich tragen. Ich gehe raus und stelle sicher, dass die Luft rein ist, bevor du in meinen Käfig kletterst und deine Lippen um meinen Schwanz wickelst.«

Sie kaute auf ihrer Unterlippe.

Er beugte sich vor und flüsterte: »So ist es gut, wärm deine Lippen schon mal auf, Babe. Ich kann es kaum erwarten. Denn das hier wird keine Freifahrt für dich.«

Damit gab er ihr einen kräftigen Klaps auf den Hintern und verließ den Schuppen, während sie sich fragte, worauf sie sich da nur eingelassen hatte.

Und ob sie sich da wieder herausholen wollte oder nicht.

* * *

Über drei verdammte Stunden fuhren sie schweigend, weil sie jedes Mal mitsang, wenn er das Satellitenradio einschaltete, das er letztes Jahr in seinem maßgefertigten 68er Ford Bronco 4x4 installiert hatte. Nachdem er dreimal den Sender gewechselt hatte, von Classicrock über Heavy Metal bis hin zu Rap, versuchte sie, zu jedem Lied mitzusingen, egal, ob sie den Text kannte oder nicht.

Er drückte auf den Ausschaltknopf und machte der Arie ein

JEANNE ST. JAMES

Ende, bevor er sie noch tötete und ihre Leiche am Straßenrand entsorgte.

Die Wahrheit war, dass sie überhaupt nicht singen konnte.

Noch schlimmer war, wenn sie sich die Texte ausdachte.

Sie konnte auch keine Witze erzählen.

Und obwohl er sie zumindest dazu gebracht hatte, sich zu ducken, als sie die Farm und dann die Stadt verließen, wies sie ihm nicht einmal den Weg. Nicht, dass er nicht gewollt hätte, dass ihre verdammten Lippen sich um seinen Schwanz wickelten und seine Nüsse trocken saugten. Das wollte er sehr wohl. Aber das würde nicht passieren.

Niemals.

Denn wenn sie ihm einen blies, würde er sie ficken wollen und anschließend dafür sterben.

Oder schwer verstümmelt werden.

Und vielleicht würde man ihm die Farben wegnehmen.

Keine Muschi war das wert. Nicht einmal die Blondine, die neben ihm saß und sich die meiste Zeit der Fahrt auf ihrem Sitz bewegte und ihn wie ein Verrückter anstarrte.

»Hörst du jetzt endlich auf damit?«

»Warum hast du dir die Ohren und die Nase piercen lassen?«

»Das wird keine Fragestunde, Frau. Setz dich einfach hin und halt den Mund.«

»Was ist noch gepierct?«

»Mein Damm.«

»Stimmt nicht. Ich habe deinen Schwanz und deinen Damm schon oft gesehen und weiß, dass er nicht gepierct ist.«

»Warum starrst du auf meinen Schwanz?«

»Er ist schwer zu übersehen, da du jede fickst, die sich vor dir bückt und kein Höschen trägt.«

Er zog eine Augenbraue hoch und wandte seinen Blick für einen Moment von der Straße weg und zu ihr. »Nicht jede.«

»Jede, die keinen Schwanz hat«, korrigierte sie.

Das könnte wahr sein.

»Und die nicht die Farben von jemand anderem trägt«, fügte sie hinzu.

Das war definitiv wahr. Er würde niemals eine Old Lady anfassen. Oder sogar jemandes regelmäßige Partnerin.

Nicht einmal Lizzy, die ein Sweet Butt war. Sie war nicht offiziell Ozzys Partnerin, aber die beiden hatten ihr Ding am Laufen, weil Ozzy sie den anderen Sweet Butts vorzog. Deshalb würde es sich komisch anfühlen, sie zu ficken. Es sei denn, er und Oz würden sie im Doppelpack vögeln, dann käme er schnell über seine Schuldgefühle hinweg.

Moment.

Er drehte sich um und sah Reilly wieder an. »Hast du die ganze Zeit, die du im Motel verbracht hast, mit Oz und Lizzy in einem Bett geschlafen?«

Ihr Gesicht blieb ausdruckslos, während sie aus der Windschutzscheibe starrte und antwortete: »Der Mann steht auf Dreier.«

Der Mann steht auf Dreier? In demselben sachlichen Ton hätte sie auch verkünden können: »Der Mann mag Ahornsirup auf seinen Pancakes.«

Nö. Mit dieser Antwort käme sie nicht davon. »Ja, tut er. Aber das beantwortet nicht meine Frage.«

Sie drehte ihren Kopf zu ihm. »Würde es eine Rolle spielen, wenn es so wäre?«

Würde es eine Rolle spielen?

Würde es eine verdammte Rolle spielen?

Ja ... würde es.

Sie zog eine ihrer perfekt geformten Augenbrauen hoch. »Hast *du* dich schon mal auf einen Dreier mit ihnen eingelassen?«

Er schürzte die Lippen und richtete seine Aufmerksamkeit wieder auf die Straße.

»Ich werte das als ein Ja, denn ich weiß genau, dass du nichts dagegen hättest. Ich habe dich einmal zu viel dabei erwischt.«

Ehrlich gesagt gab es keinen Dreier zu viel. Sogar keinen Vierer.

Seine Pritsche in der Schlafbaracke war vielleicht nicht breit genug für drei Frauen, aber es gab andere Möglichkeiten …

»Ich warte immer noch auf deine Antwort.«

»Ich stehe nicht auf andere Frauen«, war ihre Nicht-Antwort.

»Die meisten Frauen müssen nicht auf Frauen stehen, um Sex mit ihnen zu haben. Heterosexuellen Frauen macht es nichts aus, ihr Gesicht in die Fotze einer anderen Frau zu stecken, wenn sie geil genug sind. Oder betrunken genug. Im Gegensatz zu Männern, die ein Problem damit haben, einem anderen Mann einen zu blasen oder sein Arschloch zu lecken, wenn sie nicht darauf stehen.«

»Das liegt daran, dass wir weniger Hemmungen haben als Männer. Und die meisten Frauen wissen besser, wie man eine andere Frau befriedigt als ein Mann.«

Sein Kopf wirbelte zu ihr. »Sprichst du da etwa aus Erfahrung?«

Sie rollte übertrieben mit den Augen. »Ich war auf dem College, schon vergessen?«

»Was zum Teufel hat das damit zu tun?«

»Hättest du studiert, wüsstest du das.«

Vielleicht hätte er sich mehr anstrengen und einen Weg finden sollen, aufs College zu gehen, wenn dort so was ablief. »Wild gewordene College-Mädchen, was?«

»Bekommst du gerade einen Steifen?«, vermutete sie und betrachtete seinen Schoß.

»Wie zur Hölle könnte ich nicht? Du redest davon, dein Gesicht zwischen die Schenkel einer anderen Tussi zu schieben und sie zu lecken …«

»Das habe ich *nicht* gesagt. Das ist nur deine geile Fantasie.«

»Also hast du noch nie eine Muschi probiert?« *Oh Gott.* Er *wurde* hart.

»Ich dachte, das hier sei keine Fragestunde.«

Er seufzte. Sie schlug ihn mit seinen eigenen Waffen. *Verdammt,* er hätte seinen verfluchten Mund halten und sie einfach reden lassen sollen. Vielleicht hätte er dann ein paar interessanten Geschichten erfahren.

Er runzelte die Stirn. »Na schön.«

»Na schön«, antwortete sie verärgert.

Er musste sich von Reilly ablenken und sich wieder auf ihr Ziel konzentrieren. Sie waren nur noch etwa fünfzehn Minuten von dem Haus entfernt, in dem er aufgewachsen war. Er musste sich auf das vorbereiten, was auf sie zukam.

Das würde kein tränenreiches Wiedersehen mit Umarmungen, Küssen und der Behauptung, man hätte sich vermisst, werden. Eher ein: »Ich werde versuchen, dein verdammtes Gesicht nicht mit einem Kissen zu ersticken, nachdem ich dich angespuckt habe«, um sicherzustellen, dass sein alter Herr seinen letzten verdammten Atemzug nahm.

Er entschied, dass sie erst mal direkt dorthin fahren würden, um sich einen Überblick zu verschaffen, und darüber, wie lange sein Arschloch-Vater noch zu leben hatte. Dann würden sie sich ein Motel suchen. Denn er wollte sicher nicht am Bett seines Vaters sitzen und ihm die Hand halten.

Er hatte auch nicht vor, ihm zu verzeihen, selbst wenn der Mann ihn mit seinem letzten Atemzug darum bat. Sein Vater verdiente keine Vergebung. Nicht die Geringste.

Einen Abschluss. Das war alles, was er anstrebte.

Nichts als ein Abschluss.

Sobald die böse Seele des Mannes seinen Körper verließ, konnte er für immer vergessen werden. *Gute Reise in den Süden, liebster Vater.*

»Hey, woran erkennt man einen freundlichen Motorradfahrer?«

Oje, schon wieder so ein lahmer Scherz.

»An den Fliegen zwischen den Zähnen!«, rief sie, schlug sich auf das Knie und lachte.

Er stöhnte.

Da ihr Standort ausgeschaltet war, konnte er ihre Leiche überall abladen und sie würde nie gefunden werden.

Vielleicht wäre das das Beste.

4

R eilly saß auf dem Beifahrersitz und betrachtete das schlichte, zweistöckige Haus vor ihnen. Die weiße Farbe der Holzverkleidung war verblasst und blätterte bereits ab. Es hätte vor mindestens zehn Jahren einen neuen Anstrich gebraucht oder eine neue Verkleidung. Das Haus war nicht baufällig, es musste nur etwas aufgefrischt werden.

Der Motor des Broncos brummte weiter, da Rev den Schalthebel nur in den Leerlauf gelegt hatte und wie sie auf das Haus starrte. Er hatte noch nicht einmal die Handbremse angezogen, fast so, als würde er seine Optionen abwägen.

Sein Gesicht war ausdruckslos, aber sein steifer Körper und die Finger, die das Lenkrad fest umklammerten, sprachen für sich. Das hier war keine freudige Heimkehr.

Er fürchtete sie.

Das brachte sie dazu, sich zum hundertsten Mal zu fragen, warum er überhaupt zurückkommen wollte. Er sagte, er wolle sichergehen, dass sein Vater tot sei. Das Lesen der Todesanzeige hätte dafür aber schon gereicht. Genauso wie ein weiterer Anruf seines Onkels, sobald sein Vater gestorben war.

Er musste sich das hier nicht antun, nur um Zeuge davon zu werden.

Sie wollte etwas sagen, wusste aber nicht, was. Was auch immer sie jetzt sagte, er würde es eh nicht zu schätzen wissen. Stattdessen saß sie still da – was an sich schon ein Kampf war – und ließ ihn allein mit dem, was ihm durch den Kopf ging. Höchstwahrscheinlich, ob sie bleiben oder gehen sollten.

Das Problem war nur: Wenn er nicht bald etwas sagte, würden die Worte aus ihr heraussprudeln wie ein Betrunkener, der sein Erbrochenes nicht zurückhalten konnte. Sie grub ihre Fingernägel in ihre Handflächen in einem verzweifelten Versuch, ruhig zu bleiben.

Sie konnte es. Sie konnte geduldig sein. Sie war schließlich hier, um ihn zu unterstützen, und wenn er es brauchte, dass sie den Mund hielt, würde sie ihr Bestes geben.

Ruhig bleiben war aber nicht gerade ihre Stärke, also hoffte sie, dass er ihre Bemühungen zumindest zu schätzen wusste. Sie versuchte, sich auf ihre Umgebung zu konzentrieren, wie zum Beispiel … auf die Tatsache, dass seine Eltern in keiner Nachbarschaft wohnten. Das hier war zwar keine Farm, aber das Haus lag an einer Landstraße. Mit anderen Häusern in Sichtweite, aber sie standen nicht so nah nebeneinander wie in den Vorstädten.

Sie bemerkte auch, dass drei Fahrzeuge in der steinernen Einfahrt parkten. Alles schlichte, langweilige, viertürige Limousinen.

Der Rasen schien …

Reilly zuckte zusammen, als er die Handbremse anzog und den ersten Gang einlegte, bevor er den Motor abstellte. Er löste den Schlüssel aus dem Zündschloss und vergrub ihn tief in der Vordertasche seiner Jeans.

Aus irgendeinem seltsamen Grund begann ihr Herz zu rasen. Sie war nicht nervös, weil sie seine Familie treffen würde. Sie war nervös wegen Rev.

Sie kannte ihn jetzt seit einem Jahr und arbeitete mit ihm zusammen, und die Art, wie er sich gerade verhielt, war nicht normal für ihn. *Verdammt,* es war für die meisten Leute nicht normal, die ihre Eltern besuchten.

Aber sie konnte es verstehen. Sie würde sich genauso fühlen, wenn sie ihre eigenen Eltern besuchen müsste. Aber in ihrem Fall würde sie das niemals tun, selbst wenn sie im Sterben lägen. Keiner von beiden verdiente ihre Zeit oder Aufmerksamkeit. Keiner von beiden verdiente auch nur einen Gedanken an sie. Sie war nie ihre Priorität gewesen, nicht einmal als sie im Bauch ihrer Mutter gewesen war, warum sollte sie sie also jemals zu ihrer machen?

Was sie aus Revs Worten und Verhalten herauslas, war jedoch, dass seine Eltern seine Zeit oder Aufmerksamkeit ebenfalls nicht verdienten. Sie hatten etwas getan, das ihre Beziehung zu ihm und Saylor schwer beschädigt hatte. Und sie bezweifelte, dass es etwas Belangloses war. Vielleicht war es sogar etwas ganz und gar Abscheuliches.

Das ließ ihr pochendes Herz noch schneller schlagen.

»Rev«, entfuhr es ihr, auch wenn sie das nicht beabsichtigt hatte. Aber das Grauen, das sich im Inneren des Broncos ausbreitete, sickerte nun langsam in ihre eigene Brust. »Wir sollten einfach gehen.«

Er wendete den Kopf und seine blauen Augen wurden hart, als sie auf ihre trafen. »Nein.«

Die Spannung im Inneren des Broncos stieg noch um ein oder zwei Stufen an. »Ich glaube nicht, dass das eine gute Idee ist.«

»Ich habe dir doch gesagt, dass du nicht kommen sollst, verdammt. Du hast dich schon wieder irgendwo eingemischt, wo du verdammt noch mal nicht hingehörst.«

Sie verzog das Gesicht, fing die Grimasse aber schnell wieder ein und glättete ihre Züge. Er schlug um sich und sie war zufällig in der Nähe. Auch das verstand sie.

Sie würde ihm eine Chance geben. Dieses eine Mal. »Jetzt weiß ich mit Sicherheit, dass es die richtige Entscheidung war, nicht allein zu gehen.«

»Ich brauche weder dich noch sonst jemanden.«

Sie presste die Lippen zusammen, damit sie ihn nicht anschnauzte, weil er so ein Arschloch war. Das konnte er gerade nicht gebrauchen.

Ihr Herz verkrampfte sich, als sich die Haustür weit öffnete und ein großer Mann heraustrat. Er sah weder krank noch gebrechlich aus, also konnte es nicht Revs Vater sein. Der ältere Mann trug einen schlichten schwarzen Anzug mit einem schwarzen Hemd und einem weißen, geistlichen Kragen. Als er die Verandastufen hinunterging, zielte er nicht die geparkten Fahrzeuge an, sondern ging mit langen Schritten direkt auf den Bronco zu.

»Scheiße«, murmelte Rev leise.

Es war kein gutes Zeichen, wenn der Besuch mit einem gemurmelten Fluch als Reaktion auf einen Mann Gottes begann. Oder wie auch immer man diese Menschen nannte. Reilly hatte keine Ahnung. Das einzige Mal, dass sie jemals eine Kirche betreten hatte, war vor ein paar Jahren bei der Hochzeit einer Freundin gewesen.

Sie bewertete diese Erfahrung mit einem von fünf Sternen. *#NichtZuEmpfehlen.* Die Hochzeitszeremonie war endlos gewesen und sie hatte nicht verstanden, warum sie immer wieder stehen und sitzen und knien mussten … Vor allem, da Reilly ein kurzes Kleid trug.

»Scheiße«, murmelte Rev ein weiteres Mal, als der Prediger, Pastor oder *was auch immer* an das offene Fenster der Fahrerseite trat.

Immerhin hatte Rev die Fenster nicht geschlossen und die Türen nicht verriegelt.

Reilly wusste nicht, wann Rev das letzte Mal zu Hause gewesen war, aber der grauhaarige Mann mit dem strengen

Beamtenkragen erkannte ihn problemlos wieder. Aber Rev hatte auch ein Gesicht, das sich nur schwer vergessen ließ.

»Bruder Michael. Es ist schon viel zu lange her.« Keine freundliche Begrüßung, sondern eher ziemlich eisig. Mit einem unerwarteten Unterton von jemandem, den sie für einen Kirchenführer hielt.

»Nicht lange genug«, lautete Revs murrende Antwort.

Scheiße.

Ohne irgendeine Reaktion auf Revs Beleidigung blickte der Mann an ihm vorbei zu ihr, die auf dem Beifahrersitz erstarrt war. Er schenkte ihr ein steifes, plastisches Lächeln, das nicht annähernd echt war. »Ich sehe, du hast deine Frau mitgebracht.«

Was? »Ich bin …« Ihre Worte wurden von Revs Hand unterbrochen, die hervorschoss und sich auf ihr Knie legte. Er drückte beinahe so fest zu, dass es wehtat.

»Ja, meine Frau hat beschlossen, mich in dieser schwierigen Zeit zu begleiten.«

Sie blinzelte. *Was sagt er da?* Warum sprach er so? Als ob er einen Stock im Arsch hätte und kein sorgloser Biker wäre, der seine Hose fallen ließ und seinen Schwanz herausholte, sobald der Wind seine Richtung änderte.

Der Mann wandte seine grauen Augen wieder Rev zu. Reilly bemerkte, wie sein kalter, zusammengekniffener Blick von den Barbell-Piercings in Revs rechtem Ohr zu dem Ring in seinem Nasenloch und dann zu den Barbell-Piercings in seinem linken Ohr glitt, bevor er sich wieder auf Revs Gesicht niederließ. Mit einem Ausdruck, als hätte er gerade an einer Zitrone genuckelt. Oder an einem ganzen Zitronen-Baum.

»Es ist eine dunkle Zeit für unsere Gemeinde, Bruder Michael. Dein Vater ist eine solche tragende Säule unserer Gemeinschaft. Eine Führungspersönlichkeit, zu der man aufschauen kann. Ein wunderbares Beispiel für einen gottesfürchtigen Mann, dessen Lebensaufgabe es ist, dem Herrn zu

JEANNE ST. JAMES

dienen. Sein Verlust wird eine klaffende Lücke hinterlassen, die vielleicht nicht zu füllen ist.«

Revs Finger zuckten schmerzhaft auf ihrem Knie. Sie packte seine Hand und drückte ein wenig zu, damit er ihr in seiner brodelnden Wut nicht ungewollt die Kniescheibe durchbrach.

Reilly wusste nicht, ob sie lachen oder sich übergeben sollte bei der Beschreibung von Revs Vater. Sie wusste noch nicht viel über diese Sache, konnte aber bereits erahnen, dass das alles ein Haufen Blödsinn war. Es dem Sohn dieses Mannes zu sagen, war eine noch größere Beleidigung. Offensichtlich sagte er es mit Absicht.

Es ging nicht darum, Rev zu trösten, sondern darum, einen verdammten Punkt zu machen. Einen sehr spitzen Punkt, der sich in Revs Brust bohrte.

»Hast du schon seine Beichte auf dem Sterbebett entgegengenommen?«

Der Mann gab einen scharfen tsk-tsk-Laut von sich. »Bruder Michael, du weißt, dass unser Orden keine letzte Ölung vornimmt oder Beichten abnimmt. Die Sünden eines Menschen sind allein eine Sache zwischen ihm und Gott. Niemandem sonst.«

»Wie sieht es mit ihren Opfern aus?«

Die Falten in den Mundwinkeln des Pfarrers vertieften sich, als sich seine Lippen zusammenzogen und seine Schultern versteiften. »Dein Vater war immer ein ehrenvolles Mitglied unseres Ordens. Seit du vom Weg abgekommen bist und unsere Gemeinschaft verlassen hast, ist er zu einem Ältesten geworden, der verehrt und respektiert wird.«

»»Hört zu, ihr tolles Volk, das keinen Verstand hat, die da Augen haben und sehen nicht, Ohren haben und hören nicht!‹«

Reillys Augen weiteten sich, als sie schockiert auf Revs dunkelblonden Hinterkopf starrte, da er immer noch dem Prediger zugewandt war. Oder dem Pastor. Oder was auch immer der Mann war.

72

Hat der fluchende, Gras rauchende, jeden mit Möpsen fickende Biker da gerade etwa eine Bibelstelle zitiert?

Sie ging die Worte noch einmal im Kopf durch und erkannte, dass sie dieselbe Bedeutung hatte wie: »Keiner ist blinder als der, der nicht sehen will.« Aber er hatte aus irgendeinem Grund nicht diese simple und wirksame Erinnerung gewählt, er hatte diese *bestimmte* Passage aus einem *bestimmten* Grund rezitiert.

Die beiden lieferten sich einen verbalen Schlagabtausch mit hinterlistigen Beleidigungen.

Vielleicht war Rev vielschichtiger, als sie angenommen hatte.

Sie ließ ihren Blick zurück auf das Gesicht des Geistlichen gleiten. Der ältere Mann verbarg seinen nun sehr unfreundlichen und abweisenden Gesichtsausdruck nicht mehr. Das religiöse Oberhaupt verbarg auch seine Verachtung für Revs Anwesenheit nicht weiter.

Das gefiel Reilly alles nicht. Ganz und gar nicht. Irgendetwas stimmte hier nicht. Waren sie in einen Stephen-King-Film geraten? Würden die Dinge von nun an nur noch schlimmer werden?

»Bist du nur nach Hause gekommen, um Ärger zu machen, Michael? Bist du nicht aus dieser Phase deines Lebens herausgewachsen und ein Mann geworden? Oder bist du immer noch ein bockiges, launisches Kind, das nichts anderes tut, als den eigenen Eltern Probleme zu bereiten und der Schwester die Unschuld zu rauben?«

Revs ganzer Körper zuckte, dann blähte sich sein Brustkorb langsam auf, sodass Reilly seine Hand festhielt, die sich immer noch auf ihr Knie presste, damit er dem Mann mit dem klerikalen Kragen keine reinhaute.

Obwohl, vielleicht sollte sie ihn lassen. Das herablassende Arschloch hatte es verdient.

Als er versuchte, seine Finger frei zuziehen, legte sie auch ihre zweite Hand darüber und drückte zu. »Nicht«, flüsterte sie gerade so laut, dass er es hören konnte.

Er machte sich nicht einmal die Mühe, sie anzusehen, aber drehte sein Gesicht so weit, dass sie erkannte, wie sein Kiefer arbeitete und ein Muskel in seiner Wange zuckte.

Er sollte besser den Truck starten und dann mussten sie so schnell wie möglich von hier verschwinden. Was auch immer hier vorging, es würde nicht besser werden. Sie hatte diese Art von Filmen schon mal gesehen und sie gingen nicht gut aus.

Schließlich gelang es Rev zu sagen: »Ich bin nicht hier, um von dir oder jemand anderem verurteilt zu werden.«

»Was ist mit Gott?«

»Ich bin nur hier, um mich endgültig zu verabschieden.«

»Haben sie dich gebeten zu kommen?«

»Bruder Matthew hat es.«

»Dann hat Bruder Matthew einen Fehler gemacht«, war das Letzte, was der Mann sagte, bevor er sich umdrehte und zu einer der dunklen Limousinen ging. Rev verfolgte mit geblähten Nasenflügeln und vor Wut geschürzten Lippen seine Bewegungen.

Er atmete langsam, tief und gleichmäßig, als versuchte er, nicht in die Luft zu gehen, während er den Sedan mit dem Pastor wegfahren sah.

»Zeit zu gehen«, flüsterte sie.

Mit einem Nicken stieß er die Fahrertür auf und riss seine Hand von ihrem Knie los.

»Das habe ich nicht gemeint.«

Er stand vor dem Bronco und duckte sich so weit, dass er sie sehen konnte. »Du bleibst im Wagen. Ich werde sicher nicht lange bleiben.« Dann knallte er die Tür zu.

Oh nein. Nein. Er wollte da doch nicht allein rein.

Sie öffnete mühsam die Tür und kletterte aus dem angehobenen Geländewagen. Sie verstauchte sich fast den Knöchel in ihren hochhackigen Stiefeln, als sie hinuntersprang, aber sie fand ihr Gleichgewicht und eilte ihm nach. Dabei fiel sie nur einmal fast mit dem Gesicht nach vorn.

Auf der Veranda holte sie ihn ein. »Überleg dir das besser noch mal, Rev.«

»Da gibt es nichts zu überlegen.«

Sie stand am Fuß der Treppe, seufzte und sah zu, wie er entschlossenen Schrittes zur Haustür marschierte. Sie erwartete, dass er dagegen klopfen würde, aber das tat er nicht. Er drehte einfach den Knauf, stieß die Tür auf und ging hinein.

»Scheiße«, raunte sie und joggte die Treppe hinauf, über die Veranda und dann ins Haus, bevor er ihr die Tür vor der Nase zuschlagen konnte.

Sie fing die Tür auf und schloss sie hinter sich, dann drehte sie sich um und erstarrte.

Ja, sie wusste genau, wie diese Filme endeten.

Mit Verzweiflung, Zerstörung und am Ende mit dem Tod.

* * *

ER SPÜRTE sie in seinem Rücken. Er hörte ihr flaches Atmen. »Geh wieder raus.«

»Nein, ich lasse dich das nicht allein durchmachen.«

Sie war so verdammt stur und musste sich immer irgendwo reinzwängen, wo sie nicht hingehörte.

»Ich brauche dich nicht, Reilly.« Verdammte Lüge.

Obwohl er sich noch nie auf jemanden verlassen hatte, war er aus irgendeinem Grund erleichtert, dass sie da war. Doch jetzt war nicht die Zeit, um herauszufinden, warum.

Matthew trat von rechts aus dem Zimmer und in den Flur. Als er sie erkannte, blieb er stehen. »Ich dachte mir doch, ich hätte Stimmen gehört.« Seine Lippen bewegten sich, um ein Lächeln zu erzwingen, aber es gelang ihm nicht ganz.

Sein Onkel näherte sich ihnen und als er kaum noch einen Meter vor Rev stand, streckte er seine Hand aus. Seine Stimme

JEANNE ST. JAMES

war nicht gerade kalt, aber auch nicht sonderlich warm. »Will-kommen zu Hause, Bruder Michael.«

Er ignorierte die ausgestreckte Hand. »Mein Name ist Rev. Wenn du mich nicht so nennen willst, nenn mich eben Mickey. Aber ich heiße nicht mehr Michael, seit ich durch diese Tür hinter mir gegangen bin.«

In Wirklichkeit war er nicht durch diese Tür gegangen. Er hatte sich mitten in der Nacht hinten rausgeschlichen, nur mit den Klamotten an seinem Leib und ein paar Sachen, die er in eine braune Papiertüte geworfen hatte.

Matthew ließ die Hand sinken und runzelte die Stirn. »Rev? Wie der Pfarrer? Bist du auf Gottes Wege doch noch weiterge-gangen?« Der Mann klang tatsächlich hoffnungsvoll. Rev war im Begriff, diese Hoffnung zu zerstören.

»Scheiße, nein. Das ist Kurzform für Revenge.«

Ein nervöses Lachen sprudelte aus Reilly heraus. Sie legte ihm eine Hand an den Rücken und trat an seine Seite. »Rev, wie in *rev the engine*, den Motor aufheulen lassen, da er doch Mechaniker ist.«

Matthews Blick fiel auf die Frau an Revs Seite. »Und das ist?«

Reilly kaute eine Sekunde lang auf ihrer Unterlippe, während sie zu Rev aufblickte, dann reichte sie seinem Onkel die Hand. »Ich bin Reilly ...«

Rev legte ihr einen Arm um die Schultern, zog sie an sich und riss ihre verschränkten Hände los. »Meine Frau.«

Matthews Augen weiteten sich. »Oh, deine Eltern werden erfreut sein, dass du sesshaft geworden bist.« Revs Kinnlade mahlte, als der Blick seines Onkels auf Reillys volle Hüften fiel. »Habt ihr schon irgendwelche Kinder?«

Scheißkerl.

»Ich halte sie auf Trab. Vier, bis jetzt.« Er ließ seinen Arm von ihren Schultern fallen und tätschelte ihren Hintern. »Sie züchtet wahnsinnig gut.« Reilly verschluckte sich und er hob seine Hand von ihrem Hintern, um ihr auf den Rücken zu schlagen. »Alles okay, Babe?«

Reilly nickte, eine Hand an ihrem Hals, immer noch unfähig zu sprechen. Was einem verdammten Wunder glich.

»Und ihr habt sie nicht mitgebracht?«, fragte Matthew erstaunt. »Ich bin sicher, deine Eltern würden sich freuen, ihre Enkelkinder kennenzulernen.«

»Ich würde meine Babys hier niemals herbringen. Zu Hause sind sie sicherer.« Rev hob eine Augenbraue. Es war ihm scheißegal, ob sein Onkel verstand, was er damit meinte oder nicht. Eigentlich hoffte er sogar, dass er es tat.

»Nun ... Deine Mutter ist in der Küche und dein Vater ist im Wohnzimmer, seit er an ein Krankenhausbett gefesselt ist. Wen möchtest du zuerst sehen, Bruder ... Michael?«

Weder noch.

»Mickey oder Rev«, erinnerte ihn Rev.

Matthew neigte den Kopf. »Ja ... nun. Für mich wirst du immer Michael sein. Das ist ein guter, starker Name.«

Rev lehnte sich näher heran und senkte seine Stimme. »Es ist mir scheißegal, was du über diesen Namen denkst. Er gehört mir nicht mehr.«

Matthew wurde blass und räusperte sich. »Also, ähm ...«

Rev ignorierte ihn und schaute sich um. Nichts hatte sich verändert. Nicht eine Sache seit dem Tag, an dem er gegangen war. Ein großes Holzkreuz bildete die einzige Dekoration, die in dem schmalen Flur hing, der zum hinteren Teil des Hauses führte.

Er legte seine Hand um Reillys Taille, drückte sie ein wenig und führte sie an seinem Onkel vorbei in den Flur, der entlang der Treppe führte.

Sie könnten genauso gut erst mit seiner Mutter reden. Er wusste nicht einmal, ob seine Eltern wussten, dass er gekommen war

»Hast du es ihnen gesagt?«, fragte er über die Schulter, während er weiter in das Haus hinging.

»Nein, ich ... war nicht sicher, ob du kommen würdest. Ich wollte sie nicht enttäuschen, falls du es nicht tust.«

Rev bezweifelte, dass sie enttäuscht wären, wenn sie ihn nie wiedersähen. Wahrscheinlich dankten sie Gott jeden Tag seit dem Tag seines Verschwindens.

Aber da sie nicht mit seiner Ankunft rechneten, würde es gleich eine überraschende Familienzusammenführung werden.

Perfekt.

Als sie in die Küche traten, stand seine Mutter am Herd und er schwor, dass sie dieselbe Schürze trug, die sie bereits getragen hatte, als er noch ein Kind gewesen war. Ihr dunkelblondes Haar, das jetzt ein paar graue Strähnen trug, war zu einem festen Dutt hochgesteckt und sie stand mit dem Rücken zu ihnen.

»Schwester Rachel«, rief Matthew von hinten.

Rev erstarrte, seine Finger krallten sich in Reillys Hüfte, als sich die Mutter, die er seit zwölf Jahren nicht mehr gesehen hatte, umdrehte und ihn ansah. Mit den grauen Haarsträhnen und den Falten, die ihr ungeschminktes Gesicht zierten, sah sie viel älter aus als sechsundvierzig.

Doch es sollte ihn nicht überraschen, dass die Art, wie seine Eltern lebten, sie schneller altern ließ als normal. Zumindest seine Mutter.

Es dauerte eine ganze Sekunde, bis sie ihn erkannte. Sobald sie es tat, wurde ihr Ausdruck hart. Und ungefähr so einladend wie das von Pastor Thomas.

Ihre blauen Augen hefteten sich auf ihren Bruder, der sich an ihnen vorbeidrängte, um als Puffer zwischen Mutter und Sohn zu dienen.

»Was hat das zu bedeuten?«, fragte sie scharf und wischte sich die Hände an ihrer Schürze ab.

Nein, das hier war keine liebevolle Familienzusammenführung. Nicht einmal annähernd.

Kein Lächeln. Keine Tränen. Nur ein Stirnrunzeln auf ihrem Gesicht. »Warum ist er hier?«

Aus dem Augenwinkel sah er, wie Reillys Gesicht zu ihm hochwanderte und ihre Augen zwischen ihm und der Frau, die ihn geboren hatte, hin und her huschten.

»Ich dachte, es wäre an der Zeit, dass ihr Frieden schließt«, sagte Matthew zu seiner Schwester. »Es ist an der Zeit, die Dinge zwischen euch zu regeln.«

»Ich bin nicht hergekommen, um dich zu sehen«, verkündete Rev, der die Friedensbemühungen seines Onkels damit in den Wind schlug.

»Wo ist deine Schwester?«

Kein ›Du siehst toll aus, mein Sohn‹ oder ›Gott sei Dank, du lebst. Wir haben uns Sorgen gemacht‹ oder ›Wir haben dich so sehr vermisst.‹

Nein. Denn das würde heißen, dass er ihr etwas bedeutete.

Matthew trat zwischen sie und wandte sich an Rev. »Ich hatte noch keine Gelegenheit, es ihnen zu sagen.«

»Sarah ist tot.« Es war keine Lüge. Er sprach es aus, ohne sich die Mühe zu machen, den Schlag abzumildern. Sarah war schon seit Langem tot. Jetzt lebte Saylor an ihrer Stelle weiter.

Er wartete auf eine Reaktion seiner Mutter, weil ihre einzige Tochter tot war. Doch wieder nichts. Keine Tränen, kein Aufschrei, nicht einmal ein Blick der Überraschung.

Sie fragte nicht einmal nach, wie Sarah gestorben sei.

Seine Mutter war gefühlskalt. Das war sie schon immer gewesen. Aber sie war auch mit einem Mann verheiratet, der ihre Gedanken kontrollierte, seit sie siebzehn war. In ihrem Orden durften Frauen nur Gott, ihren Vätern und ihren Ehemännern dienen. Und natürlich Kinder gebären.

Das wars.

Sie arbeiteten nicht außerhalb ihres eigenen Hauses. Sie

fuhren kein Auto. Sie hatten keinen einzigen verdammten eigenen Gedanken.

Und Sex durfte nicht genossen werden, sondern nur der Fortpflanzung dienen. Eine Frau, die Sex mochte, war eine Hure. Doch obwohl Rev gezwungen worden war, die Bibel zu lesen, hatte er in dem ›guten Buch‹ nie etwas davon gelesen, eine Frau dürfe keinen Sex genießen.

Die Männer taten das schließlich auch. Sogar mit ihren eigenen Töchtern.

Der Anblick seiner Mutter erinnerte ihn daran, welches Leben Saylor noch führen würde, hätte sie keinen Weg gefunden zu fliehen. Indem sie aufsässig wurde und Straftaten beging.

Obwohl Rev sein Bestes getan hätte, um sie so schnell wie möglich von dort wegzuholen. Aber als er mit sechzehn endlich entkam, war er nicht in der Lage, seine kleine Schwester großzuziehen.

Also tat sie alles, um sich selbst aus der Situation zu befreien, indem sie stahl, sich mit anderen schlug oder andere Dinge tat, um wieder und wieder im Jugendknast zu landen. Kaum war sie eine Woche draußen, stellte sie etwas an, um wieder in den Knast zu kommen. Eine Woche zu Hause war wahrscheinlich zu lang. *Verdammt*, ein Tag war wahrscheinlich zu lang.

Schließlich tat sie etwas, das sicherstellte, dass sie bis zu ihrem achtzehnten Lebensjahr hinter Gitter blieb. Doch bei dem, was sie angestellt hatte, konnte sie froh sein, dass sie nicht als Erwachsene angeklagt worden war, sondern direkt ins Gefängnis kam.

Nachdem sie zum letzten Mal freigelassen wurde, brachte Rev sie nach Manning Grove – mit der Ausrede, sie sei im Haus ihrer Eltern nicht willkommen –, weil sie auf gar keinen Fall nach Coatesville, in dieses Haus und zu ihrem Vater zurückkehren durfte.

Nur über Revs Leiche.

Er hatte sich schon schuldig genug gefühlt, sie zurückgelassen zu haben. Aber seine Eltern hätten es niemals toleriert, wenn er Sarah mitgenommen hätte. Er wäre wegen Kindesentführung angeklagt worden und sobald sie gefunden worden wäre, hätte man sie direkt wieder in ihre Hände gegeben.

Seine Hände.

Die Hände, die jede noch so kleine Übertretung der Regel bestraften. Selbst eingebildete Taten. Die Hände, die seine Tochter anders bestraften als seinen Sohn.

Rev hatte Mühe zu atmen, während er mit leerem Blick in die karge Küche starrte. Hier stand nie etwas herum, es sei denn, der Gegenstand wurde gerade benutzt. Die Theken waren sauber, der Tisch war leer, die Wände kahl bis auf ein weiteres Kreuz. Keines der Kreuze in diesem Haus zeigte einen gekreuzigten Jesus. Keines war ausgefallen. Sie bestanden alle nur aus zwei Streifen poliertem Holz.

Das Haus war nicht mit Schnickschnack oder Deko vollgestopft. Keine Familienfotos. Keine von den Kindern angefertigten Zeichnungen oder Bastelarbeiten. Schlichte Vorhänge dienten nur dazu, die Sonne zu verdecken oder der Familie Privatsphäre zu geben. Oder sie wurden zugezogen, damit sie nicht sah, was ihr Mann mit ihrem Sohn im Hinterhof anstellte.

War es, um der Versuchung zu widerstehen, ihn aufzuhalten? Oder weil sie glaubte, dass Michael bekam, was er verdiente?

Oder war es, weil sie, wenn sie einschritt, die Peitschenhiebe an seiner Stelle erhalten würde? Natürlich mit ein paar zusätzlichen Schlägen, da sie die Regeln nicht befolgt hatte.

Er fragte sich, wie oft sein Vater seine Mutter wohl schon gezwungen hatte, ihren Rücken zu entblößen, damit er ihr mit einer Rute Streifen auf die Haut malen konnte. Alles unter dem Vorwand, sie daran zu erinnern, wie man eine gute Ehefrau war.

Oder hatte sie ihn geheiratet, nachdem sie bereits

gewusst hatte, wie man ihm diente? Von ihrem eigenen Vater beigebracht, so wie Michaels Vater es Sarah ›beigebracht‹ hatte?

In ihrer Kirche schienen alle wegzuschauen, wenn es um solche Dinge ging. Als ob es normal wäre. Obwohl es das nicht war.

Nichts davon war normal.

Es war alles beschissen.

Alles davon.

Er machte sich über die Shirleys und ihre sektenähnliche Lebensweise lustig, aber in Wahrheit war er in einer Gemeinschaft aufgewachsen, die nicht viel besser war.

Im Gegensatz zu den Shirleys versteckten sie sich nicht oder blieben unter sich, sondern lebten inmitten der Gemeinschaft. Ihre Geheimnisse für jedermann sichtbar.

Ihre Kinder wurden ständig dafür gelobt, wie gut sie erzogen waren.

Bis sie es nicht mehr waren.

Bis sie aus der Reihe tanzten. Bis sie die Ketten, die sie fesselten, bekämpften.

Bis sie dafür kämpften, sich von den Zwängen zu befreien, die ihnen von ihren Eltern, Großeltern und den Mitgliedern des Ordens auferlegt wurden.

Für diese ungehorsamen Kinder wurde gebetet.

Und wenn das nicht funktionierte, wurden sie bestraft.

In die Schranken gewiesen.

Die Rute wurde nicht geschont, sondern großzügig eingesetzt.

Das wurde sogar gefördert.

Rev kniff die Augen zusammen und atmete tief, als eine Hand auf die Mitte seines Rückens drückte und ihn auf die Erde zurückholte. Sie brachte ihn zurück in die Situation, in der er sich gerade befand.

Die seine Mutter beinhaltete. Die nähertrat. Ihn prüfend

ansah. Sie bemerkte die vielen Piercings in seinen Ohren. Den Ring in seiner Nase.

Die verbotenen Tätowierungen, die seine Hände bedeckten. Er hatte ein langärmeliges T-Shirt angezogen, aber es war unmöglich, die Tattoos zu verbergen, die unter seinem Ärmel hervorkrochen und sich auf seinen Handrücken erstreckten.

Sie würde wahrscheinlich auf die Knie fallen und Gott um Vergebung bitten, wenn er sein Hemd auszöge und sie sah, was darunter noch alles war.

Keine Narben von den Bestrafungen seines Vaters. Sondern andere Markierungen. Mehr von dem, was bereits enthüllt war. Worauf sie bislang nur einen flüchtigen Blick erhaschte. Die Spuren, die sein Vater auf seinem Rücken hinterlassen hatte, waren größtenteils verschwunden und an deren Stelle stand dort nun sehr deutlich, wer er war und wohin er jetzt gehörte.

Er hatte entschieden, der Gemeinschaft seiner Eltern nicht beizutreten, dafür aber einer Gemeinschaft anderer Art. Eine Bruderschaft, die gemeinsam stärker war als getrennt.

Ebenfalls voller Geheimnisse. Aber nichts im Vergleich zu denen, die in diesem Haus gehütet wurden.

Innerhalb ihrer Kirche.

Innerhalb ihrer Köpfe.

Sie verbarg weder ihre Abscheu noch die Tatsache, dass sie ihn verurteilte, als sie sprach: »Levitikus 19:28, Michael. Hast du das aus Versehen oder absichtlich vergessen?«

Ihr sollt kein Mal um eines Toten willen an eurem Leibe reißen, noch Buchstaben an euch ätzen.

»Mit Absicht, meine Mutter.«

Ihr Mund verzog sich und ihre blauen Augen wurden schmal. Ja, es bestand kein Zweifel, woher er seine Augen hatte. Nur waren seine nicht so verdammt abwertend.

»Du bist hier nicht willkommen, Michael.«

Er zuckte mit den Schultern. »Das überrascht mich nicht.«

»Dann wirst du also gehen.«

»Nein, werde ich nicht.«

»Bruder Matthew, begleite deinen Neffen hinaus«, befahl sie.

»Das werde ich nicht, Schwester. Ich hatte eine Absicht, als ich ihn hierherbat.«

»Um Probleme zu schaffen. John kann diesen Stress gerade nicht gebrauchen. Sein Hinübergehen sollte friedlich verlaufen.«

Rev hoffte, dass es alles andere als das wäre. Das war der wahre Grund, warum er hier war. Warum er sich das antat. Warum er zurück in eine Vergangenheit reiste, die er weit hinter sich gelassen hatte.

Sie drehte sich um und ging zurück zum Herd, womit sie die beiden eindeutig entließ.

Reilly zupfte an seinem Ärmel. »Vielleicht sollten wir gehen, Rev.«

»Rev?« Seine Mutter wirbelte wieder herum, mit einem Holzlöffel in der Hand, und ihr Gesicht zeigte nun eine Emotion. Ungläubigkeit. »Bist du jetzt ein Pfarrer? Welche Kirche erlaubt all diese Tattoos und Piercings?« Sie deutete mit dem Löffel in seine Richtung und wedelte damit auf und ab. »Die Zeichen des Teufels.«

»Seine Frau behauptet, es sei ein Spitzname, weil er Automechaniker ist, Schwester.« Matthew versuchte immer noch, der Schmidt'sche Familienflüsterer zu sein.

»Den Motor aufheulen lassen«, erklärte Reilly schwach neben ihm und hielt sich immer noch an seinem Ellbogen fest.

»Das ist kein angemessener Name«, sagte sie scharf. »Was soll das für ein Name sein?«

»Einen, den ich gewählt habe und nicht du.«

Ihr Kopf zuckte zurück und ihre Worte wurden extra spitz. »Wir haben dir den perfekten Namen gegeben. Michael, der Erzengel. Der große Beschützer und Anführer von Gottes Armee, um die Mächte des Bösen zu besiegen. Aber du bist einer von ihnen geworden, nicht wahr?« Enttäuschung machte sich im Gesicht seiner Mutter breit. Da war die Mutter, die er einst gekannt und zu lieben versucht hatte. »Du hast den falschen Weg gewählt. Ich wusste immer, dass du das tun würdest. Ich wusste, du würdest nie erwachsen werden und diesen Namen verdienen.« Sie schniefte. »Vielleicht ist es besser, wenn du ihn nicht mehr verwendest.«

Er hatte ihn nicht mehr benutzt, seit er zehn war. Er hatte darauf bestanden, dass seine Freunde ihn alle Mickey nannten. Nur seine Eltern, seine erweiterte Familie und die Mitglieder der Kirche hatten den Namen Michael benutzt. Oder Bruder Michael.

Doch er hatte es gehasst. In der Schule hatte er sogar ganz aufgehört, auf den Namen zu reagieren. Die Lehrer gaben schließlich nach und nannten ihn ebenfalls Mickey.

Er behielt den Namen, bis Trip in die Stadt kam und die Blood Fury wieder aufleben ließ. Als er Prospect wurde, nannten sie ihn Mouse, eine dumme Anspielung auf den Namen Mickey. Doch sobald er ein festes Mitglied wurde, durfte er selbst entscheiden. Dutch meinte, der Name Mickey sei für Weicheier und er brauchte einen männlicheren Club-Namen.

Eines Tages ließ er in der Werkstatt einen Motor aufheulen und Dutch meckerte deswegen. Je mehr er schimpfte, desto mehr ließ Rev den Motor aufheulen. Da kam ihm Rev als Name in den Sinn. Rev gefiel er nicht nur, er wusste auch, dass er Dutch damit ärgern würde, und so blieb er dabei.

»Der Teufel war schon immer in dir. Wir haben versucht, dich aus seinen Fängen zu befreien. Wir haben versucht, dir zu helfen, aber du hast dich uns immer wieder widersetzt. Angefangen, als du noch sehr jung warst. Wenn ich dir sagte, du sollst nach oben schauen, hast du nach unten geschaut. Wenn ich dir sagte, du sollst nach links gehen, gingst du nach rechts. Wenn ich dir sagte, du sollst deine Sonntagskleidung sauber

JEANNE ST. JAMES

halten, hast du sie absichtlich schmutzig gemacht. Das reine Böse.«

Reillys Griff wanderte von seinem Ellbogen zu seinem Handgelenk und sie zerrte daran. »Wir sollten gehen, Rev.«

»Ich habe noch nicht getan, weswegen ich hergekommen bin. Ich gehe nicht, bevor das nicht erledigt ist«, raunte er, ohne den Blick von seiner Mutter und dem Gegenstand in ihrer Hand zu lösen.

Anstatt ihn nach seinen Absichten zu fragen, eilte seine Mutter mit dem Holzlöffel quer durch die Küche, wodurch Revs Kopf hochschnellte, seine Wirbelsäule sich versteifte und sein Atem stockte.

Er konnte nicht anders, als die Augen zu schließen, während er sich darauf vorbereitete, den Schmerz zu spüren, den er mit diesem vertrauten Gegenstand verband. Normalerweise war er damit bestraft worden, wenn er in der Küche etwas Ungehöriges gesagt hatte, während sie noch kochte. Oder wenn er sich nicht schnell genug bewegte, während sie den Tisch deckte oder das Geschirr abwusch. Oder wenn er versuchte, sich heimlich etwas zu essen zu stibitzen.

Doch anstatt den Löffel zu spüren, wurde Reillys Griff von seinem Arm losgerissen. Er schlug die Augen zu dem Anblick auf, wie seine Mutter Reillys linke Hand festhielt.

Er sah, was seine Mutter sah. Kein Ehering an Reillys Finger.

»Du bist mit einer unverheirateten Frau unterwegs. Die außerdem ein Mal trägt.« Seine Mutter ließ Reillys Hand fallen, strich ihr das Haar von der Narbe weg und starrte sie dann viel zu lange an. »Das Zeichen des Teufels.«

Reilly riss ihren Kopf weg und befreite ihr Haar von den Fingern seiner Mutter. »Ganz richtig. Dieses Zeichen hat ein Teufel hinterlassen. Einer, der für seine Sünden gestorben ist«, antwortete Reilly schroff.

Rev ergriff ihre Hand, verschränkte seine Finger mit ihren

und zog sie wieder an seine Seite. »Ich habe sie nicht hergebracht, damit du sie beleidigen kannst.«

»Du hättest diese Isebel gar nicht erst herbringen sollen. Du hast uns und dieses Haus entehrt, indem du eine unreine Frau in mein Haus gelassen hast. Uneingeladen.«

»Wir wurden eingeladen«, sagte er durch zusammengebissene Zähne.

»Schwester, er sagt, sie seien verheiratet und mit vier Kindern gesegnet.«

»Dann hat sie diese armen Kinder außerehelich geboren. Ich sehe keinen Ring an ihrem Finger. Was bedeutet, dass sie für jeden Mann zu haben ist. Sie ist nicht an ihren Mann gebunden.«

Es war lächerlich, über Kinder zu urteilen, die nicht existierten. Über die Beziehung von Reilly und Rev, die es nicht gab.

»Das, was man nicht sieht, zählt am meisten«, sagte Rev und brachte damit etwas zum Ausdruck, was seine Mutter wahrscheinlich nicht verstand.

»Du hast immer gedacht, du wüsstest es besser als deine Eltern. Aber die Wahrheit ist, wenn es so wäre, wärst du nicht hergekommen. Du wärst dortgeblieben, wo du warst.«

»Ich freue mich auch, dich zu sehen, Mutter. Und jetzt werde ich zu der Person gehen, wegen der ich hergekommen bin.«

Rev drehte sich auf seinem Stiefelabsatz und zog Reilly mit sich aus der Küche, wobei er noch die Worte seiner Mutter hinter sich hörte. »Er will dich auch nicht hier haben.«

»Setz dich in den Wagen, Reilly«, knurrte er, während er mit langen Schritten zum Wohnzimmer ging und sie mit sich schleifte.

Ihre Hand schloss sich fester um seine. »Nein. Du bist in der Minderheit.«

»Nichts Neues.«

»Bruder Michael«, rief Matthew vom anderen Ende des Flurs.

Rev drehte sich zu ihm zurück. »Die Worte, die du mir am Telefon gesagt hast, waren gelogen.«

Matthews Lippen wurden schmaler. »Ich dachte, sie wären wahr, Neffe. Gott vergebe mir, ich habe mich offensichtlich geirrt.«

So viel war klar.

5

K urz vor der Türschwelle blieb Rev stehen und Reillys Finger glitten aus seinen.

Das Licht im Wohnzimmer war gedämpft, die Vorhänge zugezogen. Nur eine kleine Lampe in der Ecke brannte.

Rev sog die Luft, die nach bevorstehendem Tod roch, durch seine geblähten Nasenlöcher ein, während er das Krankenhausbett betrachtete, das an der gegenüberliegenden Wand stand. Alle einfachen Möbel, an die er sich noch erinnerte und die früher in diesem Raum gestanden hatten, waren weg. Das Wohnzimmer bestand nur noch aus einem kleinen Beistelltisch und ein paar Holzstühlen, die im Halbkreis um das Bett aufgestellt waren.

Er erkannte die Stühle. Es waren die, die für Besucher benutzt wurden.

Oder Gebetskreise.

Es war schwer, den Mann aus den Albträumen seiner Kindheit unter dem Stapel weißer Decken zu finden. Der Mann mit breiten Schultern und starken Armen schien verschwunden zu sein. Etwas, das wie ein Skelett aussah, hatte dagegen seinen Platz eingenommen. Rev sah nur noch Decken und Knochen.

Der Raum roch nach Krankheit. Kotze, Scheiße und Pisse.

John Schmidts Macht war dahin. Sie wurde ihm von etwas Bösem genommen, das er nicht besiegen konnte.

Rev spürte in sich hinein und ergründete, ob er Mitgefühl oder gar Beileid empfand. Doch da war nichts. Außer Abscheu konnte er nichts für seinen Vater aufbringen.

Eine schlanke Frau saß am Bett seines Vaters, den Kopf nach unten geneigt, während sie aus einer abgenutzten Bibel las. Ihr Mund bewegte sich, aber es kamen keine Worte heraus. Ihr dunkles Haar war wie das seiner Mutter zu einem strengen Dutt zurückgebunden, aber sie sah viel jünger aus als Rachel Schmidt.

Vielleicht sogar jünger als Reilly.

»Patrice«, rief Matthew, der hinter Rev stand, und ließ ihn dadurch unwillentlich einen Schritt tiefer in den Raum schreiten.

Der Kopf der Frau hob sich. Ihr Blick glitt über Rev, dann über Reilly und landete schließlich auf Matthew, der immer noch hinter ihnen stand.

»Komm, lass meinem Neffen etwas Zeit mit seinem Vater.« Eine Hand legte sich auf Revs Schulter. »Ich stelle dich meiner Frau ein anderes Mal vor.«

Mit einem gehorsamen Nicken erhob sich die Frau und Rev sah, wie ihr das Kleid bis zu den Knöcheln fiel. Es war kein amisches Kleid, sondern eines, das dem seiner Mutter ähnelte. Ein Stil, den die Frauen ihres Ordens aus Bescheidenheit trugen. Unter dem hohen Ausschnitt war weder Dekolleté noch Haut zu sehen. Die Kleider waren etwas zwischen dem Stil der Amish und der Mennoniten. Doch im Gegensatz zu ihnen trugen die Frauen in der Kirche seiner Eltern keine Kopfbedeckung – was Rev als Sündentuch bezeichnete – außer sonntags in der Kirche.

Rev vermutete, dass sich ihr religiöser Orden vor langer Zeit entweder von den Amish oder den Mennoniten abgespalten hatte, aber er hatte nie genug Interesse gezeigt, um nachzufragen. Die Gruppen waren sich in einigen Aspekten ähnlich, aber nicht genau gleich.

Dennoch hatten sie alle Probleme mit Missbrauch. Entweder mit häuslicher Gewalt, sexuellen Übergriffen oder sogar Inzest. Aber selten wurden diese Geheimnisse außerhalb ihrer Gemeinschaft geteilt. Selten mischten sich die Bullen ein. Diese geschlossenen Gruppen neigten dazu, ihre Probleme selbst zu lösen.

Oder sie einfach unter den Teppich zu kehren.

Oder es als Gottes Wille zu akzeptieren.

»Hallo«, sagte Patrice leise zu ihnen und nickte leicht, als sie vorbeiging.

»Hallo«, erwiderte Reilly ihnen Gruß und schaute über ihre Schulter hinweg. Patrice ging zurück in den Flur Richtung Küche. Dann hob sie ihr Gesicht zu Rev und blickte ihn aus ihren grünen Augen an.

Er scherte sich einen Dreck um Matthew oder seine Frau. Er war nur wegen einer Person hier.

Er stolzierte durch den Raum und schaltete weitere Lampen ein, damit sein Vater ihn gut sehen konnte. Damit sein Vater wusste, wer hier war, um ihn zu besuchen. Damit sein Vater keinen Zweifel daran hatte, wer es war, der über ihm in seinem schwachen Zustand stand.

Als Rev mit der Beleuchtung des Raumes zufrieden war, trat er näher an das Krankenhausbett heran und blickte auf den Mann mit der blassen, papierdünnen Haut herab. Seine Augenhöhlen waren in dunkles Violett getaucht, seine Wangen ausgehöhlt, blaue Adern zeichneten sich wie Flüsse auf einer Landkarte direkt unter der Haut ab. Von seinem ehemals dichten Haar waren nur noch ein paar dunkle Strähnen übrig.

Dies war nicht der Mann, an den sich Rev erinnerte. Sein

Vater war nur noch die Hülle des Tyrannen, der seine Familie und diesen Haushalt beherrscht hatte. Früher war Rev der Schwächere gewesen, unfähig, seinen Vater zu überwältigen. Wie sehr sich die Dinge doch geändert hatten.

Reilly trat hinter ihn. Sie berührte ihn zwar nicht, stand aber dicht genug, damit er spüren konnte, wie sich ihre Körperwärme mit seiner vermischte. Sie machte ihre Anwesenheit und Unterstützung ohne Worte deutlich.

Seit sie dieses Haus betreten hatte, hatte sie nicht viel gesagt. Das war definitiv nicht ihre Art, aber vielleicht fand sie auch keine Worte dafür. Sie konnte die Untertöne des Hauses nicht verstehen, die der Vergangenheit, der Menschen, die unter diesem Dach gelebt hatten. Von den Menschen, die immer noch hier wohnten.

Später würde sie dafür bestimmt viele Fragen stellen, dessen war er sich sicher.

Denn das entsprach nun mal ihrer Natur. Neugierig sein, ständig plappern, an allem teilnehmen, was um sie herum geschah, ob es willkommen war oder nicht.

Es war sowohl süß als auch verdammt nervtötend. Normalerweise eher das Zweite.

Er hatte nicht gewollt, dass sie mitkam, aber in dieser Sekunde, als er auf den Mann hinunterstarrte, der einmal sein Vater gewesen war, war er verdammt froh, dass sie sich auf diese Reise mitgedrängt hatte. Ihre Anwesenheit hielt ihn davon ab, zu tun, was er plötzlich tun wollte.

Revs Finger zuckten. Er verspürte den Drang, sie um den dünnen, zerbrechlichen Hals des Mannes zu legen und zuzudrücken, bis der rasselnde Atem, der den Raum erfüllte, verstummte.

Er fragte sich, wie viel Zeit seinem alten Herrn noch blieb und ob es sich lohnen würde, diese Zeit zu verkürzen oder nicht.

Nein. Nicht, wenn Reilly hier war. Oder Matthew und seine junge Frau. Nicht einmal seine Mutter.

Sie wären Zeugen, und Erwürgen hinterließ immer blaue Flecken.

Auch wenn der Krebs seines Vaters seine Eingeweiden verfaulte, konnte der Mann Revs Meinung nach nicht genug leiden. Ihm das Leben zu nehmen, würde dieses Leid nur verkürzen.

Und deswegen war er nicht hier.

Er war hier, um das Karma bis zum Ende zu verfolgen.

Noch wichtiger: Vielleicht wollte der gute Pastor keine Beichte am Sterbebett hören, Rev aber schon. Er wollte wissen, warum der Mann das Vertrauen seiner Schwester missbraucht hatte. Nein, seine Schwester missbraucht hatte, Punkt.

Er hatte zwar jede Strafe gehasst, die sein Vater ihm auferlegt hatte, aber noch mehr, wenn er hörte, wie sich die Tür seiner Schwester schloss und er sie verriegelte.

Dem Mann stockte der Atem und Rev rückte noch etwas näher, bis sein Körper gegen das Metallgeländer gepresst wurde und er direkt in das Gesicht seines Vaters blickte.

»Wach auf, alter Mann«, befahl Rev. »Wach auf und sieh mich an.«

Die dünnen, blassen Lippen seines Vaters spalteten sich und ein schwaches Zischen entwich ihnen. Seine Augenlider flatterten ein paar Mal, bevor sie sich öffneten.

Vater und Sohn waren sich überhaupt nicht ähnlich. Rev war blond und hatte blaue Augen. John Schmidts Haar, als er noch etwas davon gehabt hatte, war von sehr dunklem Braun gewesen, das zu den Augen passte, die weder Saylor noch Rev geerbt hatten.

Seine Schwester hatte ebenfalls die blauen Augen ihrer Mutter, obwohl Saylor mit braunem Haar geboren wurde. Nicht so dunkel wie das ihres Vaters, aber auch nicht dunkelblond wie das ihrer Mutter oder Revs.

Ihre Augen verbanden Mutter, Sohn und Tochter miteinander. Während keiner von ihnen wie der Vater aussah. *Gott sei Dank.* Denn wenn er jeden Tag in den Spiegel schauen und seinen Vater sehen müsste, hätte er es nicht bis zu seinem achtundzwanzigsten Lebensjahr ausgehalten.

»Wer bist du?« Die Stimme des Mannes war schwach und nicht so dröhnend und einschüchternd, wie Rev sie in Erinnerung hatte.

»Du erkennst deinen eigenen Sohn nicht wieder?«

Ein Flackern des Erkennens erfüllte seine blutunterlaufenen und wässrigen braunen Augen. »Ich habe keinen Sohn.« Der Mann versuchte, sich auf die Ellbogen hochzuziehen, aber es gelang ihm nicht und sein Kopf fiel zurück auf das Kissen. Doch er schaffte es, den Kopf zumindest so weit zu drehen, dass er Rev mit zusammengekniffenen Augen ansehen konnte. »Verschwinde aus meinem Haus, Michael.« Seine Bemühungen, befehlend oder gar bedrohlich zu klingen, schlugen fehl.

Wie die Mächtigen gefallen sind.

»Zwing mich doch«, sagte Rev. »Und ich heiße Rev, nicht Michael. Michael ist tot und Sarah Schmidt auch.« Er beugte sich vor und legte sein Ohr an das seines alten Herrn. »Bald wirst du das auch sein. Und ich gehe nicht eher, bis das passiert.«

»Warum solltest du … an einen Ort zurückkehren … an dem du … nicht willkommen bist?« Als er unkontrolliert zu röcheln begann, griff Reilly nach dem Becher mit dem Strohhalm auf dem Beistelltisch und bot es ihm an.

Schwach schlug sein Vater ihre Hand weg. »Sarah?«

Reilly war blond, hatte grüne Augen und sah Saylor überhaupt nicht ähnlich.

»So wie du keinen Sohn hast, hast du auch keine Tochter. Du hast sie schon vor langer Zeit verloren.«

»Dein Verlust … war kein Unglück«, krächzte er, »Aber

Sarah … gehörte mir.« Es klang, als täte ihm das Sprechen im Hals weh.

»Ein junges Mädchen kann keinem Mann gehören. Eine Tochter kann auch nicht im Besitz ihres Vaters sein.«

John Schmidt stieß ein schwaches Schnaufen aus. »Du warst schon immer … streitsüchtig, Junge. Immer. Egal, wie oft … ich versucht habe, dir anderes zu lehren.« Er holte rasselnd Luft. »Du hast dich geweigert … Du weißt, dass die Tochter eines Mannes ihm gehört … bis zu dem Moment, in dem er sie … ihrem Ehemann übergibt.« Er keuchte, als er um seinen nächsten Atemzug rang. »Einem würdigen Ehemann … den der Vater auswählt. So wie deine Mutter deinem Großvater gehörte … bis sie mir übergeben wurde.« Seine dürre Hand mit durchsichtiger Haut über den Knochen legte sich auf seine Brust. »Eine Tochter dient ihrem Vater treu … bis zu dem Moment, in dem weitergereicht wird … vom Vater zum Ehemann.«

Das war es, was die Kirche ihnen lehrte. Aber entweder steckte eine unausgesprochene Bedeutung hinter dieser Lektion oder sein Vater hörte, was er hören wollte. Und interpretierte es auf die Weise, die ihm am besten passte.

»Was sagt deine liebe Bibel über einen Vater, der mit seiner eigenen Tochter schläft? Was sagt dein Prediger dazu?«

»Er sagt, dass wir unsere Töchter gut erziehen sollen. Ich kann keinen guten Ehemann … für meine Tochter finden, wenn sie diesem nicht würdig ist.« Er hatte Mühe, einen weiteren lauten Atemzug zu nehmen. »Sarah war ein eigensinniges Kind … wie du … Sie musste lernen, wie sie ihrem zukünftigen Mann gut dienen kann … sonst wäre sie eine Schande für mich … für deine Mutter … Sie wäre der Beweis … für unsere Unfähigkeit, unsere Kinder nach unseren Überzeugungen zu erziehen … Hätten wir sie im Stich gelassen … hätten wir auch Gott im Stich gelassen.«

Das war Schwachsinn. Verdammter Schwachsinn. Rev biss

JEANNE ST. JAMES

die Zähne so fest zusammen, dass er glaubte, sie könnten zerbrechen.

Aber sein Vater war noch nicht fertig mit seinem verbalen Durchfall. »Du hattest einen schlechten Einfluss auf sie ... Hast sie ermutigt, sich aufzulehnen ... ein ungezogenes Kind zu sein. Es war *deine* Schuld, dass sie so oft ... bestraft werden musste.«

Der Druck in seiner Brust schwoll so stark an, dass er befürchtete, seine Haut würde aufreißen. »Oh nein, alter Mann, wage es ja nicht, mir die Schuld für deinen Wahnsinn zu geben. Für das, was du getan hast. Fang gar nicht erst damit an.« Er musste von dort verschwinden, bevor er den Mann noch umbrachte. Denn er war nur Sekunden davon entfernt. Diesem Schwachsinn und den Lügen ein Ende zu setzen. »Wirst du heute sterben?«

»Das würde dir gefallen ... nicht wahr?«

»Es kann nicht früh genug passieren.«

»Da gebe ich dir recht. Es wird herrlich sein ... die Arme Gottes zu spüren, die mich umgeben ... wenn er mich in seinem Reich willkommen heißt ... Etwas, das du nie erleben wirst.«

Rev beugte sich über das Bett und knurrte: »Das wirst du auch nicht.«

Er wich zurück und stieß mit Reilly zusammen. Er packte ihren Arm, bevor er sie umstoßen konnte, und zerrte sie hinter sich her, während er mit großen Schritten das Zimmer durchkreuzte.

Er ging nicht in die Küche, um sich zu verabschieden, sondern direkt zur Haustür und schlug sie dann hinter ihnen zu. Doch er hielt erst an, als sie seinen Bronco erreichten. Er ging zur Beifahrerseite, riss die Tür auf und half Reilly auf den Sitz, bevor er auch diese Tür zuschlug.

Als er den Ford umrundete, rief jemand vom Haus: »Michael!«

Er hielt mit einer Hand am Türgriff der Fahrertür inne und warf einen Blick über seine Schulter zurück.

Matthew stand auf der Veranda.

Rev würde heute nicht mehr viel aushalten können. Er schwankte bereits am Rande des Abgrunds. Nur ein kleiner Windhauch und es würde ihn umwerfen.

Und sollte er zu fallen beginnen, würde er alle in diesem Haus mit sich reißen.

»Wir bleiben in der Gegend. Du hast jetzt meine Nummer. Schick mir eine SMS, wenn ihr glaubt, dass sein letzter Atemzug bevorsteht. Ich will es miterleben.«

»Aber ...«

»Wehe, du schickst mir keine Nachricht, Matthew!«, rief er. »Tust du das nicht, wirst du es bereuen.«

Er riss seine Tür auf, stieg ein und knallte sie zu. Er konnte gar nicht schnell genug von diesem Grundstück wegkommen.

STEINE SCHLEUDERTEN AUF, als Rev den Rückwärtsgang einlegte und zurück auf die Straße fuhr.

»Rev ...«

»Nein.« Er schob den Schalthebel in den ersten Gang, die Reifen quietschten und der Bronco schoss vorwärts.

»Rev«, versuchte sie es erneut.

»Ich werde da jetzt nicht drüber reden.«

Die ganze Zeit über war ihre Brust eng gewesen, während sie dem Gespräch nicht nur mit seiner Mutter, sondern auch mit seinem Vater verfolgt hatte.

Sie hatte recht gehabt. Dieses Haus zu betreten, war wie der Eintritt in eine andere Welt oder Dimension. Oder so ähnlich.

Es war unheimlich seltsam. Und überhaupt nicht das, was sie erwartet hatte.

Rev passte eindeutig nicht in diesen Haushalt. Genauso wenig wie Saylor. Diese Familie war genauso verkorkst wie die Shirleys. Und sie hatte nicht geglaubt, dass das möglich war. Doch sie hatte sich geirrt.

Aber, *verdammt*, wieso war Rev nicht völlig im Arsch? Wieso war er nicht schon längst zum Serienmörder geworden? Sie wusste nicht einmal, womit genau er und seine Schwester es zu tun gehabt hatten, aber das Wenige, das sie mitbekommen hatte ...

Kein Wunder, dass Saylor sich ständig danebenbenahm und ihre gesamte Jugend in einer Jugendstrafanstalt verbracht hatte.

Um diesem Haus zu entkommen. Um diesem Leben zu entkommen.

Um dem zu entgehen, was ihr Vater ihr angetan hatte. Was Reilly nur vermuten konnte, ohne alle Einzelheiten zu kennen.

Ehrlich gesagt, wollte sie die Details gar nicht wissen. Sie konnte sie sich bereits vorstellen und das war schon schlimm genug.

Reilly blickte sich um, während er die kurvenreiche Landstraße hinunter und in die Stadt raste. Sie musste sich am Armaturenbrett und an der Tür festhalten, um nicht herumgeschleudert zu werden, obwohl sie den Sicherheitsgurt angelegt hatte. Als sie sich ein paar Geschäften näherten, quietschten die Reifen des Geländewagens wie ein aufgescheuchtes Schwein, als er scharf auf den Parkplatz einbog.

Nachdem er den Bronco auf einen freien Platz vor dem Fine Wine & Good Spirits geparkt hatte, schaltete er in den Leerlauf, zog die Handbremse an, ließ den Motor weiterlaufen, kletterte aus dem Wagen und knurrte: »Bleib hier«, bevor er seine Tür zuschlug.

Na dann.

Ohne seine Kutte sah er aus wie jeder andere, der den staatlichen Schnapsladen betrat. Zumindest wie jeder andere Bürger, der gepierct und tätowiert war.

Vielleicht war er ein bisschen heißer als die meisten Männer, die über den Parkplatz liefen.

In Ordnung, viel heißer. Eigentlich glühend heiß.

Heilige Scheiße, sein Arsch in den Levi's war einfach ...

Falscher Zeitpunkt, Reilly. Der Mann steckt gerade mitten in einer Krise und ihm auf den Hintern zu starren, ist jetzt echt nicht angebracht. Genauso wenig wie sabbern.

Sie wischte sich mit der Hand über den Mund und seufzte.

Keine fünf Minuten später fraßen seine langen Beine den Bürgersteig zwischen ihm und seinem Wagen auf. Er riss die Fahrertür ruckartig auf und schob ihr die Tüte zu, als er hineinsprang.

Sie warf einen Blick hinein und fand drei Flaschen Jack Daniel's.

Drei Flaschen Jack.

»Ähm ... drei?«

»Sie waren im Angebot.«

Sie zog die Quittung hervor. Nein, waren sie nicht. Mit einer hochgezogenen Augenbraue blickte sie ihn von der Seite an. »Wenn du so viel Schnaps trinkst, wäre etwas zu Essen auch eine gute Idee. Meinst du nicht?«

Das Problem war, dass er gerade nicht nachdachte. Im Moment wollte er seine Wut, seine Erinnerungen und alles andere, was ihn beschäftigte, einfach nur ertränken.

Drei Flaschen Whiskey würden dafür sicher reichen. Drei Flaschen könnten ihn aber auch in ein verdammtes Koma versetzen.

»Essen, Rev. Ich habe sowieso Hunger«, log sie. Ihr war immer noch etwas übel, nachdem sie sich mit dem Haus und der Familie von Stephen King herumgeschlagen hatte.

Er suchte die Geschäfte vor ihnen ab und knurrte dann erneut: »Bleib hier.« Er wiederholte die köstliche Sabber-Vorstellung von eben, aber anstatt in den Spirituosenladen zu gehen, verschwand er in einer Pizzeria zwei Türen weiter.

Natürlich fiel es Reilly schwer, dabei nicht die ganze Zeit auf seinen Hintern zu starren. Denn nicht hinzusehen, war einfach unmöglich.

Sie seufzte angesichts ihrer Schwäche und bemerkte, dass sie nicht die Einzige war, die ihn musterte. Die Frau, die neben ihrem Auto stand, das drei Plätze näher an der Ladenzeile parkte, hatte Rev ebenfalls bewundert.

Die umwerfenden Augen, das kurze, stachelige Haar, der ordentlich gestutzte Bart, die knallharten Tattoos und Piercings, der perfekte Arsch in seinen Jeans und diese verdammt kräftigen Oberschenkel, die Reilly jedes Mal arbeiten sah, wenn er auf der Farm vor allen Leuten in einen Sweet Butt pumpte.

Der Mann hatte kein Schamgefühl, aber das hatte keiner von ihnen. So waren die Jungs nun mal. Sie mochten Sex und es war ihnen egal, wer ihnen dabei zusah.

Manchmal war ihnen auch egal, mit wem sie es trieben.

Manchmal war ihnen auch egal, dass sie hinterher noch schlampigen Nachschlag bekamen.

Oder noch einen zweiten.

Igitt.

Wenn sie schlau war, suchte sie sich einen netten – wie die Jungs es nannten –regelmäßigen Partner, der keine Kutte trug. Und keine Probleme mit ihrer Schwester oder sonst jemandem verursachte, wenn sie ihn fickte. Außerdem einen Kerl, den sie nicht schon beim Sex mit anderen Frauen beobachtet hatte. Nicht nur beim Ficken, sondern auch beim Blasen und Geben. Und mit ›Geben‹ meinte sie Lecken, nicht das Schwanzlutschen eines anderen Mannes.

Obwohl, das könnte ziemlich heiß sein …

Nein. Sie glaubte nicht, dass eines der Fury-Mitglieder darauf stand, und falls doch, würden sie sicher nicht offen damit umgehen.

Den Jungs machte es nichts aus, miteinander Sex zu haben, solange eine Frau als Puffer zwischen ihnen lag. Schwertkampf war dagegen nicht erlaubt.

Sie könnte zwei der Jungs, die sich ›zufällig‹ entdeckten, zukünftig als Fantasie benutzen, wenn sie ihren Rabbit benutzte.

Ja, das würde sie tun.

Sie beobachtete die Frau, die immer noch am Kofferraum ihres Minivans stand und ihre Einkäufe mit einer Langsamkeit hinein lud, die Reilly an einen Vibrator mit leeren Batterien erinnerte. Die Frau war eher damit beschäftigt, die Tür der Pizzeria im Auge zu behalten, als sich Gedanken darüber zu machen, ob ihre Eistorte bei den warmen Temperaturen Mitte April schmelzen könnte.

Aber Rev war auch viel leckerer als Eiscreme. Und der Verzehr einer Portion Rev würde einer Frau keine zusätzlichen Pfunde verpassen, wie es bei einer Torte der Fall war.

Tut mir leid, Lady, wenn ihn heute Abend jemand anspringt, dann nicht Sie. Achten Sie lieber auf Ihre Torte, bevor sie zur Suppe wird, denn das ist die einzige Leckerei, die Sie heute Abend essen werden.

Der Rücken der Frau richtete sich plötzlich kerzengerade auf, ihre Brüste traten hervor und ihre manikürte Fingernägel zerzausten das Haar um ihre Schultern.

Reilly schürzte die Lippen und überlegte, ob sie Rev bei seiner Rückkehr beobachten sollte oder doch lieber die Frau.

Die Frau. Die zufällig gerade einen Gegenstand fallen ließ und dann einige übertriebene Bewegungen machte, einschließlich dem Bücken und Wackeln ihres Hintern, der mit einer Trainingshose bedeckt war, um Revs Aufmerksamkeit zu erregen.

Doch Rev war zu sehr mit seiner Rückkehr beschäftigt, um es überhaupt zu bemerken. Er hatte beide Hände voll mit einem Sechserpack Cola, einer großen Tüte Chips und etwas, das zwei großen Sandwiches ähnlich sah.

Ja, die Frau hätte nackt sein und sich selbst auf den Hintern klatschen können und er hätte es nicht bemerkt. Im Moment gab es genug anderen Scheiß, der sein Gehirn verstopfte.

Wie zum Beispiel Gedanken über den Mord an seinem Vater. Vielleicht sogar auch an seiner Mutter.

Was war das nur für ein Chaos.

Er öffnete die Fahrertür und der Geruch der frisch getoasteten Brote ließ ihr das Wasser im Mund zerlaufen. Nicht so sehr wie Revs Arsch, aber verdammt nah dran.

Sie schmollte kurz, als sie sah, dass die Chips den Geschmack von Barbecue und nicht Sour Cream mit Zwiebel hatten, aber sie wagte nicht, sich zu beschweren. Das passte gerade nicht zu seiner Stimmung. Und sie wollte ihren Kopf gerne behalten.

Doch sechs halbe Liter Flaschen Cola reichten *nicht* aus, um sie mit drei 750-ml-Flaschen Whiskey zu mischen, so viel war sicher.

»Sicher, dass das genug Cola ist?«

Er blinzelte sie an. »Das Zeug ist für dich, nicht für mich.« Er warf es hinter den Fahrersitz und kletterte ins Auto. »Sonst noch was, Prinzessin?«

Prinzessin?

Er fand, dass sie sich wie eine Prinzessin verhielt, weil sie ihm Essen vorschlug, das er zu seinem flüssigen Abendmahl hinzufügen sollte?

»Weißt du …«

Ihr blieb der Mund offen stehen, als er sie mit einem scharfen »Nein« unterbrach, als wäre sie Cujo und er Rook, der mit seinem vierbeinigen Schrecken schimpfte, weil er auf den Boden geschissen hatte.

Sie klappte den Mund zu und starrte ihn mit zusammenge-pressten Lippen an, wobei sie überlegte, ob es sich lohnte, den guten Whiskey zu verschwenden, indem sie ihm eine der Flaschen über den Kopf zog.

Sie kam zu dem Schluss, dass das nicht der Fall war.

»Gut«, sagte sie verärgert.

Er warf ihr einen funkelnden Blick und eine hochgezogene Augenbraue zu, bevor er die Handbremse löste und den Bronco in den Rückwärtsgang schaltete.

Sie fuhren in totaler Stille – kein Radio, kein Gerede, nichts –, bis er ein Motel am anderen Ende der Stadt fand, das in rot blinkender Neonschrift für freie Zimmer warb.

Sie erwartete bereits sein geknurrtes »Bleib hier« – schließlich schien das das Thema des heutigen Tages zu sein – und er enttäuschte sie nicht. Er ließ sie im Bronco zurück, um allein zur Rezeption des Motels zu stapfen.

Es erinnerte sie sehr an das The Grove Inn, ein älteres, aber gut geführtes Motel. Der Unterschied bestand darin, dass sich die Rezeption an einem Ende, statt in der Mitte befand, und dass es anscheinend Zimmer auf der Vorder- und Rückseite des einstöckigen Gebäudes gab.

Und mit ziemlicher Sicherheit stand hinter der Rezeption auch kein heißer Biker wie Ozzy.

Sie fragte sich, ob Rev ein oder zwei Zimmer reservierte, aber die Frage wurde beantwortet, als er mit drei Schlüsselkarten in der Hand zurück zum Wagen kam.

Drei.

Das war eine ungerade Zahl für zwei Zimmer. Er warf ihr eine Plastikkarte in den Schoß und steckte die anderen beiden in seine Gesäßtasche. Während ihr Gehirn diese Tatsache verarbeitete, fuhr er mit dem Ford zur Rückseite des Motels, wo die restlichen Parkplätze leer standen.

»Moment mal, du hast den Schlüssel zu meinem Zimmer, aber ich habe nicht den Schlüssel zu deinem?«

Als Antwort erhielt sie ein Schweigen. Vollkommen inakzeptabel.

»Rev ...«

Er hielt vor dem Zimmer, das am weitesten von der Rezeption entfernt war. Nachdem er den Motor abgestellt hatte, wandte er sich ihr endlich zu. »Ja.«

»Warum?«

»Weil du Eigentum des Clubs bist und da du bei mir bist, ist es meine Aufgabe, dich zu beschützen.«

Oh.

Aber halt. »Das erklärt immer noch nicht, warum ich keinen

Schlüssel zu deinem Zimmer habe.«

»Weil du keinen brauchst.«

»Aber ich will einen.«

»Du bekommst nicht immer, was du willst, Reilly. Obwohl ich weiß, dass du denkst, dass du das solltest. Meine Reise. Meine Regeln. Du hättest nicht mitkommen müssen.«

»Nach dem, was ich heute gesehen habe, bin ich froh, dass du nicht allein gefahren bist«, murmelte sie.

Das ließ seine Lippen noch fester werden, als sie es sowieso schon waren, seit er in die Einfahrt seiner Eltern gefahren war. »Ich hätte es auch ohne dich geschafft.«

Da war sie sich nicht so sicher.

»Nimm dir alles, was du brauchst, bevor ich den Truck abschließe.«

»Wie willst du mich beschützen, wenn du dich mit Whiskey betrinkst?« Sie setzte das Wort ›beschützen‹ in Anführungs-zeichen.

»Wenn du einmal in deinem Zimmer bist, verlässt du es nicht mehr.«

»Aber ...«

»Meine Reise. Meine Regeln«, wiederholte er. »Du könntest jetzt auch im Grove sein und dein eigenes Ding machen. Also spiel mit, Zuckerpuppe. Du hast schließlich darauf bestanden, mitzukommen.«

Zuckerpuppe? Sie wusste nicht, ob das besser oder schlechter war als Prinzessin. »Du erinnerst mich ständig daran.«

»Weil du es immer wieder vergisst. Denkst du, ich wollte, dass du den Scheiß siehst, den du gesehen hast? Denkst du, ich wollte, dass du den Scheiß hörst, den du gehört hast?«

Nein, wahrscheinlich nicht.

»Ich will nicht, dass irgendjemand von diesem Scheiß erfährt. Das ist meine Sache und die geht niemanden etwas an.«

»Saylor schon.«

»Lass sie da raus.« Sein Tonfall traf sie wie scharfes Glas.

Es war schwer, seine Schwester aus der Gleichung herauszunehmen, da sie dieselben Eltern hatten und sie mit denselben Dingen zu kämpfen hatte wie er. Vielleicht sogar noch schlimmer.

»Sie ist meine Freundin, Rev. Sie ist auch wie eine Schwester für mich. Denkst du, es ist mir egal, was mit ihr passiert ist?«

Er starrte sie an. »Hat sie mit dir über diesen Scheiß gesprochen?«

»Nein.«

»Dann geht es dich auch nichts an. Ich weiß, dass dich das stört, Zuckerpuppe, aber nicht alles geht dich etwas an.«

Sie mochte diese Spitznamen-Nummer nicht. Er hatte sie noch nie Zuckerpuppe genannt und er tat es nicht, um nett zu sein, sondern weil die Wut unter seiner Oberfläche brodelte.

Im Moment war er wütend auf die ganze Welt. Er musste sich entspannen.

Er dachte, der Whiskey würde ihm dabei helfen. Reilly bezweifelte das. Aber sie war sich verflucht sicher, dass er sich heute Abend nicht nur an der Flasche bedienen würde. Er würde sich auch einen Joint anstecken oder eine Pfeife rauchen.

Hoffentlich würde er sich nicht auf die Suche nach einer Frau machen, wie die, die auf dem Parkplatz ihren Paarungstanz aufgeführt hatte.

Mit einem Blick, einem Fingerzeig, konnte er wahrscheinlich die meisten Frauen dazu bringen, ihm zu Füßen zu fallen. Vielleicht wollten sie nicht mehr als eine Nacht mit dem Biker-Bad-Boy, aber sie würden zumindest verbotenerweise von ihm probieren wollen.

Vielleicht wäre er ein Häkchen auf ihrer Bucket List.

Sie hatte schon hässliche Zickenkriege zwischen weiblichen Besuchern gesehen, bei denen es darum ging, einen der Kerle für sich zu gewinnen. Normalerweise löste derjenige das

Problem, indem er mit beiden verschwand, nachdem die Nägel wieder eingezogen waren und kein Blut mehr floss.

Jemand musste ihr unbedingt eins über die Rübe ziehen, sollte es jemals dazu kommen, dass sie für einen Mann auf diese Weise kämpfte, weil sie dachte, er sei es wert.

Was die Fury-Schwesternschaft betraf, so hatten die Frauen bereits klargemacht, dass sie einfach gehen würden, sollten ihre Männer aus der Reihe tanzen. Das würden sie sich nicht gefallen lassen und sie würden sich auch niemals mit einer anderen Frau wegen ihnen streiten.

Und was bewirkte das?

Es hielt die Männer an der kurzen Leine, ohne dass sie sich dessen überhaupt bewusst waren.

Streunen sie, bereuen sie – das war der stille Kodex, dem die Frauen folgten. Und er war verdammt effektiv.

Kein Gekeife, keine Streitereien und kein ständiges Aufpassen auf ihre Männer. Es war ein einfacher und sauberer Weg, um ihre Beziehungen loyal und solide zu halten. Es funktionierte.

»Nimm deinen Scheiß«, brummte er, stieg aus und ging zur Heckklappe. Als sie ausstieg und sich zu ihm gesellte, reichte er ihr ihren Rucksack, die Cola-Flaschen und eines der Sandwiches.

Er schnappte sich die restlichen Sachen, schloss sein Fahrzeug ab und machte sich dann auf den Weg zu dem Zimmer, das ganz am Ende lag.

»Welches ist meins?«, fragte sie mit vollbeladenen Armen.

Er deutete mit dem Kinn in Richtung des Nebenzimmers und verschwand dann in seinem.

Das Zuschlagen seiner Tür setzte sie in Bewegung und sie ging zu ihrem Zimmer. Sie schaffte es, sie zu öffnen, ohne etwas fallen zu lassen, und trat in das dunkle Zimmer.

Sie konnte nichts erkennen, aber wenigstens roch es sauber.

Sie lief zum Bett, ließ ihre Sachen darauf fallen und ging

dann zurück, um die Tür zu schließen und das Licht einzuschalten. Nachdem das erledigt war, drehte sie sich um und bemerkte etwas.

Eine weitere Tür auf der rechten Seite.

Er hatte ihnen Zimmer mit einer Durchgangstür besorgt.

Sie ging sofort hin, schloss auf ihrer Seite auf und betrachtete dann die geschlossene Tür auf seiner Seite. Sie drehte den Knauf, aber die Tür war verschlossen. Sie seufzte, schloss ihre Tür dann wieder zu, machte sich aber nicht die Mühe, sie abzuschließen, da er sowieso einen verdammten Schlüssel besaß.

Ehrlich gesagt, hatte sie keinen Grund, ihn draußen zu halten. Wenn er sie in der Nacht überfallen wollte, würde sie ihn sicher nicht rausschmeißen.

Heißer, schweißtreibendem Sex und der Austausch von Flüssigkeiten – neben dem Whiskey – könnte helfen, etwas von der Reizbarkeit abzubauen, mit der er zu kämpfen hatte.

Sie waren in Coatesville, Pennsylvania. Weit, weit, *weit* weg von Manning Grove.

Niemand würde etwas davon erfahren.

Verdammt, niemand wusste, dass sie und Rev überhaupt zusammen waren. In der gleichen Stadt, im gleichen Motel. Wenn sie in einem Bett landeten, wäre das nur ein weiteres Geheimnis in einem Club voller Rätsel.

Sie mussten anschließend nur so tun, als wäre es nie passiert.

Das könnte funktionieren.

Das könnte es.

Oder etwa nicht?

Sie starrte auf die Tür, die die beiden Räume verband, und kaute auf ihrem Daumennagel.

Nein. Er wollte allein sein. Und sich in seinem Elend suhlen. Sie musste das respektieren. Er sagte ihr immer wieder, sie stecke ihre Nase in Dinge, die sie nichts angingen. Und wenn sie sich in sein Zimmer drängte, würde sie ihm nur Recht geben.

»Verdammt«, raunte sie.

Sie würde die Innentür unverschlossen lassen und wenn er wollte, könnte er den ersten Schritt machen.

Sie warf einen Blick auf ihr Handy und bemerkte, dass es erst kurz nach fünf war und damit noch viel zu früh, um ins Bett zu gehen. Sie zog ihre Stiefel, ihre Jeans, ihren BH und ihr Oberteil aus und dann die bequemen, seidigen Shorts und das Hemdchen über, in denen sie schlief. Nachdem sie sich auf dem Bett niedergelassen und die Kissen hinter sich aufgestapelt hatte, schnappte sie sich die Fernbedienung, suchte sich einen guten Film aus, trank die Flasche Wasser, die im Zimmer stand, und verschlang schließlich das ganze Sandwich mit Schinken, Cheddar und Speck.

Nachdem sie heute früh vor dem Morgengrauen aufgestanden war und sich nun den Bauch mit Kohlenhydraten und Fleisch vollgeschlagen hatte, wurde der Film nur noch zu einer fernen Erinnerung. Denn der Schlaf zerrte an ihr, bis er sie Stunden später wieder freiließ.

Das Dröhnen des Fernsehers drang an ihre Ohren, bevor sie die Augen aufschlug. Sie brauchte ein paar Sekunden, um sich zu erinnern, wo sie war und warum. Sie wischte sich den Speichel aus dem Mundwinkel, bürstete sich die Brotkrümel von der Brust und dem Laken und schaute dann auf die Uhr ihres Handys. Es musste mitten in der Nacht sein.

Sie stöhnte. Es war erst neun. Sie hatte die letzten drei Stunden verschlafen.

Wenn sie jetzt versuchte, wieder einzuschlafen, würde sie den Rest der Nacht sicher nicht durchschlafen können.

Was war die Lösung? Whiskey. Vielleicht ein paar Züge Gras.

Aber besaß sie etwas davon? Natürlich nicht.

Wusste sie, wer etwas hatte? Aber ja.

Doch war er bereit, zu teilen?

Sie wusste es nicht, aber fragen konnte schließlich nicht schaden, richtig?

6

Nachdem sie sich etwas Wasser ins Gesicht gespritzt, ihr zerzaustes Haar gebürstet und ein paar Strähnen nach vorne gezupft hatte, um die Narbe an ihrer Schläfe zu verdecken, schaute sie an sich hinunter. Ohne BH hingen ihre Brüste etwas tiefer, aber sie waren immer noch verdammt prall für ihre Größe. Ihre Brustwarzen stachen durch den dünnen, seidigen königsblauen Stoff hindurch, aber es war ja nicht so, dass Rev noch nie Brustwarzen gesehen hätte.

Er hatte schon viele gesehen. Nur ihre noch nicht.

Noch war der entscheidende Faktor.

Sie ging zurück zu den Verbindungstüren, öffnete ihre und stieß auf seine, die nach wie vor geschlossen war. Sie legte ihr Ohr an die Tür und hörte Stimmen und Musik, die von seiner Seite aus zu ihr dröhnten.

Anstatt zu klopfen, probierte sie den kleinen Türknauf aus und blinzelte überrascht, als er sich leicht in ihren Fingern drehte.

Er hatte seine Tür aufgeschlossen, aber ihre nicht? Hatte er nach ihr gesehen, während sie geschlafen hatte?

Hm.

Oder vielleicht war er mit der Absicht gekommen, sie zu nehmen, fand sie aber schlafend vor und entschied sich dann anders. *Verdammt!* Hatte sie sich selbst die Tour vermasselt? Das wäre typisch.

Sie stieß die Tür auf und warf einen zaghaften Blick in sein Zimmer. Es war dunkel, bis auf das Flackern von buntem Licht und Schatten, die vom Fernseher ausgingen.

Sofort warf sie einen Blick auf das Bett. Er saß am Kopfende und hatte eine halbleere Whiskyflasche in der Hand.

Verdammt. Er hatte einiges davon getrunken. Sie hatte keine Ahnung, wie er noch aufrecht sitzen konnte. Außerdem roch das Zimmer nach Gras. Sie hatte nicht nachgesehen, ob in den Zimmern geraucht werden durfte oder nicht. Höchstwahrscheinlich nicht. Nicht, dass es Rev interessiert hätte.

Aber es war nicht nur die Menge des Alkohols und der hängende Geruch von qualitativem Gras in der Luft, der ihre Aufmerksamkeit erregte. Es war auch die Tatsache, dass er nichts anderes trug als eine Jeans.

Seine Beine waren ausgestreckt, die Knöchel überkreuzt und die Füße nackt. Der Bund seiner Jeans war direkt oberhalb einer dunkelblonden Haarspur aufgeknöpft – sie würde sie näher betrachten müssen, um sicherzugehen, dass sie in dem trüben Licht keine falschen Dinge sah. Doch es bedeutete, dass er komplett oben ohne war.

Das flackernde Licht des Fernsehers reflektierte von seiner Brust.

Reflektierte von seiner Brust.

Viel kleinere Barbells als die, die in seinen Ohren waren, teilten beide Brustwarze.

Heilige Scheiße.

Heilige ... verdammte ... Scheiße.

Er hatte gepiercte Brustwarzen, genau wie Deacon. Nicht, dass sie die von Deacon jemals gesehen hätte – das hatte sie nicht –, aber sie wusste davon, da Reese sie ein paar Mal erwähnt hatte. Außerdem war es kein Geheimnis.

Doch niemand hat jemals Revs erwähnt. Und falls doch, dann war diese Information nie in ihrem Umfeld verbreitet worden. Dabei waren das wichtige Informationen, die sie hätte wissen müssen! Wer zum Teufel verheimlichte sowas?

Denn ... *Verdaaaammt.*

Sogar im ungleichmäßigen Licht des Fernsehers erkannte sie, dass seine obere Brust ebenfalls mit einer großen Tätowierung bedeckt war, die in seine beiden eingefärbten Arme überging. Natürlich hatte sie ihn schon oft in kurzärmeligen T-Shirts gesehen, aber es war kein Witz, dass sie seinen Arsch und Schwanz öfter gesehen hatte als seinen Oberkörper. Nämlich ganze null Mal bisher.

»Gibts ein Problem, Zuckerpuppe?«

Und ob! Er hatte einige sehr wichtige Informationen verheimlicht. »Ich verstehe die ganze Sache mit der Zuckerpuppe nicht.«

»Musst du auch nicht.« Seine Stimme war tief, träge und er lallte ein wenig. Der Whiskey und das Gras taten wohl ihren Job.

»Da muss ich widersprechen, schließlich nennst du mich so.«

»Das ist kein schlechter Name. Passt zu dir.« Oh ja, seine Worte waren verwaschen. Und sie wettete, dass seine Sicht es auch war.

»Wirklich?« Sie war da anderer Meinung.

Sie trat weiter in sein Zimmer, als er die Flasche an die Lippen hob, und konzentrierte sich auf seinen Adamsapfel, der sanft auf und ab glitt, während er einen tiefen Schluck von seinem Whiskey nahm.

»Ich habe so viele Fragen«, kam es in einem Atemzug aus ihr heraus.

»Das ist nichts Neues.« Sie wartete darauf, dass ein betrunkener Schluckauf ein Ausrufezeichen hinter seine Aussage setzte.

Doch er kam nicht.

»Hast du nach mir gesehen?«

Er wischte sich mit der Hand über den Mund, bevor er antwortete. »Ja. Du hast gesabbert und geschnarcht.«

Sie keuchte auf. »Habe ich nicht!«

»Rede keinen Scheiß, Zuckerpuppe.« Der Alkohol in seinem Körper ließ das Wort ›Zucker‹ wie *Sugger* klingen.

»Ich war erschöpft«, schien eine gute Entschuldigung zu sein.

»Ja«, erwiderte er leise.

»Ich kann jetzt sicher nicht wieder einschlafen.« *Vor allem, da ich diese Nippel-Piercings anfassen will!*

»Dann tu es nicht.« Er hob die Flasche in ihre Richtung. Ein Angebot.

Sie wollte gerne glauben, dass es mehr als nur ein Angebot war, sich mit ihm zu betrinken, eine Art Friedensangebot.

Sie rümpfte die Nase und schaute sich im Zimmer um. Sie entdeckte eine ungeöffnete Flasche und einen dieser fadenscheinigen, in Plastik eingeschweißten Becher, die das Motel zur Verfügung stellte. Sie eilte zurück in ihr Zimmer, um die Cola zu holen, und kehrte zurück, bevor er die Verbindungstür wieder schließen und sie aussperren konnte.

Er war im Nu vom Bett aufgestanden und schob sie von dem kleinen Tresen weg, an dem sie ihren Drink mixen wollte. Sie hatte nicht vor, die Flasche mit der Faust zu umgreifen, wie er es tat. Außerdem zog sie es vor, ihre Magenschleimhaut intakt zu halten. Wenn sie Whiskey aus der Flasche trank, verbrannte er ihr die Eigenweide. Und zwar sehr. Es war ihr egal, ob sie aussah wie ein Weichei, weil sie Whiskey mit Cola mischen musste.

Sie hielt ihn davon ab, seinen Whiskey in ihren Becher zu

gießen, und reichte ihm im Gegenzug die noch verschlossene Flasche.

Möglicherweise zuckten seine Lippen ein klein wenig. Das war ein gutes Zeichen. Es war nicht mehr so wütend. »Hast du Angst vor Spuckreste?«, murmelte er dicht an ihrem Ohr, was sie zum Zittern brachte und ihre Brustwarzen schmerzhaft anschwellen ließ.

Seine eigenen Brustwarzen waren nun zum Greifen nah. Ihre Finger schlossen sich fester um den Sechserpack Cola, um zu vermeiden, dass sie danach griff und an ihnen drehte. »Ich habe das Gefühl, dass in der Flasche noch ein bisschen mehr drin ist.«

»Wäre nicht schlimmer als Sperma. Und das hast du doch schon geschluckt, oder?«

Sie trat einen Schritt zurück und starrte ihn an. »Ist das deine Art, mich zu fragen, ob ich es ausspucke oder schlucke?«

Er wandte sich von ihr ab und packte den Plastikbecher aus, goss ihn halb mit Whiskey aus der frischen Flasche voll, öffnete zischend eine Dose Cola und füllte den Becher bis zum Rand damit auf. Dann hielt er seinen Finger in das Getränk und wirbelte ihn umher, bevor er den Finger zwischen seine Lippen steckte und daran saugte.

Heilige Scheiße.

Ihre Brustwarzen schmerzten jetzt nicht nur, ihre Brüste waren plötzlich auch viel voller.

Er reichte ihr den übervollen Becher und sie achtete darauf, das dünne Plastik nicht zu fest zusammenzudrücken. Nachdem sie einen Schluck getrunken hatte, zischte sie bei der Stärke der Mische.

Er drehte sich zu ihr um und ließ seinen Blick langsam über sie wandern, von Kopf bis Fuß.

Okay, jetzt kam zur Reaktion ihrer Brüste auch ein Zucken der Muschi hinzu. Besonders, nachdem er diesen erhitzten Blick mit einem Lecken seiner Lippen gekrönt hatte.

Was zur Hölle? Wollte er, dass sie in einem Motel in Coatesville, Pennsylvania, von selbst kam?

Ihr Herz setzte einen Schlag aus, als er sich plötzlich bewegte. Nicht auf sie zu, wie sie hoffte. Er ging direkt zu seinem Rucksack, der auf dem Boden lag, kramte darin herum und zog ein T-Shirt heraus. Er warf es ihr zu.

Sie fing es auf, aber nicht ohne etwas von ihrem Getränk auf ihre Hand zu verschütten. Sie leckte die Tropfen Jacky-Cola von ihrer Haut ab und als sie aufblickte, beobachtete er sie viel zu aufmerksam.

Nun, das verursachte ein zweites, heftiges Zusammenziehen ihrer Muschi. *Verdammt.*

»Wenn du in diesem Zimmer sein willst, ziehst du das an.«

Sie blickte auf das Shirt in ihrer Hand. »Was ist falsch an dem, was ich anhabe?«

»Meine Reise. Meine Regeln.«

Sie war kurz davor, ihm diese Antwort in die Kehle herunterzuschieben.

Sie nahm noch einen Schluck von ihrem Drink, damit es nicht gleich wieder überlief, stellte es ab und zog sich sein T-Shirt über den Kopf. Die abgenutzte, weiche Baumwolle reichte ihr bis knapp über den Schritt und roch nach Rev. Sie hielt sich davon ab, den Stoff in die Hand zu nehmen, ihn an ihre Nase zu reiben und tief einzuatmen. Vielleicht würde sie heimlich daran schnuppern, sobald er sie nicht mehr beobachtete.

Als er sich durch den kleinen Raum zu seiner Seite des Bettes bewegte, blieb ihr Blick an der angespannten Rückenmuskulatur unter den Farben des Clubs hängen, die auf seinen Rücken gezeichnet waren.

Nur selten sah sie eines der Fury-Mitglieder ohne Shirt. Gelegentlich sah sie sie auf der Farm, wenn das Wetter warm war, entweder in der Nähe der Schlafbaracke oder während einer der Partys. Sie wusste, dass die meisten von ihnen – wenn nicht sogar alle –, ihre Hingabe und Loyalität zu Trip und dem

Club dadurch zeigten, dass sie sich die Rockers und Insignien dauerhaft auf den Rücken tätowieren ließen. Und so überraschte es sie nicht, dass Rev das auch getan hatte.

Sie trank noch einen Schluck Whiskey-Cola und sah zu, wie er es sich auf dem Bett bequem machte. Als er die Whiskeyflasche an die Lippen hob, hielt er inne und sein Kopf bewegte sich in Richtung der anderen Seite des Bettes.

Sie unterdrückte ein Zischen, das etwas von der Hitze, die sich in ihrer Mitte zu sammeln begann, hätte lindern können. Er wollte ernsthaft, dass sie zu ihm ins Bett kletterte und einfach nur chillte?

Also gut. Sie stellte ihren Becher ab und tat es, bis sich ihre Schultern zwar nahe waren, aber nicht berührten.

Er warf die Fernbedienung zwischen sie. »Ändere den Kanal, wenn du willst.«

Sie warf einen Blick auf den Fernseher, dann auf ihn. »Hat der Fernseher Netflix?« Sie schürzte die Lippen.

Er schnaubte und nahm einen langen Zug aus der Flasche, dann drehte er den Kopf, um sie anzusehen. Seine normalerweise leuchtend blauen Augen waren jetzt glasig und blutunterlaufen, was auf die Mischung aus Alkohol, Drogen und wahrscheinlich geistiger Erschöpfung zurückzuführen war.

»Warum? Netflix und Chill? Hältst du das für klug? Ich habe schon genug Probleme, ohne dass ich dich dazuzählen muss.«

»Ich bin kein Problem.«

Er warf den Kopf zurück und lachte so laut, dass sie zusammenzuckte. Bis er fertig war, war sie genervt.

»Dich zu ficken, wäre ein Problem, Suggerpuppe«, sagte er ernst.

»Bei der Menge, die du heute Abend getrunken hast, hättest du bei jeder ein Problem.« Sie lehnte sich zu ihm und blickte auf die offene Dose auf dem Nachttisch. »Und auch bei dem, was du geraucht hast. Der kleine Rev ist nach all dem vielleicht nicht mehr ganz so gut in Fahrt.«

Er fasste sich über die Jeans in den Schritt und schüttelte ihn. »Ihn hochzukriegen, ist kein Problem.«

»Ja, weiß ich. Ich habe ihn schon oft hart erlebt. Aber nicht, nachdem du so viel Whiskey weggekippt hast. Hast du sonst noch etwas genommen?«

Eine seiner Augenbrauen hob sich, aber sie sah auch so aus, als sei sie betrunken. »Was meinst du?«

»Irgendeine harte Scheiße. Die Scheiße, die Trip nicht gerne auf der Farm sieht.«

Er schüttelte wieder seinen Schritt. »Hab was Hartes.«

Sie verdrehte die Augen. »Du weißt, was ich meine. Und biete nichts an, was du nicht bereit bist zu geben. Das wäre nur eine Versuchung. Jetzt zünde einen von diesen fetten Joints an und gib ihn mir.«

Er grinste sie an, schüttelte den Kopf und stellte die Flasche ab, um einen bereits gerollten Joint aus der Altoids-Dose zu nehmen, die er bei sich trug. Die meisten Jungs trugen irgendeinen kleinen Behälter für ihr Dope bei sich, es sei denn, sie zogen es vor, Bong zu rauchen. Aber die Jungs, die Tabak rauchten, fanden es bequemer, beide Arten von selbstgedrehten Zigaretten in einer Dose mit sich zu führen.

Er zündete einen Joint an, nahm zwei Züge und reichte ihn an sie weiter.

»Wir sollten hier drin wahrscheinlich nicht rauchen«, murmelte sie.

»Solltest auch nicht in meinem Bett sein.«

»Du oder ich?«

»Beide. Im selben Bett. Du trägst dieses Zeug. Das reizt mich.«

»Ich trage dein T-Shirt.«

»Ich meinte, was du darunter trägst.«

»Schlafanzug.«

»Das ist kein Schlafanzug. Das ist Wichsmaterial.«

Seine Sprache wurde schwerer und sein S zog sich in die

Länge. Bald würde es zu einem *Sch* werden und Spucke könnte den Laut begleiten.

Sie schnaubte und nahm noch einen langen Zug von dem Joint, bevor sie ihn ihm zurückgab.

»*Wasisch* so lustig, Suggerpuppe?«

Bingo.

Es war unterhaltsam, den Fury-Mitgliedern dabei zuzusehen, wie sie sich am Lagerfeuer volllaufen ließen. Normalerweise wurde auch die Schwesternschaft ein wenig beschwipst. Aber sie hatten mehr Spaß daran, den Jungs beim Feiern zuzusehen. Dann trommelten sie ihre Old Men zusammen, schleppten sie nach Hause und brachten sie ins Bett.

Leider ging Reilly immer allein nach Hause. Die ›Nicht anfassen‹-Regel des Clubs galt sogar für die verdammten Besucher. Und es war nicht so, dass Manning Grove eine rege Single-Szene hatte. Eigentlich gab es dort sogar eine völlig tote Dating-Szene. Es sei denn, man mochte Hinterwäldler, die noch in den Kellern ihrer Mütter wohnten, oder verheiratete Männer.

Gelegentlich kam ein süßer Tourist in die Stadt. Aber es war schwer zu erkennen, wer wirklich Single war und wer heimlich log.

Sie hatte Glück, dass sie überhaupt den einen Typen gefunden hatte, den sie auf dem Rücksitz seines Autos hinter dem Crazy Pete's gebumst hatte. Vielleicht aber auch eher nicht so viel Glück, da es nicht besonders gut gewesen war.

Die Zugehörigkeit zum Club hatte sowohl ihre positiven als auch ihre negativen Seiten. Der größte Nachteil war, dass ihr Sexleben so gut wie gar nicht existierte, weil sie ›Eigentum‹ des Clubs war.

Vielleicht sollte sie ein Online-Dating-Profil einrichten und Fern-Dating betreiben. Aber nachdem Billy Warren versucht hatte, sie umzubringen – zwei Mal –, hatte sie es nicht besonders eilig, wieder in die Dating-Szene einzusteigen. Schließlich gingen Verabredungen und Sex nicht immer Hand in Hand. Manchmal wollte eine Frau auch einfach nur eine gute, schweißtreibende Sexsession ohne irgendwelchen Quatsch hinterher. Aus demselben Grund, aus dem die Jungs die Sweet Butts benutzten.

Sie bekamen ihren Schwanz gelutscht und mussten sich keine Sorgen machen, dabei festgenagelt zu werden. Zumindest, wenn sie es nicht mit Billie trieben – dem Sweet Butt Billie, nicht ihrem hirnverbrannten Ex –, denn dann wurden sie geknebelt und ausgewrungen. Sie hatte gesehen, wie einige der Jungs nach einer Nacht mit dieser Sadistin Probleme beim Gehen hatten.

Sie schaute zu Rev hinüber und ließ ihren Blick zu seinen Brustwarzen-Piercings hinabgleiten. Sie spitzte die Lippen und fragte sich, welchen Schaden Billie damit wohl anrichten könnte.

Rev starrte geradeaus, ohne sich auf den Fernseher zu konzentrieren, ohne sich auf irgendetwas zu konzentrieren. Wahrscheinlich war er tief in seinem Kopf versunken. Vielleicht durchlebte er sogar noch einmal, was vorhin im Haus seiner Eltern passiert war. Möglicherweise durchlebte er sogar seine Jugend noch einmal.

Sie blickte auf den brennenden Joint in ihren Fingern und nahm einen weiteren kleinen Zug, bevor sie ihn ihm erneut anbot. Sie stupste seinen Arm an und sagte: »Hier.«

Seine Augen rollten langsam zu ihrer Hand hinunter, dann nahm er den Joint, zog daran und drückte das Ende aus.

»Du siehst völlig fertig aus«, sagte sie. Sein Gesicht war entspannt, sein Körper wirkte knochenlos und seine Augen waren unkonzentriert.

»Ich fühle mich auch so«, war seine verspätete Antwort.

Sie lächelte. Sie stand nicht auf Kerle, die besoffen gerne ausfällig wurden oder sich in missbräuchliche Monster verwandelten, wie Billy Warren. Aber Rev war ziemlich entspannt, wenn er trank. Sie verstand auch sein Bedürfnis, den Aufruhr in seinem Inneren beruhigen zu wollen.

Sie wollte ihn nach dem Grund dafür fragen, aber heute Abend war nicht der richtige Zeitpunkt. Sie hatte das Gefühl, dass sie noch mindestens ein paar Tage in der Stadt bleiben würden. Vor allem, wenn er sein Wort hielt, an der Seite seines Vaters sein zu wollen, wenn er starb.

Sie konnte es nicht nachvollziehen, aber es lag nicht an ihr, es zu verstehen. Sie hatten beide beschissene Eltern gehabt. Und beschissene Eltern zu haben, hatte beide ihrer Leben zutiefst beeinflusst. Aber vielleicht gingen sie unterschiedlich damit um.

Sie nahm an, dass er seine Eltern einfach hatte vergessen und dieses Leben hinter sich lassen wollen, so wie sie ihres, bis er diesen verdammten Anruf bekommen hatte. Wenn sie das nur gewusst hätte, hätte sie die Nachricht weggeworfen und ihm das alles hier erspart.

Sie griff nach ihrem Getränk auf dem Nachttisch neben sich. »Rev?«

»Ja?«

»Lass uns heute Abend einfach auf die Regeln scheißen.« Sie hob ihren Plastikbecher zwischen sie und stieß damit leicht gegen die Flasche an, aus der er trank.

Sie nahm einen großen Schluck Jacky-Cola und lächelte. Nein, das war nicht ganz richtig. Sie nahm einen großen Schluck, bekam Schluckauf, als der starke Whiskey auf ihren Bauch traf, und lächelte *dann*.

»Ja, Suggerpuppe, lasch unsch schtattdessen … die Kante geben.«

Er stand bereits an diesem Abgrund. Es würde nicht mehr lange dauern, bis er kopfüber in die Tiefe stürzte. Aber sie würde in der Nähe bleiben und helfen, den Sturz abzufedern, solange er sie brauchte. Ob er nun zugeben würde, dass er sie brauchte oder nicht.

Wenn er in dieser Zeit über irgendetwas reden wollte, hätte sie ein offenes Ohr für ihn.

Die Jungs beschwerten sich immer, dass sie zu viel redete, aber sie war auch eine verdammt gute Zuhörerin.

Sie hatten sie aufgenommen, als gehöre sie zur Familie. Nun ja, nach einigem Zureden ihrerseits. Aber schon bevor sie tief im Club verwurzelt gewesen war, hatten sie an ihrer Seite gestanden, wenn sie Hilfe brauchte. Wie zum Beispiel bei der ganzen gefährlichen Sache mit Billy Warren.

Es war also nur richtig, dass sie Rev oder einem der anderen half, wenn sie Hilfe benötigten.

Und dass Rev nach dem Treffen mit seiner Familie so neben der Spur war, war nur der Beweis dafür, dass er diese Hilfe jetzt am meisten brauchte.

7

Mit abgestelltem Motor und den Schlüsseln tief in der Hosentasche vergraben saß Rev in seinem Bronco.

Ihm ging es heute Morgen nicht besonders gut, selbst nachdem er an einem Supermarkt angehalten hatte, um sich einen großen, schwarzen Kaffee und eine Packung Aspirin zu holen. Sein Kopf pochte, seine Geduld war dünn wie Papier und er zitterte. Er war sich verdammt sicher, dass jede Zelle in seinem Körper in Essig eingelegt war und höchstwahrscheinlich roch er auch so.

Normalerweise trank er nicht so viel, und, *verdammt sei er*, wenn er es in nächster Zeit wieder tat. Er hatte die Flasche so gut wie leergemacht. Ganz allein. Deshalb war er in der Nacht einfach irgendwann weggedämmert.

Vorhin, als er sich endlich aus seinem alkoholbedingten Koma befreit hatte, lag er flach auf dem Rücken in der Mitte des Doppelbetts, immer noch in seiner aufgeknöpften Jeans und Reillys warmer, weicher Körper schmiegte sich an ihn.

Sie schlief fest und schnarchte leise, weil sie es wohl auch etwas übertrieben hatte.

Leider erinnerte es sich kaum daran. Nachdem sie sich zu ihm gesellt hatte, waren die Dinge ein wenig verschwommen. Natürlich hatte sie in diesem blauen Seidenzeug in sein Zimmer kommen müssen, um es ihm noch schwerer zu machen, ihr zu widerstehen.

Schlimmer noch, während sie schlief, war das T-Shirt, auf das er bestanden hatte, so weit hochgerutscht, dass er ihre langen, nackten Beine sehen konnte. Und selbst wenn sein Kopf durch den Kater immer noch nicht wieder richtig funktionierte, konnte er dennoch nicht vergessen, wie sich ihre harten Brustwarzen in der Nacht durch den verdammt dünnen Stoff gedrückt hatten.

Er strich mit einer Hand über seine eigenen Brustwarzen, was ein angenehmes Ziehen seiner kleinen Hanteln bis zu seinen Zehen verursachte und auch seine Morgenlatte in seiner Jeans zur Beugung brachte.

Er ließ seine Hand weiter über seine Brust, seine Bauchmuskeln und dann über seinen Ständer gleiten. Da er noch seine Jeans und sein T-Shirt trug, konnte er davon ausgehen, dass sie letzte Nacht keinen verrückten, betrunkenen Sex gehabt hatten.

Gott sei Dank.

Denn wenn er schon diese eine Regel brach, dann wollte er sich wenigstens daran erinnern.

Ihr Mund war leicht geöffnet und ihr langes, unordentliches, blondes Haar verdeckte den größten Teil ihres Gesichts. Nachdem er ein paar Strähnen weggeschoben hatte, bis die Narbe an ihrer Schläfe frei lag, fuhr er mit einem Finger sanft darüber.

Die Narbe tat ihrem Aussehen keinen Abbruch, aber er wusste, dass es sie an den Fehler erinnerte, einen gewalttätigen Mistkerl namens Billy Warren in ihr Leben gelassen zu haben.

Der Wichser hatte zweimal versucht, sie zu töten. Den zweiten Versuch verpasste Rev nur knapp. Er war auf einer verdammten Testfahrt, als der verrückte Ex-Freund mit einem Baseballschläger bei Dutch's Garage auftauchte.

Zum Glück war Rook da. Auch wenn sie heute nicht darüber sprachen, verdankte Reilly ihm ihr Leben. Er dröhnte sich gerade draußen zu, während Whip auf dem Hof nach einem gebrauchten Teil suchte, als der Wichser versuchte, einen Homerun zu schlagen und dabei Reillys Kopf als Baseball benutzte.

Obwohl Rev nicht derjenige war, der Billy Warren bezahlen ließ, wünschte er sich jetzt, er wäre es gewesen.

Rev erinnerte sich an Warrens freches Lachen, obwohl die Jungs ihn auf dem Boden kniend umzingelten. Das Arschloch war so verdammt arrogant, dass er keine Angst zeigte, obwohl jeder von Revs Brüdern ihn am liebsten umgebracht hätte, sobald er nur sein Maul aufmachte.

»Deshalb muss man ihnen eine verdammte Lektion erteilen. Ihnen Gehorsam beibringen. Das ist es doch, was sie wollen. Am Ende werden sie es dir danken ...«

Leider war Billy Warren nicht der einzige Mann, der glaubte, dass Frauen lernen sollten, gehorsam zu sein.

Er starrte durch die Windschutzscheibe auf das Haus, in dem er aufgewachsen war. Darin saß ein Mann, der ganz ähnlich dachte. Derselbe Glaube, dass eine Frau ihrem Mann dienen musste. Es überraschte Rev, dass Warren die falsche Vorstellung gehabt hatte, dass Reilly eine dieser Frauen sein würde.

Obwohl er damals aufgetaucht war, um sie zu töten, hatte sie an diesem Tag keine Angst vor ihm gehabt. Nicht ein verdammtes bisschen.

Doch dass sie diese Art von Frau war, war der Grund dafür, warum er sie beim ersten Mal fast getötet hätte. Weil sie sich weigerte, sich zu einem Ball zusammenzurollen und alles, was sie besaß und wofür sie arbeitete, einfach dem Gauner zu überlassen.

Zur Hölle, nein. Reilly hätte niemals einfach so aufgegeben und ihn gewinnen lassen. Aber deshalb war sie auch zu Brei geschlagen im Krankenhaus gelandet. Und deshalb trug sie heute die Narbe, mit der sie sich herumschlug.

An jenem Tag in der Werkstatt hielt Rev Reilly jedoch davon ab, Warren anzugreifen, als sie zischte: *»Was zum Teufel habe ich je in dir gesehen?«*

»Meinen großen Schwanz. Du mochtest ihn in deinem Mund und in deinem verdammten Arsch.«

Sie knurrte wie eine wilde Katze und wollte sich aus Revs Umklammerung befreien, indem sie seine Arme so sehr zerkratzte, dass Blut floss. Doch so angriffslustig sie auch war, er schaffte es trotzdem, sie zu halten. Gerade so.

»Ich hoffe, dir fickt jemand im Gefängnis in den Arsch, Arschloch!«

Das könnte genau der Moment gewesen sein, in dem Rev begann, sie zu begehren.

Als Warren ihr dann einen herablassenden Luftkuss zuwarf, lief ihr Fass über. Reilly verwandelte sich in eine unkontrollierte, fauchende und spuckende wilde Frau.

Die Gewissheit, dass sie Warren in den Hintern treten würde, sobald er sie losließ, ließ seinen Schwanz tatsächlich anschwellen. Zumindest bis Warren drohte: *»Ich werde dich finden, wenn ich wieder rauskomme, Baby. Ich freue mich schon auf ein Stück deines strammen Arsches. Und das nächste Mal denkst du vielleicht an die Lektion, die ich dir beigebracht habe. Wie man das, was einem gehört, mit seinem Mann teilt.«* Warren hatte Glück, dass es Revs Aufgabe war, Reilly festzuhalten, sonst hätte er diesem Bastard selbst die Zähne eingeschlagen.

Doch sie sorgten dafür, dass es kein ›nächstes Mal‹ und definitiv ein ›nie wieder‹ gab. Die Amish verstreuten Warrens Asche unwissentlich auf einem der Felder der Farm. *Verdammt,* er und seine Brüder hatten wahrscheinlich mittlerweile einige der mit seiner Asche gedüngten Produkte gegessen.

Das war der verdammte Kreislauf des Lebens.

Der Mann in dem Haus, vor dem Rev jetzt parkte, hatte ihm ebenfalls das Leben geschenkt. Und eigentlich sollte Rev derjenige sein, der ihm seines nahm. Aber John Schmidt würde sein Karma noch früh genug bekommen. Rev brauchte nur Geduld und musste der Natur ihren Lauf lassen. Wenn er wartete, bis der Krebs seine Arbeit getan hatte, würde er nicht ins Gefängnis kommen, aber das Ergebnis wäre das gleiche.

Daran musste er sich erinnern, ganz gleich, wie sehr sein alter Herr ihn köderte. Egal, wie sehr Rev den Mann, der ihn erschaffen hatte, am liebsten erwürgt hätte. Egal, wie sehr Rev ihn mit einem verdammten Kissen ersticken wollte.

Er atmete tief durch die Nase ein und griff blindlings nach seinem Kaffee. Und während er einen großen Schluck Koffein trank, behielt er das Haus im Auge. Nichts bewegte sich drinnen, nichts bewegte sich draußen.

Er erinnerte sich vage daran, wie Reilly gestern Abend gemeint hatte, das Haus und die Leute darin erinnerten sie an einen Horrorfilm. Auch, dass sie und Rev wie ein junges Paar in einem dieser Filme gewirkt hatten, die in das Haus hineingingen, aber nie mehr lebend hinauskamen.

Er war sich ziemlich sicher, dass sie zu diesem Zeitpunkt bereits betrunken gewesen war. Doch betrunken oder nicht, ihre Theorie war nicht weit von der Realität entfernt.

Als er jetzt auf das Haus starrte, festgenagelt auf dem Fahrersitz, verschlang ihn das Grauen gänzlich. Er wusste nicht, ob er es noch einmal verkraften würde, seine missbilligende Mutter und seinen sterbenden Vater zu sehen. Aber er konnte den Gesundheitszustand seines Vaters nicht einschätzen und auch nicht, wie viel Zeit ihm noch blieb, wenn er nicht hineinging.

Außerdem wollte er dem sterbenden Mann eine Erinnerung mit ins Grab geben. Wie Revs Gesicht dabei zusah, wie das Karma seinen Job erledigte.

An diesem Morgen parkte nur ein Fahrzeug in der Einfahrt, sodass er bezweifelte, dass Pastor Thomas oder Matthew in der Nähe waren. Zumindest noch nicht.

Von beiden konnte Rev wahrscheinlich eher den Umgang mit Matthew ertragen. Allerdings hielt er es nicht aus, wie unterwürfig die Frau seines Onkels zu sein schien. Er konnte sich nicht vorstellen, eine Frau zu ficken, die kein Feuer in sich hatte.

So wie Reilly es hatte.

Oder zur Hölle, wie irgendeine der Fury-Frauen. Nachdem Red sich aus ihrem tranceartigen Zustand befreit hatte und ihre wahre Persönlichkeit zum Vorschein gekommen war, war sie nicht mehr annähernd so ruhig gewesen, wie sie alle angenommen hatten. Es dauerte eben nur eine Weile, bis sich die Risse in ihrer Seele zu schließen begannen und sie fast wieder ganz wurde.

Aber ehrlicherweise musste sie auch eine starke Frau sein, um mit Sig und seinem leicht entflammbaren Temperament fertig zu werden.

Er stellte sich vor, dass der Fick mit Matthews Frau sicherlich wie der mit einer halb luftleeren Aufblaspuppe war. Ohne Gleitmittel.

Nein, zu einem guten Fick gehörten schnelles und wildes Hautklatschen, Schweißtropfen, Haareraufen, Beißen, Kratzen und jede Menge lautstarker Ermutigungen. Wenn eine Frau ihn nicht innerhalb von ein oder zwei Minuten beinahe zum Höhepunkt brachte, dann hatte er kein Interesse daran, sie auch ein zweites Mal zu ficken.

Er musste aufhören, solche Gedanken zu hegen, während er vor dem Haus seiner Eltern saß. Jetzt war nicht der richtige Zeitpunkt für einen Ständer. Er konnte seinen Besuch nicht länger hinauszögern und er wollte das lieber ohne Erektion tun.

Vor allem, da seine Mutter das letzte Mal eine an ihm gesehen hatte, als Michael vor all den Jahren in Sarahs Bett gelegen hatte. Eine natürliche Reaktion von ihm löste eine sehr unnatürliche, unversöhnliche Reaktion von ihr aus. Eine, die er nie vergessen würde.

Das war auch der Tag gewesen, an dem er begonnen hatte, seine Fluchtpläne zu schmieden.

»Scheiß drauf«, murmelte er und kletterte aus dem Truck. Er musste sich zusammenreißen und die Sache hinter sich bringen, dann zurück zum Motel fahren, um nach Reilly zu sehen.

Er ging zur Haustür, doch sie war verschlossen, als er den Knauf drehte. Er hielt seine Hände seitlich an sein Gesicht und presste es dann an eines der schmalen Fenster neben der Tür. Wie vorhin sah oder hörte er keine Bewegung im Haus.

Seine Eltern waren Frühaufsteher. Er konnte sich nicht vorstellen, dass sie noch schliefen, da bereits später Vormittag war. Vielleicht befand sich seine Mutter in der Küche im hinteren Teil des Hauses und erledigte ihre ›ehelichen Pflichten‹.

Er *könnte* anklopfen, aber …

Scheiß drauf.

Er lief die Verandastufen hinunter und um das Haus herum in den Garten.

Sofort erstarrte er.

Nichts hatte sich verändert. Nicht das Geringste.

Es war genau so, wie er es in Erinnerung hatte, bevor er zum letzten Mal durch die Hintertür in die Nacht gestürzt war.

So wie er sich an all die Male erinnerte, die sein Vater ihn auf den Hinterhof gezerrt hatte, um Michael für irgendein Fehlverhalten zu bestrafen, den er an den Tag gelegt hatte. Welche Regel er auch immer gebrochen hatte. Welches Vergehen er auch immer begangen hatte.

In einem Versuch, Michael von seinen Sünden zu ›reinigen‹.

Die Bettlaken, die an der Wäscheleine hingen, flatterten in der morgendlichen Frühlingsbrise. Aber es war nicht das Klappern der feuchten Baumwolle in diesem sanften Wind, das ihm das Herz bis in die Kehle schlagen ließ.

Es waren die weißen Holzpfähle, die in den Boden eingegraben waren und zwischen denen das Baumwollseil fest eingespannt hing.

Die Ringschraube war noch da. An der Spitze eines der Pfosten. Sie war jetzt rostig, entweder durch die Zeit oder durch mangelnden Gebrauch. Oder beides.

Er drehte sich langsam um und entdeckte den Zaubernussstrauch. Natürlich war er jetzt zugewachsen, da niemand mehr dessen Äste schnitt. Zumindest nicht mehr so oft.

Mit angespannter Brust und vorgewölbtem Kiefer verengte sich seine Sicht, als er auf diesen verdammten Busch starrte. Seine Erinnerungen stürmten auf ihn ein und holten ihn zurück.

An einen Ort, an den er nicht zurückwollte. In eine Zeit, die er nicht wieder erleben wollte.

Genau deshalb hätte er nicht nach Hause kommen dürfen. Um all das, was er zurückgelassen hatte, nicht noch einmal erleben zu müssen. Er hätte wissen müssen, dass eine Rückkehr so wäre, als würde er den Schorf seiner Kindheit abreißen und sie erneut bluten lassen.

Er hatte so viele Erinnerungen an diesen Garten. Keine davon war gut. Keine, wie er Fangen spielte oder Spaß daran hatte, durch eine Sprinkleranlage zu rennen. Keine, in der er Verstecken spielte oder wie er auf einer Schaukel hoch in den Himmel flog.

Nichts von alledem.

Stattdessen bestanden seine Erinnerungen aus diesem verdammten Busch, diesem Holzpfosten und dem Messer, das sein Vater ihm reichte. Jedes Mal, wenn er diese scharfe Klinge in die Hand bekam, starrte er sie an und überlegte, ob er sie stattdessen gegen seinen Vater oder sich selbst einsetzen sollte.

Doch das tat er nie.

Weil er schwach war.

Das waren die seltenen Fälle, in denen er, um den Schaden zu begrenzen, tat, was man ihm sagte. In Wahrheit hatte er keine andere Wahl. Wenn er die Befehle seines Vaters nicht befolgte, würde alles nur noch viel schlimmer werden. Die Bestrafung, seine Wut, seine erniedrigenden Worte.

Das einzig Gute an diesen Momenten war, dass sein Vater mit Michael beschäftigt war, was wiederum bedeutete, dass er sich nicht auf Sarah konzentrieren konnte. Zumindest für kurze Zeit.

»Je länger du wartest, desto höher wird die Anzahl. Du musst lernen, gehorsam zu sein, Michael. Wenn ich dir einen Befehl gebe, erwarte ich, dass du ihn ohne zu zögern befolgst. Du warst schon immer ein eigensinniges Kind, egal, wie oft ich versucht habe, dir dieses Verhalten abzugewöhnen.«

Worte wie diese rissen ihn aus seinen Gedanken und er zwang seine Füße, sich auf den Strauch zuzubewegen, den sein Vater den ›Rutenbusch‹ nannte.

Ein Teil von Michaels Strafe bestand darin, sich seine eigene Rute abzuschneiden und in Vorbereitung die Blätter vom Stock zu entfernen. Aus früherer Erfahrung wusste er, dass die dünneren Zweige tiefer schnitten. Sie taten anfangs weniger weh, doch später mehr, denn sie spalteten die Haut auf. Die dickeren Äste schmerzten dafür anfangs mehr und später weniger. Sie rissen die Haut normalerweise nicht auf, sondern hinterließen Striemen und blaue Flecken.

Er musste sich entscheiden, mit welchem vom beiden er sich befassen wollte.

Sobald Michael damit fertig war, musste er »Danke, Vater« sagen, wobei sein Blick zu Boden gerichtet blieb, als er seine sorgfältig ausgewählte Rute übergab.

Rev bemerkte erst jetzt, dass seine Füße ihn näher an den Strauch herangeführt hatten und er nun vor ihm stand. Er fuhr mit den Fingern leicht über die gelben, orangefarbenen und roten, spinnenartigen Blüten.

Ja, der Strauch war viel voller und gesünder, da er nicht mehr ständig beschnitten wurde.

Doch die farbenfrohe Pflanze war nicht das Einzige im Garten, das beschnitten worden war.

Nachdem Michael seinem Peiniger das Instrument seiner Bestrafung übergeben hatte, musste er sich bis auf die Boxershorts ausziehen. Egal, wie das Wetter war.

In dieser einen Nacht – in der Nacht, in der sein Vater von der Arbeit nach Hause kam, nachdem seine Mutter ihn in Sarahs Bett gefunden hatte – wurde es früh dunkel und die Temperaturen fielen auf knapp über den Gefrierpunkt.

Als seine Arme über dem Kopf gefesselt und an der Öse befestigt waren und er nur noch seine lockeren Baumwollboxershorts trug, begann er zu zittern. Er musste aufpassen, dass er sich nicht versehentlich auf die Zunge biss, weil seine Zähne so heftig aufeinanderschlugen, oder weil er sie jedes Mal zusammenpresste, wenn sein Vater seinen Arm hob und wieder fallen ließ, was dank der langen, dünnen Rute ein sengendes Brennen auf seiner Haut hinterließ.

Sobald es losging, verlor Michael schnell den Überblick. Es hatte sowieso keinen Sinn, zu zählen. Es war vorbei, wenn es vorbei war, und nicht eine Sekunde eher.

Er ließ sich nie Ausreden einfallen, denn das erhöhte die Anzahl nur.

Er bettelte nie darum, verschont zu werden, denn das erhöhte die Anzahl nur.

Er weinte oder wimmerte nie, denn das erhöhte die Anzahl nur.

Am besten war es, wenn er einfach an etwas anderes dachte. Irgendetwas anderes als das, was gerade geschah.

Sobald es vorbei war, sobald er entlassen wurde und die Erlaubnis erhielt, sich zu bewegen, musste er seinem Vater noch einmal danken. Auch wenn die Worte durch zusammengebissene Zähne und einer Menge Hass ausgesprochen wurden.

Auch, wenn er wegen der Schmerzen kaum noch Luft bekam.

Wie immer fragte sein Vater: *»Hast du deine Lektion gelernt?«*

Wie immer antwortete Michael: *»Ja.«*

Und wie immer war das eine Lüge.

»Deine Mutter hat dir ein Bad eingelassen.«

Das Bad.

»Es wird helfen, die Reinigung zu beenden.«

Er wollte einwenden, dass sie ihn an diesem Morgen bereits zum Baden gezwungen und er seine Haut mit der harten Bürste abgeschrubbt hatte. Aber dieses Bad war anders.

Dem kalten Wasser wurde Salz zugesetzt.

Das einzig Gute an diesen Bädern war, dass er nach dem Eintauchen den Schmerz kaum noch spürte, da er so betäubt war.

Zumindest für eine kurze Zeit …

Rev hatte Mühe, den nächsten Atemzug zu nehmen, um diese Erinnerung und all die anderen abzuschütteln.

Indem er sie noch einmal erlebte, gab er die Kontrolle über sein Leben an seinen Vater zurück. Doch Michael hatte diese Kontrolle in der Nacht, in der weggelaufen war, von ihm gestohlen. Er hatte sie sich genommen, war so schnell und weit gerannt wie er konnte.

Er hatte es nie bereut, weggegangen zu sein, auch nicht, als er daraufhin ums Überleben kämpfte. Er bedauerte nur, Sarah damals zurückgelassen zu haben.

In Wahrheit hatte er es verdient, wieder an diesen Pfosten gebunden und mit einer Gerte ausgepeitscht zu werden, bis von seinem Rücken nur noch blutige Fleischstreifen übrigblieben.

Weil er sie im Stich gelassen hatte.

Er war davongelaufen, weil er zu schwach zum Bleiben gewesen war.

Aber er war nicht mehr länger schwach.

Sein Vater war es.

Rev zwang sich, die zwei Stufen zur kleinen, hinteren Veranda hinaufzusteigen. Er zwang seine Finger, sich um den Metallknauf zu wickeln. Er zwang sich, ihn zu drehen.

Er war überrascht und beunruhigt zugleich, als sich die Tür ohne Widerstand öffnete.

Glaubte seine Mutter wirklich, dass er nicht zur Hintertür liefe, wenn die Vordertür abgeschlossen war?

War sie so töricht zu glauben, er würde einfach wieder gehen? Sie in Frieden lassen?

Er scherte sich einen Dreck um ihren Frieden, nur um seinen eigenen. Und den von Saylor.

Und sie beide würden ihren erst bekommen, wenn er Gewissheit hatte, dass sein Vater tot war. Dann wäre der Frieden endlich in greifbarer Nähe. Oder etwa nicht?

Verdiente er seinen Frieden nicht endlich, nach allem, was er durchgemacht hatte, als er noch Michael gewesen war? Verdiente Saylor nicht ihren, nach allem, was sie durchgemacht hatte, als sie noch Sarah gewesen war?

Die Küche war leer. Still, bis auf das Ticken der Uhr über der Spüle.

Die Theken waren perfekt gesäubert. Kein einziges schmutziges Geschirr in der Spüle. Das Geschirrtuch hing absolut gerade an seinem Platz.

Auf den ersten Blick könnte man meinen, die Küche sei nie benutzt worden. Dass an dem Tisch nie gegessen wurde. Dabei wusste er ganz genau, dass Michael dort öfter gesessen hatte, als er sich erinnern konnte.

Sie durften erst essen, wenn sein Vater von der Arbeit nach Hause kam. Ab der geplanten Essenszeit, die achtzehn Uhr war, mussten er und Sarah still am Tisch sitzen und warten.

Er wartete darauf, dass sich die Haustür öffnete, er wartete darauf, dass seine Schritte den engen Flur hinunterkamen.

Er wartete darauf, dass sein Vater seine Mutter auf die Wange küsste, bevor er sich auf seinen Platz am Kopfende setzte.

Und bei all der Warterei, vor allem, wenn sein Vater sich verspätete, knurrte sein Magen und drehte sich vor Schmerz um, während er auf das kalte Essen auf seinem Teller starrte.

Manchmal war er so hungrig, dass er nicht widerstehen konnte, einen Bissen zu nehmen, bevor sein Vater das Essen gesegnet und Gott dafür gedankt hatte, dass er es bereitgestellt hatte. Doch wenn Michael seine Hand ausstreckte, schlug sein Vater sie von seinem Teller weg und schickte ihn ohne Essen ins Bett.

Wenn das die einzige Strafe für sein Vergehen war, war es ihm egal. Er ging bereitwillig in sein Zimmer. Denn tief in seinem Schrank hatte er einen Schuhkarton voller Snacks versteckt, die er aus dem Laden in der Stadt gestohlen hatte.

Jedes Mal, wenn er mit seinem Fahrrad und ein paar Dollar dorthin geschickt wurde, um etwas für seine Mutter zu kaufen, steckte er etwas ein. Einen Schokoriegel, einen Müsliriegel, eine Packung Käsecracker, irgendetwas, das seinen Magen füllte. Wenn er konnte, nahm er sich zwei. Einen für ihn, einen für Sarah.

Rev durchquerte die Küche und ging, die hintere Treppe hinauf, anstatt direkt ins Wohnzimmer zu gehen. Die schmale Treppe war beim Bau des Hauses Mitte des achtzehnten Jahrhunderts ursprünglich für die Bediensteten gedacht gewesen.

Die Schmidts hatten nie eine Hilfskraft eingestellt, da sie es sich nicht leisten konnten. Doch selbst wenn sie es gekonnt hätten, hätte sein Vater keine Fremden in sein Haus gelassen. Die einzigen Menschen, die ins Haus durften, gehörten zur Familie oder waren Mitglieder ihres religiösen Ordens. Menschen mit demselben Glauben.

So war es einfacher. Sicherer.

Es wurden keine Fragen gestellt. Keine Kommentare gemacht.

Die Stufen knarrten leicht, als er sie langsam und vorsichtig hinaufstieg. Die engen Wände kamen immer näher, je höher er kletterte. Um einer Panikattacke vorzubeugen, konzentrierte er sich auf die Tür am oberen Ende der Treppe. Als er sie ohne zu stolpern erreicht hatte, öffnete er sie und trat in den oberen Flur.

Er sog die Luft ein und zögerte nur eine Sekunde, während sich seine Sicht wieder klärte. Dann ging er instinktiv in den ersten Raum auf der linken Seite. Die Tür war geschlossen, aber nicht verriegelt.

Als er sie öffnete, drangen der aufgewirbelte Staub und die abgestandene Luft in seine Nasenlöcher. Er musste sich zusammenreißen, damit er nicht nieste.

Die Vorhänge waren zugezogen, aber er brauchte kein Licht, um zu sehen, was er bereits erwartet hatte.

Sarahs Schlafzimmer war unverändert. Es war genau so, wie er es in Erinnerung hatte. Fast so, als erwarteten sie, dass sie jederzeit nach Hause käme und direkt in ihre Jugend zurückkehrte, bevor sie das erste Mal in die Jugendstrafanstalt geschickt worden war.

Er starrte auf das Einzelbett. Das Bett, in dem er sich in viel zu vielen Nächten mit seiner Schwester zusammengerollt, sie im Arm gehalten und versucht hatte, sie zu beruhigen, wenn sie nichts anderes tun konnte als weinen.

Er hatte das Zimmer vor dem Morgengrauen immer verlassen.

In jeder Nacht, bis auf das eine Mal, als er den Fehler machte, einzuschlafen. Als das, was er tat, nicht als etwas Gutes angesehen wurde, sondern als etwas Schlechtes.

Eine abgenutzte Stelle auf dem Holzboden neben Sarahs Bett erregte seine Aufmerksamkeit. Genau an dieser Stelle war sie niedergekniet, um vor dem Schlafengehen ihre Gebete zu sprechen. Nachdem sie dies Nacht für Nacht und Jahr für Jahr getan hatte, war die Farbe auf dem Holz ganz abgenutzt.

Das Bett war sauber gemacht. Keine Gegenstände lagen herum. Steril und ordentlich. Nichts deutete darauf hin, dass es das Zimmer eines kleinen Mädchens war. Keine Puppen. Kein Spielzeug. Keine Haarschleifen oder Haarspangen. Kein Rosa. Kein Violett. Überhaupt keine hellen Farben. Nur gedämpftes Weiß. Die Farbe der Reinheit.

Er trat wieder hinaus und schloss die Tür hinter sich, dann ging er die paar Schritte weiter zu seinem Zimmer. Auch hier war die Tür geschlossen.

Er hielt den Atem an, als er sie langsam öffnete und sein Herz versuchte, aus seiner Brust zu springen.

Die Luft in seinem alten Zimmer war weder staubig noch abgestanden. Dieses Zimmer wurde derzeit benutzt. Es wartete nicht darauf, dass er wieder nach Hause kam.

Nichts war mehr wie früher, bis auf den Platz in der Mitte des Zimmers, wo auch er jede Nacht gekniet hatte. Wo auch er die Ellbogen auf die Matratze gestützt und die Handflächen aneinandergepresst hatte. Wo er den Kopf gesenkt, die Augen geschlossen und die erwarteten Worte gesprochen hatte.

Worte, die hohl waren.

Anders als das Zimmer seiner Schwester war seins nicht in der Zeit stehen geblieben. Ein Beweis dafür, dass sie nie mit seiner Rückkehr gerechnet hatten und sie auch nicht wollten. Wahrscheinlich waren sie erleichtert gewesen, dass er gegangen war.

Seine Mutter hatte sein altes Schlafzimmer in ein Nähzimmer verwandelt. Eine Nähmaschine stand jetzt vor dem einzigen Fenster. Der Raum war voll mit ordentlich geordneten Stoffballen und all dem anderen beschissenen Kram, den man zum Nähen von Kleidern, Steppdecken und was auch immer sie sonst noch so herstellte, brauchte.

Im Gegensatz zu seinen Schulfreunden hatte es in seinem

Zimmer nie einen Fernseher oder gar ein Radio gegeben. Er durfte keine Musik hören oder eine Sitcom sehen. Comic-Hefte waren verboten. Das Gleiche galt für Handys und das Internet.

In diesem Haus war nichts Weltliches erlaubt. Sie taten lediglich ihr Bestes, um zu verhindern, dass ihre Kinder auf die schiefe Bahn gerieten.

Allerdings hatten sie sich so sehr bemüht, dass sie dabei gescheitert waren.

Er trat weiter ins Zimmer und öffnete den Schrank, weil er sehen wollte, ob seine versteckten Sachen noch da waren. Doch in dem Schrank befanden sich nicht mehr die Kleider, die Michael zurückgelassen hatte, sondern verschiedene Nähutensilien.

Jeder Beweis für Michaels Existenz war verschwunden.

Sein Schuhkarton mit Snacks war entdeckt und wahrscheinlich weggeworfen worden. Oder vielleicht hatte Sarah ihn gefunden und versteckt. Wenn ja, hatte Saylor nie etwas erwähnt.

Wenn seine Snacks gefunden worden wären, hätte sein Vater das nur als ein weiteres Vergehen angesehen. Er hätte Michael in den Garten gebracht, ihn seine eigene Rute wählen lassen und ihn dann an den Pfosten gebunden, wo jeder, der vorbeikam oder -fuhr, seine Bestrafung mit ansehen konnte. *Wenn* sie hingesehen hätten.

Er fragte sich, wie viele Leute wohl dabei zugesehen und beschlossen hatten, wegzuschauen. Beschlossen hatten, dass es sie nichts anging. Beschlossen hatten, dass es die Mühe nicht wert war, sich einzumischen.

Reilly hatte nur überlebt, weil die Nachbarn sich eingemischt hatten, als Warren sie fast zu Tode geprügelt hatte. Hätten sie das nicht getan ...

Rev holte langsam Luft und unterdrückte die Wut, die in seinem Bauch aufstieg.

Nicht nur, weil er an das dachte, was Reilly zugestoßen war, sondern auch daran, wie unterschiedlich Sohn und Tochter von ihrem Vater bestraft worden waren.

Sein Vater nahm Sarah nie mit nach draußen. Es geschah alles in ihrem Schlafzimmer. Bei verschlossener Tür.

Manchmal benutzte er einen Gürtel, manchmal seine Hand, aber niemals eine Gerte. Er wollte nicht riskieren, Sarahs Haut zu verletzen, wie er es manchmal bei Michaels Haut passierte. Wahrscheinlich hatte er Angst, dass sie Narben davontrüge und diese Narben letztlich die Chance verringerten, dass Sarah den richtigen Mann fand.

Ein Mädchen, das oft gepeitscht werden musste, war nicht gehorsam. Und wenn sie nicht gehorsam war, würde sie keine gute Ehefrau abgeben.

So lief das Ganze ab.

Michael konnte alles im Nebenzimmer hören, weil die Wände dünn waren. Er konnte die Schläge des Leders oder der Handfläche seines Vaters hören. Er konnte Sarah weinen hören.

Aber dann wurden diese Schreie gedämpft, als eine große Hand ihren Mund bedeckte und eine andere Art der Bestrafung begann.

Michael hielt sich die Ohren zu und ließ seine Wut das Geräusch übertönen. Er dachte an andere Dinge und versuchte, sich nicht vorzustellen, was im Zimmer seiner Schwester geschah.

Er häutete sich auch mit einer imaginären Rute, weil er nicht mutig genug war, Sarahs Tür aufzubrechen und die Bestrafung des Mannes zu verhindern.

Seine Mutter war unten in der Küche und summte. Manchmal sang sie sogar eine Hymne. Sie hielt ihren Mann, den Vater ihrer verdammten Kinder, nie von diesen Lektionen ab.

Sie tröstete Sarah hinterher auch nicht.

Deshalb musste Michael es tun.

Bis er weglief und es niemanden mehr gab, der Sarah trösten konnte.

Rev kniff die Augen zusammen, ballte die Finger zu Fäusten und verließ das Zimmer seiner Jugend, um wieder nach unten zu gehen.

Damals war sein Vater überlebensgroß gewesen. Aber jetzt? Jetzt war er nur noch die Hülle eines verbitterten, missbrauchenden Mannes.

Er wartet auf sein Ende.

Ein Ende, das besser bald kam.

8

R eilly stöhnte, drehte sich auf die Seite und wischte sich den noch nassen und bereits getrockneten Sabber aus dem Mundwinkel.

Sie würde nie wieder so viel trinken.

Nie wieeeeder.

Ihr Kopf pochte, ihre Zunge hatte sich in einen Wattebausch verwandelt und ihre Augen waren offenbar während eines Sandsturms weit offen geblieben. Das Gute daran war, dass sie geschlafen hatte wie ein verdammter Stein.

Sie bewegte nur die Augen – denn alles andere streikte – und ließ ihren Blick über das leere Bett schweifen.

Revs Bett.

Sie schoss so schnell in die Höhe, dass sie erneut aufstöhnte und sich eine Hand an die Stirn hielt, um zu verhindern, dass sich ihr Gehirn drehte wie bei einem dieser alten Rotor-Fahrgeschäfte auf dem Rummel. Die Art von Fahrgeschäft, bei der man durch die Zentrifugalkraft an die Seite geschleudert wurde, bevor der Boden unter einem herabfiel.

Ja, dieses. Wo man das Risiko in Kauf nahm, ein Glied zu verlieren.

Genauso fühlte sich ihr Kopf an. Nur, dass sie kein Glied verlieren würde, sondern vielleicht ihren Mageninhalt.

Wenn sie einen hätte. Ihr Magen glich einem tiefen, leeren Loch. Essen wäre wohl eine gute Idee, um den Kater zu vertreiben. Vor allem ein großes, fettiges Frühstück, wie sie es in *Dino's Diner* servierten. Leider waren sie etwa dreieinhalb Stunden von Manning Grove entfernt und Rev war nirgends zu sehen.

Moment.

Hatten sie beide letzte Nacht betrunkenen Sex gehabt?

Sie blickte an sich herunter und stellte erleichtert – okay, vielleicht nicht ganz so erleichtert – fest, dass sie immer noch sein T-Shirt über ihrem sexy, seidigen Schlafanzug trug. Ihr Versuch, ihn gestern Abend zu verführen, war daran gescheitert, dass er darauf bestanden hatte, dass sie dieses schlichte, langweilige Baumwollshirt überzog. Hinzu kam, dass sie beide high und betrunken gewesen waren und sich nicht mehr im Griff gehabt hatten.

Sie brauchte nicht nur etwas zu essen, um den Alkohol, der immer noch durch ihre Adern floss, aufzusaugen, sondern auch einen Liter Wasser, um ihre Dehydrierung zu bekämpfen.

Doch zuerst ...

Sie schob ihre Hand unter Revs T-Shirt und in ihre seidigen Shorts und stellte fest, dass sie auch da unten knochentrocken war.

Sie schaute sich um und suchte nach leeren Kondomverpackungen.

Nichts.

Sie wusste nicht, ob sie glücklich oder enttäuscht sein sollte, dass er sie nicht ausgenutzt hatte. Aber wenn sie Sex gehabt hätten, hätte sie sich heute nicht mehr daran erinnert. Und das allein wäre schon eine Enttäuschung gewesen. Denn an das erste Mal mit Rev wollte sie sich *unbedingt* erinnern.

Ja, genau, dachte sie: das *erste* Mal. Wenn es nach ihr ginge, würde es nicht nur einmal passieren, sondern noch ein paar weitere Male, bevor sie Coatesville verließen.

Hier, weit weg von zu Hause, konnten sie ein wenig Spaß haben, ohne Gefahr zu laufen, dabei erwischt zu werden. Niemand musste davon wissen.

Nur sie beide.

Das Problem war nur, dass sie Rev für ihren Plan erst noch gewinnen musste. Das bedeutete, dass es heute Abend keine Wiederholung der letzten Nacht geben durfte, in der sie beide nicht mehr zurechnungsfähig gewesen waren.

Langsam wie eine Schildkröte beugte sie sich vor, schnappte sich ihr Telefon und drückte auf die Seitentaste, um es einzuschalten.

Verdammt, es war bereits fast Mittag! Kein Wunder, dass sie so hungrig war.

Sie runzelte die Stirn, als eine blinkende Anzeige erschien, die ihr mitteilte, dass sie eine Textnachricht erhalten hatte. Doch als sie die entsprechende App öffnete, bemerkte sie, dass es mehrere Nachrichten waren: Eine von Tessa. Eine von Saylor. Zwei von ihrer Schwester, aber nur eine von Rev.

Seine las sie zuerst: *Später zurück.*

Später zurück?

Das hatte er heute Morgen gegen neun Uhr geschrieben.

»Oh Scheiße«, flüsterte sie. War er ohne sie zu seinem Elternhaus zurückgefahren? Ohne jemanden, der ihn davon abhielt, einen Mord zu begehen, wenn sein Vater sich wie ein Arschloch aufführte und seinen einzigen Sohn behandelte, als wäre er ein unerwünschter Niemand?

Sie tippte eine SMS an ihn zurück: *Wo bist du?*

Sie starrte auf ihr Telefon und wartete. Nichts.

Sie schrieb noch eine Nachricht: *Besorgst du etwas zu essen?*

»Komm schon, Rev, antworte. Bitte sag mir nicht, dass du allein in dem Haus bist«, murmelte sie.

Nach einigen weiteren Minuten ohne Antwort seufzte sie

und klopfte sich mit dem Handy auf den nackten Oberschenkel, während sie ihre Optionen durchging.

Außer Duschen. Das war eine Selbstverständlichkeit. Auch das Abbürsten des Flaums, der über Nacht auf ihren Zähnen gewachsen war. Das war ein Muss.

Aber zwischen ihrem wattebauschigen Mund und ihren Hungerkrämpfen musste sie sich unbedingt etwas aus dem Automaten besorgen, der neben der Rezeption stand, bevor ihr Körper anfing, sich selbst zu essen. Aber so, wie sie angezogen war, konnte sie nicht raus. Und ohne Schuhe oder Geld.

Als sie aufstand, streckte sie die Arme aus, um das Gleichgewicht zu halten, und wartete, bis der Raum aufhörte, sich zu drehen, bevor sie auf die Verbindungstüren zuging, um ihr eigenes Motelzimmer aufzusuchen.

Sie riss an seiner Innentür, aber sie rührte sich nicht. Er hatte sie verriegelt. Sie schloss sie auf und öffnete die Tür, dann versuchte sie es auf ihrer Seite, doch auch die war verschlossen.

Hm.

Sie runzelte die Stirn. Gestern Abend hatte sie beide Türen offengelassen. Warum sollte er sie also abschließen?

Sie schnappte sich die Schlüsselkarte ihres Zimmers, löste das Scharnier-Schloss-Ding, um die Eingangstür in Revs Zimmer einen Spaltbreit offen zu halten und sich dabei nicht auszusperren, und eilte dann zu ihrer eigenen Außentür.

Sie steckte die Karte in den Schlitz, doch sie blinkte rot auf.

Was zum Teufel?

Sie versuchte es erneut. Es blinkte rot.

Hatte sie versehentlich seine Zimmerkarte?

Sie ging zurück in sein Zimmer und schaute sich um, fand aber keine weitere Schlüsselkarte. Was sie jedoch fand, war ihr Rucksack, der nicht mehr in ihrem Zimmer stand, wo sie ihn gelassen hatte. Er lag jetzt auf dem Boden neben seinem. In *seinem* Zimmer.

Hatte sie ihn in ihrem Rausch irgendwann in der Nacht

herübergeholt? Hatte sie etwas daraus gebraucht?

Sie öffnete den Reißverschluss und kramte in ihren Sachen. Sie fand dort alles, was sie eingepackt hatte, inklusive ihrer Toilettenartikel, die sie eigentlich im Badezimmer nebenan aufgestellt hatte.

Jemand hatte alle ihre Produkte, einschließlich ihres Make-ups, wieder in ihre Tasche gesteckt.

War sie dieser Jemand gewesen?

Nein. Das konnte nicht sein. Wenn sie so betrunken war, dass sie sich nicht mehr daran erinnerte, wie hätte sie dazu in der Lage sein können?

Sie stand auf, schürzte die Lippen und starrte auf ihre Tasche, während sie sich im Nacken kratzte.

Das war so verdammt seltsam.

Es sei denn …

Sie eilte wieder nach draußen, ließ das Metallscharnier an Ort und Stelle, und versuchte diesmal, ihre Schlüsselkarte in Revs Schloss zu stecken. Das Licht leuchtete grün auf.

Verfluchter Scheißkerl.

Hatte er aus Versehen ihre Schlüsselkarte mitgenommen und seine zurückgelassen?

Sie stand auf der Türschwelle, nur mit ihrem Schlafanzug bekleidet, der von Revs T-Shirt bedeckt war, und starrte in den Raum, um herauszufinden, was das alles bedeutete oder ob es überhaupt etwas bedeutete. Vielleicht war es auch nur ein einfacher Fehler.

Doch apropos T-Shirt … Sie griff nach dem Baumwollstoff und drückte ihn an die Nase.

Mist. Whiskey und Gras. Das könnte der Duft aller Jungs sein. Whiskey, Bier, Muschi, Gras, Leder und Tabak – das war das klassische Fury-Parfum.

Ihre Finger lösten sich vom Baumwollstoff und das T-Shirt glitt wieder an seinen Platz, als Revs Bronco um die Seite des Motels und auf den Platz vor seinem Zimmer vorfuhr.

Hatte er sie dabei erwischt, wie sie an seinem Hemd geschnüffelt hatte? *Verdammt.*

Der Motor wurde abgestellt, sie hörte das unverwechselbare Geräusch der angezogenen Feststellbremse, dann flog die Fahrertür auf.

Er kletterte aus dem Wagen und lief zur Beifahrerseite, öffnete die Tür, lehnte sich hinein – leider konnte sie von dort aus, wo sie stand, keinen guten Blick auf seinen Hintern erhaschen – und schloss dann die Tür mit seinem Knie, da seine Hände jetzt voller Tüten waren.

Sein Gesicht sah abgemagert aus, viel älter als seine achtundzwanzig Jahre. Wahrscheinlich lag es am Schlafmangel, am übermäßigen Alkohol und daran, dass er heute Morgen in *diesem* Haus mit *diesen* Leuten zusammen gewesen war, was ihn wahrscheinlich zusätzlich noch emotional zermürbte.

Er kam vor ihr zum Stehen und was auch immer in diesen Tüten war, roch himmlisch. Essen! *Warmes* Essen! Keine Automatenscheiße.

»Du siehst aus wie ein Reh im Scheinwerferlicht, wie du hier draußen stehst. Und du hast nicht mal eine verdammte Hose an.« Er drängte sich an ihr vorbei und betrat sein Zimmer.

Sie blinzelte, folgte ihm hastig und schloss die Tür hinter sich. »Du hast meine Schlüsselkarte mitgenommen. Ich habe mich aus meinem Zimmer ausgesperrt.«

»Ja«, war seine einzige Antwort, während er ihr den Rücken zuwandte und die Einkäufe auf dem kleinen Tisch in der Ecke abstellte.

Sie stemmte die Hände in die Hüften, doch als er sich zu ihr umdrehte, war sein Gesichtsausdruck unleserlich. »Was meinst du mit ›ja‹? Ich muss in mein Zimmer, damit ich duschen und mich umziehen kann.«

»Das kannst du auch hier.«

Sie runzelte die Stirn. »Warum sollte ich, wenn ich nebenan ein perfektes Zimmer habe?«

Sein Mund verzog sich und plötzlich wusste sie genau, was er sagen würde, bevor er es aussprach: »Habe beschlossen, dass es keinen Sinn macht, für zwei Zimmer zu bezahlen. Wir teilen uns eins.«

Ihre Augenbrauen schossen in die Höhe. »Tun wir?«

»Ja. Tun wir.« Er neigte den Kopf zu dem anderen Doppelbett im Zimmer. Dasjenige, das noch perfekt gemacht war. »Wir haben zwei Betten hier drin. Die letzte Nacht hat bewiesen, dass wir im selben Zimmer schlafen können, ohne es zu vermasseln.«

Hatte die Nacht das bewiesen?

Sie waren beide nicht mehr zurechnungsfähig gewesen!

Aber Moment … Sie sollte diese Wendung der Ereignisse besser nicht anfechten. Ganz

und gar nicht. Das könnte ihrem Plan sogar helfen.

Sie zog ihre Lippen ein.

Er runzelte die Stirn, als er ihren Ausdruck deutete. »Du in diesem Bett. Ich in dem anderen.«

»Okay.«

Seine blutunterlaufenen Augen wurden schmal.

Sie lächelte.

Er ruckte mit dem Kopf in Richtung des Badezimmers im hinteren Teil des Raumes. »Geh duschen.«

Sie hatte keine Ahnung, was er zum Frühstück oder Mittagessen oder was auch immer mitgebracht hatte, aber es roch viel zu gut, um damit zu warten. »Nach dem Essen.«

Er rümpfte die Nase. »Du duschst, bevor wir essen.«

Sie hob ihren Arm und schnupperte an ihrer Achsel. »Ich stinke nicht.«

»Ich dachte, ein Fuchs riecht immer zuerst an seinem eigenen Dreckloch. Schätze, das ist falsch. Duschen. Dann essen.«

»Aber ich sterbe vor Hunger!«

Er zog eine Augenbraue hoch und musterte sie von oben bis unten.

Sie rollte mit den Augen. »Willst du sagen, dass ich fett bin?«

»Ich habe gar nichts gesagt.«

Das brauchte er auch nicht. »Ich weiß, dass ich abnehmen muss. Seit ich in der Werkstatt arbeite, habe ich nur zugenommen. Wir essen nur Scheiße. Donuts, Snacks ...«

»Halt die Klappe, Frau. Du musst kein einziges gottverdammtes Gramm abnehmen. Jedes Gewicht, das du zugelegt hast, war nötig und es ist an den richtigen Stellen angekommen.«

»Ja, an meinem fetten Arsch.« Sie klatschte mit einer Hand auf beide Arschbacken und ihr Hinterteil schüttelte sich.

Seine blauen Augen wurden noch intensiver, als er sie ansah. »Männer lieben es, so auf einen Arsch zu hauen.«

Sie grinste.

»Männer, die deswegen nicht sterben müssen«, korrigierte er sich.

Ihre Lippen glätteten sich. Darüber würden sie sich unterhalten müssen, sobald sie geduscht und sich umgezogen hatte und ihr Magen sich nicht mehr so beschwerte.

»Hast du zufällig Aspirin in deiner Tasche?«, fragte sie hoffnungsvoll.

»Im Bronco.«

Gott sei Dank. Sie brauchte eine Handvoll davon. »Ich schätze, du musstest auch eine nehmen.«

»Geh duschen, Reilly. Ich hole das Aspirin und bereite das Essen vor. Wenn du zu lange brauchst, fange ich ohne dich an.«

* * *

NACH DER DUSCHE war sie froh, dass sie nicht ihre Jeans angezogen hatte. Stattdessen trug sie Baumwollshorts, die sie aus dem Rucksack gefischt hatte. Sie war dankbar dafür, denn ihr Bauch fühlte sich jetzt doppelt so groß an, nachdem sie sich mit dem Buffet vollgestopft hatte, das er während ihrer schnellen Dusche auf dem Tisch aufgebaut hatte.

Ein ganzes Cheesesteak-Sandwich und ein paar Pommes später, alles mit einer großen Flasche Wasser heruntergespült, konnte sie nicht einmal mehr einen Blick auf das Essen werfen, das übrig geblieben war.

Mit einem Stöhnen legte sie eine Hand an ihren Bauch und starrte auf den Film, den er eingeschaltet hatte. Sie vermutete, dass es ein alter John-Wayne-Film war, war sich dessen aber nicht ganz sicher. Sicherlich nichts, was sie sich ansehen würde, wenn sie die Wahl gehabt hätte.

Mit dem Aspirin und den Kohlenhydraten, die zusammen mit dem Dröhnen des Fernsehers in ihrem Körper wirkten, begann sie langsam einzunicken. Dabei war es erst früher Nachmittag.

Sie warf einen Blick auf Rev, der am Kopfende ›seines‹ Bettes lehnte und dessen Augenlider ebenfalls schwer wurden. Seine Finger waren ineinander verschränkt und seine Hände lagen auf seinem Bauch. Er war wieder einmal barfuß, aber trug immer noch seine Jeans und ein T-Shirt, sonst wäre sie vielleicht versucht gewesen, *ihn* statt des Käsesteaks zu essen.

Weniger Kalorien, dafür hoffentlich mehr Genuss.

Wenn sie jedoch in diesem Zimmer blieben – in getrennten Betten –, würden sie beide bald einschlafen und dann heute Nacht hellwach sein. »Vielleicht sollten wir zu meinem Lagerraum fahren.« Zumindest würden sie dann etwas rauskommen und sich bewegen. Sie hielt inne. »Es sei denn, du hast Angst, dich zu weit vom Haus deiner Eltern zu entfernen.«

Er hatte nichts über seinen Besuch heute früh dort gesagt, aber sie merkte, dass es ihn beschäftigte. Genau wie gestern.

Und natürlich musste er mindestens die Hälfte eines Joints geraucht haben, während sie geduscht hatte.

Sie dagegen hatte nicht an dem Joint gezogen, da sie schon

fast ihren eigenen Arm abgebissen hätte. Das Rauchen von Gras hätte sie nur dazu gebracht, dieses verdammte Käsesteak noch schneller zu inhalieren. Dabei musste sie sich zwingen, langsamer zu machen, bevor sie daran erstickte.

Seine Worte waren ein wenig schleppend, aber nicht so wie gestern Abend. Diesmal lag es nur an der Erschöpfung und am Gras, nicht aber an den großen Mengen Alkohol. »Dieser sture alte Sack wird heute nicht sterben. Und morgen wohl auch nicht. Am besten holen wir dein Zeug morgen früh, weil es vierzig Minuten von hier entfernt ist. Matthew hat meine Nummer, er kann mich jederzeit anrufen, wenn sich was ändert. Aber es hat keinen Sinn, die Räumung deines Lagers noch weiter aufzuschieben, denn sobald das schwarze Herz dieses Wichsers aufhört zu schlagen, fahren wir nach Hause. Ich habe die Nase voll von diesem Ort und wir sind erst seit zwei Tagen hier.«

Nicht einmal zwei Tage. Nur ein bisschen über vierundzwanzig Stunden. Und selbst diese kurze Zeitspanne hatte bereits ihren Tribut von ihm gefordert.

Aber sie verstand seine Ungeduld, nach Hause zu wollen und das alles hinter sich zu lassen. Das bisschen Interaktion, das sie gestern zwischen Rev und seinen Eltern gesehen hatte, konnte nicht gesund für ihn sein. Und er war sogar schon von zu Hause ausgezogen und erwachsen. Es musste noch viel schlimmer gewesen sein, als er noch zu jung gewesen war, um zu gehen.

Reilly hatte verdammtes Glück, dass sie Reese hatte, die an die Stelle ihrer beschissenen Mutter getreten war. Auch wenn das eine Last war, die kein junges Kind je tragen sollte. Aber dass Reese ihre Kindheit geopfert hatte, um ihre kleine Schwester aufzuziehen, hatte Reilly beim Überleben geholfen und dabei, eine funktionierende Erwachsene in der Gesellschaft zu werden.

Ja, manchmal benahm sich Reese immer noch wie ihre

Mutter und nicht wie ihre Schwester und ja, das konnte extrem nervig werden, manchmal sogar erdrückend. Aber Reilly wusste, dass sie es nur tat, weil sie sie liebte, und es war alles, was Reese je getan hatte, seit sie erst elf Jahre alt war.

Reese wurde mit elf Jahren Reillys ›Mutter‹.

Sie fragte sich, wie oft Rev wohl hatte einspringen müssen, um seiner kleinen Schwester auszuhelfen. Er hatte nicht einmal gezögert, Saylor auf die Farm und in den Club einzuführen, nachdem sie aus dem Jugendknast entlassen worden war. Da sie damals achtzehn und somit rechtlich gesehen erwachsen war, hätte er ihr leicht sagen können, dass sie von nun an auf sich allein gestellt war. Er hätte diese Last nicht auf sich nehmen müssen.

Aber er tat es. Er sorgte dafür, dass seine Schwester ein Dach über dem Kopf und einen Job bekam. Er sorgte auch dafür, dass sie in eine bessere Familie aufgenommen wurde als die beiden Menschen, die eigentlich ihre Eltern hätten sein müssen.

Sie unterdrückte ein Gähnen und verlor schnell den Kampf, ihre Augen offen zu halten.

Wenn Rev nicht rausgehen und frische Luft schnappen wollte, dann sollte sie zumindest ein paar Runden um das Motel drehen.

Okay, das würde nicht passieren.

Aber sie musste etwas tun, um wach zu bleiben. Und wenn er nicht bereit war, sich auszuziehen … *noch nicht* … dann brauchten sie etwas, um sich die Zeit zu vertreiben, bis sie ihn davon überzeugen konnte, mit ihr einen horizontalen Tanz zu wagen.

Sie hatte keine Ahnung, ob er eine der vielen Fragen, die ihr im Kopf herumschwirrten, beantworten würde, aber es konnte nicht schaden, es zu versuchen. Sie hoffte nur, dass er nicht einfach die Klappe halten und sie komplett ausschließen würde. Ihr Plan war, mit einfachen Fragen zu beginnen und sich dann langsam an die komplizierteren heranzutasten.

»Wie alt warst du, als du gegangen bist?«

»Sechzehn.«

Mist. Sie hatte nicht gewusst, dass er so jung gewesen war. Er musste weggelaufen sein, denn sie bezweifelte, dass er irgendeinen legalen Prozess durchlaufen hatte. »Wie alt war Saylor dann?«

»Ungefähr sieben.«

»Ich meine, ich will nicht lügen und sagen, dass deine Eltern nette Leute zu sein scheinen, denn sie sind offensichtlich völlig durchgeknallt, aber warum? Warum hast du sie verlassen, als du noch so jung warst? Abgesehen davon, dass sie sich verhalten, als wären sie einer Serie über religiöse Freaks entsprungen.«

Okay, das war von null auf sechzig in zwei Komma fünf Sekunden. *Gut gemacht, Reilly.*

»Sie waren streng.«

»Das kann ich kaum glauben«, stichelte Reilly, wobei ihre Bemühungen leider ins Leere gingen. »Aber die meisten Kinder denken, dass ihre Eltern zu streng sind.«

»Ja, aber die meisten Eltern zwingen ihre Kinder nicht dazu, sich selbst eine Rute abzuschneiden, bevor sie sie praktisch nackt in ihrem Garten aufhängen und sie dann mit dieser Rute auspeitschen, bis sie bluten.«

»Was?«, flüsterte sie, unfähig, den Mund zu schließen oder auch nur zu atmen. Dieses ganze Gespräch schoss in einer halben Sekunde von sechzig auf hundertsechzig. »Sie haben was getan?«

Sie dachte, Eltern, die ihre Kinder schlugen, gehörten der Vergangenheit an. Heutzutage macht das doch niemand mehr, oder? Sie würden höchstwahrscheinlich wegen Missbrauchs verhaftet werden.

Rev erhob sich aus dem Bett. Er griff direkt nach dem Whiskey, schraubte den Deckel ab, kippte die Flasche an, warf den Kopf zurück und trank einen kräftigen Schluck.

»Äh … Rev.«

Vielleicht sollten sie lieber nicht darüber reden. Sie wollte keine Wiederholung der letzten Nacht, in der sie es beide übertrieben und am nächsten Morgen darunter litten. Außerdem bezweifelte sie nicht, dass letzte Nacht einige ihrer Gehirnzellen ertränkt worden waren.

So viel hatte sie seit dem College nicht mehr getrunken und sie war überrascht, dass sie nicht vor der Toilette geendet war, um ihre Eingeweide herauszuwürgen.

Er knallte die Flasche auf den Tisch und wischte sich mit dem Handrücken den Mund ab. Ohne auch nur eine Pause einzulegen, griff er über seine Schulter, packte eine Handvoll Baumwolle am Rücken und riss sich das T-Shirt über den Kopf, wodurch er köstliches, gut definiertes Terrain entblößte.

Wollte er sie damit davon ablenken, Fragen zu stellen? Wenn ja, war seine Methode durchaus effektiv.

»Das hier hast du gestern Abend nicht bemerkt, oder?«

Ehrlich gesagt, war sie am Vorabend von seinen Brustwarzen und Piercings abgelenkt gewesen. Außerdem war der Raum nur vom Fernseher beleuchtet worden. Also nein, sie hatte nicht bemerkt, worauf immer er anspielte.

Guter Gott, er hatte tatsächlich kleine Furchen über seinem Hintern. Sie dachte, die wären nur ein Mythos. Wie hatte sie die all die Male übersehen können, als seine Jeans auf halber Höhe seiner Oberschenkel hingen? Vielleicht, weil sie sich stattdessen immer auf seinen nackten Hintern konzentriert hatte ...

Aber diese verdammt sexy Grübchen konnten nicht das sein, worauf er hinauswollte. Worauf zum Teufel spielte er dann an?

Abgesehen von den Muskeln – die er im winzigen Fitnessstudio des Clubs auf der Farm trainierte, um den ganzen Müll, den er aß, und den Schnaps, den er trank, auszugleichen – sah sie nur die Farben des Clubs eingraviert in seiner Haut. Überwiegend in Schwarz und Grau, abgesehen von dem roten Blut, das aus den Augen und dem Mund des Schädels tropfte.

»Komm her.«

Das brauchte er *ihr* nicht zweimal sagen. Sie huschte von ihrem Bett und kam ihm ganz nah.

»Siehst du das?«

Es sehen? Sie wollte es anfassen. Alles von ihm. Jeden Zentimeter, jedes Tal. Aber sie hatte immer noch keine Ahnung, wo sie hinsehen sollte.

»*Ooooooh Scheiße*«, hauchte Reilly.

Die Fury-Rocker und das große Abzeichen in der Mitte verdeckten den größten Teil davon, aber im freien Bereich, wo die Haut nicht von der Tinte berührt worden war, konnte sie sie sehen. Verblasste feine Linien, kaum sichtbar, kreuzten überall seinen Rücken.

Hätte er nicht explizit darauf hingewiesen, hätte sie sie wahrscheinlich nicht bemerkt. Vielleicht hätte sie sie sogar nur für einen Trick des Lichts gehalten.

»Die wurden mit einer Rute verursacht?« Sie hatte noch nie eine Rute in echt gesehen, aber sie hatte eine Vorstellung davon.

»Ja.«

»Warum?«

»Du meinst, was ich getan habe, um sie zu verdienen?«

»Nein. Das hat niemand verdient. Okay, vielleicht Pädophile und Vergewaltiger ... und einige andere Auserwählte. Aber welches *Kind* hat das verdient? Wer würde so etwas tun?« Sie seufzte. »Das war eine blöde Frage. Deine Eltern haben ...«

»Vater.«

Sie neigte ihren Kopf nach rechts. »Dein Vater hat das getan. Welchen Grund könnte er sich einfallen lassen, der eine solche Bestrafung rechtfertigt?«

»Eine ganze Menge.«

»Nenn mir einen«, beharrte sie, streckte die Hand aus und fuhr mit der Fingerspitze leicht über die dünnen, kaum sichtbaren Linien.

Seine Haut bebte unter ihrer Berührung. »Meine Schwester anfassen.«

Reilly erstarrte und ihre Brust wurde eng. »Du hast deine Schwester angefasst.«

»Ich habe sie umarmt.«

Hinter dieser Geschichte musste noch viel mehr stecken als nur diese beiden Worte. Ihr Mund öffnete sich, aber es dauerte ein paar Sekunden, bis sie mit fester Stimme wiederholte: »Du hast sie umarmt.« Sie runzelte die Stirn. »Du durftest deiner Schwester gegenüber keine Zuneigung zeigen?«

»Nein.«

»Niemand durfte das?«

»Nicht so, wie es normale Familien tun.«

Normale Familien. Ja, die Beschreibung *normal* schien im Fall von Revs Familie nicht zutreffend zu sein. »Ich bin verwirrt.«

Er drehte sich um und ihr Blick fiel sofort auf diese verdammten glänzenden Barbells. Sie krallte ihre Finger in die Handflächen, um sie nicht zu berühren. Es musste die richtige Zeit dafür sein und jetzt war es das nicht.

Sie brauchte erst Antworten.

»Wir waren zu jederzeit im Training.«

»Wofür? Sport?« Jede Antwort, die er gab, brachte sie dazu, noch mehr Fragen zu stellen. Dieses Gespräch war wie das Öffnen der Büchse der Pandora.

»Vor allem, damit wir fromm werden. Und gehorsam. Damit wir beide gute Mitglieder unserer Gemeinde werden. Damit ich ein würdiger Ehemann werde. Damit Sarah eine würdige, unterwürfige Ehefrau wird.«

Sarah.

»Wer ist Sarah?« Hatte er noch eine Schwester, die er zuvor noch nie erwähnt hatte?

»Saylor ist Sarah.«

Er klärte ihre Verwirrung nicht, sondern verursachte noch mehr. Sie schüttelte ein wenig mit dem Kopf und zwang ihren Blick wieder einmal von seiner Brust zu seinem Gesicht hinauf, als er zu erklären begann.

»Ich hasste den Namen Michael, wegen dem, was damit verbunden war. Aus demselben Grund hasste Saylor den Namen Sarah. Wir wollten dieses Leben beide hinter uns lassen und neu anfangen. Daher begann ich in der Schule zu behaupten, dass ich Mickey hieße und weigerte mich, auf den Namen Michael zu hören. Als Sarah sich endlich aus ihrem Griff befreit hatte, änderte sie ihren Namen in Saylor und nahm denselben Nachnamen an, den ich benutzte, um die Überreste dieses Lebens abzustreifen.«

»Aber als sie sich aus dem Gefängnis befreite, wurde sie in ein anderes eingesperrt«, murmelte Reilly.

Verdammte Scheiße. Das war herzzerreißend. Saylor hatte nie über ihre Kindheit gesprochen. Nicht ein einziges Mal. Jedes Mal, wenn sie zusammen abhingen, entweder mit dem Rest der Schwesternschaft oder sogar allein, sprach sie nur über Dinge, die gerade passierten. In seltenen Fällen erzählte sie eine unterhaltsame Geschichte aus ihrer Zeit in der Jugendstrafanstalt.

»Ja.«

»Das ist echt beschissen.«

»Ja«, stimmte er zu.

Aber Moment, sie musste den Bogen wieder zurückspannen. »Diese Narben stammen also von der Bestrafung durch deinen Vater, weil du deine Schwester angefasst hast?«

»Und von anderen Dinge.«

»Schlimmer als deine Schwester anzufassen?« Denn ein Bruder, der seine Schwester auf unangemessene Weise berührte, war verdammt schlimm.

»In seinen Augen gab es nichts Schlimmeres, als Sarah zu berühren.«

»Und hast du?«

Er saugte kurz an seinen Zähnen, holte tief Luft und hob sein bärtiges Kinn ein Stück an. »Nicht so, wie sie dachten.«

Sie hatte beinahe Angst zu fragen: »Was haben sie gedacht?«

Das langsame Rollen seines Adamsapfels erregte ihre

Aufmerksamkeit. Sie konnte sehen, dass er unschlüssig war, ob er das Gespräch fortsetzen oder die ganze Sache einfach beenden sollte.

Sie konnte es ihm zwar nicht verübeln, wenn er nicht darüber reden wollte, aber sie musste wissen, was zum Teufel passiert war. Nicht nur, um Rev hier und zu Hause unterstützen zu können, sondern auch wegen ihrer Clubschwester Saylor. Selbst wenn Saylor nie herausfinden würde, dass Reilly davon wusste, konnte Reilly immer noch die Wahrheit erfahren und in einer Situation bei Bedarf angemessen reagieren.

Allerdings würde sie niemals eines von Saylors Geheimnissen ausplaudern. Wenn Saylor sie mit anderen teilen wollte, wäre das ihre Entscheidung und nur ihre allein.

Vielleicht war das der Grund, warum Rev jetzt zögerte. Weil es nicht nur seine Geheimnisse waren, sondern auch die von Saylor. Ihre Geheimnisse waren ineinander verschlungen wie ein verknoteter Schnürsenkel.

Heilige Scheiße, sie hasste es, das überhaupt zu fragen, denn das wäre nicht der Rev, den sie kannte. »Hast du ... deine Schwester unangemessen berührt?«

Sie achtete darauf, dass die Frage sanft und nicht anklagend rüberkam, denn sie wollte auf keinen Fall, dass er dieses Gespräch abbrach. Wenn er das täte, würde sie nie aufhören, sich zu fragen, wer der wahre Rev war. Ob er der war, für den sie ihn hielt.

Aber, *verdammt*, diese Reise war kaum zwei Tage alt und schon so aufschlussreich. Aber nicht auf die gute Art. Schlimmer noch, sie war noch nicht einmal zu Ende.

»Denkst du, ich würde so etwas tun?«

Schuldgefühle überkamen sie, weil sie überhaupt gefragt hatte. »Nein, aber ... Ich meine, ich nehme an, du warst jung. Kleine Kinder können nicht immer unterscheiden, was falsch ist und was nicht. Das lernen wir von unseren ...«

»Eltern«, beendete Rev den Satz, als sie es nicht tat. »Ich

habe meine Schwester nie belästigt. Ich habe immer nur versucht, sie zu beruhigen, wenn sie aufgebracht war.«

»Sie dachten, du würdest sie belästigen, obwohl du sie eigentlich nur getröstet hast?« *Verflucht*, jetzt hasste sie seine Eltern noch mehr!

»Ja.«

Auch hier gab es sicherlich noch mehr zu der Geschichte. Eine einfache Umarmung war nicht sexuell. Ein Bruder, der seine Schwester umarmte, war nicht sexuell, *verdammt!*

»Aber warum musste sie getröstet werden?«, drängte sie ihn sanft.

»Weil ich mir ziemlich sicher bin, dass es jemand anderes getan hat.«

»Was getan?« Reilly sog scharf den Atem ein. »Saylor belästigt?«

»Sarah«, korrigierte er.

Gott, diese Unterscheidung von zwei Kindern in vier tat ihrem Gehirn weh. Sie verstand, dass sie diesen Bewältigungsmechanismus brauchten, aber für sie war es, als hätte man es mit Menschen zu tun, die zwei verschiedene Persönlichkeiten hatten oder zwei verschiedene Menschen waren. Das hier war jedoch etwas anderes als eine Persönlichkeitsstörung, die sie nicht kontrollieren konnten. Es war eine Entscheidung, die sie beide aktiv getroffen hatten.

»Wer hat Sarah belästigt?«, wiederholte sie mit dem richtigen Namen. Ihr Puls raste, denn sie wusste es bereits. Es war nicht nötig, dass er ihren Verdacht bestätigte.

Jetzt wusste sie, warum Saylor nichts mit ihrer Familie zu tun haben wollte, warum sie immer wieder Straftaten beging, um dem Haushalt fernzubleiben, warum sie nach dem Jugendknast nicht mehr nach Hause wollte und warum sie ihren verdammten Namen geändert hatte.

Warum Rev nicht wollte, dass Saylor mit ihm ›nach Hause‹ kam, um ihren sterbenden Vater zu besuchen.

Reilly zwang sich, die Wut herunterzuschlucken, die ihr aus der Brust in die Kehle stieg. »Weißt du mit Sicherheit, dass er das getan hat?«

Heilige Scheiße, der Mann musste sterben. Kein Wunder, dass Rev das Ende seines Vaters miterleben wollte.

»Wenn ich bestraft wurde, wurde ich nach draußen gebracht. Wenn sie …«

Reilly hielt den Atem an.

»Er hat es immer nur in ihrem Zimmer gemacht, bei verschlossener Tür, und sie hat danach eine Weile geweint. Er hat nie eine Rute bei ihr benutzt. Er hat …«

Ihr stockte der Atem, als sich sein Gesicht verzog und seine Hände sich zu Fäusten ballten.

»Was sollte sie sonst so zum Weinen gebracht haben? Als ich ausgepeitscht wurde, durfte ich nicht weinen, sonst wurde die Anzahl der Schläge erhöht. Aber sie weinte jedes verdammte Mal, nachdem er ihr Zimmer verlassen hatte. Jedes verdammte Mal. Dann ging ich in ihr Zimmer, sobald meine Eltern im Bett waren und es sicher war. Ich kroch in ihr Bett und hielt sie fest. Ich flehte sie an, mir zu sagen, was los war, was er ihr angetan hatte, aber sie wollte nicht.«

Warum sah er so schuldbewusst aus? Inwiefern wäre das seine Schuld? »Er hat ihr wahrscheinlich gedroht, nichts zu sagen.«

»Oder er hat ihr eine Gehirnwäsche verpasst, damit sie denkt, es sei normal, was er ihr antut. Denn für ihn war es das verdammt noch mal auch. Ich glaube, es wurde von allen akzeptiert. Wie auch immer, es wurde nie darüber gesprochen und da ich keine Frau bin, hat es mich nicht auf die gleiche Weise getroffen wie sie.«

»Scheiße«, flüsterte sie. »Warum sollte so etwas akzeptiert werden?«

»Es war – und ist es wahrscheinlich immer noch – die Aufgabe eines Vaters, seine Töchter darauf vorzubereiten, ihrem Mann gehorsam zu sein. Auf diese Weise konnte er sie an einen würdigen Mann weitergeben. Kein Mann würde sie haben wollen, wenn sie sich aufspielte oder nicht gefügig war.«

»So wie die Frau von Matthew.«

»Ja.«

»Diese ... Kirche ... ist mehr als nur eine Kirche, oder?«

»Ja.«

»Es ist eine verdammte Sekte, fast wie bei den Shirleys«, schlussfolgerte sie.

Seine tätowierte Brust hob und senkte sich. »Ja.«

»Mein Gott, wie viele solcher beschissener Gruppen gibt es auf der Welt eigentlich?«

»Ich wette mehr, als wir wissen.«

»Das ist beängstigend«, flüsterte sie.

»Nicht wahr?« Er schüttelte den Kopf. »Aber denk mal nach. Es wäre nicht besonders schwer, eine Bruderschaft wie die Fury zu nehmen und sie in etwas Dunkleres zu verwandeln wie eine Sekte. Das wäre echt nicht so schwer.«

»Deshalb achtet Trip darauf, dass der Club nicht wieder wie zu Zeiten der Originals wird.«

»Zum Teil. Aber die Originals hatten nie etwas mit Inzest am Hut, soweit wir wissen. Aber waren sie die besten Eltern? Definitiv nicht.«

»Nein«, stimmte Reilly zu, »aber aus einigen der Geschichten, die man sich so erzählt, geht hervor, dass sie dafür in andere abgefuckte Scheiße verwickelt waren.«

»Ja, die Geschichten, die erzählt werden. Sicher gibt es noch viel schlimmere, die irgendwo vergraben sind.«

»Aber die Originals sind jetzt weg«, erklärte sie.

»Nicht alle«, erinnerte er sie schnell.

Richtig, Dutch und Ozzy waren Originals und trugen sogar die Patches, die sie als solche auswiesen. Trip und Judge und einige der anderen waren sich sicher, dass es da draußen noch mehr von ihnen gab, die nur noch nicht gefunden worden waren oder nicht gefunden werden wollten.

Außerdem waren ein paar der Fury-Mitglieder und auch der Clubschwestern Produkte einiger dieser Originals. Die meisten davon trugen so tiefe Geheimnisse wie Rev und Saylor in sich.

Sobald sie nach Manning Grove zurückkehrte, würde sie Saylor eine knochenbrechende Umarmung geben. Sie musste nur eine gute Ausrede dafür finden, damit Saylor keinen Verdacht schöpfte, dass Reilly die Wahrheit über ihre Vergangenheit kannte. Oder herausfand, dass Reilly mit Rev nach Coatesville gegangen war.

Leider würde diese Reise nur ein weiteres Geheimnis auf dem ständig wachsenden Berg an Fury-Geheimnissen werden.

»Es tut mir leid«, sagte sie schließlich, weil sie nicht wusste, was sie sonst sagen sollte, um die schrecklichen Erinnerungen an seine Kindheit zu vertreiben. »Hattest du, nachdem du ausgerissen bist, irgendeine Möglichkeit, mit Saylor in Kontakt zu bleiben?« Sie schnitt eine Grimasse. »Sarah, meine ich.«

»Nicht wirklich. Wenn ich konnte, ging ich zu ihrer Schule und sah dort nach ihr. Was nicht oft der Fall war, da ich allein kaum klarkam. Als ich achtzehn wurde, konnte ich sie im Jugendgefängnis besuchen, ohne Gefahr zu laufen, als Ausreißer erwischt zu werden. Da wurde es etwas einfacher.«

»Als sie in der Schule war, warum hast du da dem Lehrer nicht erzählt, was dein Vater ihr antut?«

»Ich hatte keine Beweise. Ich habe nie gesehen, was er gemacht hat. Ich konnte nur raten. Und wie ich schon sagte, ich war ein Ausreißer und wollte nicht zurückgebracht werden. Und überhaupt, wer hätte mir geglaubt und nicht den Erwachsenen? Saylor hat nie darüber gesprochen. Nicht ein einziges Mal. Sie tut so, als wäre es nie passiert.«

»Sie hat es wahrscheinlich verdrängt. Hat es irgendwo tief in ihrem Kopf versteckt. Das ist ein Bewältigungsmechanismus.«

»So wie bei dir?«

9

»Was meinst du?«, fragte Reilly ihn.

Sie sprach nie darüber. Niemand tat das.

Rev war nicht da gewesen, als es passierte. *Gott sei Dank.* Das war die Art von Scheiße, die Albträume verursachte. Und Reilly war diejenige gewesen, die den Knopf am Verbrennungsofen betätigt hatte, um ›die Tat‹ zu vollbringen. Sie hatte sich an Deacon vorbeigedrängt und ihre Handfläche draufgeschlagen, um die Brenner zu zünden.

Um einen Menschen, der noch bei Bewusstsein war und atmete, zu Tode zu verbrennen.

Hatte der Wichser das verdient? Ohne jeden Zweifel.

Trotzdem ... war es verstörend.

Er fragte sich, ob sie Albträume davon hatte. Davon, einen Mann schreien zu hören, während er verbrannte.

Aber wie Saylor tat auch Reilly so, als sei nie etwas passiert. Vielleicht waren es verdrängte Erinnerungen, wie von ihr erwähnt. »An dem Tag ...«

Sie unterbrach ihn. »Nur weil ich nicht darüber spreche, heißt das nicht, dass ich nicht darüber nachdenke. Ich denke

161

jeden verdammten Tag daran.« Ihre Wangen verfärbten sich dunkelrot. Nicht aus Verlegenheit.

Es war schwierig, diese Frau in Verlegenheit zu bringen. Egal, was die Jungs auch sagten, selbst wenn sie ihr in die nicht vorhandenen Eier traten, war sie nie beleidigt oder peinlich berührt. Sie konnte eine Tracht Prügel genauso gut einstecken, wie sie sie austeilte.

Diese Einstellung machte ihn ein bisschen scharf. Mehr als nur ein bisschen.

»Nicht, was er dir angetan hat. Was du ihm angetan hast«, stellte er klar.

»Ich habe ihm nichts angetan. Das war er selbst. Aber wenn du willst, dass ich etwas über *diesen* speziellen Vorfall sage, dann bin ich froh, dass ich Deacon die Last abgenommen habe. Niemand außer mir hätte das tun dürfen. Und wie wir alle wissen, ist Rache verdammt süß.«

Normalerweise würde er über den letzten Teil schmunzeln, aber er blieb an der Äußerung hängen, dass sie den Scheißkerl lieber hatte selbst töten wollen, damit die Tat nicht die Last eines anderen wurde.

»Ich habe alle in diesen Schlamassel hineingezogen, also wollte ich diejenige sein, die uns da wieder herausholt. Aber ich weiß es zu schätzen, dass ihr mir alle geholfen habt, obwohl ihr mich kaum kanntet.«

»Ja, aber Deke wollte diesen Wichser nicht nur deinetwegen büßen lassen, sondern auch wegen dem, was er Reese angetan hat.« Warren hatte beide Schwestern verletzt. Er hatte in der Vergangenheit noch andere Frauen missbraucht und hätte auch in Zukunft welchen wehgetan, wenn man ihn am Leben gelassen hätte. So ein verdammtes Stück Scheiße war er.

»Reese ist *meine* Schwester.« Sie schlug eine Hand an ihre Brust und lenkte seinen Blick damit für eine kurze Sekunde auf ihre Titten. Oder zwei. Sein Blick hob sich, als sie abschließend sagte: »Und ich habe die Sache für uns beide geregelt.«

Ja, das hatte sie. Und zwar wie ein verdammter Boss. Aber trotzdem ...»Ich hätte den Wichser umbringen sollen. Ich hätte ihn umbringen sollen, bevor Deke und die anderen da waren. Sobald er den verdammten Baseballschläger in deine Richtung geschwungen hatte. Ich hätte den Schläger nehmen und ihm den Schädel einschlagen sollen. So wie er es mit dir machen wollte.«

Dann wäre das Arschloch tot gewesen und niemand hätte die ›Last‹ gehabt, den Knopf zu drücken, während er noch lebte. Wenn man das Arschloch in den Ofen geworfen hätte, wäre es nur darum gegangen, jeden Beweis für die Existenz von Billy Warren zu beseitigen. Genauso wie sie die Shirleys loswurden, wenn einer seiner Brüder einen vom Berg herunterholte. Zumindest hatten sie das früher häufiger getan.

Die Situation mit den Shirleys hing derzeit etwas in der Luft, bis die Bundesbehörden endlich taten, was sie mit denen machen wollten.

»Du warst nicht in der Werkstatt, als er aufgetaucht ist, erinnerst du dich? Rook und Whip waren da. Rook hat mir das verdammte Leben gerettet. Vielleicht hätte ich ihm zum Dank einen Blowjob geben sollen ...«

Ein Blowjob zum Dank?

»Ist das dein verdammter Ernst?«, knurrte er. Er hoffe, sie meinte das nicht ernst! Es war schon schlimm genug, dass sie mit Rook diese Instagram-Fotos gemacht hatte, mit denen sie Warren aus dem Versteck gelockt und an der Nase herumgeführt hatten. Sie hatten so getan, als würden sie zusammen sein und sich deswegen auch so verhalten. Rev hatte jedes Mal weggehen müssen, wenn Rook sie ›für die Kamera‹ berührte.

Sie verdrehte bei seiner Reaktion die Augen. »Ich mache nur Spaß. Rook würde nie einen Blowjob von mir bekommen, weil er ein Arschloch ist. Und von denen habe ich nach dem toten Mistkerl genug. Arschlöcher sind für immer von meiner Blowjob-Liste gestrichen.«

Sie hatte eine Blowjob-Liste?

Sie legte den Kopf schief und ihr blondes Haar fiel zur Seite. »Und überhaupt, was wäre gewesen, wenn man dich verhaftet hätte, weil du ihm den Kopf eingeschlagen hast? Dann wäre Saylor jetzt auf sich allein gestellt. Du bist ihre Familie, Rev. Sie braucht dich, sie braucht dich immer noch. Du bist auch der Einzige – nun ja, außer mir jetzt – der von ihrer Vergangenheit weiß.«

Ihre Vergangenheit. Er hätte damals etwas tun sollen, um diese ›Vergangenheit‹ zu stoppen. »Ich habe sie im Stich gelassen.«

»Nein, das hast du nicht. Kinder sollten nicht gezwungen werden, Entscheidungen für Erwachsene zu treffen. Reese wurde dazu gezwungen und du auch.« Sie legte ihm eine Hand auf den Bauch, und er zog ihn bei dieser Berührung automatisch ein.

Ihre Berührung auf seiner nackten Haut fühlte sich elektrisch geladen an. Als könnte sie seinen Puls mit einer einfachen Berührung kontrollieren. Derselbe Puls begann dort zu pochen, wo er es nicht pochen sollte. Allein durch ihre warme, weiche Hand, die auf seiner Haut lag. Von ihren großen grünen Augen, die zu ihm aufblickten.

Von ihren Zähnen, die sie in ihre pralle Unterlippe versenkte.

Er stöhnte innerlich auf, weil sie so verdammt verführerisch war.

Er hatte gedacht, da er ihr letzte Nacht betrunken hatte widerstehen können, wäre er auch stark genug, ihr nüchtern nicht zu verfallen. Aber vielleicht war es eine schlechte Idee gewesen, sich ein Zimmer mit ihr zu teilen. Denn während sie sich in diesem kleinen Motelzimmer so nahe waren, schwappte seine Lust in etwas mehr über. Obwohl es das nicht sollte. Denn das Thema, über das sie gerade sprachen, sollte jeden abtörnen, der einen normalen Verstand besaß.

Aber, *verdammt* ... zu wissen, dass sie noch nie von einem

seiner Brüder gefickt worden war und er der Einzige sein könnte, der es täte ... begann sein Urteilsvermögen zu beeinträchtigen. Und seinen Schwanz.

»Du warst nicht der Einzige mit beschissenen Eltern. Unser Vater hat uns verlassen, weil unsere Mutter eine verdammte Säuferin war. Er hat nicht nur sie verlassen, sondern egoistischerweise auch seine beiden Töchter!«

Ihre Worte lösten sein verdammtes Dilemma, denn sie hatten die gleiche Wirkung wie Salz, das sich in einer Wanne mit eiskaltem Wasser auflöste.

»Er hatte die Nase voll von ihrem Alkoholproblem, vor allem während sie mit mir schwanger war. Deshalb beschloss er einfach drauf zu scheißen und zu vergessen, dass wir je existierten. Was für ein bescheuerter Vater tut so etwas? Der einfach beschließt, eine schlechte Situation zu verlassen, dabei aber seine Töchter zurücklässt?«

Rev hatte dasselbe getan ... »Ich habe Sarah zurückgelassen.«

»Du warst sechzehn, Rev!«, schrie sie ihm praktisch ins Gesicht. »Wie zum Teufel hättest du dich um eine Siebenjährige kümmern sollen? *Und zwar*, ohne erwischt und wegen Entführung angeklagt zu werden? Wie? Ich bin sicher, wenn du es gekonnt hättest, hättest du es getan. Im Gegensatz zu dir war mein Vater aber ein Erwachsener, der uns ursprünglich wollte, bis er es nicht mehr tat. Minnie wollte nach meiner Geburt nichts mehr mit mir zu tun haben, da sie mir die Schuld gab, dass ihr Mann sie verlassen hatte. Mir! Während ich in ihrer verdammten Gebärmutter war. Dabei war sie es doch, die getrunken hatte, während ich nur hilflos in einem Sack voller Flüssigkeiten in ihr schwamm.«

Diese Beschreibung löste Unbehagen in ihm aus, aber sie machte ihn auch verdammt wütend.

»Reese nannte unsere Mutter Minnie oder Minimum Mom, und zwar aus gutem Grund. Die Frau tat das absolute Minimum, um uns am Leben zu erhalten. Und als wir älter wurden, machte sie sich nicht einmal mehr die geringste Mühe, selbst das zu tun. Reese tat *alles* für uns. Wenn sie nicht wusste, wie etwas ging, fand sie es heraus. Hat sie dabei einiges vermasselt? Ja, aber sie hat es wenigstens versucht. Weil sie sich für mich geopfert hat, schulde ich ihr im Gegenzug alles. *Ich* bin der Grund, warum Reese keine Kindheit hatte.«

»Nein. Deine verdammte Mutter ist der Grund. Und dein Vater auch. Es ist nicht deine Schuld.«

»Genauso wenig wie es deine Schuld ist, dass du Saylor«, sie schüttelte den Kopf und stieß ein süßes, kleines Knurren aus, »*Sarah* zurücklassen musstest.«

Ihre Fingernägel gruben sich in sein Fleisch und sie trat noch näher, bis ihre bloßen Zehen an seine gepresst waren. Er hielt den Atem an, denn es fiel ihm schwer, sie nicht einfach am Haar zu packen und auf das Bett zu werfen. Ganz gleich, über wen oder was zum Teufel sie auch sprachen, dieser Drang wurde nicht weniger.

»Reese hat getan, was sie tun musste, damit wir überleben. Du hast getan, was du tun musstest, damit du überlebst, um deiner Schwester später helfen zu können. Meiner Meinung nach hast du das Beste getan, was du tun konntest, Rev. Sei lieber froh, dass ihr einander habt.«

Er gab sich Mühe, fokussiert zu bleiben, seine Wut auf seine Eltern nicht zu verlieren. Auf ihre Eltern. Auf diesen Scheißkerl Warren. Doch stattdessen schweifte er auf die Form ihres Mundes ab, die Art, wie ihre Zunge herausschnellte und ihre Unterlippe befeuchtete. Die Art, wie sich ihre Pupillen weiteten. Die Wärme ihres Körpers. Wie sie die Baumwollshorts und das bequeme T-Shirt, das sie jetzt trug, ausfüllte. Er wollte den Kontrast zwischen der weichen Baumwolle und den harten Brustwarzen spüren.

Nur eine Berührung. Keiner würde davon erfahren.

Er musste das Gewicht ihrer Brüste in seinen Händen

spüren. Die Sanftheit ihres Mundes auf seinem. Er wollte ein Stöhnen aus ihrem Inneren hervorlocken, bis es seine Ohren erfüllte.

»Diese ganze Sache mit deinen Eltern ... Du bist nicht wütend oder sauer oder was auch immer wegen dem, was du *verloren* hast. Du bist verärgert wegen dem, was du *nie hattest*.«

Was? Er schüttelte sich innerlich.

»Ich habe keine guten Eltern verloren. Ich hatte nie welche«, fuhr sie fort. »Genauso wenig wie du. Man kann nicht vermissen, was man nie hatte. Aber man kann wütend sein, dass man es nie vermissen konnte.«

Oh Gott. Es machte zu viel Sinn, auch wenn er ihr kaum folgen konnte. Und warum zum Teufel sprach sie immer noch über Leute, die er hasste?

Er wollte gerade nicht an ihre Eltern denken. Er wollte nicht einmal an Saylor denken. Er wollte verdammt noch mal nicht daran denken, wie seine Mutter heute Morgen ein eiskaltes Miststück gewesen und verschwunden war, sobald sie ihn im Haus gesehen hatte. Oder daran, dass sein erbärmlicher Arschloch-Vater immer noch atmete.

Nein, verdammt.

Er wollte an die Frau denken, die so nahe bei ihm stand, dass er ihr nach Zitrusfrüchten duftendes Duschgel riechen und sehen konnte, wie makellos ihre Haut war, abgesehen von der Narbe, die sie zu verbergen versuchte.

Er konnte sehen, wie sich ihr Brustkorb hob und senkte, während sie tiefer und tiefer einatmete. Er konnte sehen, wie sich ihre Lippen öffneten, um diese Atemzüge wieder freizugeben.

Ihre Handfläche streifte seinen Bauch. Er wusste nicht, ob aus Versehen oder mit Absicht, aber jetzt drückte die Spitze ihres Daumens auf den oberen Rand seines Hosenbundes.

»Rev.«

»Ich habe dir zugehört«, murmelte er, doch im Moment war

ihm egal, was sie sagte. Es sei denn, es hatte damit zu tun, dass sie sich mit ihm ausziehen und seinen nun pochenden Schwanz hinuntergleiten wollte.

»Dieses Gespräch hätte dich nicht hart machen dürfen.«

Ohne Witz.

»Das war nicht das Gespräch, Zuckerpuppe.« Sie hatte bemerkt, wie hart er geworden war, doch wusste sie auch, dass er so hart war, dass sein Reißverschluss gerade ein Muster in seinen Schwanz tätowierte?

Ihre Hand war immer noch da, jetzt an seinen Unterbauch gepresst, nur ein paar Zentimeter von seinem Ständer entfernt. Sie musste nur ihre Hand nach unten schieben. Nur ein bisschen.

Schieb sie runter, Reilly. Fass mich an, denn ich darf dich nicht berühren.

»Das dürfen wir nicht tun«, kam es mit angehaltenem Atem aus ihr heraus.

»Aber du willst«, erwiderte er.

Mein Gott, Frau, sag Nein. Sag, dass du mich nicht willst. Sag es, damit ich nicht in Versuchung gerate. Damit du mich endlich nicht mehr in Versuchung führst.

Ihre Augenbrauen hoben sich. »Du etwa nicht?«

Die Realität brach über ihn herein. »Du weißt, dass ich das verdammt noch mal nicht kann«, knurrte er förmlich und wollte gegen eine verdammte Wand schlagen.

»Weißt du was? Ich habe es satt, eine Unberührbare im Club zu sein. Die Unberührbare, obwohl ich doch nur will, dass du mich berührst.«

Das war nicht das, was er hören sollte. Er musste sich zusammenreißen, um ihr zu widerstehen. »Ich? Oder einer von uns? Bin ich es, weil ich gerade hier bin und verfügbar? Oder weil du nur mich willst?«

»Spielt das eine Rolle?«

Er riss den Kopf hoch und seine Nasenflügel blähten sich auf. Seine rauen Worte drangen aus seiner Kehle und klangen wie ein ersticktes Knurren. »Ja, Frau, es spielt eine Rolle. Es spielt sogar eine verdammt wichtige Rolle. Wenn ich diese gottverdammte Regel breche, dann muss es einen guten Grund dafür geben und nicht nur den, meine verdammten Eier leeren zu wollen. Das kann ich überall sonst, wo ich nicht gleich Gefahr laufe, dafür verstümmelt zu werden. Verstehst du mich? Und ich bin auch nicht hier, nur um dich zu befriedigen. Das wäre ein großer Verstoß gegen die Regeln. Einer, der eine schlimmere Strafe nach sich zieht, als die, die mein Vater mir jemals hätte geben können. Und glaub ja nicht, dass ich dich ficke und dann einfach zusehe, wie du einen anderen meiner Brüder flachlegst. Oder irgendjemand anderen, um Himmels willen. So ein Scheiß wird nie passieren.« Er senkte den Kopf, bis sie sich praktisch Nase an Nase gegenüberstanden. »Also ja, es spielt eine verflucht große Rolle.« Er fasste ihr Haar, riss ihren Kopf zurück und presste seinen Mund an ihr Ohr. Er senkte seine Stimme eine Oktave tiefer. »Dabei will ich meine Zunge in deinem Mund, meinen Schwanz in deiner Muschi, meine Finger in deinem Arsch. Ich möchte dich mit meinem Sperma abfüllen, möchte, dass du meinen Schwanz und meine Eier tränkst. Ich will spüren, wie du mich auspumpst, bis ich leer bin und du voll.«

Ihr zittriger Atem entkam ihr in einem Rausch, und ein Schauder hinterließ eine Gänsehaut am ganzen Körper.

Verdammt, ja. Ihre Nippel mussten jetzt diamanthart sein.

»Ich habe nie getan, was man mir sagte. Ich habe nie die Regeln anderer befolgt, nur meine eigenen. Bis ich zur Fury kam. Um mein Zuhause zu behalten, um zur Bruderschaft zu gehören. Aber, verdammt, Babe, du bist die eine Regel, die ich brechen würde.«

Als ein weiterer zitternder Atemzug aus ihr hinausströmte, klang es fast wie ein Seufzer. Ihre Hand griff in den Bund seiner

Jeans und klammerte sich daran fest. Aber sie sagte immer noch nichts.

Doch es waren keine Worte mehr nötig. Er konnte alles, was er wissen musste, in ihrem Gesicht ablesen. In ihren Augen. In der Art, wie sie atmete.

»Ich weiß, dass du das willst. Ich weiß, dass du deshalb gestern Abend in diesem Zeug in mein Zimmer gekommen bist. Aber ich weiß nicht, ob das, was ich will – was du willst – es wert ist, alles zu verlieren. Das würde nur Scheiße aufwirbeln, die ich nicht aufwirbeln will.«

»Niemand muss davon erfahren.«

Er atmete tief ein und aus. »Ja, richtig. Niemand muss davon erfahren. Aber wir werden es wissen. *Ich* werde es verdammt noch mal wissen. Wenn ich meinen Schwanz erst einmal in dir versenkt habe, wenn ich deine Muschi erstmal geschmeckt habe, werde ich das so schnell nicht mehr vergessen.«

»Vielleicht traust du mir mehr zu, als du solltest.«

»Wäre riskant, das herauszufinden.«

Ihr Seufzer klang dieses Mal anders. »Ich liebe diesen Club und euch wirklich, aber ich hasse diese Regel, die mich einschließt. Die ist weder richtig noch fair.«

»Zum Club zu gehören, bedeutet auch Regeln zu folgen. Und das ist nun mal die Art, wie deine Schwester auf dich aufpasst.«

»Das tut sie schon mein ganzes Leben lang. Sie darf jetzt gern jederzeit damit aufhören.«

»Sie wird nie aufhören, Reilly. Das weißt du. Sie mag deine Schwester sein, aber sie hat dich wie eine Tochter aufgezogen. Sie will nur das Beste für dich. Das ist es, was *wahre* Familie füreinander will. Guten Scheiß, kein Bullshit.«

»Aber ein Fury-Mitglied ist für sie gut genug. Was für eine verdammte Heuchlerin.«

Seufzend richtete er sich auf und trat einen Schritt zurück, um den beiden etwas Raum zu geben. Die Wendung, die dieses Gespräch annahm, killte schnell seine Erektion, aber er musste sowieso klarer denken. »Der Unterschied ist, dass Deacon ihr Old Man ist. Sie trägt seine Kutte. Was eine Menge bedeutet. Aber sie will nicht, dass dich jemand wie einen Sweet Butt benutzt. Sie will nicht, dass dich jemand nicht respektiert. Ich kann das verstehen. Aus dem gleichen Grund steht Saylor auch auf dieser Liste. Sie hat es nicht nötig, jede Nacht den Schwanz eines anderen zu reiten. Und du auch nicht.«

»Warum lasst ihr uns das nicht einfach selbst entscheiden?«

»Kannst du doch. Du darfst so viele Schwänze reiten, wie du willst.« Lüge. »Nur keine Fury-Schwänze.« Wahrheit. »Das kann Reese kontrollieren. Doch sie kann niemanden kontrollieren, der nicht die Farben des Furys trägt.«

»Deshalb musste ich ...« Sie presste die Lippen zusammen und wandte sich ab. Sie ging die paar Schritte bis zum Fenster und spähte zwischen den geschlossenen Jalousien hindurch.

Draußen gab es nichts zu sehen, außer einem Parkplatz und einem Zaun. Das Motel war nicht gut besucht. Der Angestellte hatte ihm versichert, dass die Zimmer im hinteren Teil des Motels normalerweise erst belegt wurden, sobald die vorderen Zimmer voll waren. Somit hatten sie genügend Privatsphäre.

Warum sie aus dem Fenster schaute, war ihm schleierhaft, es sei denn, sie wollte dadurch vermeiden, ihren Gedanken zu Ende zu führen.

»Musstest du was?«, fragte er und trat hinter sie, um sich zu vergewissern, dass da draußen nichts war, das ihr Interesse oder ihre Besorgnis erregte.

Sie schaute weiterhin ins Leere, während sie murmelte: »Musste ich woanders welche finden.«

Er starrte auf ihren Hinterkopf, auf das blonde Haar, das ihr locker um die Schultern fiel, und tat sein Bestes, um zu ignorieren, was sie gerade gesagt hatte.

Aber er konnte es nicht. Er konnte das nicht ignorieren,

genau wie er sie nicht ignorieren konnte. Wie sehr er es auch versuchte.

Es sollte ihn verdammt noch mal nicht stören, denn sie war eine verdammt heiße Braut Mitte zwanzig. Sie war keine Jungfrau im Präriekleid, die auf einen Ehemann wartete, bevor sie ihre Beine spreizte. Er wusste das.

Er. Wusste. Das. Verdammt.

Aber er hatte immer ignorieren wollen, dass sie woanders nach Schwänzen suchte.

Dasselbe galt für Saylor.

Jemma, Reilly, Saylor und Tessa, die Schwester des Presidents, gingen oft zusammen aus, da sie alle ungefähr im gleichen Alter waren. Er war sich ziemlich sicher, dass Cages Old Lady Jemma nicht auf der Suche nach einem Schwanz war. Aber die anderen?

Sein Kiefer mahlte. Manning Grove hatte keine Single-Szene, aber Touristen und Studenten der Mansfield University. Und noch andere mit funktionierendem Sexualtrieb kamen in die Stadt und besuchten das Crazy Pete's für Bandauftritte, Billardturniere und den ganzen anderen Scheiß, den Stella in der Bar veranstaltete, um mehr Kunden zu gewinnen.

Er schürzte die Lippen. Die Frauen gingen dort oft zum Karaoke hin …

Verfluchte Scheiße, vielleicht sagten sie auch nur, dass sie ins Pete's gingen und fuhren stattdessen nach Mansfield oder sogar Williamsport, wo es jede Menge Bars oder Clubs gab, in denen man jemanden aufreißen konnte. Und wo es niemandem auffiel, jemanden wie Dodge oder Stella.

Allerdings würde Stella diese Information niemals preisgeben, da es in der Schwesternschaft so eine Art Schweigekodex zu geben schien. Deswegen allein sollte den Männern, die mit diesen Frauen verbunden waren, der Arsch auf Grundeis gehen.

»Sag das noch einmal.«

Sie ließ die Jalousien zurückfallen und drehte sich zu ihm

um. »Wegen dieser blöden Regel muss ich mir meine Schwänze woanders suchen.« Als sich sein Mund öffnete, hob sie eine Hand an, um ihm vom Sprechen abzuhalten. »Wage es ja nicht, verdammt. Wehe du sagst ein einziges verdammtes Wort. Ihr dürft eure Schwänze überall reinstecken, wo es euch verdammt noch mal passt ...«

»Nicht überall ...«

Sie ignorierte ihn und redete weiter. »Und niemand zuckt mit der Wimper. Aber ich soll einfach dabei zusehen, wie ihr alle befriedigt werdet – von vorne und hinten sollte ich besser hinzufügen – und einfach nach Hause gehen und mich mit meinem Rabbit oder meiner eigenen Hand zufriedengeben.«

Was zum Teufel war ein Rabbit? Außer einem pelzigen Tier mit großen Ohren.

»Das ist doch Blödsinn. Ich bin eine lebende, atmende Frau, die *Bedürfnisse* hat. Genau wie ihr Bedürfnisse habt. Ich bin erwachsen und kein verdammtes Kind mehr. Ich kann selbst entscheiden, wessen Schwanz ich reiten oder lutschen will.« Sie runzelte die Stirn. »Mach deinen verdammten Mund zu. Er steht so weit offen, als hättest du eine Hirnverletzung oder so.«

Er klappte den Kiefer zu. »Was ist ein Rabbit?«

Sie starrte ihn mit großen Augen an und seufzte. »Kein Schwanz, genau das ist er nicht. Er erfüllt zwar seinen Zweck, aber die Sache ist einsam. Manchmal willst du einfach nur das Gewicht eines Mannes auf dir spüren, wenn du kommst, oder sein tiefes Grunzen in deinem Ohr hören, wenn er seinen dicken Schwanz in dich hinein und wieder herauspumpt, oder sehen, wie sich sein Gesicht verzieht, wenn er endlich seine Ladung abspritzt. Dein Mund steht übrigens wieder offen.« Sie trat näher heran und schob ihn mit den Fingern zu.

»Reilly ...«

»Ich liebe Sex.« Sie hob einen Finger an. »*Guten* Sex. Ich mochte ihn vor dem toten Idioten, anschließend war er irgendwie okay, aber in letzter Zeit hat mich niemand richtig umgehauen. Er war eher hektisch und unbefriedigend. In einer Hintergasse ...«

»Was?«

Sie redete weiter. »Ein Fick auf dem Rücksitz eines engen Autos ist nicht immer gut.«

»Du musst jetzt deine verdammte Klappe halten.«

Sie stemmte die Hände in die Hüften und blickte zu ihm auf. »Warum? Weil du dir nicht vorstellen kannst, dass ich Sex habe? Oder weil du nicht willst, dass ich welchen habe?«

Beides.

Nein, eher das Zweite. Denn ersteres konnte er sich vorstellen. Solange sie diesen Sex mit ihm hatte. Er kniff die Augen zusammen und drückte die Fäuste an seine Oberschenkel, denn sonst würde er sie sich auf die Augenhöhlen pressen, um die Vorstellung aus seinem Kopf zu vertreiben, wie sie Sex mit jemand anderem hatte.

Trotzdem redete sie weiter, denn so war sie nun mal. »Also, was ist falsch daran, dass ich Sex in einem verdammten Bett mit jemandem haben will, dem ich vertraue? Dass wir uns Zeit dabei lassen, damit es gut wird? Ich könnte einen guten Fick wirklich gebrauchen.«

Während sie die letzten beiden Worte heiser aussprach, öffneten sich seine Augen.

»Und niemand muss davon erfahren«, beendete sie.

»Diese Diskussion hatten wir schon«, war alles, was er herausbrachte.

»Ja, nun, *wir* werden es wissen.« Sie warf die Hände hoch und rief: »Wen kümmert das? Dann fick mich und vergiss es. Und sobald wir heimkehren, kannst du wieder zur männlichen Hure werden.«

Sie versuchte es einfacher wirken zu lassen, als es war. Die meisten seiner Brüder würden dieses Angebot annehmen, ohne zweimal zu überlegen. Noch bevor sie zu Ende geredet hätte, hätten sie ihr ihre Schwänze in die Hand gedrückt und ungeduldig darauf gewartet, dass sie endlich mit dem Reden aufhörte und ihren Mund stattdessen um ihre Ständer wickelte.

Aber es war keiner von ihnen, der in diesem Raum stand. Er war es. »Und du wirst nichts sagen, wenn ich anschließend eine der Sweet Butts ficke?«

Ihre Augenbrauen sanken tief.

Ja, er hatte auch nicht angenommen, dass es so einfach werden würde. Mit einer Frau war es das nie.

»Nein. Warum sollte ich?«

Moment. Das bedeutete … »Du sagst, du willst meinen Schwanz nur vorübergehend.«

»Ja, warum nicht?«

Warum zum Teufel nicht?, wollte er schreiend wiederholen.

»Die ganze Liste, die du mir vorhin ins Ohr gebrummt hast – was mich übrigens feucht gemacht hat – beweist, dass du mich ficken willst. Oder liege ich da etwa falsch?«

»Du hast nicht unrecht.«

»Also, dann …« Sie zuckte mit den Schultern. »Ich habe gerade entschieden, womit wir uns den Rest des Nachmittags die Zeit vertreiben … anstatt einen dieser langweiligen Schwarz-Weiß-Filme zu sehen.«

Er blieb wie erstarrt am Fenster stehen, als sie sich auf sein Bett zubewegte. Dabei riss sie sich ihr T-Shirt über den Kopf, griff hinter sich, um ihren BH zu öffnen, ließ ihn dann zu Boden fallen und blieb mit dem Rücken zu ihm stehen. Dort hielt sie inne. Sie tastete in den elastischen Bund ihrer Shorts, beugte sich vor und schob sie – und das Höschen, das sie getragen hatte – die Beine hinunter, bis sie ihr zu den Knöcheln fielen.

Was.

Zur.

Hölle.

Das war kein fairer Kampf. Überhaupt nicht fair.

Wie konnte sie das tun und …

Er musste ihr Zimmer von der Rezeption zurückbekommen, dann musste er hinübergehen und eine eiskalte Dusche nehmen.

Denn sein Schwanz besaß jetzt einen eigenen Herzschlag. Und eine eigene Meinung. Er schrie ihn an, einem geschenkten Gaul nicht ins Maul zu schauen. Er sollte das verdammte Geschenk einfach annehmen und Danke sagen.

Sei wertschätzend.

Sei kein Weichei.

Sie hatte recht. Niemand musste davon erfahren.

Coatesville, Pennsylvania, könnte das neue Las Vegas werden.

Was in Coatesville geschah …

Ja, ja, ja.

Aber was in Manning Grove passierte, sobald sie zurückkehrten, könnte alles andere als lustig werden. Was hier geschah, war vielleicht nicht von Bedeutung, aber was dort passierte, schon.

Er war nicht Rook, der dachte, er könne einfach so Jet von den Bullen ficken. Natürlich hatte er sich dabei geirrt, denn es war ein kompletter Fehlschlag gewesen.

Rev war nicht dumm. Er wusste, dass, wenn er Reilly fickte, er sie hinterher nicht mehr loswurde. Nicht weil *sie* anhänglich wäre, sondern …

Er konnte das. Er konnte sie ficken, ohne danach mehr zu wollen. Richtig?

Schließlich machte er das ständig mit den Sweet Butts und den Besucherinnen.

Das einzige Problem war nur, dass er Reilly fast jeden Tag sehen musste. In der Werkstatt, auf der Farm. Während der Runs, auf Partys.

Hör auf, so ein Weichei zu sein. Sie bietet sich dir an. Nimm sie dir.

Warum führte er Selbstgespräche, während eine nackte Blondine in seinem Zimmer stand und auf sein Bett kletterte?

All diese verdammt glatte Haut, das Gewicht ihrer Titten, die bei jeder Bewegung wippten, die Spitzen zu festen Rosenknospen geformt, die Kurven ihrer nackten Hüften und ihres Hinterns. *Mein Gott*, sie hatte sich ihm noch nicht einmal zugewandt und er brannte bereits darauf, einen Blick auf das zu werfen, was er bislang nur flüchtig sah, während sie sich zum Kopfteil bewegte.

Seinem Kopfteil.

Während sie vollständig *nackt* war. Und sie hatte ihm bereits grünes Licht gegeben.

Doch natürlich blieb er, der Narr, der er war, immer noch wie erstarrt stehen, da sein Gewissen mit seinem immer stärker werdenden Drang nach ihr kämpfte.

Das, wovon er seit einem Jahr träumte, konnte in diesem Moment Wirklichkeit werden. Alles, was er dafür tun musste, war sich verdammt noch mal zu bewegen!

»Reilly«, würgte er hervor. Sein Schwanz war jetzt so gottverdammt hart, seine Eier so verflucht eng, dass das Unbehagen fast unerträglich wurde.

Er versuchte, sie nicht anzustarren, damit er klarer denken und die richtige Entscheidung treffen konnte, aber …

Er war auch nur ein verfluchter Mensch.

10

»Warum siehst du aus wie ein verdammtes Reh, das im Fernlicht steht? Wirkt fast so, als hättest du noch nie eine nackte Frau gesehen.«

Revs Adamsapfel hob sich, regte sich eine Sekunde lang nicht und fiel dann wie ein Stein. »Ich habe schon viele nackte Frauen gesehen.«

»Dann weißt du ja, was du mit einer machen musst«, schnaufte sie, während sie sich auf seinem Bett niederließ.

Sie war jetzt splitterfasernackt und er trug nur seine Jeans. Es gab keinen Grund, warum sie nicht schon längst schwitzen, keuchen und Körperflüssigkeiten austauschen sollten.

Okay, doch, da war einer. Sein Widerstand.

Elendige sture Männer mit ihrer Angst, zu Tode geknüppelt zu werden! *Tzz.*

»Kratz jetzt bitte nicht an meinem Selbstbewusstsein.« Sie setzte sich auf und strich mit einer Hand über ihren Körper. »Als ob das nicht gut genug für dich wäre. Ich weiß, ich bin ein bisschen weich geworden ...«

»Alles in Ordnung mit dem, was ich sehe.«

»Anscheinend nicht, denn du stehst immer noch da drüben.«

»Reilly ...«

»Rev ... Hör zu, lass uns einen Pakt schließen. Oh, ich habe eine Idee! Wir könnten einen Fingerschwur machen und schwören, dass wir es niemandem erzählen werden. Dass alles, was zwischen uns passiert, diesen Raum nicht verlässt.« Sie streckte ihre Hand aus, rollte Finger und Daumen in der Handfläche zusammen und reckte nur den kleinen Finger in die Luft.

Seine Augenbrauen senkten sich tief. »Einen verdammten was?«

»Ein Kleiner-Finger-Schwur. Hast du denn noch nie ... Ach, egal. Komm einfach her. Ich zeige es dir.«

»Sagte die Spinne zur Fliege«, murmelte er vor sich hin.

»Ich bin keine Schwarze Witwe.«

»Vielleicht nicht direkt. Aber wenn das jemand herausfindet, könntest du indirekt für mein Ableben verantwortlich sein.«

»Dafür ist der Schwur gedacht«, erklärte sie. »Niemand wird es herausfinden. *Niemand bricht* die Unantastbarkeit eines Fingerschwurs.« Sie schürzte die Lippen, um nicht darüber zu lachen, wie lächerlich diese ganze Sache war. Doch wenn sie loslachte, würde er niemals zustimmen.

Aber er wirkte so verdammt zwiegespalten. Seine Erektion wütete in seiner Jeans, aber er sah aus, als würde er gleich loskotzen. Was ihr nicht gerade schmeichelte, da er sie gerade nackt auf *seinem* Bett liegen sah.

Es wurde Zeit, die großen Geschütze aufzufahren.

Sie seufzte und ließ ihre Hand fallen, dann rollte sie sich vom Bett und stand auf. »Ich schätze, wenn du mich nicht ficken willst, ziehe ich mich besser wieder an und suche mir jemand anderen.«

Eine Sache, die sie im letzten Jahr zwischen Bikern gelernt hatte, war, dass sie besitzergreifend waren, wenn es um ihre Frauen ging. Ziemlich besitzergreifend und beschützend. Sie war vielleicht nicht Revs ›Frau‹ oder Old Lady, aber sie arbeitete mit ihm zusammen, war schon oft auf seiner Maschine mitgefahren und verbrachte viel Zeit mit ihm.

Sie wusste bereits, welche Reaktion sie auf ihre ›Drohung‹ erhalten würde, und natürlich wurde sie nicht enttäuscht.

»Wage es ja nicht, verdammt.« Sein Befehl war so schroff, so Alpha, dass sich alles an und in ihr zusammenzog.

Mit langen, entschlossenen Schritten kam er auf das Bett zu, sein Gesichtsausdruck war hart und seine Augen verrieten eindeutig, dass man sich mit seinen Befehlen besser nicht anlegte.

Endlich.

Als er sich ihr näherte, streckte sie ihre Hand aus, um ihm erneut einen Fingerschwur zu entlocken. Doch ein grollendes Geräusch kam tief aus seiner Brust, sodass ihr für eine Sekunde der Atem stockte. Und sie verlor ihren Atem erneut, als er ihr Handgelenk packte, sie an sich zog, seine Hände in ihr Haar vergrub und ihre Münder aufeinanderpresste.

Scheiß auf den Schwur. Das hier war so viel besser.

Endlich, endlich, endlich!

Sie hatte sich das schon lange gewünscht, aber sie hatte befürchtet, dass es vielleicht nie passieren würde, nicht zu Hause und schon gar nicht, wenn Rev sich solche Sorgen machte, dass er deswegen Schwierigkeiten bekommen könnte. Monatelang waren sie umeinander herumgeschlichen.

Monate!

Sie hatte seine Reaktion bemerkt, als sie und Rook für Bilder in den sozialen Medien als Paar posiert hatten, um den toten Mistkerl – damals noch untot – aus der Reserve zu locken. Und sie sah seine Reaktionen heute, wenn einer der anderen Jungs *übermäßig* freundlich mit ihr flirtete. Selbst nur zum Spaß.

Sie wollte wirklich nicht, dass er seine Bruderschaft oder gar sein Leben riskierte, nur weil sie ihn wollte. Aus diesem Grund meinte sie es ernst damit, dass niemand erfahren sollte, was in diesem Raum geschah oder geschehen würde. Okay, ja, sie neigte zum Plappern, aber sie wusste auch, wann sie ihren Mund halten musste.

Hierüber würde sie schweigen. Er musste sich überhaupt keine Sorgen machen.

Und ...

Heilige Scheiße, der Mann konnte küssen. Sie hatte ihn noch nie irgendeinen der Sweet Butts oder Besucherinnen küssen sehen. Keiner der Kerle tat das. Die Frauen waren nur für eine Sache bestimmt und die bedeutete nicht, intim zu werden.

Seine Hände waren nun fest in ihrem Haar gefangen und fixierten sie, während er von ihrem Mund Besitz ergriff. *Totalen* Besitz mit seinen Lippen *und* seiner Zunge. Ihre Brüste schmerzten, ihre Nippel stachen, ihre Muschi weinte Tränen der Erregung für seine Aufmerksamkeit.

Heilige Scheiße, das passierte gerade wirklich, oder? Er würde seine Meinung nicht mehr ändern und sie dann einfach hängen lassen, kalt und begehrend? Das sollte er lieber nicht ...

Sie schnappte sich seinen Hinterkopf, um sich ebenfalls daran festzuhalten. Sie wollte nicht, dass er es sich anders überlegte. Nicht einmal für eine verdammte Sekunde.

Ihre Schenkel bebten, ihre Atmung verlangsamte sich, ihr Puls dagegen raste und sie drückte ihre festen Brustwarzen an seine Brust. Ein Stöhnen kam tief aus seinem Inneren, doch sie fing es mit ihrem Mund auf und verband es mit ihrem eigenen.

Sie schob eine Hand zwischen ihre Körper und beeilte sich, den Knopf seiner Jeans zu öffnen und den Reißverschluss herunterzuschieben. Sobald sie das getan hatte, grub sie ihre Hand in seine Boxershorts und packte seine heiße, feste Länge. Zarte, seidige Haut umhüllte seinen dicken, pulsierenden Schwanz und ihr Daumen fand den Tropfen Sperma am Schlitz und strich ihn über seine Krone.

Er riss seinen Mund von ihrem, drückte seine Stirn an ihren

Kopf und stieß mit einem lauten Stöhnen in ihre Handfläche. »Fuck, Babe.«

Er nannte sie selten so in der Werkstatt oder gar auf der Farm, aber wenn er es tat ... *Heilige Scheiße*, machte sie das an. Es war ein weiteres Wort, mit dem die Jungs aus Gewohnheit um sich warfen, ähnlich wie ›Baby‹ oder ›Frau‹, normalerweise ohne tiefere Bedeutung.

Aber sie hatte noch nie gehört, wie er jemand anderen Babe nannte. Kein einziges Mal. Nur sie. Und jetzt, wo sie darüber nachdachte, tat er es nur, wenn sie außer Hörweite der anderen waren. Er schien diesen Kosenamen nur für sie zu reservieren. Warum war ihr das noch nie aufgefallen?

Ihre Stimme war belegt und leicht heiser, als sie sagte: »Ich habe gesehen, wie du andere Frauen fickst, zu oft, um es zu zählen. Aber jetzt will ich sehen, wie du mich fickst.«

Er drückte seine Wange an ihre, stieß wieder in ihre Handfläche und legte seinen Mund an ihr Ohr. »Du bist anders.«

»Beweis es«, forderte sie mit zittrigem Atem. »Mach alles, was du vorhin gesagt hast und noch mehr.«

»Scheiße, Reilly ...«

»Nein. Hier sind nur du und ich in diesem verdammten Zimmer. Das wars. Du hast meine Ortungs-App deaktiviert, also weiß niemand, dass ich bei dir bin. Es gibt nur uns beide. Und jetzt werde ich dir etwas gestehen, das ich dir noch nie erzählt habe.«

Er zog sich zurück und seine Augen flackerten wie blaue Flammen, als er auf sie hinab starrte. »Was?«

Sie zerrte sanft an seinem Schaft und liebte es, wie die heiße Haut seine stählerne Länge auf und ab rollte. Wie seine Hüften der Bewegung leicht folgten, wie jeder Zug mehr seidige Flüssigkeit an die offene Spitze brachte.

Er biss die Zähne zusammen und schloss die Augen, doch ein Zischen entkam ihm, als sie begann, seinen Schwanz noch stärker zu melken. Sie war entschlossener denn je, dass sie weitermachten und er nicht alles zum Stillstand brachte, weil er es sich zweimal überlegte.

»Ich will das …« Ihr Herz machte einen kleinen Tanz in ihrer Brust, als sie es offenbarte. »Ich will *dich* schon eine ganze Weile.«

Sie hatte noch nie eine große Sache daraus gemacht und mit ihm genauso geflirtet wie mit den anderen Jungs, also bezweifelte sie, dass er es wusste.

Seine Augen öffneten sich und er schlang seine Finger um ihr Handgelenk, um ihre Bewegung zu stoppen. »Wie lange schon?«

»Ist das wichtig?«

Seine Finger drückten ihr Handgelenk und er löste ihre Hand von seinem glühend heißen, pulsierenden Schwanz.

»Dir gefällt nicht, was ich tue?«

»Es gefällt mir verdammt gut. Ich will nur nicht so kommen. Aber wenn du mich so anfasst, werde ich es nicht verhindern können. Was ich auch will, ist eine Antwort.«

»Monate.« Sie schämte sich nicht, das zuzugeben.

»Monate? Während du auf den Schwanz eines anderen geklettert bist?«, knurrte er.

»Ich denke genauso viele Monate, in denen du mich auch wolltest. Aber du hast deinen Schwanz in jede gesteckt, die Titten hatte und sich dir vorgebeugt angeboten hat.«

»Die Sache ist nicht so einfach, Reilly.«

Wenn das mal nicht die verdammte Wahrheit war. Sie seufzte. »Ich weiß. Deshalb habe ich versucht, es nicht an mich heranzulassen. Und deshalb sollte es dich auch nicht stören, was ich alles getrieben habe.«

Er starrte sie an, und sie konnte erkennen, wie er über ihre Worte nachdachte.

»Ja«, sagte er schließlich leise.

Sieh mal einer an, er verwandelte sich nicht in einen eifersüchtigen Gorilla. »Wie wäre es, wenn wir diese Gelegenheit nutzen, um das Unmögliche möglich zu machen.«

Er umfasste ihr Gesicht und senkte die seinen ab, bis seine Lippen direkt über ihren schwebten. »Und was passiert dann?« Die Antwort war einfach, aber bitter. »Das Mögliche wird einmal mehr unmöglich.« Sie wollte sich nichts vormachen.

Sie durfte auch nicht vergessen, dass sie gerade mitten in einer Stephen-King-Veranstaltung steckten. Die bizarre Scheiße mit seinen Eltern existierte immer noch und in Manning Grove gab es Regeln, die Rev nicht brechen durfte.

Aber im Moment konnten sie beide die Dinge ignorieren, die sie nicht kontrollieren konnten und sich stattdessen auf das konzentrieren, das in ihrer Macht lag.

»Rev«, flüsterte sie und strich mit dem Daumen über seine linke Brustwarze, um endlich diese kleinen Metallhanteln zu berühren. Es war nur eine neckische Erkundung, bald würde sie sich ernsthafter mit ihnen befassen. Von dem Gedanken, mit ihnen zu spielen, wurde ihr schwindlig. »Eilmeldung. Ich bin nackt. Du bist es nicht. Wir stehen hier, während das Bett nur Zentimeter von uns entfernt liegt.«

Er neigte sein Gesicht nach unten und beobachtete, wie sie mit dem Daumen über seine rechte Brustwarze strich. »Erzähl mich nichts, was ich schon weiß.«

»Und was wirst du jetzt tun?«

»Gott, Babe, es ist schon schlimm genug, dass ich so verdammt hart bin, dass ich kurz vorm Explodieren bin. Aber wenn du sie weiter so anfasst, während ich schon am seidenen Faden hänge, werde ich meine Ladung viel früher abschießen, als ich will. Und zwar nicht dort, wo ich sie haben will.«

Seine Worte ließen sie erschaudern. Sie liebte den Gedanken, dass er tief in ihr kommen würde. Selbst mit einem Kondom. Widerstrebend löste sie ihre Hand von seiner Brust. »Ich kann nicht anders. Seit ich sie gestern Abend gesehen habe, will ich damit rumspielen.«

»Mein Gott, Frau«, stöhnte er.

»Nun, dafür hast du sie doch, oder? Sie sind zum Spielen da, oder nicht? So wie einige andere Dinge an deinem Körper auch.« Sie grinste.

»*Scheiße*. Ich mache deinen Körper zu meinem Spielplatz.«

Das ließ ihr Grinsen zu einem breiten Lächeln anwachsen. »Wird auch Zeit. Zieh die Jeans aus und lass uns loslegen. Da ich die Einzige bin, die nackt ist, scheint die Situation bislang eher einseitig zu sein.«

Er löste sich von ihr, doch anstatt seine Jeans auszuziehen, befürchtete sie, dass er sie wieder zumachte.

»Gesicht zum Bett, Hände auf die Matratze, spreize deine Füße und beuge dich vor. Zeig mir, was du hast.«

Heilige Scheiße. Gänsehaut machte sich auf jedem Zentimeter ihrer geröteten Haut breit, als sie tat, was er ihr sagte.

Der Ventilator der Klimaanlage unter dem Motelfenster blies kühle Luft über ihre erhitzte Haut und streichelte ihre geschwollenen Lippen, als sie sich vorbeugte, ihre Handflächen auf die Matratze legte, ihre Beine spreizte und den Hintern hob.

Dabei brannte ihr ganzer Körper vor Verlangen und Ungeduld.

Er bewegte sich nur so weit, bis er ihr gegenüberstand, bis er alles sehen konnte, was sie ihm bot.

Doch selbst mit dem Gesicht zum Bett spürte sie, wie er sie mit seinen Augen erforschte. Sie wollte sich gerade beschweren und sich wieder aufsetzen, damit sie sich nicht so entblößt fühlte. Aber das Klimpern der Kette, die an seiner Brieftasche befestigt war, ließ sie erstarren.

Dann landete ein Streifen mit drei Kondomen direkt neben ihrer Hand auf der Matratze. Noch besser: Sie hörte, wie die Jeans an seinen langen Beinen hinunterglitt, bevor sie auf dem Boden aufschlug. Vor lauter Vorfreude wurden ihre Adern zu Flüssen aus glühender Lava.

Doch ihre Vorfreude war nicht der einzige Grund. Es war auch ein Bedürfnis, ein Wunsch und definitiv Lust.

»Rev«, presste sie aus ihrer engen Kehle hervor.

»Ja«, antwortete er hauchend.

»Was machst du da?«

»Ich will dich wertschätzen, Babe. Ich würde dich am liebsten sofort durchvögeln, bis deine Muschi zugedröhnt ist und wir beide nichts anderes mehr tun können als blinzeln. Aber, Scheiße, ich muss erst noch etwas anderes tun.«

Bevor sie ihn fragen konnte, was genau, bewegte sich die Luft um sie herum und seine langen, rauen Finger spreizten ihre Innenschenkel noch weiter. »Öffne dich.«

Sie hätte argumentieren können, dass sie bereits offen, bereit und willig war, aber es war ihr egal, sobald er ihre glitschigen Falten auseinanderzog und seinen Mund kurzerhand auf ihre wartende Muschi presste. Und, *heilige Scheiße*, dieser Bart ...

»*Ooooooh, shiiiiiit*«, stöhnte sie und umklammerte das Bettzeug so fest, dass sie sich nicht scherte, ob sie dadurch zerriss. Es wäre die Kosten wert.

Sie holte tief Luft, warf den Kopf zurück und stieß ein langes Stöhnen aus, als seine Zunge alle möglichen verruchten, aber wunderbaren Dinge mit ihr anstellte. Er ließ nichts unberührt, während er sie mit seiner Zunge von der Arschritze bis zu ihrem Kitzler verwöhnte. Es war auch nicht nur seine Zunge. Er verschlang sie mit einem Vergnügen, das sie noch nie erlebt hatte. Und sie wollte nicht, dass es so bald aufhörte.

Er benutzte seine Lippen, um zu saugen, seine Zunge, um zu schnippen und zu ficken, seine Zähne, um an dem zarten Fleisch zu knabbern und zu beißen. All das weckte jeden Nerv in ihr und ließ sie aufschreien. Sie konnte nicht genug von dem bekommen, was er da tat, aber er trieb sie an einen Punkt, an dem sie mehr wollte und brauchte. Sie wollte ihm ins Gesicht sehen, ihn schmecken, ihn ganz erleben.

In einer Minute ...

Vielleicht zwei.

Denn so sehr sie auch ihre Lippen um diese eisernen Hanteln legen und mit ihnen spielen wollte, so sehr sie auch wollte, dass er ihre Muschi ausfüllte, so sehr sie auch wollte, dass er mit ihren Nippeln spielte, sie wollte auch nur mit seinen Lippen auf ihr kommen. Sie hatte noch nie einen Höhepunkt erreicht, während ein Mann sie aussaugte, ohne Spielzeug oder Finger zur Hilfe.

Er war ein großartiger Küsser, aber dort, wo sein Mund gerade war, war er noch besser aufgehoben. Denn ihr Orgasmus kam immer näher ...

»Mach, dass ich komme«, bettelte sie. »Mach, dass ich komme, Rev. Mach, dass ich ...« Etwas schoss aus ihrem Mund und es hätte der Teufel sein können, der während eines Exorzismus flüchtete ... Sie wusste es nicht. Und es war ihr auch egal.

Aber *heilige, heilige, heilige Scheiße* ....

Sie presste ihr Gesicht auf die Matratze und unterdrückte den Schrei, den der intensive Höhepunkt in ihr auslöste. Doch Rev hörte nicht auf, er leckte, saugte und knabberte weiter, bis sie nicht mehr konnte. Bis ihr Kitzler so empfindlich und geschwollen war, dass sie wimmerte und ihn anflehte, damit aufzuhören. Sobald er das tat, packte er ihre Haare und setzte sie auf, drehte sie um und klebte seine Lippen ein weiteres Mal auf ihre.

Damit hatte sie nicht gerechnet. Ihr eigener Geschmack auf ihrer Zunge, auf ihren Lippen. Er küsste sie, bis sie beide gezwungen waren, sich voneinander zu lösen und nach Luft zu schnappen. Dann packte er sie unter den Armen und hob sie gerade so weit an, dass er sie auf das Bett werfen konnte, wo sie mit einem Aufprall in der Mitte landete.

Er stand am Rand, seine Erektion hatte jetzt eine wütende Farbe angenommen und ragte wie ein Speer aus seinem Körper heraus.

Sie betrachtete seine glitzernden Lippen, seine glänzenden Barthaare und sein lüsternes Lächeln. »Ab jetzt bist du mein Lieblingsessen«, verkündete er und wischte sich mit der Hand über Mund und Kinn.

»Besser als die Pommes von Dino's?«

»Noch nie davon gehört«, scherzte er, aber sein Tonfall blieb ernst. Anschließend setzte er erst ein Knie auf das Bett, dann das andere, wobei die Matratze wackelte, als er sein Gewicht verlagerte.

Doch sie konnte ihren Blick nicht von der Stelle abwenden, an der seine Faust seinen fast lilafarbenen Schwanz pumpte.

»Spreize deine Beine und beuge deine Knie.«

Alles in ihr bebte bei diesem Befehl. Er war nicht dominant, aber er war fordernd.

Und es gefiel ihr. Nein, sie *liebte* es, verdammt noch mal.

Heilige Scheiße, sie hätte ihn schon vor Monaten entführen und in ein Motel schleppen sollen, wo niemand sie finden konnte! Sie war *monatelang* ohne ihn, ohne das hier, unterwegs gewesen, während er Sweet Butts und andere Gelegenheitsnutten gefickt hatte!

Pah! Seit einem Jahr hatte sie den besten Sex nur mit ihrem verdammten Rabbit gehabt! Über einem Jahr, denn davor hatte sie sich mit dem untoten Idioten und seiner ganzen Dummheit herumschlagen müssen.

Was. Zur. Hölle!

»Zwölf!«, platzte es aus ihrem Mund.

Er hielt inne, während er eine Kondompackung aufriss, und legte die Stirn in Falten. »Zwölf was?«

Oh Gott, sie hatte nicht geplant, diesen Gedanken laut ins Universum zu entlassen. »Mach … mach einfach weiter.«

Das tat er nicht. Stattdessen verengte er seine Augen. »Zwölf was, Reilly? Zwölf Schläge mit diesem verdammten Knüppel auf meinem Kopf, wenn jemand davon erfährt? Ja, da hast du vermutlich recht.«

»Nein. Das nicht.«

»Also, zwölf was?« Er zog eine Augenbraue hoch und ignorierte die Latexscheibe, die er jetzt in den Fingern hielt. Wahrscheinlich würde er sie so lange ignorieren, bis sie es ihm erklärte.

»Orgasmen. Du schuldest mir zwölf.«

Seine andere Augenbraue verband sich mit der ersten hoch oben an seiner Stirn. »Warum zum Teufel schulde ich dir zwölf?«

Sie fuchtelte mit einer Hand herum. »Beeil dich einfach und roll das über.«

Er schaute auf das Kondom in seiner Hand, dann wieder in ihr Gesicht. »Ich mache einen Scheißdreck, bevor du es mir nicht erklärst.«

Sie kniff ihre Augen zu und seufzte. Dann wurde ihr klar, dass sie seinen köstlichen Körper nicht sehen konnte, wenn ihre Augen geschlossen waren. Und, *verdammt*, er war verdammt lecker. Sie war hungrig auf ihn. Am Verhungern, um genau zu sein.

»Ein Orgasmus für jeden Monat, in dem ich ohne auskommen musste.«

»Ohne was?«

»Sex mit dir. Ignorier mich einfach. Na ja, ignorier mich nicht, ignorier meinen wahllosen Ausbruch.« Sie griff nach oben, packte seine Brustwarze und zwickte sie. Sein Körper zuckte daraufhin und sein Schwanz spannte sich an.

Wenigstens brachte ihn das wieder in Bewegung. Schnell rollte er das Kondom über seinen Schwanz, der aussah, als würde er jederzeit platzen. »Ich gehe es lieber langsam an, denn ich bin schon kurz davor, eine Nuss zu knacken …«

»Weniger Worte, mehr Taten«, drängte sie und biss sich auf die Unterlippe, als er sich zwischen ihren Schenkeln niederließ.

»Du sagst *mir*, ich soll weniger reden?«

Sie kicherte und schnaubte gleichzeitig. Doch jetzt war nicht die Zeit für Scherze. Zur Hölle. Nein. Nicht, während er sein Gewicht zwischen ihre Schenkel legte und diese Nippel-Piercings damit in Reichweite ihres Mundes brachte.

Und Finger.

Die heiße Spitze seines Schwanzes stieß an ihren Innenschenkel. Sie bewegte zur Ermutigung ihre Hüften.

»Ich muss es langsam angehen, Babe. Ich warne dich … Darauf habe ich schon viel zu lange gewartet …«

Hatte er?

Sie lächelte zu ihm hoch.

Er runzelte die Stirn. »Du schuldest *mir* zwölf verdammte Orgasmen. Und ich erwarte, dass du deine Schulden begleichst.«

»Die zahle ich gerne ab«, versicherte sie ihm und ihr Lächeln wurde breit.

»Gut. Denn du wirst dafür bezahlen. Und vielleicht kassiere ich auch noch ein paar Zinsen.«

»Ich könnte die Zinsen abarbeiten. Ich kann gut mit meinem Mund umgehen.«

»Es wäre besser, wenn du jetzt den Mund hältst, Frau.«

Das konnte sie, sie brauchte nur seine Brustwarze in ihrem Mund und dann würde sie liebend gerne aufhören zu reden. »Ich muss noch eine Sache sagen …«

»Mein Gott …«

»Fick mich.«

Seine Irritation verwandelte sich schnell in Erleichterung. »Das hatte ich vor.«

Ihre Hüften schossen nach oben, als die dicke Krone gegen ihr empfindliches, glitschiges Fleisch stieß. Dann fuhr seine Hand zwischen sie, schob den Kopf hin und her, stieß sie weiter auf und fand *die* Stelle.

Sie hielt den Atem an und seine blauen Augen hielten ihre fest.

»Wenn wir das machen, gibt es kein Zurück mehr«, lautete seine unnötige Warnung.

Sein Ernst? Er war jetzt *genau da!*

»Ja, du hast recht, wir sollten das lieber noch mal überdenken«, erwiderte sie trocken, hob ihre Hüften an und spießte sich dann auf seinen Schwanz auf.

Etwas in seinem Gesicht veränderte sich. Überraschung vielleicht? Was auch immer es war, sie hatte nicht vor, sich jetzt darüber Gedanken zu machen. Nein, nicht jetzt. Sie hatte etwas Besseres zu tun.

Zum Beispiel zu genießen, wie voll und vollständig sie sich mit ihm in ihr fühlte.

»Fuck, Babe«, hauchte er, sein Gesicht wurde weich und seine Augenlider senkten sich halb.

»Mach deine Augen nicht zu«, flehte sie und versuchte verzweifelt, den Kopf nicht nach hinten fallen zu lassen oder ihre eigenen Augen zu schließen.

»Scheiße, nein. Ich will dir zusehen.«

»Wobei zusehen?«

»Wie du kommst.«

»Dafür musst du noch mehr tun, als nur einmal in mich zu pumpen. So wie du ständig in diese Sweet Butts pumpst, könnte man meinen …«

Er schlug ihr die Hand auf den Mund und warf ihr einen warnenden Blick zu.

Sie blinzelte einmal als stummes Zeichen und hoffte, dass er erkannte, dass sie seine Warnung damit akzeptierte und diese Frauen nicht mehr erwähnen würde. Zumindest nicht jetzt, während er in ihr war.

Er musterte sie noch etwas länger, bevor er seine Hand wegnahm. »Kein einziges verdammtes Wort, Reilly. Kein einziges. Oder ich lege dich übers Knie und versohle dir den Arsch.«

»*Oooh.* Können wir das später machen?«, flüsterte sie, von dieser Aussicht ganz aufgeregt.

»Das sollte dich eigentlich davon abhalten, noch mehr Scheiße zu reden. Ich hätte wissen müssen, dass dich nichts zum Schweigen bringt außer mein Schwanz in deinem Mund.«

»Füg das der Liste hinzu«, sagte sie und versuchte, nicht dabei zu lachen.

»Wie wärs, wenn ich stattdessen das hier mache?« Er ließ sich auf die Ellbogen fallen, stahl ihren Mund und begann, seine Hüften in einem langsamen, rollenden Rhythmus zu bewegen.

Sie schlang ihre Beine um seine Hüften und stemmte ihre Fersen in die Rückseiten seiner Oberschenkel, kippte ihr Becken, um ihn noch tiefer zu nehmen, damit er alle richtigen Stellen traf. Es war pure Reizüberflutung, wie sein Schwanz sie ausfüllte, ihre Zungen sich paarten und sein nackter Oberkörper ihre Brustwarzen berührte.

Sie stöhnte in seinen Mund und hob ihre Hüften, um jeden seiner Stöße mit einem ihrer eigenen zu beantworten. Ihre Hände griffen nach seinem Hintern und spürten, wie sich die festen Muskeln unter ihren Fingern anspannten. Sie knetete sie und kratzte mit ihren Nägeln über seine erhitzte Haut, dann über seinen Rücken und seinen Hals. Sie griff mit einer Hand in seinen Nacken und schob die andere zwischen ihre beiden Körper, um das warme Metall zu finden, das seine harte Brustwarze teilte.

Sie schnippte sie mit dem Finger und fragte sich, wie es ihm wohl am besten gefiel. Und sie fragte sich, wer noch mit ihnen gespielt hatte. Da sie ihn noch nie ohne Hemd gesehen hatte, vermutete sie, dass er es nur auszog, wenn er unter sich war, wenn er es nicht gerade im The Barn oder auf dem Hof trieb.

Sie wollte wissen, wann er sie sich hatte machen lassen und warum. Hatte er bereits vorher gerne mit seinen Brustwarzen gespielt? Oder erst jetzt, da er die Piercings hatte?

Sein Stöhnen entlud sich in ihrem Mund, als sie die linke Hantel fest in die Hand nahm und kräftig an ihr drehte. Seine Hüften wogten und stotterten, dann begann er, schneller und heftiger in sie zu stoßen. Sie ließ seinen Hals los, um sich auf seine beiden Brustwarzen zu konzentrieren. Sie drehte und neckte sie, schnippte und zerrte daran.

Jede seiner Reaktionen auf ihre Verführung löste auch eine Reaktion in ihr aus.

Er riss seinen Mund auf, drehte den Kopf zur Seite, schloss die Augen und keuchte: »Wir wollten es langsam angehen.«

»Du *warst* langsam«, beschwerte sie sich. Zu verdammt langsam.

»Du darfst jetzt nicht mit ihnen spielen.«

Verdammt! Sie war wie ein Kind, dem man sein Spielzeug wegnehmen wollte. »Kann ich das dann auch auf die Liste setzen?«

Er seufzte und stieß seinen Schwanz noch fester in sie hinein, was ihren Körper zum Beben brachte. »Ja, setz das auf die verdammte Liste«, sagte er durch zusammengebissenen Zähnen hindurch.

»Diese Liste wird uns noch eine Weile beschäftigen.«

»Nicht, wenn ich dich vorher erwürge.« Als sie den Mund aufmachte, knurrte er: »Das kommt nicht auf die Liste, verdammt. Ich stehe nicht auf so einen Scheiß.«

»Gut. Ich auch nicht.«

Seine Hüften kamen zum Stillstand, er richtete sich auf und hielt ihren Blick mit einem angespannten, unglücklichen Ausdruck fest. »Hat dich schon mal jemand gewürgt?«

Sie brauchte nicht einmal zu antworten, es dauerte nur ein paar Sekunden, bis er es selbst kapierte.

»Fuck«, flüsterte er und sein Kiefer wurde steinhart. Er nahm einen langen Atemzug, dann noch einen.

»Tote Idioten haben in diesem Raum nichts zu suchen.«

Er schloss die Augen und murmelte ein weiteres: »Fuck.«

Er stützte sich mit den Ellbogen auf der Matratze ab und strich ihr mit beiden Händen das Haar aus dem Gesicht, während er sie anschaute. Sie bemerkte, wie seine Augen kurz zu der Narbe an ihrer Schläfe wanderten, bevor sie für eine Sekunde auf ihren Lippen landeten, dann begegnete er ihren Augen wieder.

»Elf weitere Orgasmen könnten eine Weile dauern«, sagte er ernst.

»Ich habe Vertrauen in dich.«

»Wenigstens eine«, flüsterte er.

»Moment mal ... noch *elf*? Nein, zwölf! Du betrügst mich nicht um einen Orgasmus.«

Sein Kiefer wurde weicher und er schüttelte leicht den Kopf. »Dann lass uns lieber mal ein paar davon abhaken, Zuckerpuppe.«

»Oh ja, los gehts.«

Und das taten sie dann auch. Er schaffte es, ihr zwei auf dem Rücken zu verpassen, bevor er sie beide umdrehte, sodass sie oben war. Sie spreizte die Beine weit über ihm, mit seinem Schwanz so tief in ihr wie möglich, und starrte auf ihn hinab.

Er war so verdammt schön, aber es waren seine Augen, die ihr Herz anschwellen ließen. Sie verstand so viel, ohne dass er auch nur ein einziges Wort sprach. Sie konnte in seinem Gesicht lesen, dass er sich das hier schon fast genauso lange gewünscht hatte wie sie. So sah er nicht aus, wenn er eine von den Sweet Butts über eine Bank oder einem Picknicktisch oder sogar der Bar des The Barn beugte. Er sah sie anders an.

Wenn sie es nicht besser wüsste, würde sie denken, es sei eine Mischung aus Respekt und Ehrfurcht. Sie war froh darüber, dass er sie respektierte. Nur deshalb hatte er sich anfangs auch so geziert, mit ihr zu schlafen. Doch das Zweite ... Das mit der Ehrfurcht kapierte sie nicht.

Ihr war auch schleierhaft, wieso er nicht zu einem Psychopathen geworden war, so wie man ihn erzogen hatte. Wenn sich jemand mit Psychos auskannte, dann sie. Billy Warren hatte seinen falschen und eingeübten Charme benutzt, um sie anzulocken. Aber sobald er seine Klauen in sie geschlagen hatte,

hatte er sein wahres Ich gezeigt. Und das Monster wurde freigelassen.

Das Ganze erinnerte sie an eine Falle, in die man geködert wurde. Sobald man einmal hineingelockt wurde und die Falle zuschnappte, war es fast unmöglich, sich zu befreien.

Der Tod war eine Möglichkeit. Und sie war dem schon zweimal sehr nahegekommen.

Aber in diesem Moment fühlte sie sich überaus lebendig und Rev hatte ihr gerade einen unglaublichen Orgasmus mit seinem Mund und zwei weitere mit seinem unglaublichen Schwanz verschafft und damit bewiesen, dass er kein egoistisches Arschloch war wie dieser tote Mistkerl.

Nur noch zehn Orgasmen.

»Warum grinst du so?«

»Vielleicht, weil du einen ganz netten Schwanz hast?«

Seine Lippen zuckten leicht. »Den hast du schon mal gesehen.«

»Ich kann kaum zählen, wie oft. Aber ihn zu sehen und ihn zu erleben, sind zwei verschiedene Dinge. Was habe ich nur für ein Glück …«

»Du bist nicht diejenige, die Glück hat, Babe.«

Sie saß still und genoss die befriedigende Dehnung und das gelegentliche ungeduldige Biegen seines Schwanzes in ihr. »Ich weiß nicht«, murmelte sie, »ich glaube, der Pakt geht zu meinen Gunsten auf.«

»Dann betrachtest du ihn mit falschen Augen. Wenn du wüsstest, was ich gerade sehe.«

Solche Worte hätte der tote Trottel gewählt, damit sie ihm glaubte, dass er sich für sie interessierte, obwohl er es nicht tat. Doch das war alles nur gespielt. Ein Weg, sie einzulullen, einen Fuß in die Tür zu setzen und ihre Mauern einzureißen. Denn in Wahrheit interessierte er sich nur für sich und darum, ihr Konto leerzuräumen. Er war ein Experte in Sachen Frauen ausnehmen und sie dann zu missbrauchen, wenn sie nicht kooperierten. Was sie nicht gewusst hatte, bis sie es aus erster Hand erfuhr.

Aber Rev hatte keinen Grund zu lügen. Er hatte ein Jahr lang mit ihr gearbeitet, er wusste, was sie durchmachte und er war dabei gewesen, als Billy zum letzten Mal versucht hatte, sie zu töten. *Und* er wusste, dass nur ein einziges Wort von ihr nach dieser Geschichte sein Leben und alles, was er besaß, gefährden könnte.

Er meinte, was er sagte. Sie musste sich zwar dagegen wehren, von der Lust in etwas Tieferes mit ihm abzugleiten, aber seine Worte gaben ihr dennoch das Gefühl, begehrt zu werden und liebenswert zu sein.

»Wo hast du dich nur versteckt, Rev?«, flüsterte sie.

Er runzelte die Stirn. »Wie meinst du das? Was verstecken? Meine Narben?«

»Nein.«

»Meine Vergangenheit?«

»Nein.«

»Was dann?«

»Das bisschen Süße, das du immer wieder wie Puderzucker über mich verstreust.«

»Herrgott«, murmelte er, aber seine Augenwinkel kräuselten sich, als ob er gegen ein Lächeln oder eine verärgerte Grimasse ankämpfte. »Ich bin nicht süß. Wirst du jetzt meinen Schwanz reiten, damit wir das von deiner Liste streichen können?«

»Darf ich jetzt deine Nippel zwirbeln?«

»Nur, wenn du willst, dass ich komme.«

»Verstehe. Sie sind wie Abschussknöpfe.«

»Frau …« Er packte ihre Hüften und sein ganzer Körper bebte unter ihr, was auch bedeutete, dass sein Schwanz in ihr vibrierte und ihr fast ein Stöhnen entlockte.

Sie verdrehte die Augen. »Oh, na gut. Ich werde dich ficken, wenn es sein muss.« Sie hielt sich den Handrücken gegen die Stirn und beklagte sich: »Welch eine Arbeit!«

»Du landest in einer verdammten Sekunde wieder auf dem Rücken.« Sein mürrisches Knurren war eindeutig gespielt.

Sie beugte sich hinunter und strich mit ihren Lippen über seine, dann hielt sie inne, als sie einen Atemzug gemeinsam teilten. Sie fuhr fort, küsste seine Kehle hinunter, umkreiste seinen Adamsapfel mit ihrer Zunge und saugte dann an seiner Halsbeuge.

Sie stöhnte an seiner erhitzten Haut. »Warum schmeckst du nur so verdammt gut?«

»Billige Motelseife.«

Sie verteilte Küsse auf seiner tätowierten Brust und auf seinen Nippeln, so sanft wie ein Schmetterling, der auf einer Blume landete.

Mit ihrer Zunge schnippte sie erst gegen den einen Platinstab und dann gegen den anderen, was alles an ihm zum Zittern brachte, inklusive seines tief vergrabenen Schwanzes.

Der Mann war so verdammt sexy, dass sie es kaum aushielt.

Sie umschloss seine rechte Brustwarze mit ihren Lippen und saugte sie in ihren Mund, wobei sie mit der Zungenspitze mit dem Piercing spielte.

»Was habe ich dir gesagt?«, stöhnte er.

»Ich drehe sie nicht«, bemerkte sie, wobei ihre Worte durch das Fleisch abgedämpft wurden, das nun sanft zwischen ihren Zähnen eingeklemmt war.

»Reilly …«

Sie keuchte, als auch er ihre beiden Brustwarzen packte und genau das tat, was sie bei ihm tun wollte. Er drehte sie. Fest. Ein Blitz schoss direkt zu ihrer Klitoris hinab und noch weiter. Sie begann sich zu bewegen, drückte sich gegen sein Schambein und spielte noch immer mit ihrer Zunge an seinen Piercings herum.

»Verdammte Scheiße«, stöhnte er.

»Ich will noch einmal kommen, aber dann – ich warne dich

jetzt schon mal vor – werde ich diese bösen Jungs verdammt noch mal verdrehen.«

Er grunzte wieder, als sie auf und ab wippte und schließlich ihre Hüfte kreisen ließ. Sie legte ihre Hände auf seine und ermutigte ihn, ihre Brustwarzen erneut zu zwirbeln. Ihr Atem strömte aus ihr heraus, als sie sich erhob und dann auf ihn hinabstürzte. Dabei schossen sein Oberkörper und seine Knie so weit nach oben, dass er sich fast zu einem V zusammenfaltete.

Er rollte ihre beiden Nippel zwischen seinen Fingern und murmelte: »Das ist es, Babe, komm über mir. Verdammtes Kondom...«

So sehr sie auch hasste, dass es zwischen ihnen war, in diesem Moment würden sie sicher nicht drauf verzichten.

»Ich bin nah dran«, flüsterte sie. »So ... nah ...«

Sie fiel wieder nach vorn, löste seine Hände von ihren Brüsten und nahm sich seine Lippen, ließ ihre Zunge durch seinen Mund gleiten, während sie wieder nach unten griff und seine Nippel packte. Sie war ihrem dritten und letzten Ziel so nahe, dass sie wusste, dass sie in dem Moment kommen würde, in dem er es auch tat.

Mit den Metallstäben zwischen ihren Fingern drehte sie sie. Sein Rücken bäumte sich vom Bett auf, als sie sich gleichzeitig auf seinen Schwanz absinken ließ.

»Fuck!«, schrie Rev laut, sein Gesicht verzog sich und seine Muskeln wurden zu Beton. Zu wissen, dass er gleich kam, stieß sie über den Abgrund und sie schrie seinen Namen, als er grunzte und sie gleichzeitig in den freien Fall fielen. Ihre Muschi umklammerte ihn fest und sie wollte ihn nicht mehr loslassen, als sein latexbedeckter Schwanz in ihr pulsierte.

Kurz dachte sie, sie hätte eine außerkörperliche Erfahrung und würde über ihren beiden Körpern schweben. Denn, *puh* ...

Vier verdammte Orgasmen. Ein Rekord für sie.

Daran könnte sie sich leicht gewöhnen. Aber mit seinen

achtundzwanzig Jahren hatte Rev noch eine Menge Benzin im Tank.

Sie sackte zusammen wie einer dieser roten, aufblasbaren, tanzenden Schlauchmänner vor der Werkstatt, nachdem jemand den Stecker gezogen hatte, und schmolz mit ihm zusammen, wobei seine feuchte, gewölbte Brust ein Kissen für ihre Wange bildete. Sie lächelte, als seine Arme sich um sie legten und seine Hände besitzergreifend ihre Arschbacken packten und das Fleisch sanft kneteten. Sein schneller, rasselnder Atem wirbelte die Haare an ihrem Ohr auf.

»Okay, das war viel besser als mit meinem Rabbit.«

Mit seinen Fingern zog er ihr die feuchten Haarsträhnen aus dem Gesicht. Sie warf es vollständig zurück, damit sie sein Gesicht besser sehen konnte.

»Viel besser als mit meiner Faust. So langsam bekomme ich eine Vorstellung davon, was ein Rabbit ist. Ich würde gerne sehen, wie du damit spielst.«

»Nein, willst du nicht. Ich verspreche dir, das ist kein schöner Anblick. Aber er erledigt den Job, wenn niemand anderes da ist.«

Ein Geräusch kam tief aus seiner Kehle.

»Erdrücke ich dich gerade?«, fragte sie. Doch sie hoffte, dass das nicht der Fall war, denn so auf ihm zu liegen, gefiel ihr. Immer noch verbunden. Sie hob und senkte sich mit jedem seiner Atemzüge.

»Nein.«

»Du bist immer noch hart.«

»Ja.«

»Nicht mehr lange.«

»Nicht mehr lange, bis ich mich erholt habe. Brauche ich nie. Wir könnten noch ein paar Orgasmen abhaken, die ich dir schulde, bevor die Nacht zu Ende ist. Dann kannst du daran arbeiten, mir mein Dutzend zu verpassen. Ich habe da ein paar Ideen …« Er schenkte ihr ein träges Grinsen.

»Vorher brauche ich vielleicht eine Pizza.«

»Pizza und Muschi. Klingt verdammt perfekt.« Er hielt inne. »Reilly …«

»Ja?«

»Nur damit das klar ist: Du schläfst nirgendwo anders als in meinem Bett, bis das hier vorbei ist.«

Bis was vorbei war? »Diese Reise?«

»Ja. Die Zeit, die wir hier sind. Bis wir gehen müssen.«

Ah ja, bis sie wieder in der Realität angekommen waren. Doch im Moment hatte sie es nicht eilig, dorthin zurückzukehren. Aber die Realität holte sie ein, als er begann, sich zurückzuziehen.

Er rollte sie wieder auf den Rücken, entglitt ihr vollständig und zog schnell das Kondom ab. Er verknotete das Ende und wickelte es in eine Serviette, die auf dem Nachttisch lag. Dann drehte er sich zurück, auf sie drauf, und starrte in ihr Gesicht.

»Ich muss mich waschen gehen«, flüsterte sie.

»Gleich. Mir gefällt, wo ich bin.«

»Mir gefällt auch, wo du bist, aber wir *könnten* uns auch eine Dusche teilen. Fühlst du dich schmutzig?« Sie wackelte mit den Augenbrauen.

»So verdammt schmutzig«, stichelte er zurück. »Aber dich jetzt zu waschen, macht keinen Sinn. Du wirst gleich eh wieder dreckig werden.«

»Mit Pizzakrümeln?«

Er schnaubte. »Ich werde dich füttern, aber nicht mit Pizza.«

Ihre Augen wurden groß. »Knoblauchzehen?«

Er seufzte, rollte von ihr herunter und schnappte sich dann sein Telefon vom Nachttisch. »Herrgott, Frau, lass mir dir was zu essen besorgen, bevor du mir noch meine verdammten Glieder abknabberst.«

»Das bedeutet aber nicht, dass ich keinen Hunger auf eine bestimmte Vorspeise habe, bevor das Hauptgericht geliefert wird.«

Er hörte auf, durch sein Handy zu scrollen, und blickte auf. »Ich wollte es eigentlich abholen gehen, aber du hast mich überzeugt.«

»Lieferservice hat so seine Vorteile.«

»Manchmal kannst du recht haben, Zuckerpuppe«, sagte er, während er seine Online-Suche nach einer örtlichen Pizzeria fortsetzte. »Vielleicht bist du es doch wert, ein paar Schläge auf den Kopf zu bekommen.«

»Nur ein paar?«

»Ich bewerte nach meinen zwölf Orgasmen neu.«

»Hoffentlich erwartest du sie nicht alle heute Abend, denn du hast nur noch zwei Kondome übrig.«

»Für das, was ich vorhabe, brauche ich keine Kondome.« Er hob den Kopf, schenkte ihr ein schelmisches Lächeln, dann hielt er sich das Telefon ans Ohr und bestellte Pizza.

Stunden später waren ihre Bäuche voll, sie waren sexuell gesättigt und hatten vor, am nächsten Morgen auf dem Weg zum Lagerraum in Media noch weitere Kondome zu kaufen.

Der Mann war ein verdammtes Energiebündel. In kürzester Zeit hatte er nicht nur seine Schulden abbezahlt, sondern begann auch Zinsen zu kassieren.

11

N ach einem ausgiebigen Frühstück und dem Besorgen einer großen Packung Kondome parkte sein Bronco nun rückwärts vor einem kleinen Lagerraum in Media, etwa vierzig Minuten vom Motel entfernt. Reilly war während der ganzen Fahrt über ungewöhnlich ruhig gewesen und stand jetzt mit dem Schlüssel in der Hand vor dem blauen Rolltor.

Sie hatte sich nicht bewegt, seit er die Ladefläche seines Trucks geöffnet hatte, damit sie alles, was sie behalten wollte, problemlos einladen konnten. Zum Glück gehörte zu dem Lagerhaus auch ein Müllcontainer, in den sie alles wegschmeißen konnte, was sie nicht mit nach Hause nehmen wollte. Aber der Größe des Lagerraums nach zu urteilen, hatte sie eh nicht so viel Zeug.

Sie drehte den silbernen Schlüssel in ihren Fingern und zog die Unterlippe zwischen ihre Zähne. Rev riss ihr den Schlüssel aus der Hand und schloss das Vorhängeschloss auf.

Sie atmete laut hinter ihm aus. »Fühlt sich an, als würde ich in ein früheres Leben zurückkehren.«

Für ihn war es nur eine einfache Lagereinheit. Für sie war es leider mehr. »Es ist keine magische Tür, Babe. Kein Portal. Dieser Wichser wird dich nie wieder anfassen. Du brauchst nicht mal seinen Namen sagen. Das ist nur das letzte Bisschen, mit dem du fertig werden musst, bis du weitermachen kannst.«

Heute Morgen hatte sie ihm bei Kaffee und zwei Bestellungen des Belly-Buster-Breakfast-Spezial erzählt, dass sie nach ihrem Krankenhausaufenthalt nie wieder in ihre Wohnung zurückgekehrt war. Ihre Schwester beauftragte Möbelpacker, die Reillys persönliche Sachen einpackten und einlagerten. Daraufhin nahm Reese nur ein paar grundlegende Dinge aus ihrer Wohnung mit, bevor sie Reilly nach ihrer Entlassung nach Mansfield brachte.

Es war verdammt klug von Reese gewesen, ihre Schwester sofort aus der Gegend zu bringen. Vor allem, nachdem dieser gefährliche Wichser auf Kaution geflüchtet und dann abgehauen war.

Es war schon schlimm genug, dass der Mistkerl Reillys Leben fast ausgelöscht hatte, doch er hatte ihr auch das wenige Geld gestohlen, das sie bis dahin gespart hatte. Sie hatte nie viel besessen, aber nachdem die Sache mit Warren durch war, blieb ihr nichts mehr. Ihre Bankkonten waren leergefegt und ihre einzige Kreditkarte ausgeschöpft. Und da Reese Reilly zunächst mit in ihr Haus nahm, um sie dort zu verstecken und in Sicherheit zu bringen, verlor Reilly auch ihren Job und ihre Wohnung.

Reese war eingesprungen und hatte sich um alles gekümmert, aber Deacons Frau hatte ihr eigenes Leben auch fest im Griff und sich um Reilly zu kümmern, war sowieso nichts Neues für sie. Reilly mochte sich manchmal darüber beklagen, dass Reese sie zu erdrücken schien, aber ihre ältere Schwester war seit ihrer Geburt für sie da gewesen.

Sie tat für Reilly, was Rev sich für Saylor gewünscht hätte. Sie von Geburt an zu sich zu nehmen und sie allein aufzuziehen. Doch während Reese keine andere Wahl gehabt hatte, hatte Rev zwei ›funktionierende‹ Eltern gehabt und erst viel später erfahren, dass die Dinge nicht ›normal‹ waren. Dann, als es bereits zu spät war.

»Okay, du kannst es jetzt öffnen.« Sie riss ihn aus seinen Gedanken.

Rev rollte das Tor auf und gab den Blick ins Innere frei. Er hatte erwartet, dass die Einheit bis oben hin vollgepackt sein würde, da sie so klein war. War sie aber nicht. Abgesehen von ein paar Geräten wie einem Toaster und einer Mikrowelle bestand der meiste Inhalt aus Kartons. *Verdammt*, keine dieser verfluchten Kisten war beschriftet.

»Ich würde eigentlich sagen, wir laden alles auf, damit du und Reese alles durchgehen könnt, wenn wir wieder in Manning Grove sind. Allerdings passt der ganze Scheiß nicht in meinen Bronco. Wenn du also wirklich willst, dass das hier ein für alle Mal erledigt wird, musst du dir jetzt schon überlegen, was du mitnehmen willst und was nicht.«

Er konnte sich nicht vorstellen, dass sie ein zweites Mal hierher wollte, da Media fast vier Stunden von zu Hause entfernt war. Das wäre ein ganz schöner Aufwand für nur ein bisschen Zeug.

Außerdem wollte Reilly die Lagereinheit heute leeren und den Schlüssel abgeben, damit Reese nicht mehr länger die monatliche Rechnung bezahlen musste.

»Ich habe nicht viel, da meine Wohnung möbliert war. Einiges davon könnte ich vielleicht verkaufen, um ein wenig zusätzliches Geld für Reese zu verdienen. Aber es hat keinen Sinn, Dinge nach Hause zu schleppen, wenn sie eh wegge-schmissen werden müssen.«

Es wäre sicher hilfreich, wenn sie ein System entwickelten. »Wie wäre es, wenn du jede Kiste durchgehst und mir dann sagst, ob ich sie entweder aufladen oder zur Mülltonne bringen soll?«

Sie betrachtete die gestapelten Kartons und nickte leicht. »In Ordnung.«

Er stellte sich vor sie, sodass sie zu ihm aufschauen musste. Er griff nach ihren Händen und drückte sie an seine Brust. »Babe ... Lass es uns einfach hinter uns bringen. Wenn wir diese Tür schließen, dann ist sie verdammt noch mal für immer geschlossen, wenn du verstehst, was ich meine.«

Sie nickte erneut, doch ihr Gesicht war blasser als sonst. »Tue ich.«

»Wenn es einfacher ist, kann ich den ganzen Scheiß auch einfach wegwerfen und du musst nichts davon anfassen.«

Sie blickte an ihm vorbei in den Raum. »Nein, ich habe Kleidung und Stiefel ... meine Bücher und Elektroartikel ... Dinge, die ich im letzten Jahr vermisst habe.«

»Aber du hast dir dafür andere Sachen geliehen oder gekauft. Du hast im letzten Jahr auf alles in diesem Lagerraum locker verzichtet.«

»Nicht freiwillig. Ich werde nicht zulassen, dass dieser tote Mistkerl mir noch mehr wegnimmt. Aber wenn wir einfach alles wegschmeißen, würde er genau das tun. Selbst aus dem Grab heraus.«

Rev wollte sie nicht daran erinnern, dass das Arschloch gar kein Grab hatte. Er war in den Dreck gepflügt worden und das Einzige, was von ihm übrig war, waren ihre Erinnerungen.

Er drehte sich um und betrachtete den Inhalt des Raums. »Klamotten willst du behalten, richtig?«

»Ja, solange ich noch hineinpasse«, seufzte sie. »Was ich vielleicht nicht mehr tue.«

»Wir werden jetzt nicht alles anprobieren. Was du findest, nehmen wir mit. Wenn wir keinen Platz mehr haben, werden wir wählerischer. Okay?«

Sie nickte. »Wenn wir wieder zu Hause sind, kann ich die Kleidung immer noch spenden.«

Er klatschte einmal kräftig in die Hände, so wie Trip es manchmal tat, um die Aufmerksamkeit der anderen zu erregen. »Okay, dann an die Arbeit. Ich will auf dem Rückweg zum

Motel noch beim Haus anhalten. Um zu sehen, wie weit der Wichser ist.«

Matthew sollte ihm eine SMS schicken, wenn die Dinge sich dem Ende neigten, aber Rev traute dem Mann nicht, jetzt, da sein Onkel wusste, warum Rev nach Hause gekommen war.

Wahrscheinlich bereute er es schon, Rev jemals aufgespürt zu haben.

Sie kamen mit den Kisten im vorderen Teil der Einheit zügig voran. Reilly bewegte sich schnell, öffnete und durchwühlte die Boxen, holte Sachen heraus, die sie wegwerfen konnte, und warf einige Kisten zusammen.

Wenn sie mit einer durch war, rief sie »wegwerfen« oder »behalten«, und er brachte die Scheiße entweder zum Müllcontainer oder in seinen Bronco. Sein Ford war ziemlich geräumig, aber er hatte nicht so viel Platz, wie es bei einem großen Pickup der Fall war. Somit füllte sich sein Laderaum trotzdem schnell.

Die Kisten im Kofferraum zu verstauen, glich einem verdammten Puzzle. Er fand Platz für eine Box mit Küchenzeug, dann drehte er sich um: »Babe, ab jetzt musst du gezielter auswählen, sonst wird der Platz knapp.«

Mit leichenblassem Gesicht hockte sie neben einem offenen Karton im hinteren Teil des Raums und starrte hinein.

Was zur Hölle?

»Reilly«, rief er, während er sich schlängelnd durch die verbleibenden Kisten zu ihr durchkämpfte. Als er näherkam, blickte er an ihr herab und wäre beinahe durchgedreht. »Was zum Teufel! Hat deine Schwester nicht dafür gesorgt, dass das Zeug weggeschmissen wird?«

»Sie hat ihnen gesagt, sie sollen alles einpacken, außer den Möbeln. Sie war zu sehr damit beschäftigt, sich um mich zu kümmern … wie immer«, flüsterte sie flach.

Da die Kisten ihn blockierten, konnte er nicht um sie herumgehen, um ihr die Sicht auf den Inhalt zu versperren. Also

JEANNE ST. JAMES

beugte er sich vor, packte sie unter den Achselhöhlen, zog sie auf die Beine und drückte sie an seine Brust. Ohne sie loszulassen, machte er ein paar Schritte rückwärts, bis sie die blutigen Gegenstände in dem Karton nicht mehr sehen konnte. Zeug, das während der Schlägerei mit ihrem Blut bespritzt worden war, war einfach in die Kiste geworfen worden, anstatt es zu reinigen oder wegzuwerfen.

Sie lag steif in seinen Armen, während er sie mit einem Arm knapp unterhalb ihrer Brüste stützte und sie mit dem anderen entlang ihres Bauchs hielt, damit sie nicht zusammenbrach.

Reilly war eine starke Frau, aber diese Erinnerung direkt vor Augen zu haben – vor allem, da sie nicht damit gerechnet hatte –, setzte ihr eindeutig zu.

»Lass uns gehen«, flüsterte er und schlich rückwärts aus dem Lagerraum, immer darauf bedacht, nicht zu stolpern.

»Wir sind noch nicht fertig.« Wieder klang ihre Stimme flach. Verloren.

Er drehte sie in seinen Armen und sah, dass ihre Augen genauso leblos waren wie ihr Tonfall.

»Du bist hier fertig«, betonte er.

»Nein ...«

»Doch, Reilly, du bist verdammt noch mal fertig.« Er hatte keine Ahnung, wie viele Kartons noch blutige Gegenstände enthielten. Oder ob einer davon den Gegenstand enthielt, mit dem Warren die Narbe verursacht hatte, was auch immer er benutzt hatte, um ihr das Gehirn einzuschlagen.

Soweit er das beurteilen konnte, hätten es mehrere Objekte sein können.

Doch ganz gleich, wie viele Kisten auch verunreinigte Gegenstände enthielten – und sei es nur diese eine –, sie würde nicht mehr weiter gezwungen werden, sie zu durchsuchen. Er würde es machen. *Scheiß drauf.*

»Lass uns gehen.« Er schob sie heraus und auf den Beifahrersitz des Broncos. Er beugte sich vor und schnallte sie an,

schlug die Tür zu und lief zum Heck des Wagens, um die Ladefläche sowie den Lagerraum abzuschließen, bevor er sie endlich
von dort wegbringen konnte.

Dann fuhren sie die vierzig Minuten zurück zum Motel, nur
von Straßengeräuschen begleitet, vom Rumpeln des Motors
und vom Satellitenradio, das den Innenraum des Fords mit
Rockmusik erfüllte.

Während der ganzen Fahrt warf er ihr immer wieder
verstohlene Blicke zu, aber sie hatte ihr Gesicht zum Beifahrer-
fenster gerichtet und beobachtete die vorbeiziehende Land-
schaft, während er die Straßen zurück zum Motel einschlug.

Es war noch früh, sodass er sie in ihrem Zimmer absetzen
und zurück zum Lagerraum fahren konnte, um alles zu beenden. Wenn er dabei Sachen wegwarf, die sie noch brauchte,
würde sie die einfach neu kaufen können. Aber ihr das Trauma
zuzumuten, ihr eigenes verdammtes Blut an ihren eigenen
verdammten Besitztümern zu sehen, war völlig unnötig. Er
würde damit fertig werden und ihr die ganze Sache ersparen.

Zu schade, dass dieser Wichser schon tot war, denn in
diesem Moment hätte er ihn wirklich gerne umgebracht. Er
umklammerte das Lenkrad fest und wünschte, es wäre Warrens
Kehle. Er konnte nicht aufhören, sich vorzustellen, wie er derjenige war, der den Mann an diesem Tag in der Werkstatt
bewusstlos schlug – nicht Deacon.

Deacon hatte Warren mit der rechten Faust geschlagen für
alles, was er Reese angetan hatte, und mit der linken für alles,
was er Reilly angetan hatte. Erst als Warren bewusstlos wurde
und Dekes Hände eine blutige Sauerei waren, hörte er auf.

Rev verpasste das meiste davon, da er mit Reese und Reilly
in der Werkstatt wartete, um die Schwestern davon abzuhalten,
nach draußen zu rennen, sich einzumischen und Warren selbst
zu töten.

Aber am Ende war Reilly anstelle von Deacon Warrens
Richter, Geschworene und Henker gewesen. Zu Recht, denn der

Bastard hatte ihr den Arm und die Nase gebrochen, ihr Gesicht und den Kopf aufgeschlagen und eine bleibende Erinnerung hinterlassen, die sie jeden verdammten Tag im Spiegel ansehen musste.

Das allein reichte, um sie *ein bisschen* sauer zu machen.

Nur im Moment war sie nicht sauer. Sie wurde von der Vergangenheit verschluckt. Er wusste, dass sie sich über sich selbst ärgerte, weil sie ein Stück Scheiße wie Warren in ihr Leben gelassen hatte und sich von ihm hatte ausnutzen lassen, obwohl sie nicht diese Art von Frau war.

Vielleicht traf sie das mehr als die Gewalt selbst. Das könnte einer der Gründe sein, warum sie nie über Warren sprach. Möglicherweise war es ihr peinlich, dabei sollte es das nicht.

Wie auch immer, sie sollte sich auch nicht im Nachhinein damit aufhalten. Sie alle wünschten sich, sie hätten Dinge im Leben anders gemacht oder anders gesehen, bevor es zu spät dafür war.

Leider war das Leben nicht so einfach oder klar. Es war eine tiefe Schlammpfütze, die die eigenen Stiefel manchmal so tief einsog, dass es ein Kampf war, sich daraus wieder zu befreien.

Warren hatte die Fähigkeit besessen, Reilly in seinen Bann zu ziehen. Und er hatte diese Fähigkeit schon bei vielen Frauen vor ihr erprobt und verfeinert.

Rev brachte Reilly ins Motelzimmer – erleichtert darüber, dass das Zimmer für den Tag bereits gesäubert wurde –, zog sie bis auf den Slip aus, warf ihr eines seiner T-Shirts über den Kopf und legte sie dann ins Bett.

Und das alles, ohne dass sie sich wehrte.

Das war nicht ihre Art. Keine Widerworte? Kein Feuer? Definitiv nicht ihr normales Reilly-Ich.

Es beunruhigte ihn. Und zwar nicht nur ein bisschen.

Noch schlimmer war, dass er die einzige Person nicht anrufen konnte, die sie vielleicht aus ihrem Zustand herausholen könnte. Doch ihre ältere Schwester anzurufen, würde eine Menge Kummer verursachen und das Chaos nur in ein komplettes Desaster verwandeln.

Hoffentlich würde sie sich bald von dem Schock erholen, in den sie gefallen war.

So niedergeschlagen hatte er sie noch nie erlebt. Was ihn dazu brachte, sich zu fragen, wie tief sie das, was an diesem Tag in ihrer Wohnung geschehen war, wirklich in ihr vergraben hielt.

»Warum schläfst du nicht einfach ein bisschen?«, schlug er vor. »Wir waren fast die ganze Nacht auf, du bist wahrscheinlich erschöpft.« Er wickelte das Laken um sie und beugte sich vor, um sie auf die Stirn zu küssen.

Als er sich zurückzog, schoss ihre Hand hervor. Sie packte sein Handgelenk und hielt ihn auf. »Wohin gehst du?« In ihrer Frage steckte viel mehr Panik, als dort sein sollte.

»Zurück zum Lagerraum, um die Kartons fertig durchzugehen und sie in den Wagen zu laden.«

»Geh nicht weg!«

Verdammt. Er wollte sie auch nicht verlassen, aber ... »Wir müssen den Scheiß erledigen, Babe. Ich weiß nicht, wie lang wir hier sein werden. Wenn ich heute alles fertigkriege, können wir los, sobald mein Vater ins Gras beißt.« Er hoffte, dass das in den nächsten Tagen der Fall sein würde.

»Ich will nicht, dass du gehst«, flüsterte sie.

Das Bett sank ein, als er sich auf den Rand setzte, die Fernbedienung nahm und den Fernseher einschaltete. Er zappte durch die Kanäle, umging alles, was Blut und Eingeweide zeigte, und fand irgendeine alberne Romanze. Irgendein Weiberfilm.

Außerdem wusste er, was ihr noch helfen konnte. Normalerweise bewahrte er das Zeug in seiner Kutte auf, aber seit er Manning Grove verlassen hatte, hatte er sie kein einziges Mal getragen. Ein Grund dafür war, dass er einen Käfig fuhr und nicht seine Maschine. Er wollte sie auch nicht im Haus seiner Eltern tragen und sich dann irgendwelche Fragen anhören müssen, die er nicht beantworten wollte. Da sie außerdem einen ›Manning Grove‹-Aufnäher auf der Vorderseite trug, könnte die Kutte seinen Eltern auch verraten, wo sich Saylor befand.

Es war schon schlimm genug, dass Matthew seinen Arbeitsplatz herausgefunden hatte. Er wollte nicht, dass irgendeiner von ihnen versuchte, sie zu kontaktieren.

Ein weiterer wichtiger Grund war, dass ein unterstützender Club des Pagans MC ein Gebiet im Südosten von Pennsylvania hatte und er keinem anderen Club auf die Füße treten und damit möglicherweise Probleme verursachen wollte. Zumal er als einsames Fury-Mitglied gegen einen ganzen Club von Rivalen antreten würde. Wann immer es möglich war, warnten die meisten MC-Mitglieder andere MCs aus Höflichkeit und Respekt vor, bevor sie deren Gebiete betraten.

Wenn ein anderer Club nach Manning Grove käme, aber nicht weiterziehen würde, hätte Trip ein Problem damit. Das hätten sie alle. Es war eine Sache, einfach durchzufahren, doch eine andere ohne Erlaubnis anzuhalten und längere Zeit zu bleiben. Das könnte als Bedrohung empfunden werden.

Da die MCs Blood Fury, Dirty Angels und Dark Knights das gesamte Gebiet im Westen des Staates kontrollierten und Verbündete waren, waren sie vorsichtig, wenn es darum ging, wer sich sonst noch in der Region aufhielt. Gebietseroberungen waren eine echte Bedrohung. Der DAMC hatte schon so viele Probleme mit einem früheren Nomadenclub namens Shadow Warriors gehabt. Ein jahrzehntelanger Krieg, den die drei Verbündeten in Zukunft gerne vermeiden würden.

Reilly gab ein scharfes Geräusch von sich und packte sein Handgelenk fester, als er aufstand. »Ich gehe nirgendwohin«, sagte er leise. »Ich gehe nur schnell zum Wagen und hole etwas, das dir helfen wird.« Er hatte es während ihrer Abwesenheit nicht im Zimmer lassen wollen, also hatte er es aus seinem Rucksack genommen und in seinem Wagen versteckt.

Nach ein paar Minuten war er wieder da, mit einer Dose

handgedrehter Zigaretten, einem kleinen Tütchen hochwertigem Gras und einer Metallpfeife in der Hand. Ihre grünen Augen verfolgten jede seiner Bewegungen, als er seine Stiefel auszog, zu ihr aufs Bett kletterte und sich gegen das Kopfteil lehnte. Während er die Pfeife stopfte, rollte sie sich an ihn und legte ihren Kopf in seinen Schoß.

Mein Gott, sie sah dort viel zu gut aus. Als ob sie an diesen Ort gehörte. In einem Bett, in einem Shirt, das nach ihm roch, blinzelte sie ihn mit ihren grünen Augen an, die voll von verdammtem Vertrauen waren.

Plötzlich sah er, was sein könnte, wenn sie nicht die wäre, die sie war. Wenn sie nicht ein rotes Warnschild mitten auf ihrer verdammten Stirn trüge.

Wenn er könnte, würde er sich ausziehen und sich zu ihr unter die Laken legen, aber er wollte sich wirklich um die Lagereinheit kümmern, damit das endlich aus dem Kopf war. Und er wollte so schnell wie möglich aus Coatesville verschwinden.

Er zündete die Pfeife an und nahm einen langen Zug, ließ den Rauch seine Lungen füllen, bevor er ihn wieder zurück und von ihr weg blies.

»Komm her, Babe«, murmelte er und zog sie am Ellbogen hoch, damit sie ihn ansehen konnte. Er nahm einen weiteren Zug, inhalierte diesmal aber nicht, sondern füllte seinen Mund damit. Mit der freien Hand umfasste er ihr Gesicht und presste dann ihre Münder aufeinander. Sie öffnete ihren automatisch und dann stahl sie den ganzen Rauch, inhalierte ihn und hielt ihn dort länger als erwartet.

Er nahm einen Zug, teilte den nächsten, bis sie beide endlich viel entspannter waren. Rev war auch bereit für ein paar kalte Pizzareste von gestern Abend. Er war sich verflucht sicher, dass sie mittlerweile nach Pappe schmeckten, aber er wäre bereit, eine Weile daran zu knabbern wie ein Hund an einem Knochen.

Als sie mit dem Gras fertig waren, legte sie sich wieder auf die

Seite und benutzte seinen Schoß als Kopfkissen. Er streichelte ihr Haar, bis ihre Augenlider schwer wurden und sich schließlich ganz schlossen. Doch er hörte mit seinen Bewegungen nicht auf, bis sie völlig schlaff und ihr Atem tief und schwer wurde.

Schon vom Zuhören zerrte der Schlaf auch an ihm. Sie hatten die halbe Nacht mit Ficken verbracht und sich gegenseitig auf verschiedene, wirklich unterhaltsame Arten zum Kommen zu bringen. Deshalb konnte er durchaus auch ein paar Stunden festen Schlaf gebrauchen.

Aber das konnte noch warten. Er würde zurück nach Media fahren und anschließend sofort wiederkommen. Zur Hölle damit, seinen Vater heute noch zu sehen. Wenn der Wichser vor morgen früh starb, dann war das eben so. Reilly stand an erster Stelle und mit dem Tod seines Arschloch-Vaters würde zumindest dieser Teil seines Lebens endlich vorbei sein.

Zwei Türen schlossen sich. Die Tür seiner Jugend und die Tür ihrer Zeit in der Nähe von Philly und ihrer Vergangenheit mit Billy Warren. Sobald diese Türen einmal zugeschlagen waren, musste keiner von ihnen jemals wieder durch sie hindurchgehen. Die Vergangenheit würde Vergangenheit bleiben und sie durften sich nur noch auf die Zukunft freuen.

Nur wäre es keine Zukunft miteinander.

Er strich leicht über die dünne Narbe, die an ihrer rechten Schläfe neben dem Auge verlief und nur knapp ihre Wange verfehlte. Ihr Gesicht, das sie als fehlerhaft ansah, war es nicht. Für ihn war das nun weiche und entspannte Gesicht, das von blondem Haar eingerahmt wurde, makellos. Perfekt, sogar.

Sie würde jemand anderen finden. Jemanden, der nicht zum Club gehörte, und er würde …

Tun, was er bereits tat.

Besucherinnen ficken.

Sweet Butts ficken.

Und jeden Morgen allein aufwachen.

Die letzten beiden Morgen waren die einzigen gewesen, an denen er je mit jemand anderem in seinem Bett aufgewacht war. Abgesehen von dem Morgen, an dem seine Mutter ihn am Haar aus Sarahs Bett gezerrt hatte.

Er schnappte sich den Notizblock und den Stift aus der Schublade und kritzelte nieder, dass er so schnell wie möglich zurückkommen würde. Zusätzlich legte er eine volle Pfeife auf den Nachttisch und ein Ersatzfeuerzeug auf den Zettel, das er in seinem Rucksack fand.

Leise zog er seine Stiefel an und ging zur Tür hinaus.

Er wollte die Sache so schnell wie möglich hinter sich bringen und zu ihr zurückkehren. Am besten, bevor sie aufwachte und feststellte, dass er weg war.

* * *

REV LENKTE seinen Bronco in die Parklücke vor ihrem Zimmer. Er war wahnsinnig erschöpft und wollte eigentlich nur noch essen und schlafen. Aber Reilly würde heute Nacht wieder in seinem Bett liegen, also war er sich nicht sicher, ob es dazu kommen würde. Vielleicht musste er sich zusammenreißen, wenn sie in der Stimmung war, die letzte Nacht zu wiederholen.

Er hoffte, dass sie es war. Denn er wollte keine einzige Nacht verpassen, in der er mit ihr nackt wäre, aber vor allem würde es bedeuten, dass sie keinen Trübsinn mehr blies.

Durch den schmalen Spalt der breiten Jalousien war kein Licht zu erkennen, aber er sah ein Flackern dahinter, was bedeutete, dass der Fernseher noch lief.

Er öffnete die Fahrertür, drehte sich seitlich auf seinem Sitz und nahm noch ein paar letzte Züge von seiner handgerollten Zigarette, bevor er den Stummel auf den dunklen Parkplatz schnippte. Er blies den Rauch in den Nachthimmel, stieg aus

und warf einen Blick zurück auf seinen inzwischen vollge-
packten Bronco.

Er hatte seinen Wagen so vollgestopft, dass er über die
Kisten auf dem Rücksitz nicht mehr hinwegsehen konnte und
die Seitenspiegel benutzen musste, um während der Fahrt
hinter sich zu sehen. Er hatte alles mitgenommen, von dem er
dachte, dass sie es noch gebrauchen könnte, oder von dem er
annahm, dass es ihr etwas bedeutete. Den Rest hatte er
aussortiert.

Er war schockiert darüber gewesen, wie viele Gegenstände
er mit Blutspritzern gefunden hatte. Ihre Wohnung muss wie
ein Tatort ausgesehen haben, als sie von den Sanitätern abgeholt
wurde.

Zum Glück handelte es sich am Ende nur um einen ›versuchten‹, nicht aber um einen tatsächlichen Mord.

Wenn er wüsste, wo sich ihre alte Wohnung befand, würde
er dorthin fahren, an die Türen der Nachbarn klopfen und
ihnen dafür danken, dass sie sich eingemischt hatten, obwohl sie
es auch einfach hätten ignorieren können, so wie es die meisten
Leute taten.

Zum Glück gab es auch gute Menschen auf dieser Welt. Das
gab ihm etwas Hoffnung.

Sein Leben hatte sich zum Besseren gewendet, als er den Job
in Dutch's Garage angenommen und dann zum Prospect des
wiederauflebenden Blood Fury MC geworden war. Manning
Grove war, abgesehen von dem vielen verdammten Schnee und
den eisigen Temperaturen im Winter, eine tolle Stadt. Großartig
für ihn und noch besser für Saylor.

Aber die Sache mit Reilly …

Ja, das wäre nur vorübergehend.

Müsste sie das sein? Würde er mehr wollen? Könnte er mit
Deacon und Reese darüber sprechen? Abwarten, wie sie darauf
reagierten?

Oder würde das nur einen Haufen Verdächtigungen nach

sich ziehen und ihm am Ende den Arsch versohlen – und zwar nicht auf die gute Art?

Das Problem war, dass er sie bislang nur eine einzige Nacht lang gefickt hatte. Außerdem arbeitete er mit ihr zusammen, zumindest vorerst, bis sie sich für einen besseren Job bewarb. Einen, bei dem sie ihren College-Abschluss auch nutzen konnte.

Um sich an Deke und Reese zu wenden, müsste schon mehr zwischen ihnen sein als nur ein willkürliches Techtelmechtel. Zu diesem Zeitpunkt wusste er jedoch nicht, ob er bereit dazu war. Nicht wegen Reilly, sondern wegen ihm. Eine durchzechte Nacht mit Reilly bedeutete außerdem nicht gleich, dass er sie im Club offiziell für sich beanspruchen wollte.

Sich gemeinsam auszuziehen, hatte Spaß gemacht. Für sie beide. Vielleicht wäre das alles.

Ein amüsanter, freundschaftlicher Fick.

Freunde mit gewissen Vorzügen.

Reese würde sich über ihre Affäre möglicherweise nicht so aufregen, wenn Rev ihrer Schwester tatsächlich seine Kutte anbot. Dann wäre sie garantiert die einzige Frau auf seiner Maschine und auch in seinem Bett. Er konnte sich schwer vorstellen, dass Reese etwas dagegen sagen könnte, zumal sie sich von Deacon hatte beanspruchen lassen. Sonst wäre sie wirklich eine verdammte Heuchlerin.

Aber Rev und Reilly müssten es ernst meinen.

Und sie meinten es nicht ernst.

Klar, sie waren scharf aufeinander und der Sex war geil. Aber im Moment war das alles. Eine verbotene, heimliche Affäre in einem Motel in Coatesville, Pennsylvania. Sobald er seinen Bronco nach Norden lenkte, würde es vorbei und vergessen sein.

Er starrte auf die Zimmertür des Motels und hielt seine Schlüsselkarte schwebend über dem Schlitz.

Denn, *zur Hölle*, er war noch nicht bereit, sesshaft zu werden. Und er wettete, dass Reilly das auch nicht war. Da sie erst fünfundzwanzig und er achtundzwanzig war, hatten sie beide noch viel zu erkunden, bevor sie sich festlegten.

Er schloss die Tür auf und schlüpfte hinein. Er war überrascht, sie unter der Decke zusammengerollt und mit geschlossenen Augen vorzufinden. Der Fernseher lief so leise, dass er nur als Hintergrundrauschen diente.

Er trat an den Nachttisch und bemerkte den noch vollen Pfeifenkopf. Aber die Flasche Wasser, die er ihr hingestellt hatte, war halb leer. Was bedeutete, dass sie nicht durchgeschlafen hatte.

Er setzte sich auf das zweite Bett und zog blindlings seine Stiefel aus, da er zu sehr damit beschäftigt war, sie anzustarren, während sie schlief. Sobald er sie zur Seite gestellt und seine Socken hineingestopft hatte, stand er auf, zog sein T-Shirt über den Kopf und ließ leise seine Jeans fallen.

Er rutschte neben sie und schlang seine Arme um sie, vergrub seine Nase in ihrem Haar und genoss einfach ihre Wärme und Weichheit.

Sie hob den Kopf und blinzelte die Augen auf. »Du bist wieder da«, murmelte sie schläfrig.

»Ja, alles erledigt. Ich habe den Lagerraum geleert und den Schlüssel an das Büro zurückgegeben. Gibt keinen Grund mehr, dort jemals wieder hinzugehen.«

Sie starrte ihn einige Herzschläge lang an, dann wisperte sie mit leicht nach unten gezogenen Lippen: »Tut mir leid.«

Gott. Das war doch nicht Reilly. Ganz und gar nicht. »Wofür?«

»Dass ich das so an mich herangelassen habe. Ich habe einfach nicht damit gerechnet … Es war dumm.«

»Das war nicht dumm. Du kannst nichts dafür, wie du dich gefühlt hast. Steh dazu, erkenne es an und dann lerne draus. Der Scheiß darf dich ruhig mitnehmen, Babe, lass dich davon nur nicht runterziehen. Und außerdem würde es jeden mitnehmen. Willst du die Wahrheit hören? Es hat mich verdammt noch mal mitgenommen und ich war nicht einmal da.«

»Wärst du das gewesen, wäre das nie passiert.«

Wäre er dagewesen, wäre sie gar nicht erst mit Warren zusammengekommen. »Ja, nun … Ich kann die Zeit nicht zurückdrehen.« Er wünschte, er könnte es. Dann würde er eine Menge anders machen.

Sie wahrscheinlich auch.

»Ich war so verflucht dumm, ihm zu vertrauen. Am Anfang war ich ihm gegenüber noch misstrauisch. Ich habe mich immer wieder gewehrt, aber er kam ständig zu meiner Arbeitsstelle und … hat mich bearbeitet.« Sie bedeckte ihr Gesicht mit beiden Händen. »Verdammt noch mal!«

Heilige Scheiße, würde sie jetzt gleich weinen? Er hoffte nicht. Er hatte sie noch nie weinen sehen. Nicht ein einziges Mal. Sie durfte jetzt nicht damit anfangen. Denn er wusste nicht, wie er damit umgehen sollte.

»Nicht weinen«, drängte er panisch. Es war schon schlimm genug, dass es ihm schwergefallen war, Sarah zu trösten. Tatsächlich war er meistens gescheitert. Seine Schwester hatte erst aufgehört, nachdem sie in seinen Armen eingeschlafen war, und das hatte ihm jedes Mal das verdammte Herz gebrochen. Außerdem fühlte er sich hilflos.

Sie ließ ihre Hände fallen und blinzelte ihn an. »Ich weine nicht.«

Oh, Gott sei Dank.

»Ich bin nur wütend, weil ich so dumm und töricht war. Er hat mich zu seinem Ziel gemacht und ich habe es einfach zugelassen.«

»Er war ein verdammter Profi in dem, was er tat. Du warst nicht die Einzige, die er verarscht hat, Reilly. Du entsprachst seinem Beuteschema, das ist alles. Und natürlich hast du seine Aufmerksamkeit erregt, weil du so verdammt heiß bist.«

»Aber danach hatte Reese das Bedürfnis, mich wieder zu

bemuttern. Oder mich zu *erdrücken*. Als wollte sie mir das Erwachsensein wieder entziehen. Es half auch nicht, dass ich in Manning Grove bleiben und in der Werkstatt arbeiten wollte.«

»Sie glaubt nicht, dass es gut genug für dich ist.«

»Nicht für mich. Für meinen Abschluss. Einen, für den sie bezahlt hat, wohlgemerkt. Ich habe sie in mehrfacher Hinsicht enttäuscht.«

»Du musst deine eigenen Fehler machen.«

»Ich weiß, dass sie das weiß. Aber ich schätze, wenn deine Schwester fast zu Tode geprügelt wurde und in einem Krankenhausbett sitzt, das an Maschinen angeschlossen ist ...« Reilly seufzte.

»Ja, die Mutter aller mütterlichen Instinkte meldet sich dann.«

»Ich war alles, was sie hatte ... Na ja, bis Deacon kam.«

»Bis wir alle kamen«, korrigierte er sie.

»Ja, das ist wahrscheinlich einer der Gründe, warum sie überhaupt eingewilligt hat, dass ich in Manning Grove bleibe, Teil des Clubs werde und in der Werkstatt arbeite. Sie hat erkannt, dass die Fury eine enge Familie ist. Etwas, das wir zuvor nie hatten, da wir nur auf uns allein gestellt waren. Okay, ich hatte Reese. Auf meine Hilfe konnte sie dagegen nicht zählen. Ich war eine Last.«

»Verdammte Scheiße, Frau, nicht ein einziges Mal habe ich Reese sagen hören, dass du eine Last wärst oder bist. Und du weißt, dass diese Frau verdammt eigensinnig ist und keine Angst davor hat, den Mund aufzumachen. Sie liebt dich, verdammt. Und deshalb passt sie auf dich auf. Sie ist wie eine Löwin, die ihr Junges beschützt.« Er atmete tief ein und aus. »Verdammt, ich kann nicht glauben, dass ich sie verteidige, aber es ist wahr. Jeder sieht und versteht es. Die Sache ist die, wir müssen alle aufeinander aufpassen. Ob blutsverwandt oder nicht. Für einige von uns ist der Club alles, was wir haben. Wenn jemand etwas braucht, helfen wir aus.«

»Dann verstehst du also, warum ich darauf bestanden habe, dich zu begleiten. Warum ich nicht wollte, dass du das hier allein durchziehst. Wenn jemand, der uns wichtig ist, etwas braucht, müssen wir da sein und helfen.«

Sie lockte ihn mit seinen eigenen verdammten Worten in die Falle und bewies damit, warum er sich nie gegen sie hätte wehren sollen.

Sie war so viel klüger als er. Viele Leute gingen sicherlich davon aus, dass sie eine heiße, junge Blondine war, die nichts im Kopf hatte. Aber sie war so weit davon entfernt.

Sie war das verdammte Gesamtpaket und der Mann, der sie eines Tages bekam, würde sich glücklich schätzen.

»Das ist auch der Grund, warum du zurück in den Lagerraum gegangen bist, um zu beenden, was ich nicht konnte.«

»Du hättest es gekonnt, Reilly. Aber es hat keinen Sinn gemacht, dir das anzutun, weil es einfach nicht nötig war. Doch wäre es hart auf hart gekommen, hättest du dich zusammengerissen und es geschafft. Daran habe ich keinen Zweifel.«

»Ich bin froh, dass du das glaubst«, raunte sie.

Er schob einen Daumen unter ihr Kinn und hob ihr Gesicht an, bis ihre Blicke sich trafen. »Ich glaube es nicht nur, ich weiß es. Ich kenne dich jetzt schon lange genug. Habe dich in Aktion gesehen. Ich weiß, wozu du fähig bist. Du bist nicht dumm und schon gar nicht töricht.«

»Und schon bestreust du mich wieder mit Puderzucker.« Sie nahm seine Wangen zwischen ihre Finger und drückte sie zusammen. »So verdammt süß.«

»Frau, ich bin verflucht noch mal nicht süß! Hör mit dieser Scheiße auf«, knurrte er und befreite sich ruckartig aus ihrer Umarmung. Er unterdrückte schnell ein Lächeln, als sie lachte. Er war erleichtert, dass sie nicht mehr in dieser seltsamen Stimmung war.

Und jetzt, da sie es nicht mehr war, konnten sie weitermachen. Mit anderen Dingen …

Viel angenehmeren Dingen.

Aber vielleicht war sie hungrig. Er war es zumindest. Auf sie und auf Nahrung in seinem Magen. »Möchtest du etwas essen?«

»Wann möchte ich das nicht?«

Wenn du in einem zombieartigen Zustand bist, antwortete er stumm. Aber jetzt war ihre Frechheit zurück. »Worauf hast du Lust?«

Sie lächelte zu ihm hoch. »Auf dich.«

»Nicht lustig. Ich will dich auch. Aber früher oder später werden wir auch richtiges Essen brauchen. Wir haben seit dem Frühstück nichts mehr gegessen.«

»Wird schwer sein, dem köstlichen Mahl zu widerstehen, das neben mir liegt.«

Er fuhr mit einer Hand über seine Brust. »Das ist richtig. Ich bin kein Snack, ich bin eine vollwertige Mahlzeit, die dich satt machen wird.«

Sie verdrehte die Augen. »Jetzt gehst du zu weit.«

Daraufhin rollte er sich auf sie drauf und nahm sich ihren Mund. Es dauerte eine Weile, bis sie beide wieder zu Atem kamen.

Und zum Essen.

Doch das alles war eine weitere schlaflose Nacht wert.

12

R eilly schob sich gegen das heiße Stahlrohr, das an ihrer Arschritze klebte. Sie hatte keine Ahnung, wie spät es war. Rev hatte definitiv nicht genug Schlaf bekommen, da sie den Nachmittag verschlafen hatte, er aber nicht. Nachdem sie es nach seiner Rückkehr gestern Abend miteinander getrieben und sich dann in einem chinesischen Restaurant gestärkt hatten, hatten sie sich noch ein paar weitere Stunden ausgiebig Zeit füreinander genommen.

Ob mit oder ohne Schlafentzug, Rev schien wieder auf Touren zu kommen.

Reilly stöhnte auf, als sie ihre müden und schmerzenden Muskeln dehnte, dann rollte sie sich auf die Seite und sah den nackten, mehr als bereiten Mann neben sich an ...

Dessen Augen geschlossen waren.

Sie stupste ihn sanft auf den Rücken, rutschte auf ihn drauf und zog das Laken über ihre Köpfe, sodass ein Kokon um sie herum entstand.

Sie wusste nicht, ob er den Schlaf nur vortäuschte, aber ehrlich gesagt, war es ihr egal. Heute Morgen wollte sie ihm zurückgeben, was er ihr gegeben hatte. Ziemlich oft. Und das auch noch äußerst zufriedenstellend.

Sie streckte sich und begann dann an seinem linken Ohr, fuhr mit ihrer Zunge um die äußere Muschel und über die Metallpiercings, die sie teilten. Nachdem sie kurz an seinem Ohrläppchen gesaugt hatte, setzte sie ihre Reise fort. Ihre Nase wanderte an dem kurzen, drahtigen Haaren entlang, die seine Kieferpartie bedeckten, und ihre Augen fingen das Glitzern des kleinen Ringes in seiner Nase auf.

Er und Deacon waren die einzigen mit Nasenpiercings und beide hatten sie sich machen lassen, bevor sie der Fury beigetreten waren. Also ging sie davon aus, dass es keine typischen Biker-Accessoires waren. Und die Nippel-Hanteln wahrscheinlich auch nicht.

Sie hätte gerne behauptet, dass sie Revs Brustwarzen am liebsten an ihm schätzte, aber ehrlich gesagt, waren seine Zunge und sein Schwanz kaum zu übertreffen.

Sie hielt über seinem geöffneten Mund inne, ihr warmer Atem küsste seine Lippen. Dann fuhr sie weiter, während sie das Laken über sie bedeckt hielt. Ihrer Zunge und ihre Lippen bahnten sich einen Weg hinab und glitten über seinen Körper. Schmeckten und neckten.

Sie ließ sich Zeit mit einer Brustwarze, dann mit der anderen. Dabei drehte oder riss sie nicht daran, wie er es normalerweise genoss, wenn er wirklich erregt und bereit zum Abschuss war. Stattdessen spielte sie sanft mit seinem gepiercten Fleisch. Genug, um ihn zu stimulieren, aber nicht annähernd genug, um seine Rakete zu starten.

Während der gesamten Zeit stockte und veränderte sich sein Atem leicht, doch er sagte nichts und bewegte sich auch nicht. Die wenigen Blicke, die sie auf sein Gesicht warf, versicherten ihr, dass seine Augen noch geschlossen waren. Sie wanderte an seinen Bauchmuskeln entlang, umkreiste seinen Bauchnabel und küsste dann die Spur aus dunkelblondem Haar, die zur Endhaltestelle führte.

Seine Erektion war hart und dick und ruhte auf der erhitzten Haut unterhalb seines Nabels, wo ein Faden Sperma die Krone seines Schwanzes mit seinem Unterbauch verband. Sie sammelte die würzige, seidige Flüssigkeit mit ihrer Zunge ein und machte weiter, wobei sie das, was er wahrscheinlich am meisten berührt haben wollte, ausließ und stattdessen tiefer ging.

Sie zwängte sich zwischen seine gespreizten Beine und küsste eine Linie von einem Knie an der leicht behaarten Innenseite seines Oberschenkels hinauf, ohne den Scheitel-punkt zu beachten, und den anderen Schenkel wieder hinunter.

Sein Schwanz zuckte ein paar Mal, fast so, als würde er ihr zuwinken. Sie würde dort noch hingelangen, aber der Schwanz und der dazugehörige Mann brauchten noch etwas Geduld. Zuerst musste sie einen Zwischenstopp einlegen.

Sie kraulte die weiche, zarte Haut seines Sackes, atmete seinen inzwischen vertrauten und männlichen Duft ein und war erstaunt über die Wärme, die er ausstrahlte. Da das Laken immer noch über sie beide gespannt war, wurde die Hitze darunter fast unerträglich, aber sie mochte die Gemütlichkeit ihres Kokons und die Intimität.

Die Vorstellung, dass es immer so sein könnte – an einem faulen Wochenendmorgen neben einem Geliebten aufzuwachen und sich Zeit füreinander zu nehmen – blieb nicht unbemerkt. Nur dass sie sich an diesem Morgen ausschließlich auf ihn konzentrierte. Doch sie war sich ziemlich sicher, dass er sie später ebenfalls ›wertschätzen‹ würde.

Sie nahm seinen Sack ganz in den Mund und spielte mit ihrer Zunge an seinen Eiern, indem sie leicht daran saugte. Ein leises Stöhnen erfüllte den geschlossenen Raum unter dem Laken. Ohne ihn loszulassen, hob sie ihre Augen an und sah, dass seine Blauen nun offen waren und sich auf sie konzentrierten. Auf das, was sie tat.

»Fuck«, flüsterte er heiser. Seine raue, ungewohnte Morgenstimme spannte ein Band der Hitze von ihrem Scheitel bis zu ihren Zehenspitzen.

Sie strich noch einmal über seine Eier, dann ließ sie sie los und leckte über den dicken Grat an der Unterseite seines Schwanzes. Er beugte sich und ein weiteres lang gezogenes Stöhnen erfüllte ihre Ohren.

»Fuck, Babe.«

Mit einer schnellen Zungenbewegung erfasste sie die elfenbeinfarbene Perle, die sich ihr hingab. Sie wirbelte ihre Zunge um den Rand des bauchigen Kopfes und umkreiste die Spitze, bevor sie sich nach oben bewegte und ihn ganz in ihren Mund nahm.

Sein Atem zitterte und ein Geräusch blieb ihm im Hals stecken, als sie ihn so tief wie schluckte, wie sie nur konnte, bevor sie ihre Finger um den Ansatz schlang und zudrückte. Seine Finger verstrickten sich in ihrem losen, wirren Haar, zogen fest daran und ließen ihre Kopfhaut brennen, während sie seinen Schwanz in ihren Mund hinein- und wieder herauszog. Sie machte nur eine Pause, um an der Spitze zu saugen, dann nahm sie ihn wieder so tief wie möglich.

Nach ein paar weiteren Stößen begannen sich seine Hüften zu heben und zu senken und folgten ihrem Rhythmus. Der Griff um ihr Haar wurde fester, bis auch ihre Augen brannten, doch sie wurde nicht langsamer. Sie hörte nicht auf.

»Fuck ... Babe ... *Fuuuuck* ...«

Sie nahm ihn noch tiefer, bis die Spitze seines Schwanzes gegen ihren Rachen stieß. Sie schaffte es, nicht zu würgen, obwohl ihre Augen bereits tränten. Sie konnte ihn vielleicht noch zwei weitere Male so tief nehmen, bevor sie Luft holen musste. Andernfalls wäre sie vermutlich nicht mehr in der Lage, es bis zum Ende zu bringen.

Er glitt aus ihrem Mund, glitschig und glänzend, und sie leckte wieder an der Unterseite entlang, zeichnete den dicken Grat nach. Hinunter zur Wurzel, hinauf zum Rand. Runter. Wieder hinauf. Er hielt ihren Kopf still, stieß mit der glitschigen Krone gegen ihre Lippen und forderte Einlass. Und als sich ihr Mund endlich weit öffnete, stieß er so weit hinein, wie er konnte.

Sie tat ihr Bestes, um bei der Sache zu bleiben, während er kontinuierlich nach oben stieß und das tat, was die Jungs ›Gesichtsfick‹ nannten. Er stöhnte jedes Mal, wenn er tief eindrang, und zog dabei ihren Kopf nach unten, damit sie seinen Stößen begegnete.

Sie war unschlüssig, wie viel sie noch ertrug. Sie befürchtete, dass sie vielleicht aufgeben müsste, aber nach ein paar weiteren Malen knurrte er, dass er gleich kam.

Als sich sein Körper vom Bett beugte, floss dicke, heiße Flüssigkeit in ihren Rachen. Sie schaffte es, alles hinunterzuschlucken und ihn sauber zu saugen, bevor er sich von ihr losriss.

Sie brauchte ein paar Sekunden, um wieder zu Atem zu kommen, und er brauchte noch ein paar mehr, um die Finger in ihrem Haar zu lockern und wieder mit der Matratze zu verschmelzen. Sie kletterte an seinem Körper hinauf und ließ dabei ihre spitzen Brustwarzen über seine erhitzte Haut streifen, bis sie einander ins Gesicht sahen.

Sie blinzelte zu ihm hinunter, er blinzelte zu ihr hinauf.

Nach ein paar weiteren Sekunden flüsterte er: »Mein Gott, Frau.«

Sie wollte triumphierend über seinen überraschten, aber zufriedenen Ausdruck lächeln. Doch sie bemühte sich um ein unschuldiges Gesicht. »Hat er dir etwa gefallen?«

»Habe es geliebt. Aber auch ein bisschen gehasst«, sagte er ernst, »weil ich dich jetzt nicht mehr ficken kann.«

»Ich glaube, jetzt hast du dein Dutzend.«

»Ja? Und du hast zwei Dutzend.«

»Habe ich das?« Sie entlockte ihm ein Lächeln. »An manche davon erinnere ich mich nur verschwommen.«

»Meinst du etwa, die haben keinen Erinnerungswert?«

»Wir haben ziemlich viel Sex in eine kurze Zeitspanne gepackt.« Es war ein Marathon, an dem sie ausnahmsweise mal gerne teilgenommen hatte.

Seine Lippen zuckten. »Ja, das haben wir. Allerdings sind wir noch nicht fertig.«

Er strich ihr die Haare aus dem Gesicht. Und jedes Mal, wenn er das tat, wanderten seine Augen zu ihrer Narbe und sein Kiefer spannte sich für den Bruchteil einer Sekunde an. Wenn sie nicht darauf geachtet hätte, wäre es ihr vermutlich entgangen.

»Ich will dich küssen, aber nicht mein eigenes Sperma probieren.«

»Ananas.«

»Was?«

»Obst ist dein Freund. Besonders Ananas«, erklärte sie. »Die Frau, die es schluckt, wird es dir danken.«

Er zog eine Augenbraue hoch. »Und woher weißt du das?«

»Das hier war nicht meine erste Runde«, sagte sie ernst. »Nur damit du es weißt: Frauen, die gerne Männer aussaugen, sprechen untereinander über diese Tricks. Ich bin überrascht, dass die Sweet Butts keine Obstteller im The Barn und in der Schlafbaracke auslegen.«

Er hob den Kopf. »Sag das noch mal.«

»Ich sagte, dass ich mich wundere, dass die Sweet Butt euch nichts von diesem Trick verraten, so oft, wie sie eure Schwänze in ihre Münder nehmen.«

»Nein, nicht den verdammten Teil. Den anderen.«

»Über Frauen, die miteinander reden?«, wiederholte sie, absichtlich stumpfsinnig.

»Nein. Das auch nicht.«

»Was dann?«

»Der andere Teil ... über Frauen, die gerne Männer aussaugen.«

»Ach, dieser Teil.«

»Ja, *dieser* Teil.«

Sie legte den Kopf schief und bemühte sich, die Belustigung aus ihrem Gesicht zu halten. »Wirkte es etwa so, als wäre das mein erstes Mal?«

Er blinzelte.

»Hm?«, stieß sie hervor und unterdrückte ein Lachen bei seinem Gesichtsausdruck.

»Frau«, knurrte er und zeigte ihr den Mittelfinger.

Ihr Lächeln befreite sich endlich und sie kniff ihm in die Wange. »Magst du es, wenn man dir den Schwanz lutscht?«

Er runzelte die Stirn. »Ist das überhaupt eine Frage?«

»Warum können Frauen sie dann nicht einfach lutschen, ohne dafür verurteilt zu werden?«

»Ich verurteile dich nicht, wenn du meinen Schwanz lutschen willst.«

»Nein, du wirst mich nur dafür verurteilen, wenn ich die Schwänze anderer Männer lutsche.«

»Ich habe die Schnauze voll von dieser Unterhaltung.«

»Warte. Du hast doch kein Problem damit, wenn Sweet Butts deinen Schwanz lutschen, nachdem sie bereits allen anderen einen geblasen haben, oder?«

Sein Kiefer mahlte.

»Aber du hast ein Problem damit, wenn ich es tue?«

»Wessen Schwanz hast du gelutscht?«

»Bisher in meinem Leben?« Sie zuckte mit den Schultern, hob eine Hand vor sein Gesicht und begann, einen Finger nach dem anderen abzuzählen. »Das erste Mal war damals in der Highschool und ...«

»Nein«, bellte er. »Einfach nein. Ich brauche keine verdammte Aufzählung und Beschreibung dazu. Ich meinte, wessen Schwanz in der Fury?«

»Heilige Scheiße«, flüsterte sie und ihre Augen weiteten sich. »Du weißt, dass ich ›tabu‹ bin, aber du willst, dass ich einem oder mehrere deiner Brüder einen blase?«

»Einen oder *mehrere*? Ist das dein verfluchter Ernst?« Sein Gesicht war nun rot und seine blauen Augen glühten.

»Moment mal. Bist du etwa eifersüchtig?«

Seine Nasenflügel blähten sich auf, doch seine Wut war schnell verflogen und seine Miene verschloss sich wie eine Muschel.

»Ich habe dich so viele Frauen ficken sehen. *Sooo* viele …« Sie hob eine Handfläche vor sein Gesicht. »Weißt du was? Ich habe diese Doppelmoral echt satt. Wenn ich den Schwanz von jemandem lutschen will, werde ich ihn mit meinen Lippen umschließen und ihn zum Explodieren bringen. Ich musste zusehen, wie du einen Dreier mit Lizzy und Ozzy oder Angel mit Whip hattest. Oder zusehen, wie Brandy, die nur oberschenkelhohe Socken trägt, dir auf den Knien einen bläst. Ich kann mir gar nicht merken, mit wie vielen Frauen du es getrieben hast oder wie vielen du deine Ladung in den Rachen geschossen hast. Du hast also nicht das Recht, auch nur ein verdammtes Wort zu sagen. Kein einziges.« Er öffnete den Mund, aber sie unterbrach ihn mit einem scharfen Geräusch.

Sein Mund schnappte zu.

»Nicht ein einziges«, warnte sie ihn. »Und ich an deiner Stelle würde ganz sicher keinen deiner Brüder vor den Bus werfen wollen.«

»Frau …«

»Wag es ja nicht, mich mit *Frau* abzuspeisen. Du hast völlig recht: Diese Unterhaltung ist vorbei. Also, was essen wir zum Frühstück? Hast du Hunger?«

Sein Mund öffnete sich erneut und blieb für gut fünf Sekunden offen stehen, um unsichtbare Fliegen zu fangen, bevor er wieder zuklappte. Ein paar Reaktionen, die sie nicht deuten konnte, huschten über sein Gesicht.

Nach ein paar weiteren Sekunden hob sie fragend die Augenbrauen. »Frühstück?«

Sein Ausdruck glättete sich. »Ich könnte etwas Essen vertragen.« Mit diesen Worten zog er das Laken über sie, brachte sie zurück in ihren Kokon, glitt mit seinem heißen, nackten Körper an ihr herunter und landete zwischen ihren Beinen. Ein paar Augenblicke später füllte sich sein Mund mit etwas anderem als Essen und er griff beherzt zu.

Das Frühstück begann explosiv.

Und von da an ging alles den Bach herunter.

* * *

ER HASSTE ES, dass sie darauf bestand, ihn an diesem Tag nach Hause zu begleiten. Es wäre ihm lieber gewesen, wenn sie im Motel geblieben wäre, während er sich nach dem Befinden seines Vaters erkundigte.

Aber natürlich wollte sie das nicht. Und wenn Reilly etwas wollte, heftete sie sich an deine Fersen und wurde zu einem tief sitzenden, lästigen Splitter.

Die meisten seiner Brüder hatten gelernt, in ihrer Gegenwart zu kapitulieren, statt weiter zu kämpfen. Die Frau konnte verdammt anstrengend sein.

Wollte er heute wieder herkommen? Nein, verdammt.

Kam er immer wieder zurück, um sich in selbst zu quälen? Möglicherweise.

Falls er das tat, warum hatte er dann ein Bedürfnis, sich selbst zu bestrafen? Wenn er zurechnungsfähig wäre, würde er Reilly und ihren ganzen Kram einfach zurück nach Manning Grove fahren und die Eltern vergessen, die in diesem verdammten Haus lebten. So tun, als gäbe es sie nicht mehr.

Für ihn und Saylor waren sie bereits gestorben. Warum also noch in der Nähe bleiben und es miterleben?

Er kannte die Antwort nicht.

Vielleicht würde er sich besser fühlen, wenn er wüsste, dass John Schmidt wirklich weg und nur noch eine ferne Erinnerung war. Vielleicht könnte Rev dann einen Teil der Schuldgefühle loswerden, die ihn immer noch verfolgten, weil er Sarah in jener Nacht zurückgelassen hatte.

Aber jetzt war er hier, in Coatesville, in dem Haus, in dem er aufgewachsen war, und er konnte es genauso gut bis zum Ende durchziehen. Danach konnte er nach Hause fahren und Saylor versichern, dass der Bastard tot war und sie den Rest ihres Lebens in Frieden leben konnte.

Er wusste nicht, ob das wirklich funktionieren würde, aber einen Versuch war es wert.

Zumindest wäre es eine Garantie dafür, dass ihr Vater sie niemals suchen und möglicherweise sogar finden könnte. Das Risiko, dass er sich irgendwo versteckte, um sie zurückzuholen, wäre endlich gleich null.

Ob seine Schwester den Mann dann tatsächlich auch aus ihren Albträumen verbannen könnte, war ein Rätsel. Aber er hoffte es.

Er hatte nicht allzu viele Albträume, die ihn noch aus seiner Jugend verfolgten, aber was ihm und was ihr widerfahren war – soweit er das beurteilen konnte, da sie nie etwas erzählte –, waren zwei verschiedene Dinge.

Er konnte nicht einmal ansatzweise nachvollziehen, was sie durchlebte. Er konnte nur für sie da sein und sie unterstützen, wenn sie ihn brauchte. Das war das Beste, was er tun konnte, aber das würde nie wiedergutmachen, dass er ohne sie weggelaufen war.

Soweit er das wusste, nahm sie ihm das nicht einmal übel. Und falls doch, hatte sie nie ein Wort gesagt. Doch vielleicht war es nur eine weitere Sache, die sie verborgen und tief in ihr vergraben hielt.

Als er und Reilly vor ein paar Minuten das Haus betreten

hatten, war seine Mutter ohne ein Wort in den Garten gegangen, um Wäsche aufzuhängen. Nicht einmal eine Begrüßung.

Erstaunlicherweise verlangte sie aber auch nicht, dass sie wieder gingen. Wahrscheinlich wusste sie, dass es nichts mehr bringen würde und wollte nicht einmal ihren Atem verschwenden.

Er stand nun an der Spüle und starrte durch das Fenster, beobachtete von dort, wie die Frau, von der er sich wünschte, sie wäre eine liebende Mutter gewesen, mit zugekehrtem Rücken Hosen und Hemden an die Wäscheleine hängte.

Den ›Sünder‹ meiden. Seine bloße Existenz ignorieren.

Reilly blieb an seiner Seite, eine Hand steckte unter seinem T-Shirt und legte sich auf die nackte Haut seines Rückens. Ihre Berührung erdete ihn. Sie machte ihm bewusst, dass sie ihn unterstützte. Sie erinnerte ihn daran, dass sie auch dann bleiben würde, wenn er sich wünschte, sie würde es nicht tun.

Er wollte wirklich nicht, dass sie Zeuge der beschissenen Beziehung zwischen ihm und den Menschen wurde, die ihn auf diese Welt gebracht hatten. Er wollte sie auch kein zweites Mal dem verbitterten Wichser aussetzen, der angeblich sein Vater war.

Andererseits, wenn jemand etwas von beschissenen Eltern verstand, dann sie. Nichts von dem, was sie sehen oder hören würde, könnte sie noch schockieren.

»Dieses Haus ist wirklich unheimlich«, flüsterte sie und stieß mit ihrer Hüfte gegen seine.

»Das Haus oder die Menschen, die hier leben?«

»Beides. Hier gibt es keinerlei Deko. Nichts, dass es zu einem Zuhause macht. Es sieht so steril und uneinladend aus. Ich kann mir wirklich nicht vorstellen, hier als Kind zu wohnen und die eigene Kindheit reingewaschen zu bekommen.«

»Reinwaschen ist eine verdammt gute Beschreibung. Denn das war definitiv in mehr als einer Hinsicht der Fall.«

»Haben sie überhaupt eines deiner Bilder an ihren Kühl-
schrank gehängt? Haben sie dir je Gute-Nacht-Geschichten
vorgelesen? Haben du und deine Schwester jemals Spiele gespielt?
Hat man in diesem Haus überhaupt schon einmal gelacht?«

Er wendete den Kopf und lenkte seinen Blick von seiner
Mutter ab, die leblose Hülle einer Frau, die ihre Wäscheschürze
voller Wäscheklammern trug und steif die nassen Klamotten
aufhängte, und richtete ihn stattdessen auf die lebensfrohe Frau,
die er den ganzen Morgen vor Vergnügen hatte seufzen und
stöhnen hören. Nicht zu vergessen die Tatsache, dass sie einen
riesigen nassen Fleck auf dem Bettlaken hinterlassen hatte.

Reillys Gesicht war ein reines Kunstwerk, wenn sie während
ihrer Erwachsenenspielchen kam. Er konnte mit Leichtigkeit
ihre Stimmung lesen und er hörte immer noch ihr Lachen,
wenn er sie an einer Stelle berührte, die sie kitzelte.

Lebensfroh und leidenschaftlich. Stimmgewaltig und offen.
Ganz im Gegensatz zu seiner Kindheit.

»Muss ich das beantworten?«

»Nein. Wenn dieses Haus damals, als zwei Kinder darin
lebten, genauso aussah wie jetzt …« Sie seufzte und drückte
ihre Hand an seinem Rücken, um ihn zu sich zu drehen. Sie
blinzelte ihn mit ihren großen, grünen Augen an. »Ich weiß
nicht, wie du dich nicht einfach zu einer Art Pappfigur entwi-
ckeln konntest.«

»Ich bin gegangen.«

»Ja, aber erst, nachdem schon ein gewisser Schaden angerichtet war.«

»Anstatt mich auf das Leben vorzubereiten, das sie sich für
mich wünschten, zeigten sie mir, was ich nicht wollte. Ich
wollte dieses verdammte Leben nicht. Eine unterwürfige
Ehefrau. Gehorsame Töchter, die ich für ihre Ehemänner ›vor-
bereite‹. Ich wollte nichts von diesem Scheißdreck. Ich wollte
kein Teil des Kreislaufs sein, den ich für reinen Wahnsinn
halte.«

Sie wandte ihren Blick wieder nach draußen auf seine Mutter. »Wahnsinn ist ein gutes Wort dafür. Ich habe nur die Spitze des Eisbergs gesehen. Den Rest kann ich mir nicht vorstellen.« Sie schüttelte den Kopf. »Ehrlich gesagt, will ich das auch gar nicht. Es bricht mir das Herz für dich und Saylor, das tut es wirklich. Ich verstehe immer noch nicht, warum du zurückkommen musstest, aber es liegt nicht an mir, das zu verstehen. Wenn es etwas ist, das du brauchst, dann ist das so und nur deshalb bin ich hier bei dir.«

Er war nicht dumm. Er wusste genau, dass die Sache mit dem Lagerraum nur ein Vorwand gewesen war, um mitzukommen.

»Frau«, raunte er. Sie verkeilte sich unter seiner verdammten Haut, ohne es überhaupt zu versuchen. Wie ein verdammter Splitter.

Sie blickte wieder zu ihm auf und drückte seine Taille. »Können wir nicht einfach erledigen, was du tun musst, damit wir dann von hier verschwinden können? Ich mache mir Sorgen, dass das Haus anfängt, sich wild zu bewegen, oder dass wir Geister sehen, oder dass irgendein Monster aus dem Keller kriecht.«

»Ein Monster wird später noch aus meiner Jeans schlüpfen«, versicherte er ihr.

Sie rollte mit den Augen. »Aha.« Sie zog ihre Hand unter seinem T-Shirt hervor und tätschelte dann seinen baumwollbedeckten Bauch. »Ich hätte hinzufügen sollen: Lass uns gehen, bevor wir beide anfangen, Wahnvorstellungen zu bekommen. Aber dafür ist es wohl schon zu spät.« Sie stellte sich auf die Zehenspitzen und drückte ihm einen Kuss auf die Lippen.

Er legte einen Arm um ihre Taille, zog sie an seine Brust und vertiefte den Kuss für einen kurzen Moment. Als er sich zurückzog, bemerkte er, wie sanft ihre Augen geworden waren.

Scheiße.

Ja, sie ging ihm vielleicht unter die Haut, aber er befürchtete, dass er das bei ihr auch tat.

Und das war ein Problem, mit dem er nicht umgehen konnte. *Verdammt*, vielleicht würde es aber auch gar nicht zum Problem werden. Vielleicht konnten sie, wenn sie erst einmal zurück waren, ganz einfach zu ihrem alten Zustand zurückkehren.

Oder *verflucht*, vielleicht könnte er endlich damit aufhören, sich selbst zu belügen. Er erkannte Blödsinn, wenn er ihn hörte, selbst wenn es seine eigenen Lügen waren und er sie sich nur in Gedanken erzählte.

Wie auch immer, er musste das erst einmal beiseiteschieben und sich mit seinem aktuellen Problem befassen.

John Schmidt.

»In Ordnung. Mal sehen, ob wir hierbleiben müssen, oder ob wir zurück zum Motel fahren können, wo ich mein Monster entfesseln kann.«

Ein sanftes Lächeln umspielte ihre Lippen, auch wenn ihre Worte nicht dazu passten. »Ich will nur, dass es für dich und Saylor endlich vorbei ist.«

Das wollen wir beide. Aber wenn das hier vorbei ist, ist es auch mit uns vorbei und das ist scheiße.

Sie löste sich von ihm und drehte sich um, wollte zurück ins Wohnzimmer gehen, wo sein Vater geschlafen hatte, als sie durch die Eingangstür gekommen waren.

Das Arschloch hatte es wahrscheinlich nur vorgetäuscht, um ihm aus dem Weg zu gehen. Aber Rev würde den ganzen verdammten Tag an seinem Bett sitzen, wenn er müsste.

»Hey«, rief er leise. Er hielt sie davon ab, aus der Küche zu gehen, indem er sie am Handgelenk packte.

Sie wartete und blickte über ihre Schulter zu ihm zurück.

»Danke, dass du so eine verdammte Nervensäge bist.«

»Du kannst mir später danken.« Sie neigte ihren Kopf in Richtung seines Schritts. »Indem du den Kraken entfesselst.«

Scheiße, ja. »Reilly Porter, Monsterjägerin.«

»Oh, der Titel gefällt mir. Vielleicht brauche ich eine Peitsche und ein sexy Lederoutfit, damit es passt.« Mit einem Grinsen verließ sie den Raum.

Er starrte auf die leere Tür, durch die sie verschwunden war, und bekam das Bild nicht mehr aus dem Kopf, wie sie ein heißes Lederoutfit trug, das ihre Kurven umschmeichelte und ihre Titten zur Schau stellte, während sie eine Peitsche schwang und sowohl Monster als auch Männerherzen erschlug.

Ja, sie könnte zu einem großen Problem für ihn werden.

Seine Füße setzten sich in Bewegung und er folgte ihr schnell, da er nicht wollte, dass sie seinem Vater allein gegenüberstand. Als er sie einholte, stand sie bereits am Krankenbett, ihr Lächeln nur noch eine ferne Erinnerung. Ihre Lippen waren angespannt und ihr Gesichtsausdruck verschlossen, als sie ihn beim Betreten des Zimmers ansah.

Doch ihre Augen waren nicht die einzigen, die ihn anstarrten. Sein Vater war wach und sein normales, herzliches Selbst, obwohl seine Stimme schwach und rau war, als würde er nach Luft ringen. »Wie ich sehe, hast du deine … Hure wieder mitgebracht … Du beleidigst mich … und befleckst mein Heim … indem du sie … hierherbringst, Michael.« Alle paar Worte musste er innehalten, um rasselnd Luft zu schnappen. Es ging ihm definitiv von Tag zu Tag schlechter. »Warum bist du zurückgekommen? … Ich habe dir doch gesagt, du sollst nicht …«

»Ich wollte nur sehen, ob du schon tot bist.«

»Tut mir leid, dass ich dich enttäuschen … muss.«

»Du kannst nicht früh genug sterben, alter Mann. Ich würde die Sache gerne für dich beschleunigen, aber ich ziehe es vor, dass du so lange leidest wie möglich.«

»Du warst immer … ein schreckliches, schreckliches Kind.«

»Wie wäre es damit: Du warst immer ein schrecklicher Vater. Man erntet, was man sät, alter Mann.«

»Ich konnte nicht einmal ... deine Launenhaftigkeit aus dir herausprügeln ... egal, wie oft ich es versucht habe.«

»*Was der Mensch sät, wird er auch ernten. Wer auf sein Eigenleben sät, wird davon das Verderben ernten*«, zitierte Rev.

»Wage es ja nicht ... mich zu belehren ... du erbärmlicher, reueloser Bengel.« Sein Vater hob seine knochige, bleiche Hand, um schwach an seine eigene Schläfe zu tippen. »Aber ich habe herausgefunden, warum ... du bist, wie ... du bist.«

»Das haben wir bereits besprochen. Du hast die verdammte verdorbene Saat gesät.«

Sein Vater fuhr fort, als hätte Rev nichts gesagt. »Du hast Probleme in Bezug auf ... deine Eltern.« Er holte keuchend Luft, sein Brustkorb hob sich kaum unter dem Stapel an Decken.

»Du erzählst mir nichts, was ich nicht schon weiß, alter Mann.«

Sein Vater schmunzelte. »Oh doch ... tue ich, Junge ... Ich habe es herausgefunden.«

»Was herausgefunden?« Sein Vater spielte Spielchen, die Rev nicht gefielen und die er auch nicht mehr lange mitmachen würde.

»Du bist umsonst ... zurückgekommen.« Die dünnen Lippen des Mannes verzogen sich fast zu einem Lächeln. Fast. Denn soweit Rev sich erinnern konnte, hatte John Schmidt noch nie gelächelt. Also wusste er wahrscheinlich auch nicht, wie das ging. »Nachdem du geboren wurdest ... egal, wie oft ... ich versucht habe, deine Mutter zu schwängern ... ich bin gescheitert.« Er hielt inne, um einen weiteren lauten Atemzug zu nehmen. »Ich bin zum Arzt ... ohne ihr etwas zu sagen ... und fand heraus, dass ich keinen fruchtbaren Samen hatte ... Es stellte sich heraus, dass keines von euch ... undankbaren, sündigen Kindern meines war.«

Rev schnaubte ungläubig. »Du bist im Delirium. Der Krebs zerfrisst dein Gehirn.«

»Nein.« Der Mann schaffte es tatsächlich, genug Energie zum Grinsen aufzubringen. »Dein Großvater ...«

Rev lehnte sich vor und wartete. Sein Herz begann wie eine Basstrommel zu schlagen.

»Schenkte mir deine Mutter ... als sie bereits ... schwanger war.«

13

D as musste ein kranker Scherz sein. Ein letzter Messerstich mitten in Revs Rücken, bevor der Wichser starb. »Wovon zum Teufel sprichst du?«

»Er hat deine verdorbene Saat gesät ... nicht ich.«

Rev starrte ihn an, ohne die Worte zu verstehen, die gerade aus dem Mund des sterbenden Mannes drangen.

Reilly unterdrückte gerade noch rechtzeitig ein Keuchen neben ihm. Als er einen kurzen Blick auf sie warf, starrte sie mit großen Augen auf den Mann im Bett, ihr Gesicht noch blasser als sonst, was bewies, dass Rev ihn keineswegs falsch verstanden hatte. Er richtete seine Aufmerksamkeit wieder auf das Bett und den Mann, der *nicht* sein Vater war.

Das war es doch, was er soeben gehört hatte, oder?

Aber er konnte es einfach nicht begreifen. Es musste eine Lüge sein. Sein Vater – nein, der Mann, den er für seinen Vater gehalten hatte – musste lügen, oder? Es war eine Möglichkeit, seinen Sohn mit Worten zu quälen, da er nicht mehr die Kraft hatte, es körperlich zu tun.

War es möglich, dass er ...

»Auch nicht ... Sarahs.«

Diese drei Worte erreichten seinen Kopf kaum, denn in diesem Moment war Revs Gehirn völlig überlastet.

Ja, das war doch alles nur ein schlechter Scherz.

Alles davon.

Sein ganzes Leben. Ein verdammt kranker Witz.

Er würde nie aufhören, dafür bestraft zu werden, geboren worden zu sein. Eine Hand umklammerte seinen Unterarm und Reillys Nägel bohrten sich schmerzhaft in seine Haut. »Wer ist Say... Sarahs Vater?«, fragte sie in einem schmerzvollen Flüsterton.

»Das spielt jetzt keine Rolle ... oder? ... Da sie nicht mehr ... auf dieser Erde ist.«

Rev drückte sich gegen die Bettkante und beugte sich vor, bis sein Gesicht knapp über dem Mann schwebte, der ihm nichts mehr bedeutete. Nicht ein verdammtes bisschen. Sie teilten nicht einmal einen Tropfen Blut. Nicht einen. »Wer ist ihr verfluchter Vater?«

»Ich musste die Wahrheit ... aus ihr herausprügeln ... Deine Mutter hat nicht nur ... ihren Mann angelogen ... dass sie bereits mit dir schwanger war ... Sie war mir auch noch untreu.«

»Mit ihrem eigenen Vater?«, quietschte Reilly.

Er konnte nicht klar denken, um die Fragen zu stellen, die aus Reilly purzelten. In seinem Gehirn war etwas kaputtgegangen. Es fühlte sich verworren an und funktionierte nicht mehr richtig. Er konnte nicht begreifen, was zum Teufel hier geschah.

Nichts davon ergab einen verdammten Sinn.

Er musste sein Gedankenkarussell bremsen.

»War sie untreu oder wurde sie gezwungen?«, bedrängte Reilly seinen Vater, während sie mit einer Hand immer noch Revs Arm umklammerte und mit der anderen krampfhaft das metallene Seitengitter des Bettes festhielt.

Nein, nicht sein *Vater*. Jetzt nicht mehr.

Doch der Mann, der bereits mit einem Fuß im Grab stand

und kurz davor war, ganz hineinzufallen, sobald Rev ihn hineinstoßen würde, ignorierte Reilly. Er hatte nur trübe Augen für Rev und sie enthielten Rache und puren Hass in den stumpfen braunen Augenhöhlen.

»Wer ist Sarahs Vater?«, verlangte Rev, da der Mann sich weigerte, Reilly zu antworten. Er ballte seine Finger zu Fäusten, um zu verhindern, dass er ihn erwürgte, bevor er die Antwort bekam, die er brauchte. Er wollte zuerst die Wahrheit über seine Schwester erfahren. Selbst wenn es eine Wahrheit war, die er Saylor nie erzählen würde.

Seine Mutter konnte er nicht fragen. Sie war die Art von Frau, die ein solches Geheimnis mit ins Grab nahm, nur um weiterhin als heilig und fromm zu gelten. Während der Mann, den sie geheiratet hatte, es vorzog, Schmerzen zu verursachen. Und zwar eine Menge. Er streute den Scheiß großzügig herum wie Salz auf ein fades Essen.

Wenn ihm jemand die Wahrheit sagen würde, dann er. Wegen dem, was Rev jetzt in seinen Augen sah.

Boshaftigkeit.

»Wer?«, rief Rev und schlug mit der Hand auf das metallene Seitengitter, woraufhin das ganze Bett schwankte und das lebende, atmende Skelett unter den Decken wackelte.

»Der Mann, der dich gesucht hat … ohne meine Erlaubnis … Ich habe es ihm verboten … aber er hat es trotzdem getan.«

Der Mann, der dich gesucht hat.

Matthew.

Rev konnte nicht mehr atmen. Seine Lunge funktionierte einfach nicht mehr. Sein Herz pochte in seiner Kehle und wollte sich daraus befreien, während es in seinen Ohren schrill und laut klingelte.

Das konnte nicht sein.

War das der Grund, warum Matthew ihn gejagt hatte? In dem Versuch, Sarah zu finden? Vielleicht war ihm sogar scheißegal, ob Rev den sterbenden Mann besuchte, den sie für seinen

Vater hielten. Sein Onkel hatte John Schmidts Krankheit ausgenutzt, um Sarah zu finden. Oder er hatte gehofft, dass Rev Matthews Nichte mit nach Hause brachte.

Nein ...

Gott!

Revs Augen fielen zu und ein Schmerz schoss durch seine Brust und seinen Arm, weil er sich so fest an das Bettgitter klammerte.

Saylor war nicht nur seine Nichte ...

Verdammte Scheiße. Seine Nichte *und* seine Tochter.

Das konnte nicht sein, oder?

Das konnte doch nicht der Grund sein, warum dieser Wichser ihn angerufen hatte? Kannte Matthew die Wahrheit? Wusste Matthew, dass Sarah ihm gehörte? Wenn ja, wie lange wusste er schon davon, verdammt?

Jedoch bedeutete das auch, dass John Schmidt kein Blut mit Revs Schwester teilte. Sie waren nicht verwandt.

»Wusstest du das, bevor oder nachdem du sie berührt hast?«, fragte Rev und seine Worte klangen, als kämen sie irgendwo her, von einem langen, engen Gang. Ein Korridor, der sich langsam um ihn herumschloss. Als wäre er auf einem schlechten LSD-Trip.

»Ich bin dir keine Rechenschaft schuldig ... nur Gott.«

Bullshit! Ein Muskel in Revs Kiefer kribbelte und er befreite sich aus dem mentalen Treibsand, in dem er sich gefangen fühlte. »Bevor oder nachdem du sie berührt hast?«, brüllte er dem sterbenden Mann ins Gesicht.

Es spielte keine Rolle. Es machte keinen Unterschied. John Schmidt war immer noch ein Pädophiler, nur niemand, der Inzest betrieben hatte.

»Geh weg, Junge ... du gehörst hier nicht her.«

»Die moralische Heuchelei in dieser Familie macht mich so wahnsinnig krank.« Er schlug mit beiden Handflächen auf das

Bettgitter und wollte den sterbenden Atem aus ihm herauswürgen.

Reilly packte seinen Ärmel und zerrte daran. »Rev«, flüsterte sie.

Er blickte zu ihr herab. Ihr Blick war auf den Torbogen im Zimmer gerichtet und sie hob ihr Kinn leicht an, um ihm eine stumme Botschaft zu übermitteln.

Er drehte sich um, in Erwartung, seine Mutter dort stehen zu sehen …

Stattdessen sah er Matthew in der Öffnung.

Dieses Arschloch.

Sein Kopf begann zu pochen, als ihm klar wurde, dass sein Onkel auch sein Cousin ersten Grades war. Sein Großvater auch sein Vater. Seine Mutter seine Halbschwester.

Stimmte das? Stimmte irgendetwas davon?

Heilige Scheiße, er und Saylor waren beide durch Inzest entstanden. Wenn er nicht zurückgekommen wäre, hätte er es nie erfahren. Das Geheimnis wäre mit seinen Eltern einfach gestorben.

Er hätte nie zurückkommen sollen. Dann hätte er es nie gewusst. Nie gewusst, dass sie wie die Shirleys inzestuös gezeugt worden waren. Geboren aus Inzest. Geboren aus Lügen.

Geboren aus tiefen, dunklen Geheimnissen.

Er wurde ein Sünder genannt. Immer und immer wieder.

Doch er war nicht der Sünder. Er war das Produkt einer schweren Sünde.

Er und Saylor … waren nicht einmal richtige Geschwister.

Sie waren … Halbbruder und -schwester und … Cousins? War er Saylors Onkel-Cousin-Bruder? Er wusste es nicht. Er kämpfte damit, all seine verworrenen Gedanken zu sortieren. Er versuchte, ihren verdrehten und verkorksten Stammbaum zu ordnen.

Aber er konnte sich jetzt nicht mit dieser Scheiße beschäftigen. Er musste sich mit dem Mann befassen, der mit einem besorgten Gesichtsausdruck hinter ihm stand.

Er sollte lieber besorgt sein.

Sein Arschloch sollte sich jetzt besser zusammenziehen. Vor allem, wenn er das Gespräch mitbekommen hatte.

Verflucht sei, wer bei seiner Schwester liegt, die seines Vaters oder seiner Mutter Tochter ist.

Wie wäre es mit der Tochter von beiden?

Rev stürzte auf Matthew zu und rief: »Wusstest du davon?«

Rev konnte das Zittern in der Hand seines Onkels erkennen, als er sie wie ein Stoppschild vor sich hielt. Ein nutzloses, unwirksames Schild. »Lass uns nach draußen gehen, Bruder Michael.«

Mit *Bruder* hatte er Recht. Matthew war in der Tat sein Halbbruder.

Sein Puls pochte schmerzhaft in seiner Schläfe von all der mentalen Gymnastik. »Ja, lass uns gehen, Bruder-Onkel.« Rev packte Matthews Hemd mit einer Hand, zog ihn die paar Schritte zur Haustür und riss sie auf.

»Rev!«, rief Reilly und eilte ihnen panisch hinterher.

»Bleib im Haus«, befahl er ihr über seine Schulter hinweg.

Er zerrte den älteren Mann weiter mit sich, bis er die Verandastufen hinunter und in den Hof stolperte, wo Rev ihn auf den Rasen schleuderte.

»Ich bleibe sicher nicht allein in diesem Haus! Es ist unheimlich.«

»Reilly«, knurrte er, nicht in der Stimmung, dass sie ihm jetzt auf die Nerven ging. »Wehe, du verlässt die Veranda.«

Er hatte keine Ahnung, ob sie eine Diskussion begann oder nicht, weil er sie einfach ausblendete. Stattdessen konzentrierte er sich auf den Mann, der vor ihm auf dem Boden lag und sich vor Angst zusammenkauerte. Das Blut floss aus Matthews Gesicht, sodass seine blauen Augen noch deutlicher hervortraten. Die gleichen blauen Augen wie seine. Wie Saylors. Er war nicht dunkelblond wie Revs Mutter oder Rev selbst. Oder wie sein Großvater ... nein ... *Vater*.

Zur Hölle! Er wusste nicht einmal mehr, wie er seinen Großvater bezeichnen sollte. Er war so verdammt verwirrt.

Aber nein, Matthews Haar war nicht blond, sondern hatte die gleiche Farbe wie das von Saylor.

Braun.

Wie die seiner Großmutter. *Moment mal.* War seine Großmutter nach wie vor seine Großmutter? *Gott!*

Sein Gehirn schmerzte. Er wollte sich nur noch die Handballen an die Augen halten und zu Boden fallen, bis alles aufhörte, sich zu drehen. Bis alles endlich einen Sinn ergab.

Oder er aus diesem Albtraum erwachte.

Doch das tat er nicht. Stattdessen griff er nach unten, packte erneut das zerknitterte Hemd des Mannes und zog ihn auf die Beine.

»Gott, steh mir bei. Tu mir nicht weh«, flehte Matthew.

Rev grinste höhnisch. »Wusstest du verdammt noch mal, dass meine Schwester deine Tochter ist?«

»Es ist die Pflicht einer Frau, Kinder zu gebären. Eine Frau, die ihrem Mann keine Kinder schenken kann, gilt als Versagerin. Wir haben nicht ... Wir ... Sie konnte zu niemand anderem. Wir mussten es geheim halten. Es musste in der Familie bleiben.«

Ganz offensichtlich. Sie brachten die Sache mit »in der Familie bleiben« auf eine ganz neue Ebene. Eine kranke und verdrehte Ebene.

»Sie wird aber selig werden durch Kinderzeugen ...«

»Komm mir nicht mit diesem Scheiß. Ich wills nicht hören, verdammt. Ihr seid alle verdammte Heuchler. Ich will wissen, warum du ...«

Matthew zuckte zusammen und unterbrach ihn schnell. »Es ist auch die Pflicht eines Mannes, eine Familie zu gründen. *Auch Kinder sind ein Geschenk des Herrn ...*«

»Ich sagte, ich will diesen Scheiß nicht hören. Ich will die Wahrheit.«

»Deine Mutter konnte nicht schwanger werden. Sie hat mich um Hilfe gebeten ...«

Revs Augenbrauen schossen hoch, bis zu seiner Stirn. »Und auf diese Art hast du ihr geholfen? Indem du sie geschwängert hast, weil ihr Mann es nicht konnte? Was für ein kranker Wichser bist du eigentlich? Diese ganze verdammte Familie ist kaputt. Herrgott!«

»Du sollst den Namen des Herrn nicht missbrauchen.«

Sein Kopf drohte zu explodieren. »Darüber machst du dir also Sorgen? Dass ich den Namen des Herrn missbrauche, während du deine eigene Schwester fickst?«

»Niemand sollte davon erfahren. Nicht einmal dein Vater.«

»Der nicht mein verdammter Vater ist! Nur ein weiteres verdammtes Familiengeheimnis!«, brüllte er. »Weiß deine Frau, dass du ein Kind von deiner eigenen Scheißschwester hast, nur damit sie nicht als Versagerin dasteht? Dass es ihr wichtiger war, wie sie vor ihrer Gemeinde dasteht, als von ihrem eigenen Bruder geschwängert zu werden?« Von ihrem Vater begattet zu werden, war vielleicht nicht ihre Wahl gewesen, ihren Bruder zu vögeln dagegen schon.

»So war das nicht!«, rief Matthew.

»Oh, ach so, dann ist das aus Versehen passiert. Du bist nur aus Versehen in deiner Schwester gekommen.«

Das Gesicht von Matthew wurde dunkel und stürmisch. »Wenn wir aber unsere Sünden bekennen, so ist er treu und gerecht, dass er uns die Sünden vergibt und reinigt uns von aller Untugend.«

»So einfach ist das, ja? Irgendeine Bibelstelle zitieren, um Vergebung bitten und schon sind alle Sünden vergeben? Diese Familie ist doch völlig im Arsch. Die ganze Sache ist im Arsch. Ihr seid alle im Arsch!«, schrie Rev und sein Puls hämmerte in seinen Schläfen. Er deutete mit dem Finger in Richtung Haus. »Du hast zugelassen, dass dieser Mann deine Nichte anfasst

...« Rev schüttelte den Kopf. »Nein! Deine verdammte Tochter!«

Matthew wurde bleich. »Er hat nur getan, was unser Vater auch mit Schwester Rachel getan hat. *Er soll ein guter Familienvater sein und seine Kinder zu Gehorsam und allem Anstand erziehen* ... Er hat ihr nur beigebracht ...«

Rev schlug seine Faust mitten in Matthews Gesicht und brachte ihn damit zum Schweigen. Die Nase des Mannes explodierte unter der Wucht seiner Knöchel, bis das Blut spritzte und auf Revs Haut und Hemd landete. Bevor Matthew zu Boden ging, packte Rev ihn wieder am Hemd und riss ihn auf die Beine, ließ ihn los und schlug noch einmal zu, sodass er rückwärtsfiel. Sein Bruder-Onkel landete hart auf seinem Hintern im Gras.

Matthew wollte wegkriechen, aber Rev war schneller. Schon stand er über ihm und beugte sich vor, um Matthews Oberkörper mit seiner blutigen und zerschundenen rechten Hand wieder am Hemd anzuheben. Seine linke Faust traf seinen Kiefer und ließ seinen Kopf zur Seite kippen.

Matthews Augen rollten zurück, seine Augenlider flatterten und sein blutiger Mund klaffte auf. Eine Sekunde später wurde er schlaff in Revs Händen. Rev ließ ihn los und er sank zu Boden.

»Verfluchter Wichser. Wenn es einen Gott gäbe, wärst du schon längst tot.« Rev vergewisserte sich, dass der Mann nicht mehr bei Bewusstsein war, bevor er sich aufrichtete. Seine Stimme klang angestrengt und rau, als er fortfuhr: »Du verdienst es nicht, die gleiche Luft zu atmen wie Sarah. Du verdienst es nicht, dass dasselbe Blut in deinen Adern fließt. Ich sollte dir den Atem rauben und dein Blut aussaugen. Du bist rein gar nichts wert.«

Ich sollte ihn umbringen. Ich sollte ihn umbringen. Ich sollte ihn umbringen.

Doch es wäre zu riskant. Der Mann war es nicht wert, dass

er deswegen im Gefängnis landete. Er war es nicht wert, dass man ihn einsperrte und Saylor mit niemandem außer dem Club zurückließ.

Der Tod von Matthew würde höchstwahrscheinlich infrage gestellt und untersucht werden, während die Person, die bereits auf dem Sterbebett lag, davonkommen würde.

Trotzdem konnte Rev den Mann verletzen, damit er seine Lebensentscheidungen am Ende vielleicht bereute. Rev stieß mit dem Stiefel in seine Rippen und hoffte, dass er ihm ein paar brach. »Das ist dafür, dass du nicht beschützt hast, was dir gehört. Egal, ob sie deine verdammte Nichte oder deine verdammte Tochter ist. Du hast nichts getan. Nicht das Geringste, um es zu verhindern.«

Er verschwendete seinen Atem. Matthew hörte ihn nicht. Aber sobald er wieder zu Bewusstsein käme, würde er sich daran erinnern, warum sein Körper so schmerzte und wer dafür verantwortlich war.

Rev beschloss, ihm noch eine weitere Erinnerung mitzugeben. Er saugte den Schleim tief aus seinen Nasengängen in den Mund und spuckte den dicken Haufen in das Gesicht des ohnmächtigen Mannes.

Er starrte auf seinen Bruder-Onkel herunter und musste sich einmal mehr daran erinnern, dass der Typ es nicht wert war, eine lebenslange Haftstrafe zu kassieren. Er drehte den Kopf und sah, dass Reilly immer noch auf der Veranda stand. Genau dort, wo er sie gebeten hatte, zu bleiben.

Sie hatte auf ihn gehört. Welch ein Wunder.

Sie hielt sich an einem der Holzpfosten fest und ihr Mund bewegte sich.

Doch er hörte nicht, was sie sagte. Er konzentrierte sich und versuchte, einen klaren Kopf zu bekommen. So gelang es ihm schließlich, zumindest das Ende mitzubekommen.

»... sollten gehen.«

Nein, er war noch nicht fertig.

Bevor er ging, musste der Mann in diesem Haus, in diesem Bett, sterben. Er war es leid, darauf zu warten, dass die Natur die Sache regelte. Er hatte es satt, in diesem Haus zu sein, in dieser Stadt, und mit diesen abgefahrenen Wichsern verwandt zu sein.

Er musste diese ganze Scheiße ausradieren. Aus seinen Erinnerungen, aus seiner Zukunft.

Aber der Mann, der körperliche Narben auf seinem Rücken hinterlassen hatte und der Mann, der für Saylors geistige Narben verantwortlich war ... Dessen Zeit war gekommen. Ob er heute gewaltsam oder morgen durch seine Krankheit starb, spielte für Rev keine Rolle mehr.

Er. War. Fertig.

Er stürmte die Veranda hinauf, vorbei an Reilly, die wie erstarrt und mit offenem Mund dastand.

Sie hatte alles gesehen, was bis jetzt passiert war. Aber er wollte nicht, dass sie seine nächste Tat mitbekam. Sie brauchte keine Komplizin zu sein oder eine Zeugin, die von den Bullen befragt werden könnte, falls es jemals dazu kommen sollte. Er wollte nicht, dass sie in die Scheiße seiner beschissenen Familie hineingezogen wurde.

»Rev!«, schrie Reilly und rannte ihm hinterher.

Bevor sie die Tür erreichte, schlug er sie zu, drehte den Riegel um und sperrte sie aus.

»Rev!« Sie hämmerte gegen die Tür und rüttelte am Türgriff. »Mach keine Dummheiten! Er ist es auch nicht wert! Keiner von ihnen ist das!«

Er ignorierte sie und entdeckte seine Mutter, die am Ende des schmalen Flurs im Eingang zur Küche stand und mit den Händen ihre Schürze umklammerte.

Genau wie er ihr den verdammten Hals umdrehen wollte.

»Schließ die Hintertür ab und lass sie auf keinen Fall herein, wenn du verschont bleiben willst.« Sie bewegte sich nicht und sagte auch kein Wort. Seltsam, wie viel sie ihm doch zu sagen hatte, als er noch ein Kind gewesen war, aber jetzt, da er erwachsen war? Nichts. »Geh und schließ die verdammte Tür ab! Wenn du sie reinlässt, bringe ich dich ebenfalls um.«

Das Gesicht seiner Mutter erbleichte und sie verschwand in der Küche. Ein paar Sekunden später hörte er ein Klopfen an der Hintertür.

»Lasst mich rein, verdammt. Lasst mich rein!«

Seine Mutter erschien wieder in der Küchentür, ihr Gesicht eine blasse, hagere Maske, die Lippen zu einem Schrägstrich zusammengepresst.

Er hatte ihr noch eine letzte Sache zu sagen: »Wage es ja nicht, die verdammten Bullen anzurufen oder ich sage ihnen, wie beschissen ihr alle seid. Du«, er zeigte mit dem Finger in ihre Richtung, »bist genauso schuldig wie sie.« Er deutete auf das Wohnzimmer zu seiner Rechten. »Du hättest es verhindern können. Alles davon. Alles. Aber das hast du nicht getan ... Mögest du in der Hölle schmoren, zusammen mit dem Mann, den du geheiratet hast, während ihr beide euch weiterhin an die Geheimnisse klammert, die ihr verdammt noch mal behalten wolltet.«

Er wartete keine Antwort ab. Er wusste, dass er keine bekommen würde. Sie wollte nur, dass er ging. So wie John Schmidt wollte, dass er verschwand.

Sie glaubte, er und Saylor hätten ihre ›reine‹, fromme Familie mit dunklen Flecken beschmutzt, obwohl es ihre Handlungen gewesen waren, die diese Flecken verursacht hatten. Ihre Selbstgefälligkeit. Ihre Schritte, die sie unternommen hatte, um wie eine gute Ehefrau und Mutter dazustehen und ihre Familie gottesfürchtig aussehen zu lassen, obwohl sie alle weit, weit davon entfernt waren.

Richtet nicht, auf dass ihr nicht gerichtet werdet ...

Doch das war eine der Lieblingsbeschäftigungen ihres Ordens. Zu urteilen. Und sich dann wiederum gegenseitig dafür zu verurteilen.

Er schnaubte, schüttelte den Kopf und trat ins Wohnzimmer, wo sein Vater – *Scheiße!* Der missbrauchende Hurensohn – wach lag und Rev mit seinen tränenden Augen anblickte, während dieser nähertrat.

Der Mann hatte alles gehört.

Gut.

Sein … *Stiefvater* … holte keuchend Luft, damit er sprechen konnte. »Ich bin bereit … meinem Schöpfer gegenüberzutreten … Und was noch besser ist … Ich werde dich nie wieder … sehen müssen.«

»Bin auch erleichtert, dass ich dich heute zum letzten Mal sehe, du kranker Wichser.« Er trat an das Bett, riss eines der Kissen hinter dem Kopf des Mannes weg und presste es zwischen seinen Fingern zusammen.

»Tu es … Beende mein Leiden.«

Rev schloss für einen Moment die Augen und erinnerte sich. Erinnerte sich an jedes Mal, das er Sarah durch die dünnen Wände zwischen ihren Schlafzimmern hatte weinen hören. An jedes Mal, das er seine aufgebrachte Schwester hatte trösten müssen. An jedes verdammte Mal, das man ihn einen Sünder genannt hatte. An jedes Mal, das er seine eigene Rute von einem Busch hatte pflücken müssen, der nur zu diesem Zweck gepflanzt worden war.

Und an jedes Mal, das er an der Wäscheleine im Garten angebunden worden war.

Irgendwann in ihrer Kindheit hatte John Schmidt herausgefunden, dass ›seine Kinder‹, Sarah und Michael, nicht von seinem Blut abstammten. Rev wusste nicht, wann genau das passiert war und ob das der Grund war, wieso der Mann sie beide immer sofort bestraft hatte. Oder ob das überhaupt keine Rolle spielte.

Vielleicht hätte er genauso gehandelt, wäre er ihr wahrer Vater gewesen.

Vielleicht war er einfach nur ein böser Bastard und nicht

nur wütend, weil er belogen worden war. Sowohl von seinem Schwiegervater als auch von seiner Ehefrau. Doch das war nicht Grund genug, seine ›Kinder‹ auf eine solche Art zu behandeln. Wie ein unnachgiebiger Lehrmeister, der weit darüber hinaus ging, seinen ›Kindern‹ Manieren beizubringen.

»Mir wäre es lieber, du würdest noch weiterleiden. Aber keine Angst, ich werde das hier auch nicht schnell durchziehen. Genau wie jeder Schlag der Rute auf meinem Fleisch. Genau wie jede perverse ›Bestrafung‹, die du an Sarah vollzogen hast. Nichts davon ging schnell. Aber alles davon war unnötig.« Er beugte sich über das Bett, das zerdrückte Kissen schwebte über dem Gesicht des Sterbenden. »Ich will, dass mein Gesicht das Letzte ist, was du siehst. Du wirst kein verdammtes helles Licht sehen oder irgendeinen verdammten Frieden finden. Ich will, dass du daran denkst, was du mir angetan hast, während du kämpfst, was du Sarah angetan hast, kurz bevor du an den Ort gehst, an dem du dir deinen Platz verdient hast. Und lass mich dir eines sagen: Es wird nicht der Ort sein, an den du denkst. Zur Hölle, nein. Bereite dich darauf vor, deinem Schöpfer zu begegnen, alter Mann. Aber es wird nicht Gott sein.«

14

»Wir können nach Hause fahren oder noch eine Nacht hier übernachten, das Zimmer ist schließlich bezahlt.« Rev schritt in dem kleinen Motelzimmer mit einer Unruhe umher, die er einfach nicht loswurde. Es war, als würden Hunderte von Fingernägeln unter seiner Haut an ihm kratzen.

Er hatte gedacht, er würde sich besser fühlen, sobald er das Kissen anhob und auf John Schmidts ausdruckslosen Blick, weit geöffneten Mund und unbewegliche Brust hinabsah.

Aber es hatte ihm keine Genugtuung verschafft, zumal der Mann zu schwach gewesen war, um sich zu wehren. Rev hatte gewollt, dass er kämpfte und Panik bekam. Vielleicht sogar bettelte. Stattdessen hatte der Bastard das Ende mit offenen Armen empfangen.

Rev strich sich mit der gleichen Hand, in der er seine selbst gedrehte Zigarette hielt, über die Haare, während er mit langen Schritten den kleinen Raum durchquerte.

Er hielt inne, hob die Whiskeyflasche an die Lippen, die er in der zweiten Hand hielt, warf den Kopf zurück und ließ die Flüssigkeit in seinen Bauch sickern. Wieder ging er auf und ab, strich sich zum hundertsten Mal über das Haar und konnte vor seinem geistigen Auge nichts anderes mehr sehen als das leblose Gesicht des ekelhaften Mannes.

Nachdem er im Wohnzimmer seines Elternhauses fertig gewesen und nach draußen gegangen war, war Matthews Käfig bereits weg, Matthew selbst auch. Klug von ihm, denn hätte Rev ihn noch einmal gesehen, hätte er die Sache vielleicht doch noch zu Ende gebracht.

Stattdessen begrüßte ihn Reilly, die mit verschränkten Armen und einem überaus unglücklichen Gesichtsausdruck an seinem Bronco lehnte.

Jetzt, da sie auf dem Bett saß und ihn dabei beobachtete, wie er wie ein eingesperrter Tiger umherlief, verbesserte sich ihre Stimmung keineswegs.

Seine allerdings auch nicht.

»Ich glaube nicht, dass du gerade fahren solltest.«

»Ich hasse diesen verdammten Ort.« Seine Füße hielten an, er nahm noch einen langen Schluck des bernsteinfarbenen Schnapses und machte sich dann wieder daran, eine Spur im Teppich zu hinterlassen. »Dann fahr du. Du kannst doch einen Schaltwagen fahren, oder?«

Sie zog eine Grimasse. »Nein. Ich habe Rook gebeten, es mir beizubringen.«

»Rook bringt dir nichts bei.«

»Ach was, schließlich kann ich es immer noch nicht«, schimpfte sie.

Er ignorierte ihren verärgerten Tonfall. »Ich bringe es dir bei. Du hättest mich von Anfang an fragen sollen.«

»Ist das dein Ernst? Das habe ich. Du hast mich abblitzen lassen.«

Er hielt inne und drehte sich zu ihr. »Glaubst du, ich kann diese verdammte Versuchung gebrauchen, wenn sonst niemand dabei ist? Wir beide auf einer verdammten Nebenstraße, allein in einem Käfig? Richtig.« Er stieß einen Atemzug aus.

Ein Lächeln breitete sich auf ihrem Gesicht aus und sie strich mit einer Hand von ihrem Kopf bis zu den Zehen über den Körper. »Du kannst dem wohl nicht widerstehen, was? Heiß und verlockend, wie ein Donut frisch aus der Fritteuse.«

Seine Augen wurden schmal. »Was laberst du da für einen Scheiß?«

Sie rollte mit den Augen. »Schon gut. Du hast Probleme, dich zu konzentrieren, und ich verschwende gerade meinen genialen Humor.«

»Meinst du?« Er trank einen weiteren Schluck Jacky. Der Rauch seiner Zigarette wirbelte in einem weißen Band zur Decke.

Sie streckte ihre Hand aus, während sie auf dem Bett saß und sich gegen das Kopfteil stützte. »Gib mir was davon ab.«

»Nicht, wenn du fährst.« Wahrscheinlich wollte sie ihm nur den Jack wegnehmen, damit er mit dem Trinken aufhörte.

»Hör zu, ich weiß, dass du gerade viel durchmachst, aber die Diskussion hatten wir gerade schon, Rev. Ich kann keinen Schaltwagen fahren und wenn du es mir nicht in den nächsten Stunden beibringst, fahren wir nirgendwo hin, bei dem, was du schon getrunken hast. Wir bleiben genau hier. Und ehrlich gesagt, denk ich, dass es sowieso das Beste ist. Du musst erstmal verarbeiten, was heute los war und was du herausgefunden hast. Das müssen wir beide. Und obwohl du das nicht gleich heute Abend entscheiden musst, musst du dir trotzdem überlegen, ob und was davon Saylor erzählst. Wenn wir heute Abend nach Hause fahren, trennen sich am Ende unsere Wege und du wirst niemanden haben, mit dem du darüber reden kannst.«

Das waren verdammt viele Worte, die sich in seinem ohnehin schon vollen Kopf festsetzten, für die simple Botschaft, dass sie beide die Nacht hierbleiben würden.

Aber, *verflucht*, sie hatte recht. Er hatte bereits ein Drittel des Jack Daniel's, den er wie eine Rettungsdecke bei sich trug, versoffen. Er musste schleunigst einen durchziehen und sobald seine Gedanken dann endlich aufhörten, in seinem Gehirn zu kreisen, auch all den Scheiß verarbeiten, den er vor kaum mehr als einer Stunde erfahren hatte.

Wie zum Beispiel die Tatsache, dass er verdorbenes Blut in sich trug. Sowohl er als auch Saylor. Das konnte er zwar nicht ändern, aber er konnte es vergessen.

Das hoffte er zumindest. Denn er wollte nicht, dass ihn das für den Rest seines Lebens verfolgte. Er wollte nicht daran erinnert werden, dass sein unreines Blut nicht besser war als das der Shirleys, dieser Hinterwäldler, die oben in den Bergen lebten und wahrscheinlich zurückkehren würden, sobald die Bundespolizei mit der Untersuchung ihres Geländes fertig war.

Doch diese Ziegenficker waren im Moment nicht sein Problem. Er musste entscheiden, was von alldem er der wichtigsten Person in seinem Leben erzählen sollte. Saylor.

Vielleicht wäre es am besten, ihr überhaupt nichts zu sagen. Was hätte das für einen Sinn, eine bereits schlechte Situation noch millionenfach zu verschlimmern? Er wollte ihr noch mehr Schmerz ersparen. Aber wenn sie herausfand, dass ihr Onkel auch ihr Vater war, könnte ihr Verstand außer Kontrolle geraten, wie eine Radkappe, die vom Auto fiel, während es über die Autobahn raste.

Seit sie in Manning Grove war und sich bei Judge und Cassie eingelebt hatte, ging es ihr wirklich gut. Sie waren das Beste, was seiner Schwester je passiert war, und er wollte um keinen Preis, dass sich das änderte. Zum ersten Mal verlief ihr Leben einigermaßen ruhig und glich nicht einer verrückten, holprigen Achterbahn.

Nein, dieses Geheimnis würde er mit in sein verdammtes Grab nehmen. Aber er musste auch Reilly davon überzeugen, es zu bewahren. Sie durfte kein einziges verdammtes Wort zu irgendjemandem sagen.

»Ich werde niemandem davon erzählen, Reilly. Und ich muss mir auch nicht überlegen, was ich Saylor sagen will, außer dass unser ›Vater‹ jetzt tot ist. Es ist besser, wenn sie die Wahrheit nicht erfährt. Was bedeutet, dass du kein verdammtes Wort verraten darfst.«

Er hielt inne und wandte sich dem Bett zu, steckte sich die Zigarette in den Mund und flutete seine Lungen mit hochwertigem Amish-Tabak. Aber nur Rauch und Schnaps würden nicht ausreichen. Er war immer noch so angespannt wie ein Gummiband. Eines, das kurz vorm Reißen war und dann in tausend winzige Stücke zerfleddern würde.

»Du hast recht. Sie braucht es nicht zu wissen. Es wird eh nichts ändern. Ich nehme an, wenn es sie selbst nicht beeinträchtigt hat, sollte es auch ihre zukünftigen Kinder nicht schaden ...«

Er blinzelte. Zukünftige Kinder? »Ja, da wir nicht vorhaben, die Geschichte mit der Bruder-Schwester-Sache zu wiederholen, denke ich, dass ihre Kinder gesund sein werden.«

»Deine auch.«

Er blinzelte erneut. »Meine was?«

»Kinder«, antwortete sie und klang genervt. Als wäre sie es leid, mit einem Zweijährigen zu reden.

»Welche Kinder?«

Sie warf ihm einen irritierten Blick zu. »Deine zukünftigen Kinder. Heilige Scheiße, Rev. Genau deshalb gehen wir heute Abend nirgendwo mehr hin. Dein Verstand ist das reinste Chaos!«

»Was du nicht sagst«, murmelte er, trank einen weiteren Schluck aus der Flasche und legte dann mit einem tiefen Zug von seiner Zigarette nach.

Er hatte noch nie darüber nachgedacht, Kinder zu bekommen, weil er dafür erst mal eine Old Lady bräuchte. Aber damit hatte er es nicht eilig. Er hatte noch viel Zeit, bevor er überhaupt darüber nachdenken würde, sich niederzulassen und nur noch eine Frau in seinem Bett zu haben.

Nicht nur eine Frau, sondern auch dieselbe. Immer und immer wieder.

Er müsste eine finden, die ihn nicht zu Tode nervte, ihn aber auch nicht langweilte.

Eine, die gerne fickte. Treu war. Eine gute Mutter für die nichtexistierenden Rotzlöffel.

Er schüttelte den Kopf über seine dummen Gedanken und nahm einen weiteren Schluck Whiskey, um sie endgültig wegzuspülen.

»Wenn du deine Probleme wirklich ertränken willst, brauchst du Essen im Magen.«

»Ja. Später«, sagte er ausweichend. Sein Blick glitt von ihr zu der Schublade des Nachttisches. Mit zwei langen Schritten war er dort, riss sie auf und holte den vom Motel zur Verfügung gestellten Block mit Papier und Stift heraus.

Er ging zum Tresen, der gleichzeitig auch als Schreibtisch diente, setzte sich, steckte sich die Zigarette zwischen die Lippen und stellte die Flasche auf die Platte ab, damit sie in Reichweite blieb. »Weißt du, wie du eine Pfeife stopfst?«, rief er über seine Schulter hinweg.

Er zuckte zusammen, als ihre Stimme direkt hinter ihm erklang. »Nicht auf eure Art.«

Er schüttelte den Kopf. »Hol das Zeug und bring es her.«

»Das hörte sich gerade nicht wie eine Bitte an. Mehr wie eine Forderung.«

Er blickte von dem leeren Papier auf und drehte sich auf dem Stuhl, ergriff ihre beiden Hände und zog sie zwischen seine gespreizten Schenkel. Sie löste eine Hand aus seiner und kämmte ihm durch sein Haar, wobei sich ihr genervter Gesichtsausdruck im Bruchteil einer Sekunde glättete.

»Ich verstehe, dass deine Welt gerade auf den Kopf gestellt wurde, aber lass es bitte nicht an mir aus«, sagte sie sanft.

Er schloss die Augen und drückte zärtlich die eine Hand, die er noch immer hielt, bevor er sie zu seinem Mund führte und mit seinen Lippen über ihre Fingerknöchel strich.

»Tut mir leid, dass du das durchmachen musst«, brachte sie hauchend hervor.

»Tut mir leid, dass ich so ein Idiot bin.«

»Du bist kein Idiot, dein Gehirn ist nur völlig überlastet. Ich verstehe das. Ich befürchte nur, dass du betrunken nach Hause fahren würdest, wenn ich jetzt nicht hier wäre, um dich aufzuhalten. Oder es zumindest versuchen würdest.«

Er hatte keine Ahnung, was er tun würde. Dass Reilly bei ihm war, war ein Grund dafür, dass er seine Wut noch im Griff hatte. Wäre sie nicht hier, wäre er jetzt vielleicht schon in der Obhut der Bullen, denn in seinem Zorn hätte er wahrscheinlich jeden in diesem Haus umgelegt. Wäre sein Großvater noch am Leben, wäre er auch zum Haus dieses Wichsers gefahren und hätte ihm das Gleiche angetan.

Nicht sein Großvater. Sein Vater. *Verdammte Scheiße*, sein Großvater-Vater.

Er schlang seine Arme um Reillys Taille, vergrub sein Gesicht an ihrem Bauch und nahm sich einen Moment Zeit, um einfach nur zu atmen. Sie roch nach einem Mix aus Zitrus-Duschgel und dem Waschmittel ihrer Kleidung. Aber sie einzuatmen, stumpfte zumindest diese messerscharfe Klinge ein wenig ab, die ihn durchfuhr.

Eine Hand spielte in seinem Haar, während ihre andere seinen Rücken streichelte. In diesem Moment wurde ihm klar, dass er noch nie so getröstet worden war. Vor dieser Reise mit Reilly war er noch nie auf diese Weise gehalten oder umarmt worden.

Dann überlegte er, dass Saylor das vielleicht auch noch nie erlebt hatte.

Sex mit jemandem zu haben, bedeutete schlicht und ergreifend nur Körper, die aufeinandertrafen, bis alle Beteiligten befriedigt waren. Aber jemanden zu umarmen, weil dieser sich getröstet, gewollt oder sogar verstanden fühlen wollte ... Das war etwas ganz anderes.

Diese Art von Kontakt hatte ihm sein ganzes verdammtes Leben lang gefehlt. Etwas Ähnliches hatte er nur dann erlebt, wenn er sich in Sarahs Schlafzimmer geschlichen und sie umarmt hatte, bis sie aufhörte zu weinen. Aber jedes Mal, wenn er ihr beim Einschlafen half, ärgerte es ihn noch mehr und erfüllte ihn mit noch mehr Hass, weil er nicht derjenige hätte sein sollen, der das tat. Schlimmer noch: Es hätte erst gar nicht dazu kommen dürfen.

Er versuchte, im Nachhinein verzweifelt zu reparieren, was John Schmidt kaputtgemacht hatte.

Wieder sog er einen langen Atemzug durch die Nase ein und wollte Reilly genauso einatmen wie Gras. Er wollte ihre Gelassenheit teilen und sie durch ihn hindurchfließen lassen.

Sobald er nach Hause käme, würde er seine Schwester umarmen, so fest er nur konnte. Ob Saylor es wollte oder nicht. Er musste sie daran erinnern, dass er für sie da war, was auch immer passierte. Er musste es ihr zeigen und nicht nur sagen.

Gesprochene Worte konnten leer sein. Und auch voller Lügen.

Als sich Reillys Wange an seinen Kopf drückte, schlang er seine Arme um sie und zog sie enger an sich.

Er hatte keine Ahnung, wie lange er sich an sie klammerte, aber sie ließ es geschehen und zog sich auch nicht zurück. Solange er sich festhielt, hielt sie sich an ihm fest. Das hatte etwas so verdammt Heilendes an sich.

Jetzt wünschte er sich, er hätte Sarah noch öfter in den Arm genommen, bevor er weggelaufen war. Nachdem er weg war, hatte sie nicht einmal mehr das gehabt. Sie hatte nichts mehr.

Er hatte sie mit nichts zurückgelassen.

Verdammt, er hätte nie gehen dürfen.

Er hätte bleiben müssen. Für sie. Dann hätte er einen Weg gefunden, sie beide aus dieser Lage zu befreien.

Er hatte es versaut. Und sein Versagen hatte sie noch mehr versaut. Er trug eine Mitschuld.

Reilly nahm sein Gesicht in beide Hände und hob es an. Sie küsste ihn sanft, aber als sie sich zurückziehen wollte, hielt er sie auf und nahm ihren Mund noch tiefer.

Er wollte sie wieder halten, diesmal allerdings, während er in ihr war. Nicht nur, um sie zu ficken, sondern weil er mehr wollte. Leider war sein Kopf noch nicht so weit. Er musste ihn erst so weit bringen, indem er seine verworrenen Gedanken glättete.

Er beendete den Kuss und sie drückte ihre Stirn an seine. »Ich will dich«, flüsterte er.

»Ebenso«, flüsterte sie zurück. »Aber das wird nicht passieren, solange du dich betrinkst.« Sie wollte sich wieder von ihm wegbewegen und diesmal ließ er sie los. »Ich hole dir deine Pfeife.«

»Gleich. Hilf mir erst mal, das zu verstehen. Setz dich.«

»Wo soll ich mich hinsetzen? Es gibt nur einen Stuhl.«

»Mein Schoß ist ein guter Sitz.«

Sie schenkte ihm ein sanftes Lächeln, schlang einen Arm um seine Schultern und ließ sich dann auf seinem Schoß nieder. »Ja, du hast recht. Solange mich nichts ersticht.«

»Ein Ständer macht den Sitz noch besser.«

»Wenn wir beide nackt sind.«

»Werden wir bald sein. Ich will, dass du meinen Schwanz auf diesem Stuhl hier reitest.«

»Glaubst du, der hält das aus? Es ist nur ein billiger Motel-Stuhl.«

Er zuckte mit den Schultern. »Ich bezahle ihn, wenn er kaputtgeht. Könnte die Kosten wert sein.«

»Vielleicht aber nicht den Schmerz, wenn er zusammenbricht und wir hart auf dem Boden landen.«

»Das kriegen wir schon hin. Aber ich muss das alles erst mal sortieren, damit ich den Scheiß aus meinem Kopf kriege ... fürs Erste.«

»Glaubst du, dass es Sinn macht, es aufzuschreiben?«

»Nichts davon ergibt einen verdammten Sinn.« Aber es schwarz auf weiß vor sich zu sehen, könnte ihm zumindest helfen, es zu begreifen.

»Stimmt«, murmelte sie, während ihre Fingerspitzen über seinen Nacken strichen.

Diese Art von Berührung sollte ihn nicht anmachen, aber sie tat es. Trotz seines verkorksten Kopfes konnte er die Tatsache nicht ignorieren, dass er sie wollte. Jetzt mehr denn je.

Er wickelte seine linke Hand um den Stift und schrieb auf jedes rechteckige Blatt Papier, das er vom Block abriss, einen Namen.

»Ich wusste gar nicht, dass du Linkshänder bist. Saylor auch?«

»Glaube schon.«

»Du weißt es nicht?«

»Sie war noch ziemlich jung, als ich weggegangen bin, und ich achte nicht drauf, wenn ich sie schreiben sehe.«

»Wie war das, als sie mit Buntstiften gemalt hat? Da hätte es dir auffallen müssen.«

Er hob als Antwort nur langsam das Gesicht.

Das genügte, damit sich ihre Wangen vor Wut verfinsterten. »Du durftest nicht einmal malen?«

Wenn sie machen wollten, was normale Kinder taten, hatten sie das außerhalb des Hauses tun müssen, normalerweise in der Schule. Zum Beispiel hatte er da die Möglichkeit bekommen, Baseball zu spielen. Er hätte zu gern in einer Mannschaft gespielt, aber das wurde ihm verboten.

Als er alle Namen auf den Zetteln notiert hatte, reihte er sie vor sich auf. Den Namen John Schmidt ließ er aus, da weder er noch Saylor mit dem Bastard blutsverwandt war. Somit verdiente der Mann keinen weiteren Gedanken.

Er schob das Papier mit dem Namen seines Großvaters, Lorne, an den oberen Rand der Theke. Darunter legte er je zwei weitere mit den Namen Rachel und Matthew. »Vater, Sohn und Tochter.«

»Wäre einfach, wenn die Blätter am Stammbaum so bleiben würden.«

»Ja«, murmelte er und schob die beiden Blätter mit den Namen Michael und Sarah unter den seiner Mutter. »So sollte es eigentlich aussehen. Aber so ist es nicht.«

Er nahm den Stift und zeichnete einen Pfeil von Sarahs Namen zu dem ihrer Mutter, dann kritzelte er einen weiteren Pfeil in Richtung Matthew, Sarahs richtigem Vater. Er malte auch einen Pfeil, der von seinem eigenen Geburtsnamen auf Rachel zeigte. Ein weiterer Pfeil ging nach oben zu Lorne, Revs Großvater, der nun auch sein Vater war.

Er starrte auf die Zettel und wusste, dass er noch nicht fertig war. Dass noch mehr Pfeile gezeichnet werden mussten. Aber er konnte es nicht.

Er konnte er verdammt noch mal nicht. Stattdessen nahm er den Stift und kritzelte wütend über die Namen, bis die Mine des Stifts abbrach und die Farbe zu tropfen begann. »Verfluchte Arschlöcher!« Er warf den Stift quer durch den Raum, stürzte vom Stuhl und zwang Reilly auf die Beine, damit sie nicht auf den Teppich fiel.

Mit dem Rücken zu ihr und dem Tresen fuhr er sich über die Stirn.

Es vor sich liegen zu sehen, machte die Sache nicht besser, sondern verdammt noch mal viel schlimmer. Es war unmöglich, einen krummen Ast zu begradigen, ohne ihn zu brechen.

Und er war kurz davor zu brechen.

»Hol dein Feuerzeug«, schlug sie hinter ihm vor.

Ja, gute Idee, denn er musste dringend runterkommen. Er ging zum Nachttisch, holte seine Dose, seine Pfeife und sein Feuerzeug. Als er sich umdrehte, sah er, wie sie die Zettel, wo auch immer sie während seines Ausbruchs gelandet waren, wieder einsammelte und ordentlich zusammen stapelte.

Sie neigte ihren Kopf zur Tür. »Ab nach draußen. Bring einfach nur das Feuerzeug mit.«

Sie ging zur Tür hinaus und ließ sie geöffnet, in der offensichtlichen Erwartung, dass er ihr folgen würde. Ein paar Sekunden später drängte er sich nach draußen, ohne sich die Mühe zu machen, die Tür hinter sich zu schließen. Weil sie keine Schuhe trug, lief sie nur bis zur Gehwegkante. Dort ging sie in die Hocke und zerknüllte das Papier. Als alles zu einem Knäuel geformt war, hielt sie eine Hand in die Luft, ohne hinter sich zu sehen.

Er drückte ihr das Feuerzeug in die Hand und sie schnippte es an, bis eine Flamme aufloderte, und hielt es dann an den Rand des zerknüllten Balles. Ein paar Sekunden später fing es an zu brennen.

Als sie sich erhob, trat er zu ihr. Sie stellte sich neben ihn, schlang einen Arm um seine Taille und lehnte den Kopf an seine Seite. Er legte einen Arm um ihre Schultern und zog sie an sich.

Während der letzten Tage war sie sein Fels gewesen. Robust und unterstützend. Verständnisvoll und – größtenteils – geduldig. Dass sie sich an ihn lehnte, während er sie hielt, fühlte sich ... *richtig* an. Als ob sie das ständig taten und es normal war.

Er konnte sich auf dieser Reise niemand anderen an seiner Seite vorstellen.

Zum Glück hatte sie darauf bestanden, mitzukommen.

Zum Glück war sie eine aufdringliche, sture Klugscheißerin.

Zum Glück verstand sie, wie beschissen Eltern sein konnten.

Sie standen da und beobachteten das kleine Feuer, bis es ausbrannte und nur noch Asche übrig war. Eine leichte Aprilbrise blies die flockige Asche davon und sie sahen zu, wie sie verschwand.

»Da«, flüsterte sie schließlich. »Endgültig verschwunden. Unsere beiden teuflischen Vergangenheiten zu Asche zerfallen. Wir werden nie wieder darüber nachdenken. Abgemacht?«

Wir werden nie wieder darüber nachdenken.

Und wieder einmal hatte sie recht.

Er musste vergessen, was er erfahren hatte, und nie wieder daran denken.

Er musste nach vorn sehen, das alles hinter sich lassen und nie wieder zurückblicken. Niemals zurückkehren. Weder körperlich noch mental.

Keiner dieser Menschen, die einmal zu seiner Familie gehört hatten, waren auch nur einen verdammten Augenblick seiner Zeit oder Mühe wert.

Anders als die Frau, die in seinen Armen lag.

Er drehte sie und neigte den Kopf zu ihr hinunter. »Verdammt, ich liebe dich, Frau.«

Wow.

Er blinzelte und sein Herz begann zu rasen.

Was zum Teufel hatte er da gerade gesagt? War er so betrunken? War das wirklich aus seinem Mund gekommen?

Einen Moment lang dachte – und hoffte – er, sie würde so tun, als hätte sie es nicht gehört. Dass sie ignorieren würde, wie verdammt dämlich diese unerwartete Erklärung klang.

Leider ignorierte sie ihn nicht. Stattdessen seufzte sie leise, tätschelte ihm herablassend den Bauch und sagte: »Das sind nur der Whiskey und die verwirrten Gefühle, Rev. Das meinst du nicht ernst.«

Scheiße, sie ignorierte ihn nicht, sondern zerpflückte seine Worte.

Als sie wieder ins Zimmer ging, blieb er draußen stehen und sah erstarrt dabei zu, wie sie verschwand.

In diesem Moment wurde ihm klar, dass sie falschlag.

267

So verdammt falsch.

Was er gesagt hatte, lag nicht am Whiskey oder an seinem benebelten Kopf.

Es lag überhaupt nicht daran.

Heilige.

Verdammte.

Scheiße.

15

Er hatte es nicht so gemeint.

Das konnte er nicht.

Sie hatten nur fünf Tage im selben Zimmer, im selben Bett verbracht. Sie kannten sich und arbeiten zwar schon seit einem Jahr zusammen, aber trotzdem ...

Das *musste* der Whiskey gewesen sein.

Für den Rest des Abends schafften es beide, die Worte, die er *versehentlich* hervorgebracht hatte, zu ignorieren und so zu tun, als wäre es nie passiert.

Stattdessen teilten sie sich beide eine Bowl, stopften sich mit geliefertem Essen voll und verbrachten die halbe Nacht nackt, verschwitzt und sich windend in den Laken. Und auf den Laken. *Und* auf dem Schreibtischstuhl, der wie durch ein Wunder hielt.

Bei all dem wurde das L-Wort nicht mehr erwähnt. Ob aus Versehen oder mit Absicht.

Weil es keine Liebe war.

Oder?

Alkohol *konnte* wie ein Wahrheitsserum wirken. Wenn man viel trank, platzte man manchmal mit Dingen heraus, die man am wenigsten erwartete. Oder wenn der Zeitpunkt ausgesprochen schlecht und ungünstig war.

Vielleicht ...

Nein.

Könnte er ...

Nein.

Das machte keinen Sinn.

Ja, sie fühlten sich seit einem Jahr zueinander hingezogen und flirteten gelegentlich – okay, mehr als gelegentlich –, aber sie flirtete nicht mehr mit ihm als mit jedem anderen der Jungs. Oder?

Sie flirtete mit allen. Das wussten sie alle. Und sie waren alle daran gewöhnt.

Keiner von ihnen nahm es ernst, da sie auf der ›Nicht anfassen oder du stirbst‹-Liste stand ...

Flirten und Anbaggern war eine Sache, aber Liebe?

Nein.

Der Sex war großartig gewesen und sie würde ihn sicher vermissen, jetzt, da sie durch Manning Grove fuhren und sich ihre Wege bald trennten.

Aber wenn sie ehrlich war, würde sie nicht nur seinen Schwanz vermissen, sondern auch den Mann, der dazugehörte.

Natürlich würde sie ihn regelmäßig bei der Arbeit sehen, aber das war nicht dasselbe. Mit jemandem zu arbeiten oder sich nackt mit ihm in den Laken zu wälzen, waren zwei verschiedene Dinge.

Und ja, sie hatte den Unterschied zwischen ihrem letzten Sex und dem der vorherigen Nächte bemerkt. Etwas hatte sich verändert. Nicht einfach nur zwei Menschen, die Sex hatten, es war mehr.

Verdammt, könnten seine Worte tatsächlich wahr sein?

Nein, er war emotional total durcheinander. Aus gutem Grund versteht sich. Das war alles.

Und selbst wenn er seine Worte ernst meinte, was konnten sie schon machen?

Vielleicht könnte sie sich ernsthaft mit Deacon und Reese zusammensetzen und ihnen erklären, dass sie tun würde, was sie wollte, und zwar mit jedem, mit dem sie es tun wollte, und dass die beiden in dieser Angelegenheit nichts mehr zu sagen hätten. Nichts. Fertig.

Dann würde sie verlangen, dass der Club sie von der Verbotsliste strich.

Ja, genau.

So einfach war das.

Wie es das immer war, wenn es um Reese ging. Die ältere Schwester, die sich in eine überfürsorgliche Mutterfigur verwandelte, sobald sie annahm, ihre kleine Schwester könnte verletzt werden oder eine schlechte Entscheidung treffen.

Reilly konnte es durchaus nachvollziehen. Sie verstand die Haltung ihrer Schwester, vor allem, nachdem Reese miterlebt hatte, wie Reilly im Krankenhaus ans Bett gefesselt und misshandelt worden war, und sich anschließend mit dem ganzen Scheiß herumschlagen musste.

Trotzdem gefiel es ihr nicht. Sie mochte es nicht, keine hundertprozentige Kontrolle über ihr eigenes Leben zu haben. Nicht nur wegen Reese, sondern auch, weil sie unter dem Schutz des Clubs stand.

Sie wurde als Eigentum der Fury betrachtet.

Ja genau, *Eigentum.*

Sie warf einen kurzen Blick auf Revs Profil, während er fuhr. Heute sah er älter aus als achtundzwanzig. Er wirkte geistig und körperlich völlig erschöpft.

Nicht nur wegen des Schlafmangels.

Sie streckte ihre Hand aus und drückte seinen Oberschenkel. Er legte seine Hand nur kurz auf ihre, bevor er herunterschalten musste, als er in ihre Straße einbog und dann rückwärts auf den Parkplatz vor ihrer Wohnung fuhr.

Es war bereits später Nachmittag, denn sie hatten Coatesville erst verlassen, nachdem sie sich heute Morgen beim Sex Zeit gelassen und auf dem Heimweg noch in einem Diner gefrühstückt hatten. Das Problem an dieser Uhrzeit war nun, dass man ihn mit ihr vor ihrer Wohnung sehen könnte. Schlimmer noch, mit seinem Bronco, der mit dem kompletten Inhalt ihrer Lagereinheit vollgestopft war.

Wie würden sie das erklären?

Leider befand sich ihre Wohnung im ersten Stock, mit einer Treppe, die an der Außenseite des Gebäudes entlangführte. Es würde einige Zeit dauern, bis sie seinen Ford ausgeladen und alles die Treppe hinaufgetragen hätten. Das einzig Gute an der Lage ihres Gebäudes war, dass es an einer Straße lag, die überwiegend nur von den umliegenden Anwohnern befahren wurde.

Wenn sie sich beeilten, könnten sie es vielleicht vermeiden, erwischt zu werden.

Keiner von ihnen war allerdings fit genug, um mal eben schnell die ganzen Boxen in den ersten Stock zu tragen. Bestimmt fünfzigmal mussten sie laufen. Beide waren außer Atem, schwitzten und hatten Schmerzen, sobald sie fertig waren.

Ihr Herz raste immer noch in ihrer Brust, nachdem sie den letzten Karton auf einen Stapel fallenließ, der eine ganze Ecke in ihrer Einzimmerwohnung ausfüllte. »Heilige Scheiße«, keuchte sie und wischte sich mit der Handfläche die Schweißperlen von Stirn und Schläfe.

»Ohne Scheiß«, murmelte er, atmete ebenfalls schwer und schaute sich in ihrer kleinen Wohnung um.

Ihr wurde klar, dass er noch nie hier gewesen war. Keiner der Jungs, mit Ausnahme von Deacon und Judge, hatte ihre Wohnung je gesehen. Sie war sich absolut sicher, dass ihr Apartment – genauso wie sie – für tabu erklärt worden war.

Sie seufzte. »Es gibt doch nichts Schöneres, als diese Stufen immer wieder hinaufzulaufen, um zu beweisen, wie unfit wir sind.«

Er kam zu ihr, zog sie in seine Arme und hielt sie fest. Sein Körper war brühend heiß – nicht die sexy Art von heiß – und normalerweise hätte sie sich losgerissen, da sie sich ebenfalls etwas überhitzt fühlte. Aber sie wollte ihn nicht loslassen.

Noch nicht.

Stattdessen legte sie ihr Kinn an seine pulsierende Brust.

»Wir sind beide schon verschwitzt und das Bett da drüben steht leer. Das sollten wir ausnutzen«, schlug er vor.

»Willst du wirklich, dass dein Bronco so lange vor der Tür parkt? Er ist ein handgefertigter Klassiker und ein Unikat«, erinnerte sie ihn. »Jeder in der Stadt weiß, wem er gehört.«

Er verzog den Mund und das Funkeln erlosch in seinen Augen. »Ja. Richtig.« Er ließ sie los. »Aber ich muss dich noch am Motel absetzen, damit du deinen Käfig holen kannst.«

Das wars. Sobald er sie im The Grove Inn absetzte, würden sie getrennte Wege gehen und so tun, als wären die letzten fünf Tage nie passiert.

Sie hatten bereits einen Pakt geschlossen, um Revs und Saylors wahre Abstammung zu vergessen. Diese Information würde in einer unsichtbaren Kiste verschlossen und der Schlüssel weggeworfen werden, damit sie hoffentlich nie wieder auftauchte.

So viele verdammte Geheimnisse. Leider waren sie alle notwendig.

»Nun«, begann sie, »ich würde ja gerne sagen, dass es ein schöner Ausflug war, aber … äh …« Sie schnitt eine Grimasse.

»Ja«, war alles, was er sagte. Sein resignierter Tonfall gab ziemlich genau wieder, wie sie beide über die ganze Sache dachten.

Sie zupfte leicht an seinem Shirt. Er hatte seine Kutte während der ganzen Reise nicht getragen und trug sie auch jetzt nicht, da er seinen Truck fuhr, anstatt mit der Maschine zu fahren. Schon bald würde er sie wieder überziehen, so wie er auch in sein Leben hier in Manning Grove zurückkehren würde, mit seinem Job und seiner Familie. Seiner *echten* Familie. Die ihn liebte und respektierte und ihm den Rücken stärkte.

Sie war froh darüber, denn er hatte in seinem Leben zu lange ohne auskommen müssen.

Sie war froh darüber, dass sie sie jetzt ebenfalls eine hatte.

Sie konnten nur nicht zusammen sein, außer die Regel, die über ihrem Kopf schwebte, änderte sich.

Aber ... wollte sie das überhaupt? Etwas Ernsteres als nur fantastischen Sex wie in den letzten Tagen im Motel?

Solange sie Eigentum des Clubs war, musste sie bereit sein, auch ›Eigentum von Rev‹ zu werden, wenn sie enthüllten, was bereits in Coatesville geschehen war und was sie fortsetzen wollten. Und das alles, ohne dass er vorher geknüppelt wurde oder seine Farben verlor. Das war essentiell.

War sie dazu bereit? War er es? Was wollte er wirklich von ihr, wenn überhaupt?

Da sie beide diese Diskussion vermieden hatten, konnte sie nur annehmen, dass keiner von ihnen zu mehr bereit war.

Sie trat zurück und schuf Raum zwischen ihnen. In diesem Moment hatte er die Freiheit zu tun, was er wollte, wann er wollte und mit wem er wollte.

Sie hatte so im Gefühl, dass, wenn sie mit Deacon und Reese sprachen, die beiden darauf bestehen würden, dass Rev sie für sich beanspruchte und sie zwang, seine Kutte zu tragen. Das wäre kaum besser als eine Blitzhochzeit. Und niemand wollte diese Art von Druck. Niemand wollte zu etwas gezwungen werden, wofür er nicht bereit war.

Jede erzwungene Beziehung würde sich in ein völliges Desaster verwandeln.

Sie waren in ihren Zwanzigern, *verdammt!* Keiner von ihnen sollte bereit sein, sich niederzulassen. Und selbst wenn, würden sie es vielleicht nicht miteinander tun.

Oder doch?

Gott. Nein.

Was er gesagt hatte, meinte er nicht so. Es waren nur seine Gefühle, die aus ihm sprachen, das war alles.

Denn wenn er es ernst meinte …

Hör auf, Reilly.

Ein ungewohntes Brennen meldete sich hinter ihren Augen. *Was zum Teufel?* Sie war keine Heulsuse und sie hatte auch überhaupt keinen Grund, irgendwelche Tränen zu vergießen.

Sie war nur müde, das war alles. Von der emotionalen Achterbahnfahrt dieser Reise, von der langen Fahrt nach Hause und der körperlichen Anstrengung, die Kisten in ihre Wohnung in den ersten Stock zu schleppen.

Die Erschöpfung machte sich breit. Sie brauchte Schlaf.

Eine perfekte und einfache Lösung.

Sie blinzelte die aufsteigenden Tränen weg und schaffte es, durch eine enge Kehle hervorzubringen: »Kannst du mich bitte zum Gasthaus bringen?«

Seine Brauen senkten sich ab, während er sie anstarrte. Doch sie wandte sich schnell ab, um zu verbergen, was er sah. Oder was er dachte, gesehen zu haben.

»Reilly …«

»Rev, ich habe Angst, dass jemand deinen Truck sieht und auf falsche Gedanken kommt.«

»Ja, aber es wären doch noch nicht einmal falsche Gedanken, oder?«

»Richtig«, stimmte sie zu, wischte sich schnell die Stacheln aus den Augen und drehte sich zu ihm um. »Und genau das müssen wir vermeiden. Nicht für mich, aber für dich. Und für Saylor.«

Daran musste sie denken. Was auch immer mit ihm geschah, würde auch seine Schwester betreffen.

»Verstanden.« Mit einem steifen Nicken und zusammengekniffenen Lippen zog er seine Schlüssel aus der Hosentasche. »Lass uns gehen.«

* * *

SIE SPÜRTE BEREITS, dass sie ihn verloren hatte, als er auf den Parkplatz des The Grove Inn einbog und zu ihrem Auto fuhr, das hinter dem Gebäude stand.

Er parkte daneben, schaltete in den Leerlauf, saß dann da und sagte nichts. Nur das Grollen seines Bronco V8 füllte die Stille zwischen ihnen.

Vielleicht wartete er darauf, dass sie ausstieg.

Sie seufzte, stieß die Beifahrertür auf und hielt sich am Griff fest, um nicht wie ein Tollpatsch aus dem angehobenen Wagen auf ihren Hintern zu plumpsen.

Doch bevor sie vor ihm fliehen konnte, packte er sie am Arm und hinderte sie daran, hinauszuklettern. Als sie den Kopf zu ihm drehte, bemerkte sie noch etwas anderes hinter seinem gequälten Gesichtsausdruck. Sie verzog das Gesicht, bis auch er den Kopf drehte.

Lizzy, die nur mit einem knappen, neonpinken Bikini bekleidet war, der fast jeden Zentimeter ihres heißen Körpers zeigte, saß in einem Liegestuhl. Anscheinend fing sie die Sonnenstrahlen ein, die ihre Haut Gold bräunen sollten.

»Scheiße«, raunte Reilly.

Die Blondine stand auf und ging zum Geländer, um noch mehr von ihrem heißen Körper zu präsentieren. *Zweifache Scheiße.* Ihr Lächeln war breit und echt, als sie Rev bemerkte und ihm kurz zuwinkte.

Die freudige Begrüßung des Sweet Butts »Hey!« endete in einem »He.......eeeeeeeey«, als sie erkannte, *warum* Rev da war.

Um Reilly an ihrem Auto abzusetzen.

Das Gesicht der älteren Blondine verzog sich zu einem besorgten Ausdruck, als sie einen kurzen Blick auf die Glasschiebetüren warf, die von der Wohnung des Hotel-Managers im ersten Stock auf die Terrasse führten.

»Scheiße, kann sie mich sehen?«, fragte Reilly atemlos.

»Ja, Babe, du bist nicht unsichtbar. Genauso wenig wie dein verdammter Käfig, der hier die gesamte letzte Woche stand.«

»Nun, er wäre nicht hier, wenn mich Ozzy nicht hätte fahren müssen, weil du zu stur warst, mich mitzunehmen«, schrie sie fast, konnte es aber gerade so auf ein genervtes Zischen reduzieren.

»Du musst immer bekommen, was du willst, was?«

»Ach, jetzt gibst du *mir* die Schuld?«

Lizzys Blick hüpfte zwischen Rev und Reilly hin und her. Leider bedeutete das, dass sie die beiden nicht nur sah, sondern auch *hörte*, zumal Rev beide Fenster heruntergekurbelt hatte.

Die perfekt geformten Augenbrauen des Sweet Butts hoben sich, aber sie verbarg ihre Überraschung und Besorgnis hastig wieder, als Reilly seufzte und aus dem Bronco stieg.

Lizzy war der coolste Sweet Butt und Ozzy neigte dazu, sich einen Dreck zu scheren, also konnten die beiden hoffentlich ihre Klappe halten. Und wenn Ozzy sich nicht schon den Mund fusselig geredet hatte, weil er Reilly vor fünf Tagen vor dem Morgengrauen auf der Farm abgesetzt hatte, dann konnte er wahrscheinlich auch dieses Geheimnis bewahren.

Zumindest hoffte sie das.

Zwei Sekunden später schlenderte das Original höchstpersönlich aus eine der offenen Schiebetüren, nur mit zerlumpten Baumwollshorts bekleidet und sich im Schritt kratzend. Er hatte eine Zigarette – ob es Tabak oder Gras war, konnte Reilly nicht sagen – zwischen den Fingern der kratzenden Hand eingeklemmt und mit der anderen hielt er eine volle Bierflasche.

Seine Augen klebten an Lizzy in diesem winzigen Bikini, aus dem ihre Brüste fast hinausfielen, während sie sich gegen das Geländer lehnte. Sein Kratzen ging über in das Richten seiner

Erektion, soweit Reilly das beurteilen konnte. »Beug dich über das Geländer und …« Seine grauen Augen blitzten in ihre Richtung und er erstarrte für einen Moment, als er den Bronco und seine Insassen bemerkte. Dann grinste er und hielt ihnen sein Bier zur Begrüßung hin. »Wollt ihr zusehen?«

Lizzy lachte, drehte sich um und schlug ihm auf den Arm. Ihr Mund bewegte sich, aber ihre Stimme war so leise, dass weder Reilly noch Rev hören konnten, was sie zu Ozzy sagte.

Ozzy zuckte mit den Schultern und ging zum Geländer, um sich neben Lizzy zu stellen und auf den Parkplatz hinunterzusehen. »Wird auch Zeit, dass ihr zwei zurück seid. Hätte nicht gedacht, dass du so lange weg sein wirst, Frau.«

Scheiße.

»Wusste auch nicht, dass er der Grund dafür war, dass ich dich am Dienstagmorgen auf der Farm absetzen musste.« Oz setzte seine handgerollte Zigarette an die Lippen und nahm einen langen Zug. Als er weitersprach, entwich der Rauch in wolkenartigen Zügen aus seinem Mund. »Wusste auch nicht, dass du von der Liste der verbotenen Ficks gestrichen wurdest. Denn wenn ich das gewusst hätte …« Ozzy zuckte mit den Schultern und sein Grinsen wurde breiter.

Reilly hörte ein gutturales Geräusch – vielleicht sogar ein Knurren – tief aus Revs Kehle.

Scheiße.

»Sie ist jung und will dich nicht, alter Mann«, stieß Lizzy ihn mit einem Hüftschwung an.

»Warum? Ich könnte ihr noch einiges beibringen.« Ozzy griff sich in den Schritt und schüttelte ihn.

Lizzy verdrehte die Augen und sah zu Reilly, die aus dem Truck geklettert war und nun am Heck stand. Der Sweet Butt deutete mit einem Daumen in Richtung des älteren Bikers und schüttelte den Kopf. »Ich bin mir sicher, dass sie bereits ein oder zwei Dinge gelernt hat, während sie in der Scheune war. Das haben wir alle.«

»Lizzy ist wirklich gut im Muschilecken, Lee, falls du zu uns kommen willst.«

Ozzy hatte sie von Anfang an Lee genannt. Sie war überrascht, dass nur ein paar der anderen Jungs den Namen aufgegriffen hatten und ihn auch benutzten. Rev gehörte nicht dazu.

»*Lee* will nicht zu dir hochkommen«, knurrte Rev und stieg schnell aus dem Bronco.

Reilly konnte die Anspannung in seinen Schultern und in seinem Gesicht erkennen. Sie rückte neben ihn und flüsterte: »Er verarscht dich nur. Allein durch deine Reaktion gibst du ihm die Antworten auf seine ungestellten Fragen.«

»Scheiße«, murmelte er.

Reilly seufzte und rief Ozzy zu: »Ich lehne das Angebot dankend ab, Oz, aber ich weiß es zu schätzen. Und ich stehe immer noch auf der Liste der *verbotenen Ficks*. Aber da Lizzy sich nicht an diese Liste halten muss, könnten sie und ich es vielleicht mal miteinander treiben. Ich bin nicht abgeneigt, etwas Neues auszuprobieren.«

Rev gab ein weiteres Geräusch von sich. Diesmal war es kein Knurren, sondern eher ein Würgen.

»Jederzeit, meine Schöne«, erwiderte Lizzy und spielte mit. »Wann immer du bereit bis und experimentieren willst, ich bin dabei.« Sie warf Reilly eine Kusshand zu.

»Wenn ich mich auf das Gesicht einer Frau setzen würde, dann auf deins, Liz«, antwortete Reilly, wobei sie den Namen benutzte, den die Frau bevorzugte, und nicht den, den die Männer gebrauchten. Sie hauchte ihr ebenfalls einen Kuss zu, wohl wissend, dass es beide Männer in den Wahnsinn treiben würde.

Ozzy hatte einen erregten Gesichtsausdruck, als er sagte: »Ihr Damen macht mich verdammt hart.« Er rieb sich im Schritt. »Wie siehts bei dir aus, Bruder?«

Rev ignorierte ihn, packte Reilly am Arm und zerrte sie um den Bronco herum auf die andere Seite zu ihrem Auto.

»Ist das dein verdammter Ernst?«, knurrte er.

Sie zog eine Maske der Unschuld über ihr Gesicht. »Warum nicht? Sie ist heiß.«

Sein Mund öffnete sich.

»Wie oft hast du es mit ihr getrieben?«

Sein Mund schnappte zu.

Nachdem sie noch ein paar weitere schweigende Sekunden auf seine Antwort gewartet hatte, sagte sie: »Das habe ich mir gedacht.« Sie drückte auf ihren Schlüsselanhänger, um ihr Auto zu entriegeln, und griff nach dem Türgriff.

Sein »Bis Sonntag« ließ sie innehalten und über die Schulter zu ihm zurückblicken.

»Sonntag?« Das war morgen. Was zum Teufel stand morgen an?

»Ja. Clubrun. Du bist mein Rucksack.«

Ach du Scheiße. Das hatte sie bei all den Ereignissen völlig vergessen. »Ich glaube nicht, dass das klug wäre, Rev.«

»Da stimme ich dir zu, wenn jemand wüsste, dass wir die letzten Tage zusammen waren.«

»Ozzy weiß es jetzt.«

»Ozzy wusste schon, dass etwas nicht stimmt, als er dich auf der Farm abgesetzt hat. Es ist ihm scheißegal. Er ist viel zu sehr damit beschäftigt, sich Lizzys Gesicht zwischen deinen Schenkeln vorzustellen.«

»Aber er weiß jetzt, mit wem ich in die letzten Tage verbracht habe. Vorher wusste er das nicht.«

Rev schnaubte. »Wie ich schon sagte, es ist ihm höchstwahrscheinlich scheißegal. Wenn du diese Stufen hinaufgehen und ihm sagen würdest, er solle sich ausziehen, würde er das tun. Der hätte seinen Schwanz so schnell draußen, dass es dich glatt umhauen würde.«

»Heilige Scheiße«, flüsterte sie. »Ist er etwa so groß?« Sie blickte hinauf zum Deck, wo Ozzy und Lizzy immer noch am Geländer standen und sie neugierig beobachteten.

Er warf ihr einen verärgerten Blick zu. »Darum geht es nicht, verdammt noch mal. Und du hast ihn doch gesehen. Das haben wir alle.«

Das stimmte. Die einzigen Schwänze, die sie bis jetzt noch nicht gesehen hatte, waren die, die bereits Old Ladys gehabt hatten, als sie zum Club dazugestoßen war. Und natürlich Deacons. Ein paar der Prospects hatte sie auch noch nicht gesehen, aber das würde sie sicherlich bald.

Dutchs Schwanz hatte sie dagegen schon viel zu oft gesehen. Den würde sie wahrscheinlich sogar bei einer anonymen Ständeraufstellung erkennen.

»Rev, ich will nicht riskieren, dass du wegen eines Verstoßes gegen die Clubregeln erwischt wirst.«

Sie wollte nicht der Grund dafür sein, warum er alles verlor. Sie wollte nicht der Grund dafür sein, dass er auf das Feld hinter der Scheune gebracht und verprügelt wurde, wie sie es mit Cage getan hatten. Nachdem sie Revs verkorkste Familie miterlebt hatte, wusste sie, dass Saylor, der Club und die Bruderschaft alles waren, was er hatte.

Sie würde nicht diejenige sein, die das alles riskierte. Das würde sie sich sonst nie verzeihen. Und das bedeutete, dass sie vorsichtig sein mussten, bis sich diese eine Regel änderte.

Das bedeutete auch, dass sie morgen nicht sein Rucksack sein konnte.

Ob es ihm nun gefiel oder nicht.

16

B ald würden Revs Zähne bis zu den verdammten Wurzeln abgeschliffen sein, so sehr knirschte er damit. Er würde als zahnloser, elender Idiot enden. Sie hatten erst eine Stunde der geplanten dreistündigen Fahrt hinter sich, aber er hielt es kaum noch aus. Er war kurz davor, seinen verdammten Verstand zu verlieren und Dinge zu enthüllen, die sie unbedingt unter Verschluss halten mussten. Für ihn. Für Reilly und für Saylor.

Aber zu sehen, wie Reilly an Dodges Rücken klebte ...

Wie ihre Schenkel ihn umklammerten ...

Wie ihre Muschi gegen den Arsch des Barmanagers stieß, der wahrscheinlich jede verdammte Minute davon genoss ...

Wie sich ihre Titten in die Kutte des Fury-Bruders pressten ...

»Fuck!«, schrie er und hoffte, dass das tiefe, laute Grollen ihrer Maschinen seinen Ausbruch kaschierte.

Easy drehte den Kopf in seine Richtung und warf ihm einen fragenden Blick zu.

Rev ignorierte den Mann, der mit ihm in Formation fuhr, und behielt die Maschine direkt vor ihm im Auge. Vielleicht sollte er die Position mit Whip tauschen, der weiter vorne fuhr. Dann könnte er Reillys Arme ignorieren, die fest um einen Mann geschlungen waren, der nicht er war.

Natürlich könnte er das.

Aber dann könnte er nicht mehr überprüfen, ob Dodge irgendetwas Unangemessenes mit Reilly anstellte. Wie zum Beispiel ihr Knie zu drücken oder mit den Fingern ihren Schenkel entlangzufahren, oder …

Sie irgendwie berührte.

Er schluckte sein nächstes »Fuck!« hinunter und schrie es stattdessen in seinem Kopf.

Seine Maschine wackelte gefährlich und er richtete sie schnell wieder gerade aus. Wenn er stürzte, weil er unfähig war, auf etwas anderes zu achten als Dodge und Reilly, würde er wahrscheinlich jeden in der Formation hinter ihm mitnehmen.

Was in einem waghalsigen Dominospiel enden würde.

Und das alles nur wegen seiner ausufernden, unkontrollierten Gedanken.

Da seine Eltern ihn für einen Sünder hielten, hatten sie ihn die sieben Todsünden so lange wiederholen lassen, bis er sie auswendig konnte.

Als er nun jede Einzelne laut wiederholte, peitschte der Wind sie weg. »Wollust. Völlerei. Habgier. Trägheit. Zorn. Neid. Hochmut.«

Sie waren davon überzeugt gewesen, dass er, wenn er eine dieser sieben Todsünden beging, angespornt wurde, noch mehr zu begehen. Das Begehen einer Sünde würde zur nächsten führen, bis seine Seele zur ewigen Verdammnis verurteilt wäre.

Bis er für immer verloren wäre und nicht mehr gerettet werden könnte.

Verdammt, er beging gerade nicht nur eine Todsünde, sondern alle.

Die Sünde der Wollust war sein brennendes Verlangen, sie zu berühren, zu schmecken und zu ficken. Er beging die Sünde der Völlerei, weil er nicht genug von ihr bekommen konnte. Und er war verflucht gierig. Er wollte sie nicht teilen. Er wollte sie für sich behalten und niemanden sonst an sie heranlassen.

Nachdem sie im Motel Sex gehabt hatten und beide gekommen waren, hatte er stets die Sünde der Trägheit begangen, weil er sich nicht von ihr lösen wollte. Er wollte für immer genau dableiben, wo er war. In ihr und mit ihr verbunden.

Zorn ... *Scheiße*. Im Moment hasste er Dodge wirklich, auch wenn der Fury-Bruder keine Ahnung hatte, was vor sich ging.

Und er war neidisch auf Dodge, weil sie auf seiner Maschine fuhr und nicht auf der von Rev. Der Neid führte zur Sünde des Hochmuts. Reilly sollte auf keiner anderen Maschine sitzen als auf seiner. Es hätte keine verdammte Frage sein dürfen. Ihr Arsch sollte fest hinter ihm gepflanzt und ihre Arme um seine Taille geschlungen sein.

Nach der *Weisheit* seiner Eltern drohte ihm nun die ewige Verdammnis wegen der Frau, die vor ihm fuhr und ihn in Versuchung führte. Und vor allem, weil er realisierte, dass das, was er für sie empfand, viel mehr war als nur simple Verführung.

Schlimmer war jedoch, dass sie seine Worte einfach abgetan hatte, als hätten sie nichts bedeutet. Aber zu diesem Zeitpunkt hatte er sie auch nicht ernst genommen.

Als er sie zum ersten Mal aussprach, dachte er, es sei ein Fehler. Eine Überkreuzung der Leitungen in seinem überlasteten Gehirn. Aber gestern, sobald sie getrennte Wege gingen, wurde ihm klar, dass er sich nicht versprochen hatte. Der Whiskey hatte die Wahrheit an die Oberfläche gespült.

Das wurde ihm gestern Abend so richtig bewusst, als er allein in seine Schlafkoje musste, was ziemlich scheiße war. In der Vergangenheit hatte er es immer vorgezogen, allein zu schlafen. Vor Reilly war die einzige Nacht, in der er das nicht getan hatte, die Nacht gewesen, in der er in Sarahs Bett eingeschlafen war.

Aber gestern Abend, an einem typischen Samstagabend, war das The Barn voll mit seinen Brüdern, die feierten. Sweet Butts und Besucherinnen machten ihre Runden und gaben preis, dass sie verfügbar waren. Natürlich nutzten seine Brüder diese Verfügbarkeit wie immer aus, sei es in der Scheune, wo alle dabei zuschauen konnten, hinten in der Schlafbaracke oder sogar draußen im Hof an einer Wand oder über einen Picknicktisch unter dem Pavillon gebeugt.

In den wenigen Minuten, die er an der Bar gesessen und einen Whiskey getrunken hatte, musste er sich eine Ausrede nach der anderen einfallen lassen, warum er Angel nicht gemeinsam mit Easy vernaschen konnte oder warum er nicht wollte, dass Brandy seine Jeans öffnete und auf der Stelle vor ihm auf die Knie fiel.

Oder warum er nicht in der Stimmung war, dass Billie das tat, was sie normalerweise mit seinen Brustwarzen tat. Das, was ihn so verrückt machte, sodass er beinahe augenblicklich kam. Und es war ihm noch nicht einmal peinlich, wie schnell er kam. Die Frau hatte verdammt gute Fertigkeiten und war verflucht effizient.

Doch gestern Abend kam der Punkt, an dem er schließlich in sein Zimmer ging, die Tür abschloss, sich Kopfhörer in die Ohren steckte und den Rest der verdammten Welt um sich herum ignorierte.

Während er sich auf seinem Bett ausstreckte und alles andere mit seiner Lieblings-Playlist von Spotify übertönte, ließ er jeden verdammten Moment ihrer Reise Revue passieren. Von der Sekunde an, in der er Reilly im Schuppen auf ihn warten sah, bis zu der Sekunde, in der er gestern Nachmittag vom The Grove Inn wegfuhr.

Der Run war heute zwar mehr lästig als entspannend, aber er freute sich auch nicht auf den Abend auf der Farm, wenn er den Sweet Butts wieder einmal so weit wie möglich ausweichen musste. Da immer weniger Brüder zur Verfügung standen, hatten es die Clubmädchen auf die wenigen abgesehen, die niemanden beanspruchten. Sie erinnerten ihn an Bussarde, die über frisch überfahrenen Tieren kreisten.

Sie hatten sich in letzter Zeit oft darüber beschwert, dass die verfügbaren Mitglieder zu dünnhäutig waren. Aber solange die Prospects nicht vollständig aufgenommen waren, durften die Sweet Butts sie nicht anfassen. Im Gegenzug durften die Prospects ihnen nur nahekommen, um harmlos abzuhängen. Taten die Prospects mehr als das, landeten sie sofort auf der Straße. Und zwar, nachdem ihnen ihre Prospect-Kutte entzogen und ihr Arsch wegen Verstoßes gegen die Regeln versohlt worden war.

Also ja, die Sweet Butts waren auf die Fury-Mitglieder ohne Old Lady beschränkt. Was bedeutete, dass nur noch sechs übrig waren: Rev, Easy, Dutch, Dodge, Ozzy und Whip.

Doch im Moment war Rev nicht in der Stimmung, irgendetwas mit einer von ihnen zu tun. Und selbst wenn, war er sich nicht sicher, ob er es vor Reilly tun wollte. Wenn sie sehen würde, wie er es mit einem Sweet Butt trieb, würde sie sich dann auch auf die Suche nach einem x-beliebigen Schwanz machen und diesen dann aus Rache vögeln?

Verdammte Scheiße.

Er fuhr sich mit der Hand über den Mund und versuchte, sich einen weiteren lauten Fluch zu verkneifen.

Dieser verdammte Run konnte gar nicht schnell genug enden. Wenn er nicht gerade auf seiner Maschine reiten würde, bis sein Arsch aufgesprungen war, würde er abhauen und sich irgendwo mit Schnaps und einer Bong verlieren. Wenn er dann aus seinem verdammten Rausch erwachte, wäre es Zeit für die Arbeit und alles wäre wieder so wie vorher …

Er stieß ein schmerzerfülltes Lachen aus und Easy sah ihn stirnrunzelnd an.

»Alles okay, Bruder?«, rief E über den Wind und das Dröhnen des Auspuffs hinweg.

Nein, es ging ihm verdammt noch mal nicht gut.

Wenn sich nicht bald etwas änderte, ging es ihm möglicherweise nie wieder gut.

Vor allem, weil er gesehen hatte, wie Trip und Deacon Reilly in die Scheune und in den Besprechungsraum im Obergeschoss gebracht hatten, nur kurz nachdem sie auf die Farm zurückgekehrt waren, um sich für die Party fertig zu machen.

Bei diesem Anblick hatte sich Revs Arschloch so stark zusammengezogen wie noch nie zuvor.

* * *

REILLYS HERZ KLOPFTE SO LAUT in ihren Ohren, dass sie kaum hörte, was Trip sagte, als er und Deacon sie in die Scheune und nach oben zu den Räumen führten, in denen die Clubmitglieder normalerweise ihre Sitzungen abhielten.

Sie war nur ein paar wenige Male hier oben gewesen. Es kam selten vor, dass Frauen die Treppe hinauf und in ihren ›heiligen‹ Raum gingen, in dem der schwere Geruch von Testosteron in der Luft lag. Es sei denn, sie mussten etwas aus dem Lagerraum holen, der sich zwischen dem Versammlungsraum und den beiden Wohnungen auf der Rückseite der Schlafbaracke befand.

In der Platte des schweren, rechteckigen Tischs, der in der Mitte des Raumes stand, war das BFMC-Logo eingeschnitzt. Wer auch immer das getan hatte, war talentiert. Der Tisch war abgenutzt und Teile des Holzes eingekerbt und gebeizt, denn der Tisch war so alt wie der Club selbst. Und zwar nicht wie der aktuelle Blood Fury MC, sondern so alt wie die Originals, denn er hatte ihnen gehört. Es würde sie nicht wundern, wenn die Jungs die Beine angehoben hätten, um ihn zu markieren, weil sie wie echte Hunde sein konnten. Der Stuhl am Ende, auf dem Trip derzeit als President saß, war derselbe Stuhl, den bereits sein Vater Buck, der frühere President, benutzt hatte.

Deacon, den Reilly als ihren *Schwieger-Old-Man* betrachtete, zog einen leeren Stuhl an der Seite hervor und deutete mit dem Kinn darauf. »Setz dich.«

»Worum geht es hier?« Ihr Puls pochte jetzt so stark an ihren Schläfen, dass man ihn wahrscheinlich sehen konnte.

Trip, der wie immer seine schwarze Cap tief im Gesicht trug, neigte den Kopf in Richtung des Stuhls. »Setz dich. Ich muss etwas Wichtiges mit dir besprechen.«

Sollte sie genau hier auf die Knie fallen und um Nachsicht für Rev bitten? Sich die Schuld an allem geben? Ihnen sagen, dass sie ihn gezwungen hatte?

Um Gnade betteln?

Ihnen anbieten, an seiner Stelle zur Prügelparty zu gehen?

Er hatte nicht verdient, was sie ihm antun würden. Es war alles ihre Schuld. Sie hätte nie darauf bestehen dürfen, mitzufahren.

Sie ...

»Setz dich, Reilly«, befahl Trip mit fester Stimme.

Scheiße.

»Es ist nicht so, wie ihr denkt«, begann sie schwach, während sie sich dorthin bewegte, wo Deacon hinter dem herausgezogenen Stuhl stand. Während sie sich setzte, stiefelte der Treasurer des Clubs um den Tisch herum und ließ sich auf dem Stuhl rechts von Trip nieder, direkt gegenüber von ihr am breiten Tisch.

Sie hatte Angst, dem Old Man ihrer Schwester in die Augen zu sehen. Wenn sie das täte, würde sie vielleicht anfangen, alles zu gestehen, in der Hoffnung, Rev dadurch zu verschonen.

»Was ist nicht so?«, fragte Trip mit einem leichten Kopfschütteln.

»Was du denkst. Es ist nicht das, was du denkst.«

»Wovon zum Teufel sprichst du, Lee?«, fragte Deacon mit gerunzelter Stirn.

»Warum ihr mich hergebracht habt. Was immer ihr denkt, es

ist falsch. Es ist nicht das, was ihr denkst.« *Heilige Scheiße.* Sie plapperte wie eine verdammte Närrin.

Eines Nachts war sie über einen Dokumentarfilm über polizeiliche Verhöre gestolpert und sie musste sich ein Beispiel daran nehmen. Sie sollte sich einfach hinsetzen, die Klappe halten und ihnen das Reden überlassen. Dann sollte sie entweder gar nichts sagen oder alles abstreiten.

Das klang nach einem Plan.

Wenn das nicht funktionierte, könnte sie zu ihrem ursprünglichen Plan zurückkehren, um Gnade zu betteln und Rev verschont zu lassen.

»Was für verdammte Drogen hast du genommen?«, fragte Trip und legte die Stirn kraus. »Du benimmst dich total verrückt.«

Deacon schnaubte. »Wann war sie jemals normal?«

Er hatte gut reden. »Nein. Ich … Moment mal. Warum habt ihr mich hergebracht?«

»Spielt keine Rolle mehr. Jetzt will ich wissen, warum du so paranoid geworden bist«, brummte Trip und heftete seine dunklen Augen auf sie. »Was zum Teufel hast du uns zu sagen?«

»Nichts. Ich … ich … ich dachte nur, ich wäre in irgendwelchen Schwierigkeiten.« Sie zog eine Grimasse und strich sich nervös die Haare über die Narbe.

Deacon bemerkte die Bewegung, die sie aus Gewohnheit tat, vor allem, wenn sie ängstlich war, und schaute finster drein. »Warum zum Teufel solltest du in Schwierigkeiten sein? Was hast du angestellt?«

Sie lehnte sich zurück, zog sich eine ausdruckslose Maske über das Gesicht und zwitscherte fröhlich: »Nichts.«

Sowohl Deacon als auch Trip zogen ihre rechten Augenbrauen hoch und erinnerten sie an Synchronschwimmer.

Scheiße.

»Wenn du etwas zu sagen hast, dann sag es«, befahl Trip.

»Wenn du etwas verheimlichst, das dem Club schaden könnte, und ich finde das heraus, werde ich ganz schön sauer sein.«

»Tue ich nicht. Ich schwöre es.«

Trip lehnte sich in seinem Stuhl mit der hohen Lehne zurück und hielt sich an den Armstützen fest. »Ich hoffe, du lügst nicht.«

»Will dich einer der Prospects flachlegen? Dieser Scar? Versucht er irgendwas?«, fragte Deacon, beugte sich vor und hielt ihren Blick fest.

Wie bitte? »Nein. Er redet nicht mal mit mir.«

»Gut«, grunzte Trip. »Halt dich von ihm fern, bis wir ihn besser im Griff haben.« Der Club-President klatschte einmal heftig in die Hände. »In Ordnung. Ich will nicht die ganze Nacht hier oben sein. Ich will mich erst besaufen und dann flachgelegt werden. Also bringen wir den Scheiß hinter uns.« Er hielt eine Hand hoch. »Nebenbei bemerkt, du weißt, dass du dich immer an Deke wenden kannst, oder? Er ist für dich verantwortlich.«

Was? Das war ihr neu. »Ist er das?« Ihr Blick schwang zwischen den beiden Männern hin und her. »Seit wann?«

»Seit dem Moment, indem er deine Schwester als Old Lady beansprucht hat. Und als du dich entschlossen hast, zu bleiben und Teil des Clubs zu werden, hat er dich zu einer der Unberührbaren gemacht.«

»Was das angeht …«

»Nein.« Trip schüttelte den Kopf. »Wir haben anderen Scheiß zu besprechen. Damit befassen wir uns sicher nicht heute Abend.«

»Ich will nicht auf dieser Liste stehen.«

»Das ist nicht verhandelbar, solange deine Schwester nichts anderes sagt«, erwiderte Deacon.

»Das wird nie der Fall sein«, murmelte sie.

Deacon zuckte mit den Schultern, verschränkte die Arme

vor der Brust und lehnte sich zurück. »Mach das mit ihr aus. Ich werde deswegen nicht mit ihr kämpfen.«

Trip gluckste. »Ja, weil er nicht rausgeschmissen werden will. Und ich meine nicht aus ihrem Haus.«

»Ich will nicht lügen. Das ist eindeutig wahr. Ich gebe keine Muschi auf, nur damit du einen Schwanz bekommst«, sagte Deacon.

Reilly rollte mit den Augen. »Danke, dass du an mich denkst.«

»Wenn du einen Schwanz willst, dann hol ihn dir woanders«, antwortete Deacon mit einem weiteren Achselzucken.

»*Uuuuund* vielen Dank für den Rat, wie ich mich flachlegen lassen kann. Aber wenn wir wirklich zur Sache kommen wollen, brauche ich von niemandem eine Erlaubnis.« Sie zuckte mit den Schultern, genau wie Deacon, und hob herausfordernd das Kinn, während sie ihn betrachtete.

»Richtig«, sagte Trip, wobei sein Kopf zwischen ihr und dem Schatzmeister des Clubs hin und her schwenkte. »Aber nur nicht mit einem unserer Brüder. Oder Prospects. Besorg es dir woanders, damit du keine Probleme machst.«

»Also ... niemanden interessiert es, ob ich einen Landstreicher ficke, der an den Bahngleisen lebt. Aber es interessiert euch, wenn es jemand ist, den ich seit einem Jahr kenne, weil er eine Fury-Kutte trägt.«

»Genau«, stimmte Trip zu. »Okay, genug über dein Sexleben und wo du dir einen Schwanz besorgen kannst. Lass uns lieber über den Grund reden, warum wir dich hergebracht haben, verdammt. Wir haben nicht die ganze verfluchte Nacht Zeit. Ich bin durstig, hungrig und geil.«

Sie lehnte sich in ihrem Stuhl zurück und verschränkte vor Ungeduld die Arme vor der Brust. »Dann spuck aus, was immer du zu sagen hast.«

Trips Augenbrauen schossen in die Höhe und verschwanden unter seiner Mütze. »Verdammt, Frau. Bring mich nicht dazu, meine verdammte Meinung zu ändern, dir diese Gelegenheit zu geben.«

Sie ließ ihre verschränkten Arme fallen. »Welche Gelegenheit?«

»Wirst du zuhören?«, fragte Trip klugerweise.

Reilly presste die Lippen aufeinander und sperrte die Ohren auf. Das Wort »Gelegenheit« ließ sie glauben, dass es sich nicht um ein Verhör, sondern um etwas ganz anderes handelte. Dass das, wofür sie sie nach oben gebracht hatten, möglicherweise gut und nicht schlecht war.

»Ich schätze, das ist ein Ja«, grinste Deacon.

»Du bist nicht dumm …«, begann Trip.

Was war das denn für eine Gesprächseröffnung?

Sie öffnete den Mund, doch Trip hielt eine Hand hoch, um sie zu stoppen. »Willst du reden oder zuhören?«

Reilly forderte ihn mit einer Handbewegung auf, fortzufahren.

»Wie ich schon sagte, du bist nicht dumm und du hast Geschäftssinn. Solange du für Dutch arbeitest, nutzen wir dein volles Potenzial nicht aus. Außerdem mag ich, dass du dir nichts gefallen lässt, also hättest du kein Problem damit, eine Crew zu leiten, die möglicherweise aus Schwachköpfen besteht.«

»Das Wort ›möglicherweise‹ kannst du streichen«, informierte ihn Deacon.

»Eine Crew?«, fragte sie, verwirrter denn je.

Trip hob eine Augenbraue und sie hielt schnell den Mund.

Er fuhr fort: »Du hast einen Wirtschaftsabschluss, den du verschwendest …«

»Hast du mit Reese darüber gesprochen?«, warf sie mit einem Stirnrunzeln ein.

»Frau«, fauchte Trip ungeduldig. Der Club-President war jähzornig und sie konnte sehen, dass er darauf zusteuerte.

»Pst. Alles klar. Mach weiter.«

Trip zog seine Mütze vom Kopf, fuhr sich mit den Fingern

durchs Haar, setzte die Mütze wieder auf und stieß einen lauten Atemzug aus. Er warf einen Blick auf Deacon, schüttelte den Kopf und sah dann wieder zu ihr. »Du drückst meine Triggerpunkte, Lee«, warnte er.

»Das ist eine schlechte Angewohnheit von mir.«

»Ich versuche zu helfen.«

»Mir oder dir?«

Trips Mund wurde schmal. »Beides. Willst du es hören? Oder willst du, dass ich diesen Scheiß abbreche und mir jemanden suche, der keine Widerworte gibt?«

Sie starrte auf den President des Clubs, der am Ende des Tisches saß. Auf dem Stuhl der Macht.

Er hätte ihr sagen können, sie solle sich verpissen, als sie wegen Billy Warren in Gefahr gewesen war, aber das hatte er nicht getan. Stattdessen hatte er ihr erlaubt, auf die Farm zu kommen und in Deacons Wohnung zu leben, bis das Arschloch weg war. Er hatte ihr erlaubt, auch danach zu bleiben und Teil des Clubs zu werden, obwohl sie mit keinem der Mitglieder blutsverwandt war und selbst nicht offiziell Mitglied werden konnte. Er hatte auch Dutch davon überzeugt, ihr einen verdammten Job zu geben, weil sie sich gelangweilt hatte, während sie darauf wartete, dass dieses missbrauchende Arschloch gefasst wurde.

Trip hatte eine Menge für sie getan. Das hatte der Rest des Clubs auch. Noch wichtiger war, dass ihre Schwester in den Wikinger verliebt war, der ihr gegenübersaß. Das allein war für sie unbezahlbar.

Ihre ältere Schwester hatte endlich jemanden gefunden, der sie nicht nur wirklich liebte, sondern auch treu, loyal und beschützend war. Eigenschaften, die sich Reese von ihrem ersten Mann erhofft, aber nicht bekommen hatte. Stattdessen wurde sie verletzt und baute schließlich eine noch höhere Barriere um sich herum. Eine fast undurchdringliche Mauer, die Deacon nur mit Mühe überwand. Weil er klug war, hatte er sie nicht gedrängt. Er hatte abgewartet, bis sie ihre Mauer selbst so weit abgebaut hatte, dass es ihm gelang, sie zu überwinden und in Reeses Herz zu gelangen.

Reese hatte endlich ihr Glück gefunden. Ihre Beziehung mochte nicht konventionell sein, aber sie war echt. Aus diesem Grund liebte Reilly Deacon für alles, was er für Reese tat und ihr gab. Auch für seine unendliche Geduld im Umgang mit ihrer sehr starrköpfigen älteren Schwester.

Der Club und ihre Mitglieder waren jetzt ihre und Reeses Familie. Das hätten sie nicht sein müssen. Sie hätten Reilly ausschließen und ihr sagen können, sie solle ihre Probleme mit dem missbrauchenden Arschloch woanders austragen.

Aber das hatten sie nicht getan.

Erneut stiegen ihr Tränen in die Augen.

Was zum Teufel war nur los mit ihr? Erst brachte Revs Liebeserklärung sie fast zum Weinen, jetzt das. Und dabei wusste sie noch nicht einmal, was ›das‹ war.

Sie schniefte und nickte.

»Du weinst doch nicht etwa, oder?«, fragte Deacon mit großen Augen und Panik in der Stimme.

»Ich weine nicht!«, rief sie. »Ich weine nie!«

»Alle Frauen weinen«, murmelte Trip leise vor sich hin.

»Nein, tun wir nicht«, beharrte sie und rieb sich das Brennen weg.

»Du und deine Schwester, ihr seid knallhart«, sagte Deacon etwas sanfter. »Das verstehe ich. Das musstet ihr sein, um eure Kindheit zu überleben. Das musstet du sein, um dieses verdammte Arschloch Warren zu überleben. Nicht schlimm, wenn du jetzt weinen musst.«

»Können wir einfach mit dieser Gelegenheit weitermachen?«, fragte sie, um das Thema zu wechseln.

»Okay«, begann Trip. »Es geht um Folgendes. Als wir das Mobilheim für Cage gekauft haben, hat Dutch einen Haufen Kohle ausgegeben, es vorübergehend zu mieten. Das brachte

JEANNE ST. JAMES

mich auf die Idee, dass ein ähnliches Geschäft vielleicht eine gute Investition für den Club wäre. Als Treasurer hat Deacon untersucht, wie viel wir investieren müssten, um loszulegen. Wir haben hier auf der Farm den Platz, um Mobilheime aufzustellen, und ich will, dass das Geschäft ins Rollen kommt. Es ist zwar eine riesige Investition, aber sie hat großes Gewinnpotenzial. Vor allem, wenn Versicherungen bei Naturkatastrophen, Hausbränden – oder was für Gründe es sonst noch so gibt – die Rechnung bezahlen, wenn jemand eine Notunterkunft braucht.«

»Wie bei Überraschungsbabys«, mischte sich Deacon ein.

»Ja«, stimmte Trip zu. »Wie, wenn jemand seinen Schwanz in etwas reinsteckt, wo er nicht hingehört und sich dann wundert, warum Monate später eine weinende Überraschung herausspringt.«

Reilly legte einen Moment lang panisch eine Hand auf ihren Bauch, dann erinnerte sie sich daran, dass sie Vorkehrungen getroffen hatten. Nicht nur mit Kondomen, sondern auch mit der Antibabypille. Solange Revs Spermien keine Mini-Roboter waren oder ihre Eizellen wie der Kool Aid Man, der durch eine Ziegelmauer krachte, würde nichts diese sicheren Straßensperren überwinden.

Deacons Augen verengten sich. »Warum hast du das gerade getan?«

»Was?«

»Dir mit der Hand über den Bauch gefasst«, antwortete er mit einem neugierigen Neigen seines Irokesenschopfes.

»Ich habe Hunger und mein Magen knurrt«, log sie und ließ ihre Hand auf ihren Schoß gleiten, wo sie nicht mehr gesehen werden konnte.

»Können wir wieder zur Tagesordnung übergehen?«, fragte Trip schroff. »Sie ist nicht die Einzige, die Hunger hat.«

»Mach weiter«, forderte Reilly.

»Okay, danke für deine Erlaubnis«, seufzte Trip. »Egal wie, ich will, dass du das managst.«

Was? Hatte sie das richtig verstanden? »Was managen?«

»Die verdammte Notunterkunft und die Crew, die dir dabei helfen wird«, schrie er fast, als wäre sie schwerhörig.

Heilige Scheiße! »Aus wem wird die Crew bestehen?«

»Castle und Bones fürs Erste. Sie werden ihren Führerschein machen und dann werde ich sie darin schulen, wie man Anhänger transportiert und aufstellt. Du wirst diese Schulung auch brauchen, damit du weißt, was los ist, und du ihnen in den Arsch treten kannst, wenn sie Mist bauen.«

Heilige Scheiße! »Bekomme ich dann mein eigenes Büro?« Sie versuchte, nicht vor Aufregung in ihrem Sitz zu hüpfen. Das war eine großartige Gelegenheit, vor allem, wenn sie das Business selbst leiten durfte. Sie könnte ihre unternehmerischen Fähigkeiten einsetzen. Marketing, Werbung ...

»Noch nicht«, antwortete Trip.

Mist.

»Ich habe schon mit Dutch gesprochen. Du wirst von seinem Büro aus arbeiten, da das Geschäft erst mal langsam anlaufen und es eine Weile dauern wird, bis es wirklich Geld einbringt. Wenn du es bis zu dem Punkt schaffst, an dem es läuft und genug Kohle macht, werden wir dich woanders unterbringen, sodass du dich nur darauf konzentrieren kannst. Betrachte es als Motivation, das Geschäft auszubauen. Der Club wird für den Anfang zwei Mobilheime kaufen. In sechs Monaten, wenn wir feststellen, dass es sich lohnt, kaufen wir zwei weitere und so weiter.« Er lehnte sich vor und hielt ihren Blick fest. »Außerdem bekommst du ab einem gewissen Punkt einen Anteil am Gewinn. In der Zwischenzeit zahlt Dutch dir dein Gehalt weiter und der Club gibt dir ein paar Kröten für den Betrieb, bis das Geschäft auf eigenen Füßen steht.«

Heilige Scheiße! Wieder versuchten sie, ihr Leben besser zu machen. Gaben ihr den Sinn, den sie nach dem College-

Abschluss und nach der unerwarteten, dauerhaften Pause aus den Augen verloren hatte.

»Denk nur daran, wie du dir etwas Besseres leisten könntest als dieses Drecksloch von Wohnung, in dem du gerade lebst«, sagte Deacon. »Deiner Schwester und mir wäre es sogar lieber, du würdest dir auch ein Modulhaus kaufen und es in der Nähe der anderen drei aufstellen, damit du in der Nähe bist.«

Mit den anderen drei meinte er die Wohnungen von Judge, Cage und Rook, die in einer Reihe nebeneinanderstanden.

»Die beiden sind nicht die Einzigen«, fügte Trip hinzu. »Du weißt, was ich davon halte, dass du in der Stadt wohnst, auch wenn es in der Nähe von Dutchs Haus und seiner Werkstatt ist.«

Der einzige Grund, warum Deacon und Reese nicht selbst in ein Modulhaus zogen, war der, dass Reese sich weigerte, ihr schönes Haus in den Bergen aufzugeben, um auf der Farm in einem kleinen Modulhaus zu ziehen. Reilly konnte es ihr schlecht verübeln, dass sie ihr Traumhaus nicht verkaufen wollte, aber es war ein Streitpunkt zwischen ihr und Trip, da der Club-President es vorzog, dass alle auf der Farm lebten.

Im Fall von Deacon und Reese waren sie mit dem einzig annehmbaren Kompromiss aufgekommen, dass das Paar seine Zeit weiterhin zwischen der Farm und dem nahe gelegenen Mansfield aufteilte. Deacon behielt die Wohnung, sodass das Paar die Wochenenden auf der Farm verbrachte und die Nächte unter der Woche in ihrem Haus, damit sie in der Nähe ihrer Anwaltskanzlei blieb. Deacon machte es nichts aus, unter der Woche zwanzig Minuten zu pendeln, um die Nacht mit seiner Old Lady zu verbringen.

Reillys Blick schwebte zwischen den beiden Männern hin und her. »Weiß Reese davon?«

»Ja. Sie ist voll und ganz damit einverstanden, da du deinen Abschluss besser nutzen und letztendlich einen Haufen mehr Geld verdienen wirst, sobald das Geschäft ein Erfolg wird. Sie arbeitet bereits an dem Papierkram, um den Geschäftsnamen zu etablieren, die Lizenzen zu bekommen und den ganzen andern Scheiß. Sie entwirft auch die Verträge, die du für die Vermietungen verwenden kannst. Red wird die Buchhaltung für dich erledigen, sodass du dir darüber keine Gedanken machen musst.«

Heilige Scheiße!

»Und, bist du an Bord?«, fragte Trip.

»Verdammt, ja!«, schrie sie und sprang auf die Füße. Sie konnte sich gerade noch davon abhalten, quer durch den Raum zu tanzen. »Ich liebe die Idee, verdammt!«

Sollte sie sie umarmen? Sie wollte sie beide am liebsten an sich drücken!

»Und wenn die Prospects irgendeinen Scheiß machen, mit dem du nicht klarkommst, weißt du, dass du immer zu uns kommen kannst«, erinnerte Deacon sie.

»Ich werde mit ein paar Prospects schon umgehen können«, sagte sie selbstbewusst.

»Das dachte ich mir«, sagte Trip grinsend. »Wenn jemand sie an den Eiern packen und bei der Stange halten kann, dann du.«

»Ich kann sie mir packen, aber ich darf sie nicht lutschen, richtig?«, neckte sie den Fury-President.

Trip ließ den Kopf sinken und schüttelte ihn, während er auf den Tisch starrte. Als er ihn schließlich hob, sagte er: »Hier ist der Deal: Du überzeugst Reese davon, dich von der Liste streichen zu lassen und du bist davon gestrichen. Aber ich will nicht, dass du ein verdammtes Drama verursachst, weil dich einer in der einen Nacht fickt und in der nächsten jemand anderen. Sobald dieses Drama aufkommt, stehst du gleich wieder auf der Liste«, warnte Trip sie. »Hast du mich verstanden?«

Sie lächelte. »Habe ich.«

»Aber solange Reese dir nicht ihr Okay gibt, stehst du drauf«, erinnerte Deacon sie. »Sei nicht dafür verantwortlich, dass einer der Brüder versohlt wird, nur weil du auf seinem Schwanz rumturnen willst.«

Sie schürzte ihre Lippen und nickte.

»Viel verdammtes Glück mit deiner Schwester«, raunte Trip.

Leider würde sie es brauchen.

Dennoch hatte dieses Gespräch ihr Hoffnung und dazu noch eine viel bessere Zukunft gegeben.

17

Rev hielt mit dem Bier an den Lippen inne, als Reilly aus dem The Barn stolperte und praktisch über den Hof hüpfte. Ihre Bewegungen sahen aus, als hätte sie ein paar Lines Koks geschnupft und anschließend noch LSD genommen.

Was zum Teufel?

Niemand hatte je behauptet, sie sei anmutig. Denn das war sie mit Sicherheit nicht.

Ihm blieb das Herz beinahe stehen, als sie stolperte und auf halbem Weg zum Pavillon fast kopfüber auf den Boden fiel.

»Verfluchte Scheiße«, murmelte er, bevor er einen langen Schluck aus der Dose nahm, um nicht sofort zu ihr hinüberzueilen. Doch sobald er das Bier zusammen mit seinem Instinkt, sie beschützen zu wollen, heruntergeschluckt hatte, bemerkte er, dass er die Dose fast in seinen Fingern zerdrückte.

Vielleicht musste er auf das harte Zeug umsteigen.

Ja, diese Frau war genug, um jeden zum Trinken zu bringen. Besonders ihn.

Er war zwar erleichtert, sie so glücklich zu sehen, aber es ärgerte ihn, dass er nicht wusste, warum. Wenn Trip und

Deacon sie ausgefragt hätten, wo sie gewesen war und was sie in der letzten Woche getrieben hatte – und vor allem mit wem –, bezweifelte er, dass sie so ein verdammt breites Grinsen auf den Lippen tragen würde. Das machte ihn nur noch neugieriger, warum Trip und Deacon nur sie – und niemanden sonst – in die Scheune und die Treppe hinauf geschleppt hatten.

Er würde sie wohl oder übel zur Seite nehmen und es herausfinden müssen. Doch im Moment war der Innenhof voll und das würde noch Stunden so bleiben. Er schaute sich um und stellte fest, dass er nicht der Einzige war, der bemerkte, wie sie strahlte und aufgeregt war. Außerdem ärgerte ihn, dass er nicht der Einzige mit einem funktionierenden Schwanz war, der sie genaustens beobachtete. Er war sich verdammt sicher, dass Reilly die Fantasie einige seiner Clubbrüder anregte, wenn sie selbst Hand anlegten.

Aber gerade war es auch schwer, sie zu ignorieren. Denn Cujo, der bekloppte Chihuahua, knurrte und schnappte nach ihr. Für die beiden war es eine amüsante Unterhaltung.

Rook rief nach Cujo, aber der Hund ignorierte ihn. Jet eilte herbei, um den kleinen Terror-Hund einzufangen, bevor Reilly noch über ihn stolperte, als sie das letzte Stück zum Pavillon ging, in dem sich die Frauen versammelt hatten.

Ja, jetzt war leider nicht der richtige Zeitpunkt, um ihre Aufmerksamkeit zu erregen, da sie von neugierigen Augen und Ohren umgeben war. Sobald die Sonne unterging, würde er sie irgendwo abfangen, wo niemand sie sehen oder hören konnte.

Es war nicht so, dass nicht jeder sowieso daran gewöhnt war, dass Reilly auf den Partys und Lagerfeuern herumhüpfte und überfreundlich und gesellig war, aber wenn Rev sie zur Seite nahm, würde es ihm schwerfallen, sie dabei nicht zu berühren.

Und das könnte zum Problem werden.

Nicht könnte. Würde.

Denn sein Drang, sie zu berühren, beinhaltete viel mehr als

nur eine freundliche Umarmung oder einen Händedruck. Oder einen lockeren Flirt. Es wäre also sicherer, wenn er sie irgendwo unter vier Augen erwischte. Aber am besten nicht in seinem Zimmer.

Er war überrascht, wie schnell er sich in Coatesville daran gewöhnt hatte, sich ein Bett mit ihr zu teilen. Es war das Beste an der Reise gewesen – dass er sich einfach umdrehen und zwischen ihre Schenkel gleiten konnte, wann immer er wollte.

Jetzt musste er sich jedoch von ihr abwenden, weil er einen Halbharten bekam. Er musste sich auf etwas anderes konzentrieren. Auf der anderen Seite des Hofes sah er seine Schwester, die sich mit Chelles Töchtern, Maddie und Josie, unterhielt.

Er hatte noch keine Gelegenheit gehabt, Saylor zu verraten, dass ihr ›Vater‹ tot war. Er war sich sicher, dass diese Nachricht sie in eine noch bessere Stimmung versetzen würde als sowieso schon. Vielleicht würde sie sogar anfangen, wie Reilly auf dem Hof herumzuhüpfen.

Scheiß drauf, es gab keine bessere Zeit als die Gegenwart. Hoffentlich würde dieses Gespräch ihm helfen, sich von der Blondine abzulenken, die jetzt im Pavillon saß und mit den anderen Frauen lachte und trank.

Während ein paar interessierte Augen – nicht nur die in seinem Kopf – sich ihr zuwandten.

* * *

REILLY SPÄHTE über den Rand ihres mit Wein gefüllten roten Bechers. Sie beobachtete Rev dabei, wie er über den Hof in Richtung Saylor, Maddie und Josie stolzierte. Als er bei den Mädchen ankam, stand er da und plauderte mit ihnen, mit einem entspannten Lächeln auf seinem hübschen Gesicht, während er an einem Bier in der einen Hand nippte und gelegentlich an einer handgerollten Zigarette in der anderen zog.

Als Saylor ihre Hand nach der Zigarette ausstreckte,

erkannte Reilly, dass es kein Tabak war, sondern etwas Stärkeres.

»Komisch, dass du zur gleichen Zeit wie Rev verschwunden bist«, murmelte Autumn. Ihre haselnussbraunen Augen blickten ebenfalls interessiert auf Rev.

Chelles Töchter schienen spielerisch mit ihm zu flirten, während Saylor ein paar lange Züge von dem Joint nahm. Plötzlich schoss der Rauch sowohl aus ihrer Nase als auch aus ihrem Mund, als sie sich vor Lachen über das Gesagte krümmte.

Nachdem sie den Albtraum in Coatesville gesehen hatte, war sie froh, dass Revs kleine Schwester im Großen und Ganzen glücklich war und überhaupt noch lachen konnte. Es war erstaunlich, was Unterstützung und eine liebevolle Familie für jemanden bewirken konnte.

Reilly eingeschlossen.

»Und ihr auf magische Weise gleichzeitig wieder aufgetaucht seid«, beendete Autumn leise.

Reilly löste ihren Blick von der kleinen Gruppe und schaute eilig zu Reese, um zu sehen, ob ihre Schwester Red gehört hatte.

»Zufall«, murmelte sie. Sie drehte sich auf der Picknickbank, um die rothaarige Frau anzusehen, die etwa so alt war wie sie. Reilly musste das Thema wechseln, und zwar schnell. »Trip meinte, du würdest die Buchhaltung für das neue Unternehmen übernehmen.«

Sigs Old Lady lächelte. »Ja, diesen Job haben sie mir schon auf den Stapel an Verantwortlichkeiten gelegt.«

Reilly runzelte die Stirn. »Wird es dir zu viel?«

Autumn schüttelte den Kopf. »Nein. Ehrlich gesagt, habe ich im Moment nicht genug zu tun. Ich will beschäftigt sein *und* mir meinen Lebensunterhalt verdienen. Seit ich die Bücher für die anderen Geschäfte, einschließlich der Werkstatt und Justice Bail Bonds, auf Vordermann gebracht habe, muss ich mich nur noch darum kümmern. Glücklicherweise hat Deke die Bücher für das Kautionsgeschäft immer gut gepflegt. Dutch in der Werkstatt dagegen nicht so sehr.«

Reilly lachte. »Ja, er schert sich einen Dreck um Rechnungen und Quittungen und den ganzen Kram.« Sie senkte ihre Stimme schroff, um wie Dutch zu klingen. »Das ist alles ein Haufen Scheiße!<« Dann kratzte sich Reilly an ihren nicht vorhandenen Eiern.

Red kicherte leise. »Nun, danke, dass du einen Großteil der Papiere, die ich brauchte, irgendwie aufgetrieben hast. Das hat mir sehr geholfen. Der Mann hebt eine schmierige Quittung für einen Hamburger auf, aber keine für einen Generator – eine *echte* Geschäftsausgabe.«

»Hey, ich bin nur froh, dass ich die Buchhaltung für die Werkstatt und jetzt auch für die Notunterkunft nicht machen muss. Ich hasse diesen Part.«

»Deine Schwester wird sich freuen, dass du das neue Unternehmen leitest. Hat es schon einen Namen? Sig hat nichts gesagt.«

Reilly zuckte mit den Schultern. »Sie haben nichts erwähnt. Sie haben mir angeboten, es zu leiten, aber das wars auch schon. Reese soll sich um den Papierkram kümmern.« Sie drehte sich zu ihrer Schwester um, die mit Chelle und Cassie am Nebentisch saß. »Hey, Schwesterchen!«

Reese warf ihr einen Blick über die Schulter zu.

»Gibt es schon einen Namen für das neue Unternehmen?«

Ihre ältere Schwester drehte sich auf der Sitzbank zu Red und Reilly um, ebenfalls mit einem roten Plastikbecher in der Hand. »Ich bin gerade dabei, den Papierkram aufzusetzen. Trip hat mir keinen Namen genannt. Haben sie dir das Angebot gemacht? Haben sie dich deshalb da hochgeschleppt?«

Reilly nickte.

Reese lächelte. »Und? Ich nehme an, du hast Ja gesagt?«

»Ja, natürlich. Aber das Unternehmen braucht einen Namen, wenn es noch keinen hat.«

»Es wird größtenteils dein Geschäft sein, also darfst du wählen«, sagte ihre Schwester.

»Das ist das Geschäft der Furys«, korrigierte Reilly. »Ich werde es nur verwalten.«

»Trip möchte, dass du es wie dein eigenes Unternehmen führst. Je mehr Geld das Geschäft einbringt, desto mehr wirst du auch verdienen.«

»Und je mehr wird der Club verdienen«, fügte Reilly hinzu.

»Aber es ist ein Geschäft, in das du keinen Cent investieren musst, Reilly. Besser geht es nicht. Überhaupt kein Risiko für dich.«

Reese hatte recht.

»Ehrlich gesagt, bin ich ganz schön aufgeregt. Endlich kann ich meine Ausbildung nutzen und du kannst aufhören, mich damit zu nerven.«

Reese verdrehte die Augen. »Entsprechende Ausbildung war nicht billig.«

»Irgendwann werde ich es dir zurückzahlen.« Und dann wäre das eine Sache weniger, die Reese ihr vorhalten konnte.

»Du musst es mir nichts zurückzahlen. Das habe ich nie von dir verlangt. Ich wollte dir einen guten Start ins Leben ermöglichen, das ist alles.«

»Das hast du und das weiß ich zu schätzen. Aber wenn ich kann, will ich es dir zurückgeben«, betonte Reilly.

»Ich brauche das Geld nicht«, sagte Reese mit einem Stirnrunzeln.

»Dann spende es für wohltätige Zwecke«, brummte Reilly, die ihre Verärgerung über die Sturheit ihrer Schwester nicht unterdrücken konnte.

»Ja!«, mischte sich Cassie ein und versuchte, die Spannung zwischen den Schwestern zu lösen. »Das ist eine tolle Idee. Du kannst es der Kids Can Do Foundation spenden.«

Kids Can Do war die Kinderkrebsstiftung, der Cassies verstorbener Mann Zehntausende von Dollar gestohlen hatte.

Die BFMC hatte bisher einige Spendenaktionen organisiert, um die Gelder zu ersetzen, die das Arschloch veruntreut hatte. Obwohl Cassie nichts mit dem Verbrechen zu tun hatte, fühlte sie sich schuldig und wollte der Wohltätigkeitsorganisation helfen, einen Teil des Verlustes wiedergutzumachen. Ganz zu schweigen davon, dass es sich dabei um eine lohnende Sache handelte.

Es schadete auch nicht, dass der Club sich für gute Zwecke engagierte, indem er Wohltätigkeitsveranstaltungen durchführte oder den weniger Privilegierten in und um der Stadt herum half. Es trug dazu bei, die Ängste der Stadtbewohner vor dem wachsenden BFMC zu sänftigen, nachdem die Originals vor all den Jahren Verwüstung in der Stadt angerichtet hatten. Eine Verwüstung, an die sich einige Stadtbewohner immer noch erinnerten.

»Das ist mir recht«, antwortete Reese, stand von ihrem Platz auf und setzte sich neben Reilly.

»Dann haben wir einen Plan«, sagte Reilly.

»Aber mit deiner ersten Million möchte ich, dass du aus dieser Wohnung ausziehst und in ein Haus hier draußen ziehst.«

Reilly seufzte. »Damit jeder meiner Schritte beobachtet werden kann?«

Reese presste die Lippen zusammen.

Stella mischte sich zwei Tische weiter ein. »Reilly, du weißt, dass Trip jeden so nah wie möglich bei sich haben möchte. Nicht, damit du beobachtet wirst, sondern um dich zu schützen. Er macht sich Sorgen. Judge macht sich Sorgen. Verdammt, alle machen sich Sorgen.«

Jet, die Old Lady von Rook, sagte: »Nur weil die Bundespolizei das Gelände der Shirleys durchsucht, heißt das noch lange nicht, dass sie keine Probleme mehr machen. Nach allem, was wir wissen, könnte es nur eine vorübergehende Atempause sein. Wir wissen nicht, wohin einige von ihnen gegangen sind, ob sie aus der Haft entlassen wurden oder ob sie zurückkommen werden. Selbst wenn die Regierung ihr Land beschlagnahmt, wird sie das nicht davon abhalten, sich dort oben zu verstecken. Sie leben nach ihren eigenen Gesetzen und haben kein Problem damit, echte Gesetze zu brechen.«

»Ganz genau. Sie scheren sich einen Dreck darum, was die Regierung sagt«, erinnerte Stella sie. »Sie glauben, sie hätten ihre eigene Regierung. Aber nur weil die Polizei ihnen ihr Land wegnimmt, heißt das nicht, dass sie nicht versuchen werden, es sich zurückzuholen. Darauf können wir uns verlassen.«

»Die Jungs sind sich dessen bewusst, richtig?«, fragte Reilly.

»Natürlich«, antwortete Stella, die schwarzhaarige, stark tätowierte Barbesitzerin. »Sie nutzen die Prospects, um die Dinge im Auge zu behalten.«

»Wo wir gerade von Prospects sprechen«, begann Jet, »Scar soll dir bei dem neuen Unternehmen doch nicht helfen, oder?« Jet hasste Scar. Sie traute ihm nicht über den Weg. Und das Gefühl beruhte auf Gegenseitigkeit zwischen der ehemaligen Polizistin und dem Ex-Verbrecher.

»Nein. Trip meinte erst mal nur Castle und Bones.« Sie war froh, dass sie nicht dafür verantwortlich wäre, Scar in Schach zu halten. Obwohl Castle und Bones ebenfalls vor Kurzem aus dem Gefängnis entlassen worden waren, wirkten sie nicht so einschüchternd wie Scar. Sie sahen auch nicht annähernd so furchterregend aus.

»Gut. Meine Damen, seid bitte vorsichtig in seiner Nähe«, warnte Jet. »Ich will ihm wirklich keine 45er zwischen die Augen halten müssen, weil er mit einer von euch etwas Dummes angestellt hat.«

»Wenn er einem von uns etwas ›Dummes‹ antut, wirst du nie deine Chance kriegen«, sagte Cassie. »Einer von den Jungs wird ihn zuerst umlegen.«

»Stimmt«, sagte Jet lachend.

»Bereut Rook, dass er ihn gesponsert hat?«, fragte Chelle

und neigte den Kopf zur Seite. Sie trug ihre Brille und würde wie die Schulbibliothekarin aussehen, die sie war, wären da nicht die zerrissenen Jeans, das kurvenreiche Harley-T-Shirt und die ›Eigentum von Shade‹-Kutte, die sie trug. Damit sah sie wie eine knallharte Bibliothekarin aus, wenn es so etwas gab. Wenn nicht, dann wäre Chelle die neue Definition davon. Der Look stand ihr nicht nur großartig, sie war auch eine heiße Mama. »Er ist wirklich ziemlich unheimlich. Ich würde nicht allein mit ihm in einer dunklen Gasse sein wollen.«

»Ja«, stimmte Jet leise zu. »Rook ist vorsichtig optimistisch, dass Scar am Ende eine Bereicherung für den Club sein wird. Ich hoffe, er irrt sich nicht.«

»Wie ich gesehen habe, hat er angefangen, sich diese Träne weglasern zu lassen«, sagte Autumn.

»Das war eine von Trips Anforderungen«, erklärte Stella.

Jemma kam mit Dyna auf den Hüften herüber. Sie setzte sich und stützte das zehn Monate alte Mädchen auf ihren Schoß.

»Wo ist Tessa?«, fragte Reilly und war versucht, das Baby zu packen und auf den pummeligen Bauch zu pusten, um es zum Lachen zu bringen.

Jemma zuckte mit den Schultern und machte eine wegwerfende Handbewegung. »Jetzt, da der Run vorbei ist, habe ich ihr gesagt, dass ich Dyna nehme und sie sich den Rest des Tages und der Nacht amüsieren kann. Sie sagte, sie hätte später vielleicht noch ein Date und käme erst«, Cages Old Lady zuckte mit den Schultern, »*später* nach Hause.«

Was bedeutete, dass Trips Schwester heute Abend womöglich gar nicht mehr nach Hause kam.

»Mit wem?«, fragte Stella und zog die Augenbrauen zusammen.

Judges Schwester zuckte mit den Schultern. »Das geht mich nichts an. Sie ist alt genug, um ihr eigenes Leben zu führen.«

Reilly verdrehte die Augen. »Nicht wahr? Genau wie ich. Und Tessa ist jünger als ich.«

»Niemand sagt, dass du dich nicht verabreden darfst«, murmelte Reese.

»Solange derjenige, mit dem ich ausgehe, keine Fury-Kutte trägt, richtig?«

»Hast du jemals einen Mann, der eine Fury-Kutte trägt, auf einem *Date* gesehen?«, fragte Reese.

Reillys Augenbrauen hoben sich. »Was haben du und Deacon denn gemacht?« Obwohl sie die Antwort bereits kannte: *keine* Dates.

Stella schnaubte so laut, dass alle Frauen in Gelächter ausbrachen.

Reilly wandte sich an die Old Lady des Presidents. »Hatten du und Trip jemals ein Date?«

Sie schnaubte wieder, dieses Mal weniger laut. »Nein, wir haben nur gestritten und gefickt.«

Jet lachte. »Ebenso. Kann ich nur empfehlen. Versöhnungssex ist der beste.«

Reilly drehte sich zu Autumn. »Bist du mit Sig je ausgegangen?«

»Nein. Wir ... äh ... nein.«

Reilly wandte sich an Chelle. »Was ist mit dir und Shade?«

Chelles Wangen färbten sich rosa. »Wir haben viel Zeit miteinander verbracht.«

»Natürlich habt ihr«, schnaufte Reilly, »im Bett.«

»Und an anderen Orten«, fügte Chelle hinzu, wobei sich das Rosa ihrer Wangen zu einem flammenden Rot verwandelte.

Reilly beugte sich vor. »Jemma? Cassie?«

Judges Old Lady hob eine Hand. »Halt mich daraus. Ich finde, du darfst mit jedem schlafen. Wir sind alle unabhängige Frauen, die mit ihrer Sexualität im Reinen sind.«

»Verdammt richtig!«, rief Stella, stemmte ihre Faust in die

Luft und johlte laut. Ein Haufen interessierter männlicher Augen drehte sich in ihre Richtung.

»Cage und ich sind definitiv nicht zusammen ausgegangen. Ich wollte auf diese Weise nichts mit ihm zu tun haben. Ich habe ihn behandelt, als wäre er Gift.« Jemma seufzte. »Aber ich stimme Cass zu. Wenn du in einer Nacht Dodge und in der nächsten Whip bumsen willst … oder Ozzy *und* Easy gleichzeitig, wer bin ich, darüber zu urteilen? Mehr Macht für dich, Kleine.« Sie hob ihren Wein mit einer Hand und half mit der anderen, die Flasche in Dynas Mund zu halten, während das Baby zufrieden seine Milch trank. »Ich finde es falsch, dass wir, nur weil wir die Schwestern von Fury-Mitgliedern sind, auf irgendeiner verdammten Liste stehen. Das ist doch verrückt. Wie wäre es, wenn wir *sie* auf eine Liste setzen, um zu kontrollieren, wen sie ficken? Das ist doch lächerlich. Und archaisch.«

Reilly hob ihren Plastikbecher in die Luft. »Hört! Hört! Jetzt redet mal jemand vernünftig. Ich sollte doch in der Lage sein, mit jedem zu schlafen, mit dem ich will. Mit einem Mitglied der Fury, einem Fremden, Joe Schmo oder sogar dem verdammten Osterhasen. Wen kümmerts?«

»Mich«, sagte Reese. »Ich will nicht, dass du wieder verletzt wirst.«

Reilly seufzte, und als sie ihr Glas an die Lippen hob, sah sie, wie sich Amber Rev von hinten näherte. Ihm war nicht bewusst, dass sie da war, bis der Sweet Butt ihre Arme unter seine Kutte schob, sie um seine Taille schlang und sich an seinen Rücken presste. Und zwar nicht auf eine freundliche Art, wie man einen Bären umarmte.

Reilly konnte sich nur vorstellen, woran sich ihre Hände an der Vorderseite des Bikers hielten.

Sie wollte aufstehen, zwang sich aber sitzen zu bleiben. Sie durfte nichts sagen und sie konnte definitiv nicht rübergehen und sich wie eine eifersüchtige Schlampe aufführen. Sie musste bleiben, wo sie war, und durfte sich nicht von den alltäglichen

Aktivitäten zwischen den Bikern und den Sweet Butts stören lassen.

Es hatte sie noch nie gestört. Also sollte es sie auch jetzt nicht stören.

Rev drehte sich mit einem Stirnrunzeln in Ambers Armen um. Reilly hatte Recht. Amber fasste ihm in den Schritt und schenkte ihm dabei ein breites Lächeln.

Und wahrscheinlich ein Angebot, sich auf die eine oder andere Weise um ihn zu kümmern.

Reilly sog die Luft durch ihre Nasenlöcher und schüttete noch mehr Wein in ihre Kehle, bevor sie ihre Aufmerksamkeit wieder auf die Frauen lenkte.

Verdammt! Worüber hatten sie gerade geredet?

Ach ja, die Liste, auf der sie, Tessa und Saylor standen. Und jetzt auch Maddie und Josie. Die ›Sie sind keine Jungfrauen, aber wir tun so, als ob sie es wären‹-Liste.

Sie schnitt eine Grimasse und schaute wieder in Revs Richtung. Amber war zum Glück weitergezogen und er zerrte seine Schwester nun zur Seite. Es sah nach einem ernsten Gespräch aus. Vielleicht erzählte er ihr gerade, was in Coatesville geschehen war. Doch Reilly konnte Saylors Gesichtsausdruck nicht sehen, weil Revs breiter Körper sie abschirmte.

»Hast du schon mit dem Auspacken deiner Kisten begonnen?« Reeses Frage brachte sie zurück in den Pavillon.

»Noch nicht. Es hat gestern ewig gedauert, sie aus dem Auto auszuladen. Das ist der Nachteil, wenn man im ersten Stock wohnt.«

»Du hättest anrufen sollen. Deke und ich wären vorbeigekommen, um dir beim Hochtragen zu helfen.«

»Ich brauchte etwas Bewegung.«

»Also, wen hast du besucht? Hattet ihr Mädels Spaß?«

Genaaau. Tagsüber lebten wir in einem Horrorfilm und nachts in einem Porno.

»Ja, es war schön, einige meiner alten Freundinnen zu sehen«, flunkerte sie.

»Ich wette, sie waren besorgt, als sie erfahren haben, was dir passiert ist.«

»Ich habe es nicht erwähnt.«

»Nun, sie dürfen gerne jederzeit vorbeikommen und dich besuchen.«

»Danke, *Mom*«, sagte Reilly.

Auf Reeses Gesicht zeigten sich verschiedene Gefühle – keines davon war gut.

Reilly fühlte sich sofort furchtbar, weil sie das verursacht hatte. »Tut mir leid.«

»Mir auch«, sagte Reese sanft. »Ich weiß, dass du dein eigenes Ding machen willst, Reilly, das weiß ich wirklich. Ich weiß auch, dass ich überfürsorglich bin, aber du weißt genau, warum. Ich versuche, mich zu bessern, ernsthaft. Und es tut mir leid, dass ich ständig versage. Auf dich aufzupassen und mir Sorgen um dich zu machen, ist einfach tief in mir verwurzelt. Das war schon so, als du geboren wurdest. Die Gewohnheit ist schwer aufzugeben.«

Reilly kniff für einen Moment die Augen zusammen, weil dieses ungewohnte Stechen sie wieder störte. Sie dachte daran, wie Saylor und Rev aufgewachsen waren. In einem völlig starren und lieblosen Haus.

Reese hatte immer ihr Bestes gegeben, auch wenn sie das nicht hätte tun müssen. Auch wenn es nicht ihre Aufgabe war. Reilly hatte sich nie ungeliebt von ihr gefühlt. Kein einziges Mal.

Reese war schon als Kind eine bessere Bezugsperson für Reilly, als es John und Rachel Schmidt je für Saylor und Rev wären.

Sie öffnete die Augen, ergriff Reeses freie Hand und drückte sie. »Nein. Es tut mir leid. Ich kann mich glücklich schätzen, dass ich dich hatte.«

»Du hast immer noch mich. Egal, was passiert.«

»Und du hast mich«, erwiderte Reilly. »Immer.«

Reese schenkte ihr ein sanftes Lächeln und räusperte sich ausgiebig. »Dafür ist Familie da … Wie auch immer, ich freue mich wirklich auf diese neue Chance für dich.«

»Ich auch. Ich liebe dich und unsere verrückte Patchwork-Familie. Es ist verrückt, wie wir hier gelandet sind, aber ich bin froh, dass wir es sind.«

Reese nickte. »Das hätte ich mir niemals vorstellen können.« Sie lachte und schüttelte den Kopf. »Sieh mich an, ich trage eine Lederweste, auf der steht, dass ich das Eigentum eines Mannes bin.«

»Die Hölle ist an dem Tag zugefroren, an dem du sie das erste Mal getragen hast. Aber im Ernst … Ich bezweifle, dass Deke das von dir verlangt.«

Der Ausdruck ihrer Schwester wurde schwer. »Er würde es gerne.«

»Aber das tut er nicht. Ich glaube nicht, dass er jemals versuchen würde, dir deine Stärke und Unabhängigkeit zu nehmen. Er liebt das an dir.«

»Und ich liebe es, dass er das respektiert. Deshalb trage ich seine Kutte auch bei Clubfahrten, ohne zu widersprechen. Ich tue es für ihn.«

Reilly bezweifelte nicht, dass Reese sie auch Ihretwillen trug. Deacon hatte ihr beigebracht, dass es so viel mehr im Leben gab, als sich in Arbeit zu vergraben. Jedes Mal, wenn sie Deacons Kutte überzog und auf seine Maschine kletterte, fiel der Druck des Lebens von Reese ab. Wenn auch nur vorübergehend.

Vor Deacon hatte sie sich nur auf ihre Karriere konzentriert. Reilly hatte Angst gehabt, sie würde sich irgendwann zu Tode arbeiten.

»Ich bin froh, dass du glücklich bist.«

»Du hast ja keine Ahnung«, hauchte Reese. Sie schaute sich

erst um, bevor sie ihre Stimme senkte, sodass nur Reilly sie hören konnte. Die anderen Frauen waren inzwischen damit beschäftigt, an den anderen Tischen zu plaudern und zu trinken. »Aber ich habe im Moment auch wirklich Angst.«

Ihre starke, furchtlose Schwester hatte Angst?

»Weshalb? Wegen mir?«

»Nein …« Sie schüttelte den Kopf. »Ich bin schwanger.«

»Heilige Scheiße«, flüsterte Reilly. Ihr Blick fiel auf den Becher, den ihre Schwester wie einen Rettungsring umklammerte.

»Das ist Eistee«, antwortete Reese auf ihre Frage, nachdem sie sich noch einmal vergewissert hatte, dass niemand ihr geflüstertes Gespräch belauschte.

»Weiß Deke davon?«

»Natürlich.«

»Weiß es sonst noch jemand?«, fragte Reilly.

»Noch nicht. Es ist noch früh und wir wollen bis nach dem ersten Trimester warten, um es allen zu sagen. Ich bin zwar nicht alt, aber ich bin durchaus älter und wir wollen diese erste Hürde überwinden. Und … ich weiß, dass Trip Stella ständig mit dem Thema Kinderkriegen konfrontiert, also will ich sie nicht noch mehr unter Druck setzen. Außerdem planen Judge und Cassie ebenfalls Nachwuchs … Ich bin mir sicher, dass Cass bald etwas verkünden wird. Ich denke, sie wollten erst mal abwarten, wie sich die Sache mit den Shirleys entwickelt.«

»War das geplant?« Soweit sie sich erinnern konnte, hatte Reese nicht ein einziges Mal erwähnt, dass sie Kinder wollte.

»Nicht wirklich«, gab Reese zu. »Verbuche es unter Versagen der Verhütungsmethode.«

»Wie bei Dyna.«

»Ja. Dyna ist der Grund, warum ich wegen der Sache noch nicht völlig durchgedreht bin. Dyna ist ein wertvolles Geschenk und jedes Mal, wenn ich sie halte, weckt sie den Mutterinstinkt in mir. Außerdem erinnere ich mich dann immer daran, wie ich mit dir gekuschelt habe, als du in diesem Alter warst. Ich weiß noch, wie ich dich festhielt und hoffte ... *betete*, dass ich dich nicht im Stich ließ. Ich hatte solche Angst, Reilly. Das hatte ich wirklich. Nach all dem war ich mir nicht sicher, ob ich jemals wieder ein Kind großziehen will, nicht einmal mein eigenes.«

»Du warst elf, als ich geboren wurde. Natürlich hattest du Angst. Welche Elfjährige kann erfolgreich ein Baby großziehen?« Reilly hob eine Hand. »Du, natürlich. Weil du eine knallharte Frau bist, selbst als du elf warst. Wenn du dir etwas vornimmst, bringst du es zu Ende, egal, was passiert. Hartnäckigkeit sollte dein Club-Name sein. Ich habe keinen Zweifel, dass du auch dieses Mal eine knallharte Mutter sein wirst. Und sieh es doch mal so: Du bist jetzt eine Expertin, weil du mich großgezogen hast.«

Reese lachte leise. »Ich bin sicher keine Expertin. Ich habe es bei dir so oft vermasselt.«

»Und trotzdem sitzen wir hier, gesund und munter, mit nur ein paar seelischen und körperlichen Narben. Wir haben überlebt.« Sie lächelte Reese an. »Nun, ich freue mich für euch. Und ich kann es kaum erwarten, Tante zu werden. Noch wichtiger: Ich kann es kaum erwarten, dass Deacon Vater wird. Heilige Scheiße, er wird das großartig machen. Daddy Deacon. Das hört sich gut an.«

Reeses Lippen zuckten. »Er freut sich auch.«

»Ein Baby könnte deine Gradlinigkeit allerdings etwas durcheinanderbringen«, stichelte Reilly.

»Ein Baby wird vieles durcheinanderbringen. Deke hat erwähnt, dass er sich eine Hausmaus anschaffen will, die uns im Haushalt unterstützt, aber ich weiß nicht ...«

»Du hast noch Zeit, dich zu entscheiden.«

»Es gibt eine wirklich gute Kindertagesstätte, ganz in der Nähe meines Büros. Außerdem gibt es immer noch Lottie. Obwohl ich es hassen würde, Dekes Mutter an diesem Punkt ihres Lebens, diese Last aufzubürden.«

»Ich wiederhole: Du hast noch Zeit. Mach dir keinen Stress. Du hast hier eine große Familie, die dir helfen wird.«

Reeses Lächeln wurde breiter. »So viel ist sicher. Weißt du, ich hasse es, diesem Arschloch Warren irgendeine Anerkennung zu geben, aber eine gute Sache ist aus diesem Schlamassel doch hervorgegangen ...«

»Mehr als eine«, korrigierte Reilly und neigte ihren Kopf leicht zu Reeses Bauch.

»Stimmt. Mehr als eine.«

»Und es wird noch viel mehr folgen«, versprach Reilly.

»Hoffen wir, dass die schlechten Zeiten hinter uns liegen und wir nur noch gute Zeiten vor uns haben.« Reese hob ihr Getränk an und Reilly tippte ihre Becher aneinander.

Sie blickte hinüber zu Rev, der nun allein am The Barn gelehnt stand, eine Hand tief in der vorderen Jeanstasche vergraben, eine Bierflasche zwischen zwei Fingern der anderen an der Seite hängend. Seine hellblauen Augen drehten sich in Reillys Richtung.

Ja, sie hoffte, dass die schlechten Zeiten hinter ihnen und nur noch gute Zeiten vor ihnen lagen.

Aber das Leben hatte die Angewohnheit, ihnen allen dann einen Strich durch die Rechnung zu machen, wenn sie es am wenigsten erwarteten.

18

Rev lehnte sich mit dem rechten Knie zurück und stützte sich mit dem Stiefel an der Wand des Schuppens ab. Er hob seine handgedrehte Zigarette an die Lippen, füllte seine Lungen und ließ den Rauch dann langsam wieder aus seinem Mund rollen.

Er war ziemlich breit, weil er den ganzen Abend getrunken und mit seinen Brüdern hochwertiges Gras geteilt hatte.

Er war entspannt, aber nicht unbedingt glücklich.

Er hatte sich den ganzen Abend gegen die Sweet Butts gewehrt und alle Besucherinnen, die auf der Suche nach etwas Action waren, abgeschüttelt. Stattdessen war er in der Nähe seiner vergebenen Brüder geblieben, da die herumstreunenden Frauen normalerweise einen großen Bogen um sie machten. Aus gutem Grund.

Einer davon war die Schwesternschaft, die sich in ihrem Rudel versammelt hatte und ihre Männer mit Argusaugen beobachtete. Die Sweet Butts wussten, dass sie sich besser keinem der beanspruchten Fury-Brüder näherten, außer sie wollten nur ein freundliches Gespräch mit ihnen führen. Doch manche der willigen Frauen wussten nicht, wie das ging.

Genauso wie einige der männlichen Gäste nicht kapierten, dass sie lieber keiner Fury-Frau näherten, die keine ›Eigentum von‹-Kutte trug. Im Moment waren das im Grunde nur fünf: Tessa, Saylor, Maddie, Josie und Reilly.

Trip hatte immer ein Auge auf Tessa. Shade beobachtete Chelles Töchter wie ein Falke. Doch Rev war scheißegal, ob Saylor mit jemandem rummachte, solange es nicht in der Öffentlichkeit geschah, wo alle dabei zusehen konnten. Und solange sie einwilligte. Trotzdem erzählte er das keinem seiner Brüder. Er ließ sie in dem Glauben, dass er ein Problem damit hätte, wenn sie seine Schwester bumsten.

Allerdings hatte Judge auch ein Mitspracherecht bei dem, was Saylor tat oder nicht tat, da sie nun zu seiner Familie gehörte und, als deren Hausmaus, für Cassies Tochter Daisy verantwortlich war.

Der Sergeant at Arms des Clubs und seine Old Lady hatten Saylor bestimmte Regeln auferlegt, bevor sie sie bei sich aufgenommen hatten. Nicht nur, um die damals Achtzehnjährige aus Schwierigkeiten herauszuhalten und sie auf einen besseren Weg zu bringen, sondern auch, weil Daisy damals in einem Alter gewesen war, in dem schlechtes Benehmen leicht auf sie hätte abfärben können. Und Saylor war ein Profi in schlechtem Benehmen, da sie nur so John Schmidt entkommen war.

Rev hatte keine Einwände gegen die Regeln, die Judge und Cassie aufgestellt hatten, denn sie gaben seiner Schwester Struktur. Etwas, das sie dringend brauchte, nachdem sie fast ihre gesamte Jugend im Gefängnis verbracht hatte und davor einer – Rev betrachtete sie nun als solche – religiösen Sekte angehört hatte.

All die Jahre war sie weggesperrt worden, weg von jeglicher echten Familie. All die Jahre von ihrem älteren Bruder getrennt. Einem Bruder, der sie nicht einmal besuchen kam, bevor er achtzehn wurde. Seine Angst, als Ausreißer erwischt, nach

Coatesville zurückgebracht und seinen Eltern übergeben zu werden, hatte ihn von ihr ferngehalten.

Egoistische Selbsterhaltung.

Er knirschte mit den Zähnen angesichts des größten Bedauerns seines Lebens.

Eben hatte er Saylor mitgeteilt, dass ihr ›Vater‹ seinem Krebsleiden erlegen war. Er hatte ihr versichert, dass sie von nun an in Sicherheit war, da der Mann ihr Leben nie wieder ›berühren‹ könnte. Was er jedoch geheim hielt, war die Tatsache, dass sie nur Halbgeschwister waren und ihr richtiger Vater nicht John Schmidt. Er behielt auch für sich, dass ihre Abstammung nur eine weitere verdammte Lüge unter Tausenden war.

Nein, das alles brauchte sie nicht zu wissen, denn diese Familie existierte nicht mehr.

Das Schlechte lag nun hoffentlich hinter ihnen, nur das Gute vor ihnen.

Er nahm einen weiteren langen Zug an seiner Zigarette, deren Ende so hell glühte, dass sie die umgebende Dunkelheit durchbrach, und legte den Kopf schief, als er hörte, dass sich etwas in seine Richtung bewegte. Schritte. Nicht etwas, sondern jemand.

Schnell nahm er noch einen Zug vom Tabak und schnippte den Rest dann in die Dunkelheit, als die Schritte näherkamen.

Er hörte ein Stolpern, ein Keuchen, einen kleinen schlurfenden Stepptanz, gefolgt von einem gemurmelten Fluch.

Er presste die Lippen zusammen, um nicht laut loszulachen und sein Versteck zu verraten.

Seine Erektion drückte bereits erwartungsvoll gegen seinen Reißverschluss.

Er hielt den Atem an, als die Schritte in Richtung von Reillys Hyundai Kona tapsten. Sie hatte ihn abseits des ein Meter achtzig hohen Maschendrahtzauns geparkt, der alle Fahrzeuge umschloss, die Trip und Sig im Zuge ihres Repo-Geschäfts Buck You Recovery zurückholten. Trip hatte den Repo-Hof letztes

Jahr gebaut, hinter dem langen Schuppen, in dem sie alle ihre Maschinen parkten. So waren die Fahrzeuge für alle, die nach ihrem vermissten Fahrzeug suchten, außer Sichtweite. Außerdem sollten die Typen nicht in Versuchung kommen, ihr Fahrzeug womöglich zurück zu stehlen, bevor sie ihre ausstehenden Zahlungen beglichen hatten.

Das einzig Gute an Reillys Parkplatz war, dass er dadurch auch außer Sichtweite aller anderen war, die sich noch draußen im Hof aufhielten. Sobald sich die Lage etwas entspannt hatte und alle, die noch funktionierten, ins The Barn gegangen waren, um dort weiter zu feiern oder sich in eine verfügbare Möse zu stürzen, hatte er sich auf die Suche nach ihrem Auto gemacht, um dort auf sie zu warten.

Er hatte gewusst, dass sie nicht lange bleiben würde, da sie beide am nächsten Morgen wieder arbeiten mussten. Und er hoffte, dass sie ihren Alkoholkonsum früh reduziert hatte, da sie noch Auto fahren musste. Falls nicht, würde er ihr das Fahren erst erlauben, wenn sie wieder nüchtern war.

Als das Knirschen ihrer hochhackigen Stiefel von rechts um die Ecke bog, schoss sein Arm hervor und ergriff ihren. Er zerrte sie mit einer Hand, die ihren Mund umschloss, hinter den Schuppen und aus dem Blickfeld.

»Ich bins«, flüsterte er ihr ins Ohr. Er wartete, bis sie sich an ihn schmiegte, dann nahm er seine Hand weg.

»Du hast mich zu Tode erschreckt!«, schrie sie und stieß ihm gegen die Brust.

»Sei leise. Wir können niemanden gebrauchen, der nach dir sieht, weil du hier drüben so laut bist.«

»Du hättest mir einfach schreiben können, dass ich dich treffen soll, Dummkopf. Jetzt hämmert mein Herz wegen eines Herzinfarkts.« Sie lehnte sich leicht von ihm weg. »Hast du etwa einen Steifen?«

»Vielleicht.«

»Nein, eindeutig kein Vielleicht. Wartest du deshalb auf mich?«

»Ich wollte mit dir reden.«

»Dirty Talk?« Sie klemmte ihre Hand zwischen ihre Körper ein und ließ die Handfläche über seinen Ständer gleiten.

Er packte ihr Handgelenk und zog es bedauerlicherweise weg. »Nein.« Selbst in der Dunkelheit konnte er ihre Enttäuschung erkennen. »Bist du betrunken?«

»Nein«, antwortete sie und klang beleidigt. »Sollte ich das für dieses ›Gespräch‹ etwa sein?«

»Scheiße, nein. Ich will dich nüchtern.« Nicht nur für das Gespräch, sondern auch für das, was danach passieren würde.

»Uh, oh. Das klingt ernst. Gibt es ein Problem?«

»Sag du es mir.«

Sie schüttelte den Kopf. »Ich verstehe nicht.«

»Ernsthaft? Ich habe gesehen, wie du von Trip und Deacon reingezerrt wurdest und du verstehst meine Sorge nicht? Ich wollte dich schon den ganzen Abend deswegen ausfragen.«

»Es hatte nichts mit dir zu tun.« Sie machte eine Pause. »Oder mit uns.«

Uns. »Ich wurde nicht erwähnt?«

»Nein.«

»Erzählst du mir dann, was passiert ist? Oder willst du mich einfach hängen lassen?«

Sie griff wieder zwischen seine Beine. »Hängt er eher nach links oder nach rechts?« Sie drückte seinen Schwanz, obwohl er jetzt nicht mehr so hart war wie eben, als er sie gepackt hatte.

»Frau …«, warnte er.

Sie seufzte. »Okay, gut. Erinnerst du dich noch an die Notunterkunft, die Trip und Dutch damals für Cage arrangiert haben?«

»Wie könnte ich die vergessen? Das Mobilheim war eine clevere, schnelle Lösung.«

»Ja, nun … Trip hat entschieden, dass es nicht nur eine kluge

Lösung für Cage und Dyna war, sondern auch ein gutes Geschäft für uns.«

»Das hat er schon mehrmals erwähnt. Aber was hat das mit dir zu tun?«, fragte er verwirrt.

»Alles.«

Ein ungeduldiges Knurren ertönte aus seiner Kehle.

Doch ihre Hand sorgte schnell dafür, dass er steinhart wurde.

Sie neigte ihr Gesicht zu seinem. »Erst küsst du mich.«

»Benutze deinen Mund, um mir zu sagen, was ich wissen will. Anschließend benutzen wir ihn für etwas anderes.«

Sie hob eine Augenbraue. »Hat dich heute noch keine der Sweet Butts versorgt?«

»Du weißt genau, dass ich nichts gemacht habe.«

»Woher soll ich das wissen? Ich habe dich doch nicht die ganze Zeit beobachtet«, schimpfte sie.

»Einen Scheiß hast du nicht.«

»Okay, ich habe dich nicht *jede* Sekunde beobachtet. Du hättest dich davonschleichen können und ...«

Er fiel über ihre Lippen her und fegte den Rest ihrer Worte mit seiner Zunge weg. Als sie damit fertig waren, den Mund des anderen zu erkunden, wichen sie keuchend voneinander und sein Schwanz pochte hart. Sie mussten dieses Gespräch hinter sich bringen, damit er zum Rest seines Plans übergehen konnte.

Und nicht dabei erwischt wurden. Aber sie *würden* es tun. Denn nach dem Run heute, konnte sie eine kleine Erinnerung gebrauchen. Eine, die er ihr geben wollte.

»Willst du noch mehr davon?«, fragte er an ihren Lippen.

»Ja«, zischte sie leise und klammerte sich an ihn.

Er mochte das ... Nein, er liebte es, verdammt noch mal. Das Gefühl, wenn sie sich an ihn drückte, sich an ihm festhielt. Als könnte er ihr Fels sein, wenn sie ihn brauchte.

Nicht könnte, sondern *würde*. Wenn sie irgendjemanden bräuchte, sollte er das sein.

»Feuchte Muschi?«

»Jetzt schon.«

Das war Musik in seinen verdammten Ohren. »Willst du meinen Schwanz in dir haben?«

»Hm. Ich würde dieses Angebot wohl nicht ablehnen, wenn es sich mir präsentieren würde.«

Er grinste. »Dann fang an zu reden, Zuckerpuppe. Je eher du auspackst, desto schneller kann ich dir ein verlockendes Angebot unterbreiten.«

»Es ist keine große Sache … Okay, doch ist es.« Sie wippte auf ihren Zehenspitzen, was sie dazu brachte, gegen ihn zu hüpfen, was wiederum seine Jeans zum Spannen brachte, weil sein Schwanz anschwoll. »Sie haben mir angeboten, das Geschäft zu leiten. Ich würde bezahlt werden *und* auch einen Teil des Gewinns abbekommen.«

Sein Grinsen erlosch. »Wie meinst du das? Heißt das, du wirst nicht mehr für die Werkstatt arbeiten?«

»Für eine Weile schon noch. Aber hoffentlich … irgendwann …«

»Irgendwann wirst du weiterziehen.«

»Das hört sich an, als ob ich wegziehen würde. Ich gehe nirgendwo hin. Aber du weißt, dass ich nicht für den Rest meines Lebens für Dutch arbeiten wollte. Er hat mir geholfen, indem er mich angestellt hat, und ich habe ihm geholfen, sein Büro in Ordnung zu bringen. Es war für uns beide von Vorteil, aber kein besonderer Karriereschritt für mich, Rev. Das weißt du.«

Ja, aber dann wäre sie nicht mehr den ganzen Tag in seiner Nähe, so wie im letzten Jahr. Er war hin- und hergerissen bei dieser Entscheidung. Sie war gut für sie, aber nicht für ihn.

Verdammt, er war gerade ein verfluchter Egoist. Er dachte an seine eigenen Wünsche und Bedürfnisse, nicht aber an ihre. »Wo wird dein Büro sein?«

»Ich weiß es nicht, aber bis das Geschäft mit den Notunterkünften läuft, werde ich das Büro in der Werkstatt als Basis nutzen.«

Gott sei Dank.

Nachdem er die letzte Woche mit ihr verbracht hatte, fiel es ihm schwer, nicht egoistisch zu sein, wenn es um Reilly ging. Was durch Reillys Entscheidung, heute bei Dodge hinten mitzufahren, nur noch weiter befeuert wurde. Das nervte ihn schon den ganzen verdammten Tag.

Er wusste, dass Eifersucht verdammt dumm war, aber er konnte das Gefühl nicht abstellen, egal, wie viel er getrunken oder geraucht hatte.

Sie gehörte in sein Bett, auf sein Motorrad und in seine Kutte.

Er wusste nur nicht, wie das alles mit der Realität vereinbar war. Aber wenn er es schaffen könnte, würde er es tun. Solange sie das auch wollte.

Aber so wie sie seinen Schwanz gerade rieb – als würde sie einen Geist aus einer Lampe wünschen –, war er sich verdammt sicher, dass sie das auch wollte.

Er hoffte es zumindest.

Ob sie nun eine Zukunft oder ein ›nur für jetzt‹ wollte, er war bereit, ihr das ›nur für jetzt‹ zu geben, bis sie beide für diese Zukunft bereit waren.

Er umfasste ihr Gesicht, strich ihr Haar hinter das rechte Ohr und fuhr mit den Lippen sanft über ihre Narbe. Ihr letzter Mann hatte diesen Schaden verursacht, doch er wollte der Mann sein, der beim Heilen half.

Und das war es, was ihn im Moment am meisten ärgerte. Sie auf dem Rücksitz der Maschine eines anderen zu sehen, hatte ihm klar gemacht, dass das nie wieder passieren durfte.

Niemals, verdammt.

Egoistisch? Zur Hölle, ja. Doch für diese Art von Egoismus würde er sich nicht schuldig fühlen.

»Nun, da du fertig bist mit Reden, habe ich dir etwas zu

sagen. Ich sage das nur einmal, also hör gut zu … Ich habe jede Sekunde der Fahrt heute gehasst. Ich habs gehasst, dich so gegen Dodge gepresst zu sehen. Ich habe noch nie einen meiner Brüder gehasst, bis heute. Ich wollte ihm jedes Mal die verfluchten Finger brechen, wenn er dir auf die Maschine geholfen hat. Ich wollte ihm jedes Mal ins Gesicht schlagen, wenn er dich angelächelt hat. Ich wollte seine verdammte Maschine zertrümmern, damit du bei mir mitfahren musst.«

»Rev«, stieß sie in einem Atemzug aus und erzitterte vor ihm.

»Du hast heute etwas Wichtiges vergessen …«

Ihre Kehle schnürte sich zu, als ob sie fragen wollte: »Was?« Aber ihr entkam kein Laut.

Er hielt seinen Mund an ihr Ohr und sagte es langsam, sodass sie es deutlich hören und die Aussage nicht missverstehen konnte. »Du … gehörst … zu … mir.«

Ein röchelnder Seufzer entwich ihren geschürzten Lippen.

»Wenn du jemals wieder auf der Maschine eines anderen fährst …« Er ließ die Warnung unbeendet zwischen ihnen hängen.

Wieder keuchte sie und ihre Finger krümmten sich in sein Shirt an seinem Bauch. Die Hand, mit der sie ihn gestreichelt hatte, erstarrte ebenfalls. »Gib mir Zeit.«

»Wofür?«

»Um meine Schwester zu bearbeiten.«

Zeit? Blödsinn. Sie hatten schon so viel Zeit vergeudet. »Ich habe es heute erkannt, Reilly. Ich bin kein geduldiger Mann, wenn es um dich geht. Ich habe dich gekostet und jetzt will ich nichts und niemanden mehr.«

Er hoffte, dass sie das verdammt noch mal ähnlichsah, obwohl sie es noch nicht ausgesprochen hatte. Auch das nervte ihn gewaltig.

Ihr Atem ging stoßweise. »Im Moment ist das einfach zu riskant.«

»Ein Risiko, das ich eingehen will.«

Sie schüttelte den Kopf. »Nein, ich werde nicht der Grund dafür sein, dass du alles verlierst. Ich verspreche, daran zu arbeiten. Wir müssen nur vorsichtig sein, bis ich Erfolg habe. In der Zwischenzeit ...«

»In der Zwischenzeit ...«, wiederholte er leise und rau. Er war bereit, den zweiten Teil seines Plans in die Tat umzusetzen. Der Teil, in dem er sie nicht mit Worten daran erinnerte, zu wem sie gehörte, sondern mit Taten. »Spürst du, wie verdammt hart ich für dich bin?«

»Bist du das oder hast du dir ein Stahlrohr in die Hose gestopft?«

Er stieß aufwärts gegen ihre warme, kleine Handfläche. »Alles meins, Babe. Und alles wegen dir.«

»Ich muss wohl magische Kräfte haben«, witzelte sie.

Ganz offensichtlich, denn sie hatte es geschafft, ihn mit einem verdammten Zauber zu belegen. Einen Bann, von dem er sich nicht mehr befreien konnte.

Aber er wollte sich auch nicht davon befreien.

Heute Abend hatte der Gedanke, eine andere Frau zu berühren als Reilly, seinen Reiz verloren.

Ja, sie gehörte zu ihm, aber er gehörte jetzt auch zu ihr.

Mit allem, was dazugehörte.

Vielleicht könnte er mit dem Vorstand reden und sie dann offiziell für sich beanspruchen. Um die Folgen könnte er sich dann hinterher kümmern.

Ja, vielleicht würde er das tun. Scheiß auf den Versuch, ihre Schwester zu überzeugen. Reese war verdammt stur und das könnte ein langwieriger Kampf werden.

Zum Glück konnte er genauso dickköpfig sein wie Dekes Old Lady. Wenn er sich an den Ausschuss wandte, würde er ihnen zeigen, dass er nicht nachgeben würde, egal, was Reese dazu sagte. Egal, was irgendjemand dazu sagte.

Er würde seine Frau beanspruchen, und das wars.

Aber bis dahin … Ja, bis dahin mussten sie vorsichtig sein. Er musste mit voller Power vor den Vorstand treten, nicht mit einem Wimmern, nachdem er wie eine Piñata verprügelt worden war.

Er schüttelte Cages brutale Strafe in Gedanken ab und wünschte sich eine Decke, um Reilly direkt auf dem Boden zu nehmen. Aber da er keine hatte, mussten sie sich damit begnügen. Ihr Käfig war nur ein paar Meter entfernt.

Er hatte schon immer davon geträumt, sie in der Garage über ein Fahrzeug zu beugen und sie zu ficken, bis ihre Schreie durch das Gebäude hallten. Er durfte sie heute Nacht nicht zum Schreien bringen, weil sie hier draußen waren, aber er konnte sie trotzdem über ihren Käfig beugen und die Fantasie zumindest wahr werden lassen.

Er packte sie am Haar und zerrte ihren Kopf zurück, bis ihr Gesicht zum Himmel gerichtet war. »Ich werde dich über deinen Käfig beugen und dann ficken.«

»Solange du mir keinen Kratzer in den Lack machst.«

»Das wird schon.«

»Wenn du mir einen Kratzer in den Lack machst, poliere ich ihn mit deinen Eiern aus«, warnte sie ihn und wich vor ihm zurück. Sie zog ihren Autoschlüssel aus der Vordertasche ihrer Jeans und ihr Parklicht blinkte, als sie den Hyundai aufschloss.

Er sah zu, wie ihre Hüften wippten, als sie auf den Wagen zuging.

Doch sein Herz blieb stehen und er hätte sich fast auf sie gestürzt, als sich ihr Absatz in einem losen Stein verfing und sie beinahe einen Sturzflug hinlegte. »Warum zum Teufel trägst du diese verdammten, nutzlosen, hochhackigen Stiefel auf einer verdammten Farm?«

»Weil ich auf einem Run Stiefel tragen muss.«

»Nicht solche Stiefel.« Irgendwann würde sie sich das verdammte Genick brechen.

Sie zuckte mit den Schultern. »Ich mag sie.«

Er kniff für einen kurzen Moment die Augen zusammen und verdaute die Tatsache, dass diese verdammten Stiefel sie fast umgebracht hätten. Als er damit fertig war, öffnete er die Augen und sah sie seitlich auf dem Fahrersitz sitzen, während sie die verdammten Dinger auszog. Sie warf sie auf die Beifahrerseite, stellte sich dann außerhalb des Fahrzeugs hin und begann, sich aus ihrer hautengen Jeans zu schälen.

Das dauerte allerdings eine Weile und geschah auch nicht ohne Grunzen. Aber schließlich gelang es ihr, sie herunterzurollen, über ihre Füße zu stülpen und sie auf den Fahrersitz zu werfen.

Ihre elfenbeinfarbene Haut leuchtete in der Dunkelheit auf. Sie war wie ein Peilsender für ihn. Er wollte jeden Zentimeter ihres Fleisches schmecken. Leider würde das heute Nacht aber nicht passieren. Denn die heutige Nacht sollte sie nur daran erinnern, zu wem sie gehörte. Das war alles. Sie würden eine andere Gelegenheit finden müssen, bei der sie sich Zeit nahmen und es so machen konnten, wie sie es wollten.

Als sie nach ihrem Tanga griff, sagte er: »Lass ihn an.«

Sie trat vom Käfig zurück, schloss leise die Fahrertür und fragte: »Was jetzt?«

Die Spitze seines Schwanzes klebte durch seine Lusttropfen bereits an seiner Boxershorts, weil er ihr bei ihrem unbeholfenen Striptease zugesehen hatte. Er wollte sie vollständig nackt, aber hier draußen hinter dem Schuppen wäre das nicht möglich.

Das hier war nur ein Quickie, ermahnte er sich.

Sie hatten seit gestern Morgen keinen Sex mehr gehabt und obwohl kaum achtundvierzig Stunden vergangen waren, kam es ihm wie eine Ewigkeit vor.

»Dreh dich zum Käfig, beug dich über den Kotflügel und lass mich sehen, was du hast.«

Da sie barfuß war, machte sie ein paar vorsichtige Schritte zur Vorderseite des Hyundai und wendete sich ihm zu.

Er wartete darauf, dass sie seinen Anweisungen folgte. Kurz dachte er, sie würde sich widersetzen. Dass sie ihr typisches Reilly-Ich herausholen, die Position anzweifeln und es auf ihre Art machen wollen würde.

Aber schockiert stellte er fest, dass sie kein einziges verdammtes Wort sagte. Stattdessen trat sie an den Kotflügel, legte beide Hände auf die Motorhaube und beugte sich langsam, verdammt langsam, über die Vorderseite ihres Käfigs.

Mein Gott. Sein Schwanz besaß jetzt schon seinen eigenen Herzschlag und der Puls pochte, als wäre er gerade über eines der Felder gesprintet.

Er wünschte, die Sonne wäre draußen und er könnte sie deutlich sehen. Denn er war sich sicher, dass dies hier im Licht ein großartiger Anblick wäre.

Als er sich auf sie zubewegte, begann er, seinen Gürtel abzuschnallen, seine Jeans zu öffnen und seinen Reißverschluss herunterzuziehen. Er löste den Gürtel aus den Schlaufen und legte ihn auf den Boden, damit er nicht nur ihren Lack nicht zerkratzte, sondern auch nicht gegen das Metall klapperte. Die Geräusche würden nur verraten, was sie hier taten, ähnlich wie ein quietschendes Boxspringbett.

Er zog sich die Kutte aus und faltete sie nach innen, um wieder zu verhindern, dass sie den Lack zerkratzte, und legte sie vorsichtig auf die Motorhaube.

Als er sich hinter ihr bewegte, klebte sein Blick an den blassen Kugeln ihres Hinterns, die, wie er schwor, das Mondlicht reflektierten.

»Verflucht perfekt«, kam es ohne Nachdenken aus ihm heraus.

»Ich …«

Er unterbrach sie. »Perfekt und völlig mein, verdammt. Von niemandem sonst, Reilly. Hast du mich verstanden? Niemandem.«

Sie holte scharf und hörbar Luft.

»Sag es mir«, forderte er und ließ seine Handfläche über die weichen Kurven ihres entblößten Hinterns gleiten.

Es dauerte ein paar Sekunden, bis sie antwortete. Dann sagte sie: »Dein.«

»Was ist mein?«

»Ich.«

Scheiße, ja. »Wie viel von dir?«

»Alles von mir.«

»Auf wessen Maschine wirst du reiten?«

»Deiner.«

»Wessen Schwanz?«

»Deinem.«

»Wessen Name wird auf deinen Lippen sein, wenn du kommst?«

»Deiner.«

Ja, verdammt.

Schnell kramte er in seiner Gesäßtasche, holte sein Portemonnaie heraus und fand ein Kondom. Er löste die Kette der Brieftasche von der Gürtelschlaufe und warf sie zu Boden, neben dem Gürtel, damit sie ebenfalls keinen Schaden anrichtete.

Er schob seine Jeans und Boxershorts weit genug nach unten, um seinen Schwanz freizulegen, riss die Verpackung auf und rollte das Kondom nach ein paar Streicheleinheiten über seine Länge.

»Der Latex ist nicht geölt. Muss ich Spucke benutzen oder bist du bereits feucht?«

»Finde es selbst heraus.«

Er brauchte es nicht einmal zu überprüfen. Nachdem er ihr heiseres Verlangen gehört hatte, wusste er es.

»Gefällt es dir, hier draußen zu sein, gebückt, deinen Arsch und deine Muschi in der Luft, sodass jeder sie sehen könnte, wenn er vorbeikäme? Erregt dich das? Oder ist es wegen mir?«

»Wegen dir … nein. Beidem. Hauptsächlich wegen dir.

Normalerweise wäre das Risiko heiß, aber in deinem Fall mache mir Sorgen, dass du erwischt wirst, wenn du eine Regel brichst und den Preis dafür bezahlen musst.«

»Ich wurde als Sünder geboren, Babe. Ich wurde geboren, um Regeln zu brechen.«

Er rückte näher, zog ihren Tanga zur Seite, spreizte ihre Arschbacken und schob die latexbedeckte Spitze seines Schwanzes in ihre Falte und fuhr von oben bis ganz nach unten.

Als er ihn gegen ihre Klitoris drückte, stöhnte sie auf und presste sich zurück. »Fick mich.«

Das hatte er vor, aber nach seinem Zeitplan, nicht nach ihrem. Er zog seine Schwanzspitze durch ihre Falten und dann den ganzen Weg zurück zu ihrem Anus. In der Dunkelheit konnte er ihn nicht sehen, aber er krümmte sich noch etwas mehr zusammen, als er leicht dagegen drückte.

Heute würde er nicht dort eindringen. Nicht jetzt, ohne Gleitgel, ohne einen Ort, an dem er sich hinterher waschen konnte. Aber er setzte es definitiv auf seine To-do-Liste für ein späteres Datum.

An jenem Tag in der Werkstatt, als Warren auftauchte, um den Job zu beenden, bei dem er versagt hatte – nämlich, sie zu töten –, prahlte er damit, dass er ihr in den Arsch gefickt hatte. Ob es tatsächlich stimmte, wusste Rev nicht. Er wollte nicht nachfragen, denn er wollte es gar nicht wissen. Er wollte sich nicht vorstellen müssen, wie dieser Wichser sie berührte.

Seine Stimme brach leicht, als er noch mehr Druck ausübte und fragte: »Lässt du mich?«

»Ist es deins?« Ihre Frage kam in einem stockenden Atemzug heraus.

»Ja«, hauchte er, »ist es. Alles meins, verdammt.«

Er zog die pochende Spitze wieder nach unten, die Hitze und die Glätte ihrer Muschi zogen ihn noch tiefer in den Bann, in dem er gefangen war.

Er stupste den Scheitel zwischen den heißen Falten an, doch

er zögerte, weil er es noch einmal hören musste. Er musste sicher sein, dass er sie richtig verstanden hatte. Er musste wissen, dass sie das Risiko wert war. Dass sie es wert war, für sie zu kämpfen, da sie auch für sie beide kämpfen würde. »Sag es mir noch einmal ... zu wem gehörst du?«

»Zu dir.«

Er glitt in sie hinein, bis er nicht mehr tiefer kam, und hielt dort inne, um die feuchte Hitze und die leichten Takte zu genießen, die seinen Schwanz umgaben. Zwischen diesen Empfindungen und ihren Worten musste er sich einen kurzen Moment Zeit nehmen und tief durchatmen, um sich zu sammeln.

Sie war so verdammt feucht, dass er mit Leichtigkeit in sie hinein- und wieder herausgleiten konnte. Doch er ließ sich Zeit, stieß vom Rand bis zur Wurzel und bemühte sich um Kontrolle. Denn was er tun wollte und was er tatsächlich tat, waren zwei verschiedene Dinge.

Er hatte den beherrschenden Drang, aus ihr herauszugleiten, sich das Kondom abzureißen und in ihr zu kommen. Stattdessen stellte er sich nur vor, er trüge keinen Schutz, als er sich in ihr zu bewegen begann. Er stellte sich vor, dass er nackt und nichts mehr zwischen ihnen war.

Der Gedanke daran brachte ihn fast so sehr zum Kommen wie ihre Aussage, dass sie ihm gehörte. Das Bedürfnis, sie als sein Eigentum zu markieren, war ein Urinstinkt, den er nicht mehr abschütteln konnte. Fast so, als würden alle anderen Männer automatisch gewarnt werden, wenn er das tat. Genauso, wie wenn sie seine Kutte trüge.

Egoistisch. Töricht. Aber wahr.

Er zog eine Grimasse, als er seine Finger in ihre linke Hüfte grub, um sie festzuhalten, während er mit dem Daumen seiner rechten Hand ihr kleines, enges Loch neckte. Es war so verdammt verlockend.

So wie ihre Hüften an den Kotflügel geklemmt waren, kam er nicht so leicht an ihre Klitoris herab. Also schob er sich aus ihr heraus – wobei er sein Bestes tat, um das Kondom nicht zu zerreißen –, drehte sie um, schlang ihre Beine um seine Taille und zog sie mit einem Ruck an sich, bis ihr Hintern auf der Kante des Kotflügels landete.

Dann drang er wieder tief in sie ein. Diesmal konnte er ihr Gesicht sehen, ihren Ausdruck, sogar im Mondlicht. Es war verdammt schön, jedes Mal, wenn er in sie hineinpumpte und jedes Mal, wenn er sich zurückzog, bis nur noch der Rand seines Schwanzes in ihr war.

Ihre Finger gruben sich in seinen nackten Hintern und wollten ihn noch näher an sich ziehen, auch wenn das unmöglich war.

»Zu wem gehörst du?«, knurrte er.

»Zu dir.«

»Und zu wem noch?«

»Niemandem.« Sie hatte nicht einmal gezögert.

Er wickelte ihre Beine noch enger um sich, beugte sich vor und strich mit seinen Daumen über ihre harten Brustwarzen, die durch ihr T-Shirt stachen. Er leckte über ihren Hals, der gewölbt und verletzlich war, strich mit seinen Lippen an ihrem Kiefer entlang, bevor er ihren Mund nahm.

Er beanspruchte alles, wie er sie beansprucht hatte. Als er in sie eindrang, als er sie küsste, nahm er sich, was ihm gehörte. Was immer ihm gehören würde.

Niemandem sonst.

So etwas hatte er noch nie für eine Frau empfunden. Es sollte ihm Angst machen, aber das tat es nicht. Denn es fühlte sich natürlich an und so verdammt richtig.

Es schien, als ob die Bewältigung seiner Vergangenheit ihn in die Arme seiner Zukunft getrieben hätte.

Er war erst achtundzwanzig, er sollte sich nicht einmal an eine Frau binden wollen. Aber er würde nicht zulassen, dass sie ihm durch die Finger glitt und dafür in die Hände eines anderen Mannes fiel. Das Risiko, sie zu verlieren, war größer als das

335

Risiko, erwischt zu werden. Selbst wenn er dann nicht mehr ficken konnte, wen er wollte.

Zu wissen, dass sie ihm gehören würde und nur ihm, verschaffte ihm eine unbestreitbare primitive Befriedigung. Wie ein verdammter Höhlenmensch, der ein Weibchen sah, ihr einen Schlag auf den Kopf versetzte und sie am Haar in seine Höhle zerrte.

Meins.

Verdammt, er löste sich auf, statt sich weiterzuentwickeln. Und das alles nur wegen einer Frau. Alles nur wegen eines animalischen Instinkts, sie besitzen zu wollen.

Während ihre Münder noch immer miteinander verschmolzen waren, zwickte er beide Brustwarzen durch ihr T-Shirt, woraufhin sie ebenfalls seine Brustwarzen ergriff und sie drehte.

Ja, verdammt.

Sie hatte gescherzt, sie seien seine Startknöpfe, aber das war nicht einmal eine Lüge. In ihrer weichen, feuchten Hitze zu sein, während ihre Zungen um Kontrolle rangen, und dann das Drehen seiner Nippel ...

Sie musste kommen, und zwar bald.

Er löste seinen Mund von ihrem, sein Atem ging schnell und rau, und er warnte: »Auf eigene Gefahr, wenn du das tust.«

Sie antwortete mit einem Aufwärtsschwingen ihrer Hüften, während sie seine Piercings noch fester drehte. Er stöhnte in ihren Nacken, griff nach unten und kniff in ihre Klitoris, während er weiter in sie stieß, um sie vor ihm ins Ziel zu bringen.

Er zupfte an dem geschwollenen Nippel und saugte an der weichen Haut an ihrer Kehle, während sie den Ansturm auf seine nun angespannten und pochenden Brustwarzen fortsetzte. Sie ließ nicht locker – und er auch nicht –, bis sich plötzlich ihr Mund öffnete. Bevor ihr ein Schrei entweichen konnte, presste er eine Hand auf ihre Lippen. Ihre Zähne bohrten sich in seine Handfläche, während er ihren Schrei abdämpfte.

Er wollte ihr gerne noch einen zweiten Orgasmus verschaffen, bevor er einen eigenen bekam, aber das hier war nur ein Quickie und er hasste die Tatsache, dass sie so bloßgestellt waren. In diesem Moment ging es nicht um Zahlen, sondern um eine Erinnerung ...

Eine Erinnerung für sie beide.

Bei einem letzten tiefen Stoß seiner Hüften stockte ihm der Atem und sein Schwanz wurde noch härter, nur wenige Sekunden, bevor er in ihr kam. Wieder wünschte er sich, dass kein Kondom zwischen ihnen war und alles einfing.

Er fiel auf sie, schwer atmend, sein Schwanz zuckte noch immer dort, wo er tief in ihr verwurzelt war. Die Energie, die er gehabt hatte, während er sie fickte, war plötzlich weg. Sie beide waren jetzt nur noch zwei knochenlose Körper, die sich auf der Motorhaube eines Hyundai Kona ausbreiteten.

Er blieb in ihr, als er seine Handflächen auf die Motorhaube legte, eine an jeder Seite ihres Kopfes und sich so weit erhob, dass er in ihr mondbeschienenes Gesicht blicken konnte.

Sie griff nach oben, nahm sein Gesicht zwischen ihre Hände und zog ihn zu einem langen, innigen Kuss nach unten. Dabei drückte sie seinen Schwanz zusammen und er stöhnte auf.

Sie presste sich noch einmal an ihn, dann beendete sie langsam den Kuss.

»Und was ist mit dir, Rev?«, fragte sie leise, bevor sie ihn losließ.

Er starrte auf sie herab und wünschte, er könnte das Grün in ihren Augen, das Rot ihrer Lippen und den kleinen Ausschlag auf ihrer hellen Haut sehen, den sie von seinem Bart bekam, wenn sie sich länger als ein paar Sekunden küssten. »Was ist mit mir?«

»Zu wem gehörst du?«

19

»Zu wem gehörst du?«

Bevor er antworten konnte, ließ ein Geräusch sie beide zusammenzucken. Sie lösten sich schnell voneinander und Reilly sprang auf den Fahrersitz ihres Kona und schloss die Tür so leise wie möglich.

Er zog das Kondom ab, verknotete das Ende und ließ es neben ihrem Reifen auf den Boden gleiten. Schnell zog er seine Jeans hoch, warf sich die Kutte über und griff nach seinem Gürtel und seiner Brieftasche. Sein Herz klopfte wild, während er sich bemühte, leise zu sein, bis derjenige im Dunkeln weiterzog.

Er wollte nicht mit Reilly erwischt werden und ganz sicher nicht mit heruntergelassenen Hosen. Er konnte sehen, wie sie sich auf dem Fahrersitz abmühte, ihre Jeans anzuziehen. Wenigstens blieb bei geschlossener Tür der Blick auf ihren nackten Hintern vor neugierigen Blicken versperrt.

Er wartete noch kurz, dann spähte er um die Ecke des Schuppens, um zu sehen, wer es war. Ein großer Schatten bewegte sich durch die Dunkelheit, nur wenige Meter von der Stelle entfernt, an der Rev jetzt stand. Sein Kiefer zuckte und sein Blut begann zu kochen bei dem Gedanken, dass jemand sie beobachtet haben könnte.

Rev trat hinter den Schuppen hervor, um den Fremden zu konfrontieren. »Hey!«

Die dunkle Gestalt blieb stehen und wirkte nicht im Geringsten überrascht. Ein eindeutiges Zeichen. »Jo«, kam die leise, gemurmelte Antwort.

Scar.

Scheiße.

Hatte er sie gesehen? Hatte er Reilly von der Taille abwärts nackt gesehen? Hatte er sie beobachtet, während sie fickten?

Revs Finger ballten sich zu festen Fäusten und er appellierte an seinen gesunden Menschenverstand, damit er sich nicht auf den Prospect stürzte und ihn zu Boden warf.

»Was machst du hier draußen?«, fragte er und wartete darauf, dass der Prospect ihm die gleiche Frage stellte. Es wäre zwar dumm von ihm – ein Prospect sollte niemals ein gepatchtes Mitglied infrage stellen –, aber Scar schien alles zu hinterfragen, was er nicht sollte. Er neigte in fast allen Dingen zu einer Scheißegal-Haltung. Das allein konnte ihn in Schwierigkeiten mit dem Club und auch den Behörden bringen. Und das war wahrscheinlich auch der Grund, warum er die meiste Zeit seines erwachsenen Lebens im Gefängnis verbracht hatte.

Stattdessen starrte der vernarbte Mann Rev durch die Dunkelheit an, länger als nötig – sodass es unangenehm wurde –, dann grunzte er: »Ich drehe meine Runde.«

»Was meinst du mit Runde?« Rev ging auf Scar zu, um ihn von der Stelle wegzulocken, an der Reilly sich noch befand. Er hoffte nur, dass die Frau warten würde, bis Rev zurückkehrte und ihr Entwarnung gab, bevor sie davonfuhr.

»Judge will, dass alle Prospects nachts abwechselnd in der Gegend patrouillieren.«

Das war neu für ihn. Er würde sich bei Judge vergewissern, dass das stimmte und Scar nicht nur ein Spanner war, der Rev beim Ficken von Reilly auf der Motorhaube ihres Käfigs zusah.

Denn dann gäbe es ein Problem. Nicht nur mit Rev, der eine der Grundregeln brach, sondern auch zwischen Scar und Rev. Wenn der Wichser log, gäbe es zusätzlich auch ganz sicher ein Problem zwischen dem Club und dem Prospect.

Drei potenzielle Probleme, verursacht durch ein neugieriges Arschloch.

Rev beschloss, ihn zu testen. »Was hast du gesehen?«

»Was meinst du?«, brummte der Mann und drehte sich zu Rev um, die Hände in die Hüften gestemmt. Sein Kopf war zur Seite geneigt und wenn es draußen nicht so dunkel gewesen wäre, hätte Rev darauf gewettet, dass sein Ausdruck und seine Augen ihn herausforderten.

Und das Arschloch hatte kein Recht dazu.

»Genau das, was ich verdammt noch mal gefragt habe.« Er wiederholte die Frage, aber diesmal langsamer, als wäre Scar zu dumm, um einfache Sprache zu verstehen. »Was zum Teufel hast du gesehen?«

Das Zögern des Ex-Knackis reichte aus, um einen bitteren Geschmack auf Revs Zunge zu hinterlassen. »Ich habe nichts gesehen. Ich hörte Lärm, kam um die Ecke, sah eine Fury-Kutte und war der Meinung, dass derjenige, die Sache im Griff hat.«

Er war ein verdammter Klugscheißer, als er die Wörter »im Griff« benutzte. Scar log – denn Rev hatte seine Kutte nicht getragen. Er hatte sie ausgezogen, gefaltet und auf Reillys Motorhaube gelegt.

Das Problem war: Wenn Rev jetzt eine große Sache daraus machte, könnte Scar sein verdammtes Maul aufreißen und Rev eine Menge Ärger einbringen. So wie damals, als Scar Rook immer wieder wegen Jet herausgefordert hatte. Hätte Jet nicht Rook bereits gehört – auch wenn das damals niemand wusste – wäre die ehemalige Polizistin vielleicht tot und begraben für immer verschwunden. So sehr hasste Scar die Bullen. Sein Hass auf die Gesetzeshüter ging viel tiefer als der der meisten Fury-Mitglieder. Wahrscheinlich brannte er in seinen Eingeweiden wie Säure.

Aber im Moment war Rev das scheißegal. Der Mann musste die Sache schlucken und sich aus dem Schuppen verziehen, bevor Reilly sich zu erkennen gab.

»Wenn du Befehle hast, dann führe sie aus«, sagte Rev leise, aber bestimmt und stellte sicher, dass der ältere Biker wusste, wer hier die Oberhand hatte. Nicht Scar.

Der Prospect hatte bereits einige Male die Grenze überschritten. Bislang wurden ihm die Verstöße verziehen. Vergessen waren sie jedoch nicht. Es würde nicht mehr viel nötig sein, um den Prospect aus der Reserve zu locken. Anschließend würde man ihn endgültig wegschicken.

Problem gelöst.

Was aber nicht hieß, dass Scar nicht versuchen würde, Rev mit sich untergehen zu lassen. Er könnte versuchen, Rev als Druckmittel einzusetzen, weil er jemanden auf der ›Fickverbotsliste‹ gevögelt hatte.

Scheiße.

Am besten versuchte er, die Dinge zwischen ihnen zivilisiert zu halten. Zumindest im Moment. Sobald er Reilly erfolgreich offiziell für sich beansprucht hatte, war dann alles egal.

Sollte Trip Reilly Prospects zuweisen, die ihr mit dem neuen Unternehmen helfen sollten, dann besser nicht Scar. Sie würde auf keinen Fall mit diesem Arschloch zusammenarbeiten.

Er wartete, bis Scar die Einfahrt und den Hof überquerte und dann in der Scheune verschwand, bevor er sich umdrehte und zu Reilly zurückging.

Als er ihren Käfig erreichte, stand sie vollständig angezogen vor dem Kona und lehnte sich mit vor der Brust verschränkten Armen dagegen.

Als er näherkam, fragte sie: »Wer war das?«

Er überlegte, ob er sie anlügen sollte, damit sie sich keine

Sorgen machte. Aber das wäre sicherlich nicht die klügste Idee. »Scar.«

Ihre Augen wurden groß. »Verdammt. Hat er uns gesehen?«

Jetzt musste er doch lügen. »Nein. Er meinte, er mache seine Runde.«

»Runde?«

»Ja, angeblich lässt Judge die Prospects Runden drehen, um die Gegend im Auge zu behalten.«

»Weswegen?«

Rev zuckte mit den Schultern. »Shirleys? Jemand, der im Repo-Hof einbricht? FBI? Bigfoot? Sollen wahrscheinlich alles Ungewöhnliche im Blick behalten.«

»Wie jemanden, der auf der ›Nicht anfassen‹-Liste steht und sich über ein Auto beugt, um von jemandem gefickt zu werden, der sich eigentlich an diese Liste halten sollte. Denkst du, er hat mich nackt gesehen?«

»Das bezweifle ich. Mein blanker Arsch hat deinen verdeckt. Falls er deinen Käfig nicht kennt, vermutet er wahrscheinlich nicht einmal, dass du es warst.«

Sie stieß einen leisen Atemzug aus. »Ich hoffe nicht. Wie ich schon sagte, ich werde mich um Reese kümmern.«

In der Zwischenzeit würde er einen Plan ausarbeiten, um genau das zu überspringen und seinen Fall gleich am Tisch zu präsentieren. Aber für den Moment konnte sie ruhig ihre Schwester bearbeiten, bis er seine Methode probieren konnte. Wenn ihre Schwester einlenkte, wäre das die einfachere Lösung. Wenn er dagegen in eine Vorstandssitzung platzte, um zu gestehen, dass er eine Regel gebrochen hatte, wäre das schwierig und gefährlich.

Er griff hinter sie und öffnete ihr die Fahrertür. Sie stieß sich vom Heck des Wagens ab, doch bevor sie einstieg, hielt er sie auf. »Reilly ...«

Sie zögerte und warf einen Blick über ihre Schulter.

»Das war kein Fehler.«

»Was? Der Sex, den wir gerade hatten?«

Nein, nicht der Sex. Die andere Sache. Die Worte, die er zu ihr gesagt hatte. Die Worte, von denen sie dachte, er hätte sie nur gesagt, weil er betrunken gewesen war.

»Alles«, antwortete er.

Sie nickte, stieg in den Kona, ließ den Motor an und legte den Rückwärtsgang ein. Bevor sie den Fuß von der Bremse nahm, kurbelte sie das Fenster herunter und streckte den Kopf heraus. »Hey, Rev.«

Er reckte das Kinn, denn er war gerade damit beschäftigt, seinen Gürtel zu schließen. In der Eile, sich anzuziehen, war er damit noch nicht ganz fertig geworden.

»Falls du es wissen willst ... Ich fühle dasselbe.«

Dann fuhr sie weg.

* * *

REV DREHTE den Schlüsselbund um seinen Zeigefinger, als er über den Parkplatz von Dutch's Garage schritt und durch das offene Tor trat. Die Probefahrt mit dem Truck hatte ergeben, dass das Problem, über das sich der Kunde beschwert hatte, behoben war. Jetzt musste er die Schlüssel im Büro abgeben und Reilly helfen, die Rechnung zu schreiben, damit sie den Kunden anrufen konnte und Dutch bezahlt wurde.

Ein weiterer Auftrag an diesem Tag erledigt. Er musste noch eine staatliche Inspektion an einem anderen Fahrzeug durchführen und einen Ölwechsel vornehmen, dann würde er mit den Aufträgen auf seinem Klemmbrett fertig sein.

Als er sich der Garage näherte, bemerkte er zwei ältere Maschinen – eine davon hatte Dutch einmal gehört –, die davor parkten. Er ging auf das Büro zuging, hörte drinnen dann aber neben Reillys Stimme auch die von Männern.

Er blieb vor der Bürotür stehen, etwas versteckt, um zu lauschen.

Castle und Bones.

Er war erleichtert gewesen, als er gehört hatte, dass sie die beiden Prospects waren, die mit Reilly an dem neuen Unternehmen arbeiten würden und nicht Scar. Zumindest war er *noch* nicht involviert.

Reilly saß an ihrem Schreibtisch und besprach den Geschäftsplan, den sie verfasst hatte, und ging die Ausbildung durch, die die beiden Prospects benötigen würden, sobald sie ihren Führerschein hätten.

Das war der erste Schritt. Wenn sie ihre Führerscheinprüfung nicht bestanden, könnten sie ihr nicht helfen. Sie könnten die Notunterkünfte nicht ausliefern und einrichten, wo und wann auch immer sie gebraucht wurden.

Vor ein paar Wochen hatte Rev ihren Geschäftsplan durchgelesen. Er war wirklich beeindruckt, wie detailliert und umfangreich sie ihn verfasst hatte, was nur bewies, wie verdammt schlau sie war und Trip die richtige Entscheidung getroffen hatte, ihr das neue Geschäft anzuvertrauen.

Dass sie intelligent war, war jedoch keine Überraschung, denn auch ihre Schwester Reese war verflucht klug. Ihre Eltern mochten bei der Erziehung kläglich versagt haben, aber sie hatten den Frauen zumindest etwas Wertvolles mitgegeben: ihre klugen Köpfe.

Reese hatte mittlerweile alle für das neue Unternehmen erforderlichen Papiere eingereicht, sodass zwei vom Club finanzierte Mobilheime in der nächsten Woche auf die Farm geliefert werden sollten.

Trip wollte, dass die Amish den Boden ebneten und asphaltierten. So würde er in einer Ecke eines der entfernten Felder einen Platz zum Abstellen der Mobilheime schaffen, bis sie vermietet waren. Im besten Fall würden sie die leeren Mobilheime später einmal einzäunen, aber solange sie nicht wussten, wie viele sie am Ende tatsächlich brauchten, wollte Trip das Geld nicht ausgeben, wenn er später womöglich den Zaun versetzen oder erweitern müsste.

Ja, Trip hatte einen gut funktionierenden Kopf, wenn er nicht gerade sein verdammtes Temperament verlor. Die Namensgebung für das Geschäft hatte er auch Reilly überlassen. Sie beschloss, es nach dem Lied von Bob Dylan *Shelter from the Storm* zu nennen, weil es einfach passte. Die Unterkünfte könnten nach Sturmschäden, Feuer, Überschwemmungen, Hurrikane oder einem Godzilla-Angriff genutzt werden. Oder auch als Unterkunft für eine Familie, die ein neues Haus baute oder ein altes renovierte. Die Prospects würden die Mobilheime auf dem entsprechenden Grundstück abstellen, alles einrichten und dann wieder fahren. Am Ende würde das Geld zu fließen beginnen.

Reilly suchte derzeit nach einer Partnerschaft mit einem Unternehmen, das Möbel vermietete. In der Zwischenzeit arbeitete sie daran, die nötigsten Haushaltsgegenstände wie Bettwäsche, Töpfe und Pfannen zu beschaffen, die sie gegen eine zusätzliche Gebühr vermieten könnte. Eventuell wollte sie so auch einige möblierte Mobilheime anbieten, um eine höhere Monatsmiete verlangen zu können.

Sie hatte allerlei gute Ideen und die meisten davon erzählte sie ihm spät nachts, wenn sie beide nackt in ihrem Bett lagen.

Der Enthusiasmus für das Unternehmen war ansteckend und er freute sich, dass sie glücklich war, weil sie endlich etwas Eigenes hatte. Shelter from the Storm war nun ihr Baby, das sie aufziehen musste. Und dass Trip ihr die Zügel in die Hand gab, zeigte nur sein volles Vertrauen in ihre Entscheidungsfähigkeit.

Es war absolut richtig, dass der President der Furys ihr vertraute. Sie hatte ein großes Herz und war klug. Mit beidem zusammen würde sie das Unternehmen auf jeden Fall zum Erfolg führen. Wenn man an der Oberfläche kratzte, erkannte man schnell, dass sie fast genauso ehrgeizig war wie ihre ältere Schwester. Sie war nur nicht so verbissen dabei.

Er war stolz auf sie.

Das war Reese auch.

Da Reilly jedoch damit beschäftigt war, das Geschäft in Gang zu bringen, hatte sie in den letzten Wochen weder Zeit noch die Energie gehabt, sich um Reese zu kümmern. Was bedeutete, dass jedes Mal, wenn er in ihre Wohnung kam, sie etwas riskierten.

Die monatliche Vorstandssitzung stand an und wenn Reilly bis dahin keine Fortschritte bei ihrer Schwester machte, musste Rev einspringen und sich der Gnade des Ausschusses ausliefern. Doch er ging dieses Risiko lieber ein, als zufällig entdeckt und rausgeschmissen zu werden.

Aber er hatte ihr noch nichts von seinem Vorhaben erzählt. Bislang hatte er es ständig aufgeschoben, in der Hoffnung, ihr würde es in der Zwischenzeit gelingen, Reese zu überreden.

Wie auch immer, es musste etwas passieren, und zwar bald. Vor der nächsten Clubfahrt ganz sicher. Er wollte sich keine weitere drei- oder vierstündige Fahrt ansehen müssen, bei der seine Frau am Rücken eines anderen klebte.

Dieser Fall würde verdammt noch mal nie wieder eintreten.

Er betrat ihr Büro und alle Augen richteten sich auf ihn.

»Brauchst du etwas, Rev?«, fragte sie und behielt ihre neutrale Miene bei. Trotzdem ließ sie ihren Blick von Kopf bis Fuß über ihn gleiten, wobei sie eine Augenbraue leicht anhob.

Ja, er brauchte etwas. Sie. Genau in dieser Minute, nackt und über ihren Schreibtisch gebeugt.

Leider würde das nicht passieren.

»Ja. Hast du eine Sekunde Zeit? Ich brauche dich, um etwas im Pausenraum zu überprüfen.« Auch er hob eine seiner Augenbrauen als stumme Botschaft leicht an.

Sie rollte kurz die Lippen ein, dann wandte sie ihre Aufmerksamkeit wieder den Prospects zu, die sich auf den beiden Stühlen vor ihrem Schreibtisch ausbreiteten und typisches Manspreading an den Tag legten.

»Bin gleich wieder da«, murmelte sie.

Sowohl Castle als auch Bones beobachteten Reilly mit mehr Interesse, als Rev lieb war, als sie aufstand und um ihren Schreibtisch herumging. Er warf die Schlüssel in seiner Hand auf ihren Schreibtisch und wartete dann direkt in der Tür, seine Augen waren nun auf beide Männer gerichtet, während Reilly heraustrat.

Rev entging nicht, dass beide auf ihren Hintern starrten, als sie sich bewegte. Er räusperte sich scharf, was ihre Aufmerksamkeit erregte, und funkelte sie mit geneigtem Kopf an. »Vergesst nicht, dass sie bald euer Boss ist. Und vergesst nicht, wer zum Teufel sie ist und wer ihr seid. Im Moment seid ihr noch nicht einmal auf dem Level von Cujos Hundescheiße, die an ihrem Stiefel klebt.«

Castle grinste gelassen. »Ich kann nicht anders, als guten Rock 'n' Roll zu schätzen. Ich war schon immer ein Musikliebhaber.«

Rev verstand die indirekten Worte des Mannes. »Du kannst es ruhig zu schätzen wissen, aber respektiere es auch, verdammt noch mal. Verstanden?«

Castle nickte kurz, dann blickte Rev zu Bones. »Verstanden?«

Bones antwortete mit einem Achselzucken. »Sie ist schwer zu ignorieren.«

»Ignorier ihre Anweisungen nicht, aber gib beim Rest dein Bestes«, riet Rev ihm, während er das Büro verließ und in den dahinter liegenden Pausenraum ging, wo Reilly jeden Tag den Kaffee kochte, der alle versorgte, und wo sie auch täglich die frischen Donuts ablieferte.

Was zum Teufel sollten sie tun, wenn sie ihr Büro woanders hinverlegte?

Wie zur Hölle sollten sie danach wieder zu alten M&Ms und schwarzer Plörre zum Frühstück zurückkehren? Sie würden alle sterben.

Sie durfte verflucht noch mal nicht gehen. Er würde sie davon überzeugen müssen, in Dutchs Büro zu bleiben, statt in ein anderes zu ziehen. Er würde Dutch sogar helfen, das Gebäude zu erweitern, falls nötig.

Wenn er sie in seiner Nähe hätte, könnte er sie außerdem gut im Auge behalten.

Das war zwar verdammt egoistisch, aber das war ihm wirklich scheißegal.

Sie lehnte sich gegen den kleinen Tresen, beide Handflächen hinter ihr auf die Kante gestützt. Dadurch traten ihre Titten hervor, was es noch schwieriger machte, seine Hände von ihr zu lassen.

In den letzten drei Wochen war es ein Kampf gewesen, ihr bei der Arbeit nicht jedes Mal einen Klaps auf den Hintern zu geben, wenn sie sich bückte, sie nicht im Nacken zu packen und zu einem Kuss an sich zu ziehen, ihr nicht im Vorbeigehen schmutzige Worte ins Ohr zu flüstern. Sie mussten sich so verhalten, wie sie es vor ihrer Woche in Coatesville getan hatten. Das bedeutete, dass Reilly ihn genauso hart rannehmen musste wie den Rest der Jungs, indem sie ihm auf die Eier ging und ihre typische Klugscheißerei an den Tag legte.

Im Gegenzug ritt er sie später in der Nacht hart in ihrem Bett.

»Was brauchst du?«, fragte sie erneut, diesmal mit einem verruchten Grinsen.

»Dich«, antwortete er schlicht. Er beugte sich vor, schnappte sich einen der übrig gebliebenen Donuts und flüsterte ihr ins Ohr: »Lass deine Tür heute Nacht unverschlossen. Ich komme nach Einbruch der Dunkelheit vorbei.«

Das brauchte er ihr eigentlich nicht zu sagen, denn sie erwartete es wahrscheinlich schon. Aber er brauchte in diesem Moment eine Minute mit ihr allein.

Auch das war verdammt egoistisch, aber er war sofort darüber hinweg.

Er klemmte den Donut zwischen die Zähne und grinste. Dann nahm er einen Bissen und murmelte mit vollem Mund: »Ich glaube, Bones kriegt einen Ständer, wenn er auf deinen Arsch starrt.«

Sie griff nach oben und wischte mit ihrem Daumen etwas Glasur von seiner Lippe. Er stöhnte auf, als sie sich den Daumen anschließend in den Mund steckte und kräftig daran saugte, während sich ihre Augen an seine hefteten.

»Ich werde dir heute Abend den Hintern versohlen, damit du dich morgen daran erinnerst, wem er gehört«, warnte er.

Langsam zog sie ihren Daumen zwischen den Lippen hervor und kniff ihm in die Wangen. »Das werden wir noch sehen, Hengst.«

»Verlass dich drauf«, versprach er. »Ich will sehen, wie dieser hübsche kleine Stecker, den ich dir gekauft habe, mir zuzwinkert, wenn ich da bin. Ich will, dass du nackt und mit dem Arsch nach oben liegst, wenn ich durch deine Tür komme.«

Er hatte ihr einen mit Juwelen besetzten Analplug gekauft. Der Stein war grün und passte zu ihren Augen. Er hatte sie damit überrascht, war jedoch ein wenig besorgt gewesen, dass sie sauer sein und ihn ihm in den eigenen Arsch schieben könnte.

Doch statt wütend zu werden, war sie ganz aufgeregt geworden, als sie die Schachtel öffnete. Er hätte schwören können, dass er ihr einen Verlobungsring überreicht hatte, so wie sie sich darüber freute.

Jedes Mal, wenn er jetzt daran dachte, wie sie ihn in Vorbereitung für seinen Besuch einschmierte und einführte, wurde er sofort hart.

Die Vorstellung von ihr nackt, auf den Knien und mit dem Arsch nach oben, wo ein grüner Edelstein das Licht reflektierte, brachte ihn fast um den Verstand. Er war jetzt schon bereit, für heute Schluss zu machen. Scheiß auf die Inspektion und den Ölwechsel. Die Kunden konnten warten.

Er vergewisserte sich, dass niemand in der Nähe des Pausenraums herumschlich, bevor er sagte: »Heute Nacht werde ich den Stöpsel ziehen und ihn durch meinen Schwanz ersetzen. Also sei bereit.«

Ihr Atem stockte und die Verhärtung ihrer Brustwarzen wurde durch den Stoff ihrer ärmellosen Bluse deutlich, während eine Gänsehaut über ihre Haut kroch.

»Rev«, flüsterte sie und stöhnte dabei.

Er lehnte sich vor. »Richtig, Babe, das ist der Name, den du später schreien wirst.«

Normalerweise würde sie mit den Augen rollen oder sogar etwas nach ihm werfen, wenn er so etwas sagte. Aber dieses Mal weiteten sich ihre Pupillen und sie vergrub die Zähne in ihrer Unterlippe. Sie war genauso erregt wie er.

Ja, verdammt.

»Und jetzt verschwinde, damit ich meinen eigenen Ständer unter Kontrolle kriege.« Doch er war sich nicht sicher, ob ihm das tatsächlich gelänge, denn für den Rest des Arbeitstages wäre er von der Vorfreude auf das, was ihn später erwartete, sicherlich abgelenkt.

Die meisten Abende fuhr er in ihre Wohnung, seit sie von ihrer Reise zurückgekehrt waren. Nach Feierabend parkte er seine Maschine in der Garage und spazierte zu Fuß den kurzen Weg zu ihrer Wohnung. Damit aber niemand Verdacht schöpfte, trafen sie sich manchmal auch auf einem verlassenen Parkplatz am anderen Ende der Stadt oder in einem abgelegenen Waldstück an der Copperhead Road. In den letzten drei Wochen war kein Tag vergangen, an dem sie nicht auf die eine oder andere Weise zusammen gewesen waren, sei es in ihrem Bett, in ihrem Käfig oder sogar in einem Hinterzimmer der Werkstatt nach Feierabend.

Aber es war an der Zeit, mit der Heimlichtuerei aufzuhören.

Bisher hatten sie Glück gehabt, aber dieses Glück würde nicht ewig währen. Und er wollte allen potenziellen Problemen unbedingt zuvorkommen. Zumal er es durchaus vorzog, nicht zu einer Piñata zu werden, die keine Süßigkeiten preisgab und Kinder unglücklich machte, wenn man sie aufbrach.

20

Rev schnappte sich seine Jeans vom Boden und zog sie die Beine hoch, während er sich auf die Eingangstür von Reillys Wohnung zubewegte. Er hielt kurz inne, um einen Zwanziger aus seiner Brieftasche für den Pizzaboten zu fischen.

Er war am Verhungern. Sein sexueller Appetit war mittlerweile gestillt und jetzt brauchte er nur noch etwas zu essen, um seinen restlichen Hunger zu bändigen. Danach wollte er sich eine Bong mit Reilly teilen, bevor sie beide Netflix schauten und dabei chillten. Anschließend würden sie sich wahrscheinlich eine Packung Kekse teilen, wenn sie beide der Heißhunger überkam.

Er schob die Kette frei, drehte den Riegel und riss die Tür auf.

Der Zwanziger flatterte zu Boden, als er die Tür hastig wieder zuschlug und den Riegel in Windeseile umlegte, um sie wieder zu verschließen.

Für einige Augenblicke herrschte absolute Stille auf beiden Seiten der Tür.

»Heilige Scheiße«, flüsterte er. »Heilige … Scheiße.«

»Gott, bin ich am Verhungern!« Reilly kam nur mit seinem T-Shirt bekleidet aus dem Bad und rieb sich ein Auge. »Hey, ich glaube, du hast mir Sperma ins Auge gespritzt.«

Rev drehte sich in Zeitlupe zu ihr um.

Sie blickte auf, blinzelte schnell, dann fiel ihr Blick – mit einem wässrigen und irritierten Auge und einem normalen – auf den Zwanzig-Dollar-Schein, der zu seinen Füßen lag. Ihre Stirn legte sich verwirrt in Falten. »Wo ist die Pizza? Sag mir nicht, dass sie die Bestellung vermasselt haben!«

Sie zuckte zusammen, als ein lautes Klopfen an der Tür ihre kleine Wohnung erfüllte.

»Mach sofort die verdammte Tür auf!«

Rev wusste bis zu diesem Moment nicht, dass ihre Augen so groß werden konnten. Ihr Mund formte ein *O* und ihr Blick glitt zur Tür. Alle Farbe wich aus ihrem Gesicht.

Und er war sich verdammt sicher, dass er einen ähnlichen arschkriechenden Blick hatte.

Der Knauf ruckelte hin und her, aber der Riegel hielt die Tür verschlossen. *Gott sei Dank.*

»Mach die verdammte Tür auf, Rev!«, schrie Deacon, der immer noch an die Tür hämmerte.

»Reilly!«, rief Reese.

Ihr Blick glitt wieder zu ihm. »Oh Scheiße«, wisperte sie. »Oh, Scheiße. Oh, Scheiße.«

Dreimal »Oh Scheiße« war offenbar nicht häufig genug, denn sie wiederholte die Worte immer wieder. Und er stimmte ihr zu.

Er zuckte zusammen, als er daran dachte, wie Cage nach seiner Prügelparty ausgesehen hatte. Moment. Vielleicht war das auch nur tatsächlich sein Leben, das sich gerade vor seinem inneren Auge abspielte.

War es schlimmer, eine der Frauen auf der ›Nicht ficken‹-Liste zu berühren, als eine Amish-Tussi zu schwängern? Nein, so schlimm konnte es nicht sein. Trip war damals mehr darüber verärgert gewesen, dass Cage damit beinahe die Beziehung des Clubs zu den Amish zerstört hatte. Das war doch der eigentliche Grund gewesen, oder? Nicht, weil er versehentlich eine ihrer Jungfrauen geschwängert hatte.

Er kniff kurz die Augen zu. *Ja, genau.*

Verdammt, wenigstens war Reilly nicht schwanger. Das war also der verdammte Silberstreif am Horizont.

»Wir gehen nicht, bevor ihr die verdammte Tür aufmacht«, warnte Deacon lautstark.

Reilly wandte ihr geisterhaft weißes Gesicht von der Tür zu ihm. »Sollen wir sie öffnen?«

»Willst du, dass ich sterbe?«

»Macht die verdammte Tür auf!«, brüllte Deacon.

»Jemand wird die Polizei rufen, wenn wir sie nicht reinlassen«, warnte sie. »Ich kann nicht zulassen, dass er da draußen wie ein verärgerter Elchbulle brüllt. Und ich bezweifle, dass sie einfach so verschwinden werden.«

»Nein, werden wir nicht«, bestätigte Reese durch die Tür. »Also kannst du sie genauso gut öffnen.«

»Scheiße«, flüsterte Reilly und kaute auf ihrer Unterlippe. »Ich will nicht, dass du stirbst.«

»Da bist du nicht die Einzige. Aber ich mache mir weniger Sorgen um das Sterben. Sondern mehr um das, was vorher passiert.«

Reilly zog eine Grimasse. »Mach sie auf.«

Rev holte tief Luft und hielt den Atem an, als er den Riegel umlegte und zurücktrat.

Einen Moment später flog die Tür auf und Deacon stolzierte mit Reese auf den Fersen in die Wohnung.

Sobald sie drinnen waren und die Tür hinter ihnen zuschlug, standen alle vier wie erstarrt voreinander, was Rev wie eine Ewigkeit vorkam. Das Einzige, was sich bewegte, waren ihre Augen, während sie sich gegenseitig musterten.

Sowohl Deacon als auch Reese konzentrierten sich auf Revs

nackte Brust und er wusste genau, was ihnen auffiel. Es waren nicht seine Tätowierungen.

Als Reese sich zu ihrer Schwester umdrehte, sank ihre Stirn plötzlich in die Tiefe und sie eilte zu Reilly hinüber, fasste ihr Kinn und drehte ihr Gesicht ins Licht. »Warum weinst du? Hat er dir wehgetan?«

»Was? Nein!« Reilly schüttelte ihr Kinn frei und wich zurück. »Er ... äh ... ich habe Zwiebeln geschnitten.«

Reese ließ ihren Blick über die zwiebelfreien Theken schweifen.

»Vorhin«, fügte Reilly schwach hinzu. »Warum seid ihr hier?«

»Erstens, weil du meine Schwester bist und ich dich sehen wollte. Zweitens, weil wir dich ins Dino's zum Abendessen einladen wollten. Drittens, um zu sehen, ob du unsere Hilfe beim Auspacken der Umzugskartons brauchst.«

»Sieht aus, als hätte Rev ihre Kiste schon ausgepackt«, murmelte Deacon.

»Nein! Er ist nur vorbeigekommen, um ... äh ... meine Rohre zu reparieren. Seine Klamotten sind durch das Leck ganz nass geworden. Ich habe sie in den Trockner geworfen.«

Reese warf Reilly einen äußerst zweifelhaften Blick zu. »Lass mich auf ein paar Löcher in deiner Geschichte hinweisen: Erstens, du hast einen Vermieter, der sich um deine Reparaturen kümmert. Zweitens, du hast keinen Trockner. Drittens, du trägst sein T-Shirt und so nehme ich an, darunter nichts.« Reese schob sich an ihrer Schwester vorbei und zeigte auf ihr Bett. »Viertens, du machst immer dein Bett und deine Laken sind ...« Ihre Worte verebbten und sie zog eine Grimasse, als sie den feuchten Kreis in der Mitte der Matratze entdeckte.

Deacon trat näher an das Bett und schnupperte. »Es riecht, als hätte jemand ein Rohr verlegt. Nur nicht unter dem Waschbecken. Und das Leck muss wohl vom Dach kommen.« Er blickte zur Decke und kratzte sich im Nacken, wobei er einen dümmlichen Gesichtsausdruck aufsetzte. »Das sollten wir besser überprüfen lassen.«

Reese schlug ihm mit dem Handrücken gegen den Bauch und Deke lachte.

Rev fand das alles überhaupt nicht lustig.

Erstens trug seine Frau nur sein T-Shirt und sonst nichts, genau wie Reese vermutet hatte. Zweitens, wenn sie nicht schnell Schadensbegrenzung betrieben, könnte Rev früher sterben als gedacht. Drittens, und das war das Wichtigste … Reilly trug nur sein verdammtes T-Shirt vor Deacon.

Bevor er ihr sagen konnte, sie solle sich etwas überziehen, klopfte es erneut an der Tür.

Niemand bewegte sich.

Er hoffte nur, dass es sich diesmal wirklich um die echte Pizza handelte und nicht um einen weiteren Überraschungsbesuch von einem seiner Clubbrüder.

Deacon neigte den Kopf zur Tür. »Na los, geh schon.«

Rev ging vorsichtig hinüber, in der Hoffnung, dass es sich nicht um eine Falle handelte, hob den Zwanziger vom Boden auf, öffnete die Tür und tauschte mit dem Lieferanten das Geld gegen die heiße Pizza.

Als er die Tür mit dem Fuß schloss und sich mit der großen Pizza in der Hand umdrehte, bemerkte Deacon: »Als ob du hier wohnen würdest.« Der Treasurer des Clubs kam herüber, riss Rev den Karton aus der Hand und brachte ihn zum Tresen. »Was beweist, dass du nicht zum ersten Mal hier bist, um ihre undichten Rohre zu reparieren. Oder was auch immer diesen nassen Fleck verursacht hat.« Er klappte die Pappschachtel auf und nahm sich ein Stück. »Ich werde das Ganze jetzt Reese überlassen. Normalerweise würde ich Popcorn essen, während ich mir so eine Unterhaltung ansehe, aber die Pizza muss reichen.«

Er ging hinüber, setzte sich auf die Kante ihres ungemachten Bettes und nahm einen Bissen von dem Stück, wobei er zusammenzuckte, als die scharfe Soße und der geschmolzene Käse auf seinen Mund trafen.

Gut. Rev hoffte, dass er sich den Gaumen verbrannte.

Reese seufzte. »Ist das neu? Oder schleicht ihr zwei schon eine Weile herum?«

Reillys grüne Augen glitten in einem stummen Flehen zu ihm herüber. Er konnte sehen, dass sie nicht sicher war, wie sie darauf antworten sollte.

»Es ist nicht neu«, antwortete Deacon an ihrer Stelle und nahm einen weiteren Bissen von der Pizza. »Sie trägt sein T-Shirt, er macht die Tür auf, lädt sie zum Essen ein – auch wenn es eine verdammt billige Pizza ist –, seine Nippel sehen aus wie meine, nachdem du mit ihnen fertig bist, und«, er deutete mit einem Daumen über die Schulter, »er sorgt dafür, dass sie feuchte Flecken von der Größe des Pennsylvania Grand Canyon hinterlässt.«

Reese fuhr sich mit beiden Händen über das Gesicht und Rev wartete darauf, dass sie durchdrehte.

»Bitte sag mir, dass ihr verhütet«, sagte Reese viel zu ruhig. Rev traute der Sache nicht, er erwartete immer noch, dass sie gleich die Fassung verlor.

»Ja, natürlich. Du weißt, dass ich die Pille nehme ...«

»Was?«, entkam es Rev, bevor er es verhindern konnte.

Deacon schnaubte. »Ja, das vergessen sie gerne zu erwähnen, nicht wahr? Sie wollen nicht, dass du sie schwängerst, bis *sie* entscheiden, dass es an der Zeit ist.«

Reese warf ihm einen strengen Blick zu.

Deacon hob beide Handflächen. »Nicht die richtige Zeit. Habs kapiert.« Er grinste, stand auf und schnappte sich ein weiteres Stück Pizza aus dem Karton. »Baby, willst du ein Stück? Sie ist echt gut und ich glaube nicht, dass die beiden in nächster Zeit in den Genuss kommen werden.« Er lehnte sich mit dem Rücken gegen den Tresen, neigte den Kopf zurück und hob das Stück über sein Gesicht an, dann steckte er sich die Spitze in den Mund und nahm einen großen Bissen.

»Schön, dass sie dir verdammt noch mal schmeckt«, brummte Rev.

Deacon drehte sich um und warf das halb gegessene Stück zurück in die Schachtel. »Genauso wie dir etwas schmeckt, dass du nicht anfassen darfst. Du hast eine verdammt klare Regel gebrochen. Und du weißt, was passiert, wenn Clubregeln gebrochen werden. Du wusstest es, weil du das Ergebnis miterlebt hast, und trotzdem hast du es getan.«

»Sie ist nicht nur irgendein Fick.«

»Das hoffe ich, verdammt«, antwortete Deacon. »Aber du bist die Sache falsch angegangen. Du hättest mit mir und Reese sprachen sollen, bevor der erste feuchte Fleck entstanden ist oder diese Hanteln überhaupt verdreht wurden. Aber das hast du nicht. Stattdessen hast uns hintergangen und den falschen Weg eingeschlagen.«

»Und ich bin der falsche Weg«, sagte Reilly. »Dürfen wir das nicht selbst entscheiden? Wir sind beide erwachsen und können entscheiden, wen wir …«

»Ficken«, schlug Deacon hilfsbereit vor.

»Und wen nicht«, beendete Reilly.

»Er ist nur ein Umweg«, sagte Reese. »Die Arbeit bei Dutch war das auch. Ein vorübergehender Umweg, bevor dein Leben wieder in richtige Bahnen gelenkt wird. Ich wollte etwas Besseres für dich als das, was uns unsere Mutter hinterlassen hat. Ich wollte beweisen, dass wir uns aus einer schlechten Situation befreien und ein gutes Leben führen können. Trip hat dir jetzt endlich eine Richtung gegeben.«

»An diesem Leben ist nichts auszusetzen. Ich bin glücklich. Zumindest war ich das, bis ihr hier reingeplatzt seid. Jetzt bin ich nicht mehr glücklich, weil Deacon zum Vorstand rennen wird und Rev für etwas bezahlen muss, das er nicht sollte. Das ist nicht fair und völliger Blödsinn.« Als Reese den Mund aufmachte, hob Reilly eine Ich-bin-noch-nicht-fertig-Hand. »Was ich nicht verstehe … Wieso ist es okay, dass du mit Deacon zusammen bist, aber es ist nicht okay, dass ich etwas mit Rev habe? Oder mit welchem Fury-Mitglied auch immer.«

Moment.

Er hatte eine Menge zu ihrem letzten Punkt zu sagen, aber bevor er dazu kam, sagte Reese bereits: »Mein Leben war schon in Ordnung, als ich Deacon kennengelernt habe – und ich habe ihn nur wegen deines Chaos kennengelernt, wenn ich das hinzufügen darf, doch dein Leben ist es nicht. Ist es auf dem Weg dahin? Ja, aber …«

»Ihr Leben ist verdammt in Ordnung. Nur weil es nicht so aussieht wie deins, heißt das noch lange nicht, dass es nicht ausreicht. Hör auf, sie wie ein verdammtes Kind zu behandeln. Sie ist schon lange keins mehr.« Sein Puls pochte jetzt in seinen Ohren, aber nicht aus dem ursprünglichen Grund. Er war nicht mehr länger besorgt, er war angepisst.

»Bruder«, warnte Deacon.

Reese ignorierte die beiden Männer. Er konnte sehen, dass sie glaubte, die Sache ginge nur sie und ihre Schwester etwas an. Dabei lag sie völlig falsch. Es ging um Rev. Denn er war derjenige, mit dem Reilly zusammen war, nicht irgendeiner seiner Fury-Brüder.

Er würde sie beanspruchen, niemand sonst. Also ja, er hatte etwas zu sagen.

»Und wenn er heute in deinem Bett liegt und morgen krabbelt ein Sweet Butt in seins, was dann?«, fragte Reese.

»Ist es das, was du von mir denkst?«, fragte Rev, verschränkte die Arme vor der Brust und neigte den Kopf, um Reillys älterer Schwester einen harten Blick zuzuwerfen.

Doch bevor Reese antworten konnte, drehte sich Reilly zu Deacon. »Wie viele Sweet Butts hast du gefickt, nachdem du meine Schwester kennengelernt hast?« Sie hob wieder eine stoppende Handfläche. »Wie viele Sweet Butts hast du gefickt, nachdem sie dich *verlassen* hat und zurück nach Mansfield gegangen ist, ohne vorher mit dir zu reden? Obwohl ich sie angefleht habe, es nicht zu tun? Du hattest jedes Recht, jede einzelne von ihnen zu ficken. Aber du hast es nicht getan, oder?« Sie sah Reese an. »Ich war hier, als du nicht da warst, Reese. Deke hätte jede von ihnen mit ins Bett nehmen können, nachdem du ihn verlassen hattest, aber weißt du was? Er hat es nicht getan. Keine einzige. Und es war nicht so, dass sie sich nicht leicht verfügbar gemacht hätten.«

»Unsere Situation ist anders«, sagte Reese leise.

»Das glaube ich nicht«, antwortete Deacon und starrte Rev an.

Rev wandte sich an seinen Clubbruder und bestätigte: »Ist es nicht.«

»Verdammt«, raunte Deacon. »Hast du das gehört, Baby? Er schlägt ihr nicht auf den Hintern, weil sie verfügbar ist, er …«

»Ja!«, rief Rev dazwischen, um Deke zum Schweigen zu bringen.

Alle starrten ihn an, niemand blinzelte.

Scheiße.

Reilly fand zu ihren Worten zurück. *Gott sei Dank.* »Reese, ich will das, was du und Deacon habt. Lass mich das bitte haben.«

Reese funkelte ihn immer noch an, was es noch schlimmer machte, als sie fragte: »Mit Rev?«

Warum klang sie so überrascht? Glaubte sie, er sei nicht gut genug für ihre Schwester?

»Ich …« Reilly machte ein frustriertes Geräusch. »Ist es wichtig, mit wem?«

»Ja, ist es«, antwortete Rev auf Reillys Frage. »Denn du gehörst mir, also ist es verdammt wichtig.«

Reese drehte sich mit großen grünen Augen zu Rev. »Das ist nicht nur eine … eine Affäre?«

»Selbst wenn es so wäre, hör endlich auf, mein Leben zu

kontrollieren. Wenn ich jedes Fury-Mitglied vögeln will, jede Nacht ein anderes, dann sollte ich das auch dürfen.«

»Ja, na ja, das wird nicht passieren«, knurrte Rev.

Deacon schnaubte.

»Du weißt, was ich meine.« Sie wandte sich wieder an Reese. »Hör zu, ich bin dir wirklich dankbar für alles, was du für mich getan hast. All die Opfer, die du gebracht hast. Aber lass ... mich ... los. Sei meine Schwester und nicht meine Mutter. Sei glücklich für mich, wenn ich es bin. Sei da, wenn ich es nicht bin. Und ich werde das Gleiche für dich tun. Aber lass mich das erleben und hör auf, mich zu erdrücken.«

»Reilly«, begann Reese.

Reilly unterbrach sie mit: »Trip hat gesagt, er überlässt es dir.«

»Scheiß drauf«, murmelte Rev. Es war an der Zeit, dass er die Kontrolle über die Situation übernahm. Er hatte mehr als genug gehört. Das hier war sein Leben. Das Leben von Reilly. Ihr mögliches gemeinsames Leben. »Du fragst deine Schwester nicht um Erlaubnis. Das musst du nicht. Du bist kein Kind mehr. Ich weiß auch alles zu schätzen, was du für Reilly getan hast, Reese, aber du bist nicht ihre Mutter. Und selbst wenn es so wäre, würde ich jetzt dasselbe sagen: Sie ist meine Frau, ich kümmere mich um sie, und *niemand* darf einen Scheiß dagegen sagen.«

»Oh, jemand wird schon ein Wörtchen mitzureden haben«, warnte Deacon. »Hast du den Vorstand vergessen?«

»Nein. Aber ich werde ihnen das Gleiche erzählen.«

Deacon stieß einen leisen Pfiff aus. »Ja, du hast vielleicht Nerven. Genug, um dich vor diesen Tisch zu stellen und zuzugeben, dass du eine Clubregel gebrochen hast.«

»Wenn es das ist, was ich tun muss, dann werde ich das. Aber ich brauche nicht die Erlaubnis deiner Frau, um meine zu beanspruchen. Ich brauche nur die Erlaubnis des Vorstands dafür.«

Als er zu Ende gesprochen hatte, war es ganz still in der Wohnung. Er atmete einmal durch, dann ein zweites Mal und drehte sich zu Reese, in Erwartung, sie wütend zu sehen.

Doch ihr Gesichtsausdruck war überraschend sanft und ihre Augen glitzerten seltsam. Weinte sie?

Was zum Teufel war los mit ihr?

Er runzelte die Stirn. »Alles okay?«

»Schwangerschaftshormone«, sagte Deacon, als ob das alles erklären würde.

Reese war schwanger? Sollte er ihr jetzt gratulieren? Er wusste nicht, wie er mit Deacons Old Lady umgehen sollte. Sie war nicht wie der Rest von ihnen.

Rev blickte hilfesuchend zu Deacon zurück. Der zuckte nur mit den Schultern.

Reese wischte sich über die Augen. »Beantworte mir eine Frage, Rev.«

Er hoffte, dass er das nicht bereuen würde … »Jede.«

»Liebst du sie? Ich nehme an, dass du das tust, wenn du sie beanspruchen willst. Wir wissen alle, was mit Cage passiert ist, und ich nehme an, dass dieser Mist auch mit dir passieren wird. Aber es klingt so, als wärst du bereit, das alles durchzumachen, nur um meine Schwester zu bekommen. Also, sag mir, liebst du sie?«

Natürlich fragte Reese ihn die eine Sache, die er ihr nicht sagen wollte. Auf keinen Fall. Nicht, wenn er das Reilly bislang nur angetrunken verraten hatte.

»Das sage ich dir nicht«, antwortete er und bewegte sich auf Reilly zu, bis sich ihre nackten Zehen trafen. Er umfasste ihr Gesicht und neigte es zu ihm hinauf.

Sie trug sein Shirt und bald würde sie auch seine Kutte tragen. Auch wenn er dafür Prügel einstecken musste. »Aber ich *werde* es ihr sagen.« Er drückte seinen Mund an ihr Ohr und flüsterte: »Wie schnell können wir sie aus deiner Wohnung vertreiben? So kann ich dir zeigen, wie sehr ich dich liebe, anstatt es nur mit Worten zu sagen.« Er zog sich zurück und sie blinzelte ihn mit ihren großen grünen Augen an.

Ein breites Lächeln schlich sich auf ihr Gesicht. Ohne den Blickkontakt zu unterbrechen, sagte Reilly: »Er liebt mich, Schwesterherz. Genauso sehr wie ich ihn.«

* * *

REILLYS HERZ SCHLUG SO SCHNELL, dass sie kaum etwas durch die Holztür am Fuß der Treppe hören konnte. Sie saß hier oben, ein Ohr an der Tür, und versuchte, den Atem anzuhalten, um besser zu lauschen.

Heute Abend fand die monatliche Vorstandssitzung statt. Deacon und Reese hatten sich darauf geeinigt, den Mund zu halten und es Rev zu überlassen, die Clubverantwortlichen über den Verstoß gegen eine ihrer Regeln zu informieren.

Was Rev nun ›Die große Sünde‹ nannte.

Er war in der Vergangenheit von seinem Vater für Sünden bestraft worden, selbst für geringfügige. Er meinte, er sei es gewohnt, dafür mit körperlichen Schmerzen zu bezahlen. Und er war bereit, die Strafe zu ertragen, die sie ihm verhängen wollten.

Was er jedoch nicht akzeptieren wollte, war, wenn sie Rev nicht erlaubten, sie zu beanspruchen und Reilly zu seiner Old Lady zu machen.

Der Ausschuss hatte jedoch nicht damit gerechnet, dass Rev kurz nachdem sie alle Platz genommen hatten, einfach so in den Raum platzen würde.

Rev wusste nicht, dass Reilly zuhörte. Sie war ursprünglich nur als Unterstützung aufgetaucht und hatte unten warten wollen, bis er fertig war. Aber ihre Neugierde hatte sie überwältigt. Also war sie leise die Treppe in den ersten Stock der Scheune geklettert, um zu lauschen.

Sie redete sich ein, dass sie das Recht dazu hatte, denn das, was nun besprochen wurde, betraf sie und ihren zukünftigen Old Man.

Old Man.

Das bedeutete, dass sie von nun an nur noch auf Revs Maschine sitzen würde. Was allerdings überhaupt kein Opfer für sie war.

Falls Rev überlebte und seine Farben behielt.

Von all den Risiken, die mit dieser Sache verbunden waren – eine Prügelparty, der Entzug seiner Farben oder der Verlust von Reilly –, wäre es am schwersten für ihn, sie zu verlieren. Das hatte er zumindest gesagt. Deshalb war er entschlossen, sie und seine Farben zu behalten und zu hoffen, dass Judge nicht zu hart zuschlug, wenn er ›Den Bestrafer‹ benutzte – das war der Spitzname für die Holzkeule, die unten in The Barn als visuelle Erinnerung hing.

Reilly hörte ein Gemurmel aus Männerstimmen durch die Tür, konnte aber nicht verstehen, was sie sagten, bis sie Rev laut sprechen hörte.

»Bin hergekommen, weil ich etwas zu sagen habe. Etwas, das ich beichten muss.«

»Das hier ist vielleicht eine verdammte Kirche, aber nicht diese Art von Kirche«, sagte Trip. »Du hast auch keinen von uns angesprochen und darum gebeten, angehört zu werden, oder?«

»Nein. Aber es kann nicht länger warten.«

»Muss wichtig sein.« Judges tiefe Stimme war leicht zu erkennen.

»Es ist wichtig«, bestätigte Rev.

»Geben wir diesem Arschloch das Wort?«, fragte Trip in die Runde.

Ein weiteres Stimmengemurmel.

»Okay«, sagte Trip dann. »Du hast fünf Minuten, um uns dein verdammtes Herz auszuschütten. Fang an zu reden.«

»Ich bin hier, um Reilly zu beanspruchen.«

Ein lauter Chor aus Stimmen erhob sich und Reilly hatte

keine Ahnung, welche zu wem gehörte. Aber sie klangen alles andere als freundlich. Eher wie ein wütender Mob.

Jemand – sie nahm an, dass es Trip war – schlug mehrmals mit dem Hammer auf den Holztisch, um sie alle zur Ruhe zu bringen.

Als der Raum still wurde, fuhr Rev fort: »Ich will sie. Ich erhebe Anspruch auf sie und wenn du mir deshalb das Hirn rausprügeln willst, werde ich es hinnehmen wie ein Mann.«

Oh Scheiße! Er hatte ihr nicht gesagt, dass er so weit würde. Nicht, dass es sie überraschte, aber trotzdem …

Das war ein riesiges Opfer, das er für sie brachte.

Reilly drückte ihr Ohr fester an die Tür. Warum herrschte so viel Stille?

Sie atmete endlich wieder auf, als Trip wieder das Wort ergriff. »Was sagt man dazu? Wir haben gerade mit Deke darüber gesprochen, dass Reese darum gebeten hat, sie von der Liste zu streichen. Sie wollte sie freilassen. Aber anscheinend ist sie nicht frei, denn sie gehört bereits zu dir. Ist das richtig?«

Reillys Herz klopfte nun wild in ihrem Hals, während sie auf Revs Antwort wartete. Als sie kam, klang sie laut und selbstbewusst: »Ja, das ist richtig.«

»Bin neugierig, wann das passiert ist? Da du schließlich keine Zeitmaschine besitzt, um in die Zukunft zu reisen, nachdem sie von der Liste gestrichen wurde, oder um überhaupt zu wissen, dass sie von der Liste gestrichen wurde. Das bedeutet wohl, dass ihr euch bereits seit einer Weile trefft und es bislang versteckt habt. Ist das ebenfalls richtig?«

»Ja.«

Reilly biss die Zähne zusammen und legte eine Hand an die Tür. Am liebsten wäre sie hineingestürzt und hätte ihre Forderungen gestellt. Doch Rev hatte sie gewarnt, sie solle sich da raushalten, weil er sich darum kümmern wollte. Aber das war verdammt schwer.

Es ging um ihre Zukunft. Ihre Beziehung. Um alles.

»Das heißt, du hast eine Clubregel gebrochen, als sie noch in Kraft war«, brummte Judge.

»Ja. Und das war es verdammt noch mal wert. Was immer ich tun muss, um für den Regelbruch zu bezahlen, ich werde es tun. Aber ich werde nicht akzeptieren, dass ihr mir nicht erlaubt, sie zu beanspruchen. Die Frau wird meine Kutte tragen, ob ihr es wollt oder nicht.«

Jemand pfiff leise. Vielleicht Ozzy, sie war sich nicht sicher.

»Verdammt.« Das klang nach Deacon, obwohl dieser bereits gewusst hatte, dass dies heute Abend passieren würde. Er war der Einzige, der an diesem Tisch saß und die Situation kannte.

»Du hast vielleicht Eier, Bruder«, sagte Cage, der Road Captain.

»Wenn du nach der Sache überhaupt noch eine Kutte für sie *hast*, die sie tragen könnte«, erinnerte ihn Sig, der Vice-President des Clubs.

Trip übernahm wieder das Kommando. »Du hast mir gesagt, dass du dich mit einer Frau triffst und viel Zeit bei ihr verbringst. Du hast nur vergessen zu erwähnen, wer diese Frau ist.« Er klang nicht gerade glücklich. Er klang eher so, als würde er von Minute zu Minute wütender werden. Das war kein gutes Zeichen. Sowohl Sig als auch Trip hatten sehr kurze Zündschnüre und es brauchte nicht viel, um sie zu entzünden.

Sie starrte auf den verlockenden Türknauf.

Als sie aufstand und danach greifen wollte, zuckte sie zusammen, als sie Schritte hinter sich hörte.

Sie drehte sich um und versuchte, ein unschuldiges Gesicht aufzusetzen. Doch dann bückte sie sich fast vor Erleichterung, als sie sah, dass es nur Whip war. Sie hatte befürchtet, es könnte Scar sein, der hier herumschlich. Dann hätte sie sich vorstellen können, wie er sie am Kragen packte und in den Sitzungssaal zerrte, nur um sie zu verpetzen.

Arschloch. Als Ex-Häftling sollte er den Kodex kennen: Verräter büßen später!

Doch Whip würde sie niemals verraten.

»Solltest du hier sein?«, flüsterte er.

Sie legte den Finger an die Lippen und verzog das Gesicht.

»Das ist nicht besonders klug.«

»Warum bist du hier oben?« Sie wurde unruhig, denn solange sie mit Whip sprach, verpasste sie das Gespräch, das in diesem Raum stattfand.

»Warum bist *du* hier oben?«

Sie schnitt eine Grimasse. Zu diesem Zeitpunkt gab es keinen Grund mehr, Whip anzulügen. Zumal sie zusammenarbeiteten. »Weil Rev und ich ... und ...«

Whip grinste. »Ach was. Das wusste ich schon längst. Es ist nicht besonders schwer zu sehen, wie ihr zwei euch anseht, seit ihr von euren Reisen zurück seid. Oder sollte ich lieber Reise im Singular sagen, da ihr beide zur gleichen Zeit gegangen und wiedergekommen seid?«

»Sind wir das?«, wisperte sie.

»Es ist auch schwer zu übersehen, dass jedes Mal, wenn du dich bei der Arbeit bückst, Rev zuschaut und danach mit Holz hantiert.«

»Tut er das?«

Whip warf ihr einen Blick zu, der eindeutig besagte, dass er ihr kein Wort glaubte.

»Und du hast nichts gesagt?« Sie griff nach seinem Gesicht und drückte ihm einen Kuss auf die Wange. »Du bist der Beste, Whip.«

Er grinste, dann wurde er ernst. »Und jetzt verpiss dich von dieser Treppe, bevor dein Arsch erwischt wird und es deinem Old Man noch mehr Kopfzerbrechen bereitet.«

»Wie ich schon sagte ... der Beste.«

Als sie zögernd die Treppe hinunterlief, hörte sie, wie Whip die Tür am oberen Ende öffnete, hineinging und sie hinter sich schloss.

Sie fragte sich kurz, warum er vor vom Ausschuss gerufen worden war, aber das ging sie nichts an.

Das geht dich nichts an, Reilly, erinnerte sie sich.

Sie stieg die Treppe hinunter und spazierte durch das The Barn direkt zur Bar.

Easy lehnte sich lässig dagegen, rauchte eine selbst gedrehte Zigarette und trank ein Bier. Er warf ihr einen überraschten Blick zu. »Warum zum Teufel warst du da oben?«

»War ich nicht«, antwortete sie und ging hinter die Theke.

Easys Blick glitt von der Treppe, die sie gerade heruntergekommen war, zurück zu ihr. »Ich bin mir verdammt sicher, dass diese Stufen in den ersten Stock führen.«

Reilly zuckte mit den Schultern. »Das tun sie, aber ich war nicht da oben.«

Er blinzelte, dann murmelte er: »Verstanden.« Bevor er einen langen Schluck von seinem Bier nahm.

Sie mischte sich einen Whiskey Cola und kam um die Bar herum, um sich neben den Mann zu setzen, der sich an die Theke lehnte.

Sie stürzte ein Drittel des superstarken Getränks in einem Zug hinunter.

Easy reckte sein Kinn zu dem Glas in ihrer Hand. »Ist das zum Feiern oder um deine Probleme zu ertränken?«

»Das werde ich wohl noch früh genug erfahren.«

»Jacky ist für jede Gelegenheit da«, sagte Easy und hob seine Bierflasche. Sie stieß mit ihrem Glas dagegen und beide tranken einen Schluck.

Als ihr Handy vibrierte, musste sie ihren Drink abstellen, um es aus ihrer Gesäßtasche zu holen.

Sie las Revs Text: *Wo bist du?*

Schnell schickte sie eine Nachricht zurück: *Unten an der Bar.*

Sie hörte die schweren Schritte, die die dicke, grobe Holztreppe hinunterstiefelten.

Als er unten ankam, schien es ihn alles zu kosten, nicht einfach zu ihr hinüber zu sprinten.

Aber das The Barn war voller Brüder, die nicht im Vorstand waren, einigen Prospects und sogar ein paar Sweet Butts. Die meisten spielten Billard, warfen Darts, tranken und rauchten.

Die Atmosphäre war entspannt, ganz im Gegensatz zu Reilly.

Er rannte zwar nicht, ging aber in zügigen Schritten auf sie zu. Er blieb kaum vor ihr stehen, selbst als er sie in seinem Sturm praktisch vom Stuhl stieß. Er packte sie am Haar und warf damit ihren Kopf zurück, bevor er ihr einen langen, innigen Kuss gab.

Er beanspruchte sie genau dort. Er hatte es am Tisch getan, nun tat er es auch vor allen anderen. Pfiffe, Rufe und Gejohle ertönten aus verschiedenen Richtungen.

Als sie beide nach Luft schnappten, flüsterte er: »Jetzt hast du mich verdammt noch mal an der Backe.«

Über diesen Teil war sie nicht besorgt. »Und?«

»Und ich hoffe, dass du das nicht bereust.«

Auch darüber machte sie sich keine Sorgen. »Nein, was ist mit dem Rest?«

Rev zuckte mit den Schultern. »Ich weiß es nicht. Sie wollen es besprechen. Sie meinten, ich solle mich erst mal verpissen und dann würden sie mir Bescheid geben.«

»Wie bitte? Mir ist jetzt schon total schlecht. Und jetzt sollen wir auch noch warten?«

»Es ist, wie es ist, Zuckerpuppe.« Er schnappte sich das Getränk vom Tresen und trank es zur Hälfte aus. Dann stieß er den Atem zischend aus und blickte mit angehobener Augenbraue in das Glas. »Verdammt, die Mische ist bestimmt fifty-fifty.«

»In etwa.«

»Keine Sorge, solange sie mir nicht die Farben wegnehmen, ist alles in Ordnung.«

Sie zerrte an seinem T-Shirt, unter dem eben jene Farben waren. »Und selbst wenn, geht es uns gut.«

Seine strahlend blauen Augen trafen ihre und blieben daran haften. »Ich muss dich jetzt einfach ficken.«

»Jetzt sofort? Also genau hier?« Ihre Lippen zuckten. »Du willst mich *wirklich* vor deinen Brüdern beanspruchen, nicht wahr?«

»Ja, nein. Nicht gerade hier. Ich kenne da einen besseren Ort.«

Sie rümpfte die Nase. »Nicht dein ekliges Zimmer.«

»Es hat ein Bett.«

»Mmnımh.«

»Und ein Badezimmer.«

Sie zog eine Grimasse. Sie wusste, wie die Zimmer der Jungs aussahen. Nicht viele von ihnen waren an Ordnung interessiert. Oder am Putzen. Meistens mussten sie einen der Prospects oder einen Sweet Butt dazu bringen, die Arbeit für sie zu erledigen. Aber das passierte zu selten.

»Darauf verzichte ich mal ganz bewusst. Vor allem, weil du wahrscheinlich die Laken nicht mehr gewechselt hast, seit du das letzte Mal einen Sweet Butt darin hattest.«

»Ich habe keinen Sweet Butt mehr gehabt, seit …« Er rollte nachdenklich mit den Augen zur Decke.

»Richtig. Und wie lange ist es her, dass du dein Laken gewechselt hast?«

»Das ist kein Gespräch, das ich jetzt mit dir führen möchte.«

Sie nickte. »Dito.«

Er grinste. »Ich werde diese Laken verbrennen.«

»Na gut«, sie tätschelte seinen Bauch, »aber bis dahin können wir meine Wohnung auf ein undichtes Dach hin untersuchen.«

Er stellte ihren Drink ab, ergriff ihre Hand und riss sie vom Hocker. »Ich glaube, ich habe da so eine Idee, woher das Leck stammt.«

Nachdem er ihr ganzes Gespräch mitgehört hatte und es ihn einen Scheißdreck interessiert hatte, fragte Easy: »Seit wann bist du Klempner?«

»Wusstest du nicht, dass er Klempnermeister ist?« Reilly zwinkerte E zu.

Rev schnaubte, packte ihre Hand noch fester und zerrte sie aus der Scheune, bevor Easy reagieren konnte. »Willst du damit sagen, dass ich was draufhabe, Frau?«

»Einige Fähigkeiten beherrschst du perfekt, ja. An einigen musst du noch arbeiten.«

»Üben, bis es perfekt ist.«

»Zwei Dumme, ein Gedanke«, flüsterte sie.

Nachdem er sie zu ihrem Auto gebracht hatte, umfasste er sie an der Taille, drehte sie zu sich und drückte ihr einen kurzen Kuss auf den Mund. »Ich treffe dich in deiner Wohnung. Und parke heute Abend vor der Tür.« Er wackelte mit den Augenbrauen. »Vielleicht aber auch hinten.«

Als er sich von ihr löste, packte sie ihn am Arm und zog ihn zurück. »Rev ...«

Er hielt inne.

»Bist du dir sicher, dass du deine Freiheit aufgeben willst?«

Er grinste. »Ich gebe nichts auf. Ich nehme dich nur mit auf die Reise. Wie siehts bei dir aus?«

»Ich gebe einen Scheißdreck auf«, echote sie. »Ich fahre nur mit dir mit.«

»Das wird eine Fahrt«, sagte er und ging in Richtung des Schuppens, in dem seine Maschine stand. »Schnall dich an, Zuckerpuppe!«, rief er in die Dunkelheit.

»Schnall dich an«, flüsterte Reilly. Sie stieg in ihren Hyundai und fuhr nach Hause.

Das undichte Dach wurde nie repariert.

Komisch, dass ihr Dach auch in der neuen Wohnung leckte ...

Aber das musste wohl Schicksal sein.

EPILOG

Und es begab sich

»Die Nachbarschaft ist am Arsch.«

»Judge hat dasselbe gesagt, als ihr zwei Arschlöcher nebenan eingezogen seid«, sagte Rev zu Cage, der mit seinem kleinen Mädchen auf der Hüfte neben ihm stand.

Cage, Rev, Reilly und Rook beobachteten das rege Treiben auf dem neu präparierten Grundstück. Zwei Traktoren trugen die beiden Hälften von Reillys neuem Modulhaus und ein großes Team wuselte herum, um sie auf dem gegossenen Betonfundament zu platzieren.

Reillys neues Heim.

Nicht Reilly und Revs. Nur Reillys.

Für den Moment.

Denn das war die ›Abmachung‹, die er mit Reese getroffen hatte. Es gefiel ihm zwar nicht, aber er hatte der Sache zugestimmt, da Warten Teil seiner ›Bestrafung‹ war.

Das würde eine verdammte Folter werden. Aber es war

besser, als vom bärtigen Hulk mehrfach auf den Kopf geschlagen zu werden.

Sein Blick fiel auf Dynas winziges T-Shirt mit der Aufschrift ›Mein Opa frisst die Farben des Regenbogens‹. Ein Regenbogen war über der Brust gemalt, wobei jeder Farbstreifen mit goldenem Glitter umrandet war.

»Was soll das denn bedeuten?«, fragte Rev. »Ich habe Dutch noch nie Skittles essen sehen.«

Cage lachte. »Es soll bedeuten, dass niemand von uns mit der Legende, die mein alter Herr angeblich ist, mithalten kann.«

Rook schnaubte.

Reilly rümpfte die Nase. »Bittet mich bloß nie wieder, etwas bei ihm abzuliefern. Meine Hornhaut ist seitdem dauerhaft geschädigt, nur damit ihr es wisst.«

»Nichts, was du nicht schon gesehen hättest«, erinnerte Rev sie. »Verdammt, nichts, was wir nicht alle schon gesehen hätten. Viel zu oft.«

Dyna stieß ein Kichern aus und alle starrten sie an.

»Hat sie das verstanden?«, flüsterte Rev.

Cage seufzte. »Sie ist noch nicht mal ein Jahr alt, Dumpfbacke.«

»Sie wird noch früh genug lernen, was für ein Hengst ihr Opa ist«, sagte Rook. »Wahrscheinlich auf eine Weise, die ihr niemand wünscht.«

»Jedenfalls war das, was ich gesehen habe, nicht normal …«, seufzte Reilly, schloss die Augen und verzog das Gesicht. »Einfach nein. Ihr müsst das nächste Mal einen anderen Idioten finden, wenn dort etwas abgeliefert werden muss.«

»Stell es das nächste Mal einfach auf die Veranda ab, klingele und lauf dann weg«, schlug Rook vor.

»Klingelmännchen«, stimmte Rev zu.

»Klingelmännchen?«, fragte Reilly. »Heißt es nicht Klingelstreich?«

»Verdammt«, flüsterte Cage.

Reilly runzelte die Stirn. »Es heißt doch Klingelstreich?«

Dann bemerkte Rev, dass Cage nicht auf Reilly reagiert hatte. Seine Aufmerksamkeit wurde anderweitig beansprucht.

Alle Augen richteten sich auf eine schlanke Gestalt, die auf sie zukam. Sie hatte langes schwarzes Haar, das zu einem Zopf am Rücken zusammengebunden war, kristallblaue Augen, die die kleine Gruppe fixierten – und sie war verdammt heiß gekleidet.

Jet trug eine schwarze Cargo-Hose, ein glänzendes, haut-enges, schwarzes, kurzärmeliges Shirt, ein ausgestattetes Schulter- *und* Hüftholster. Alles in Schwarz.

Die echte Lara Croft, genau hier.

»Du siehst verdammt heiß aus, Jet. Jetzt, wo du keine echte Marke mehr trägst«, rief Cage.

Sie hob das glänzende Abzeichen, das an einer Kette um ihren Hals hing, als sie sich zu ihnen gesellte. »Das ist ein echtes Abzeichen.« Sie berührte ihre Handfeuerwaffen. »Und auch echte Waffen. Zwingt mich nicht, euch für meine Zielpraxis zu benutzen.«

Rook schnaubte und als sie in die Reichweite ihres Old Mans kam, packte er sie grob im Nacken und drückte sie an seine Brust. Er presste seinen Mund auf ihren und als er fertig war, murmelte er ihr etwas ins Ohr, was die anderen nicht hören konnten.

Jet lächelte ihn eine lange ... *sehr* lange Minute lang an.

Rev konnte sich nur vorstellen, was diese stummen Blicke aussagten. Er und Reilly teilten sich diese Blicke oft, wenn sie in der Werkstatt arbeiteten. Normalerweise stellten sich ihre Nippel dann so hart auf wie die von Jet gerade.

Nach ein paar Sekunden räusperte sich Jet. »Ich bin nur vorbeigekommen, um nach dem Rechten zu sehen.« Sie drehte sich zu Reilly um. »Ich gehe noch kurz duschen.«

Genauso schnell wie sie gekommen war, war sie schon wieder weg. Rooks Augen klebten an ihr, während sie davonging. Er trug ein Grinsen auf dem Gesicht, von dem jeder Mann mit einem Schwanz wusste, was es bedeutete.

Auch Rev grinste oft auf diese Art. Vor allem, wenn Reilly nackt zum Bett stolzierte, wo er auf sie wartete – ebenfalls nackt und verdammt hart.

»Wenn ich Jemma so grob behandeln würde, würde sie mir die Eier lang ziehen«, bemerkte Cage in die Runde.

Rook drehte sich zu seinem jüngeren Bruder um. »Und genau deshalb bist du so ein Weichei und ich nicht.«

»Du bist nicht mehr größer als ich. Du kannst mir nicht mehr in den Arsch treten, Arschloch.«

»Wollen wir wetten? Wenn du gerade nicht meine Nichte halten würdest ...«

Cage hielt Reilly Dyna hin, die jedoch mit den Augen rollte und sich weigerte, sie zu nehmen. »Ihr seid beide Arschlöcher und nein, ich halte Dyna nicht, damit ihr euch prügeln könnt. Wenn Dutch herausfindet, dass ihr euch gestritten habt, wird er euch beiden einen Schraubenschlüssel über den Kopf ziehen. Na gut. Ich muss auch los«, verkündete Reilly, stellte sich auf die Zehenspitzen und drückte Rev einen Kuss auf die Wange. »Bleibst du hier und überwachst, wie unser Haus wie ein Puzzle zusammengesetzt wird? Pass auf, dass sie es nicht vermasseln, Klempnermeister.«

»Das ist nicht unser Haus«, korrigierte Rev und seine Hände griffen nach ihren kurvigen Hüften. »Dein Haus.«

»Oh, richtig«, sagte Reilly mit einem übertriebenen Zwinkern, »*mein* Haus.«

»Warte. Wo zur Hölle willst du hin?«

Reilly schüttelte den Kopf. »Hast du nicht gehört, was Jet gesagt hat?«

»Ja, sie geht duschen.«

Cage lachte. »Bist du sicher, dass du mit diesem dummen Wichser zusammenbleiben willst, Lee? Er könnte seine dummen Gene an deine Kinder weitergeben.«

Rev drehte sich zu ihm um. »Wer im Glashaus sitzt …«

Reilly schlug ihm mit dem Handrücken auf den Bauch. »Sie macht sich für Reeses Babyparty fertig.«

»Was glaubst du, warum ich Dyna und nicht Tessa bei mir habe?«, fragte Cage und drückte seiner Tochter einen Kuss auf die Stirn.

»Da! Da! Da!«, schrie seine Tochter und schlug mit den Fäusten und einem breiten Grinsen auf das bärtige Gesicht ihres Vaters ein.

»Wo findet die Party statt?«, fragte Rev Reilly.

Sie grinste und wackelte mit den Augenbrauen. »Das ist geheim.«

»Warum zum Teufel ist das geheim?«

»Damit ihr Tiere nichts kaputtmacht.«

»Keine Männer also?«, fragte er. Es gefiel ihm nicht, dass die Frauen an einem Ort waren, den niemand kannte.

Reilly schnaubte: »Es ist eine Babyparty.« Als sollte ihm das alles erklären. Er hatte keine Ahnung von Babypartys. »Aber …« Sie schürzte ihre Lippen.

Das gefiel ihm auch nicht. Revs Augen verengten sich. »Keine Männer erlaubt, richtig?«

Sie zuckte unschuldig mit den Schultern. »Nur Stripper und Teddybären.«

»Stripper auf einer verdammten Babyparty?«, fragte Rook, dessen Augen nun ebenfalls schmal wurden. »Was soll der Scheiß?«

»Nur weil es auch eine Überraschungs-Junggesellinnenparty für Stella ist. Sie wollte nicht, dass wir eine für sie schmeißen, also kombinieren wir die beiden Partys, ohne dass sie davon weiß. Sie wird es hassen!« Sie lachte. »Aber sie ist die erste Old Lady von uns, die heiratet, also haben wir beschlossen, es trotz ihrer Drohungen zu tun.«

»Lasst sie bloß eine blöde Schärpe und ein Diadem tragen«, sagte Cage.

»Oh, keine Sorge, wir haben alles parat.« Reilly kicherte und Rev verlor sich in dem Geräusch.

»Mach auch einen Haufen Fotos davon, wenn sie das trägt«, sagte Rook. »Man weiß nie, wann wir das als Erpressung gebrauchen können.«

»Ich kann immer noch nicht glauben, dass deine Schwester schwanger ist«, murmelte Rev.

»Ich kann verdammt noch mal nicht glauben, dass einer von Deacons Schwimmern in eines ihrer eisenbeschlagenen Eier eingedrungen ist«, erwiderte Rook. »Wahrscheinlich hat sie sich erst mal mit dem Sieger-Spermium gestritten, bevor es eindringen durfte.«

Als sie alle lachten, lachte auch Dyna.

»Bist du sicher, dass sie nicht versteht, was wir sagen?«, fragte Rev.

Cage drehte Dyna zu sich und fragte seine Tochter: »Er ist ein Dummkopf, nicht wahr?« Dann nickte er.

Dyna nickte ebenfalls und lächelte.

»Hm. Vielleicht hast du recht«, sagte Cage. »Sie kann uns sehr gut verstehen.«

Reilly tippte Rev an die Wange. »Sie spiegelt nur alle anderen, Rev. Das machen Babys so. Also gut, ich muss los.« Sie drehte sich um und spazierte zu ihrem Käfig.

»Schreib mir, wenn du zu Hause bist. Und fass bloß keinen Stripper an.«

Sie winkte mit der Hand über ihre Schulter.

»Es sei denn, es sind Stripperinnen«, rief er. »Dann mach ein Video.«

Die Arbeiter, die an ihrem Modulhaus werkelten, blieben stehen und drehten sich alle zu Rev. Dann richteten sich ihre Blicke auf Reilly, die in ihren Kona stieg.

Der Typ, der Rev am nächsten stand, grinste und zeigte ihm die Daumen nach oben.

»Scheiße«, murmelte Rev.

Rook stieß Revs Schulter an. »Du hast ihnen gerade ihr Wichsmaterial für heute Abend geliefert. Stell dir vor, sie werden alle davon träumen, wie deine Frau die Muschi einer Stripperin leckt.« Er formte ein V mit seinen Fingern und wackelte mit seiner Zunge dazwischen.

Rev stieß ihn weg. »Arschloch.«

»Leckt sie auch gerne Arschlöcher? Verdammt.«

Rev schüttelte den Kopf und betrachtete die vier modularen Häuser, die in einer Art Nachbarschaft entlang eines steinernen Weges, der direkt von der County Line Road abzweigte, aufgestellt waren. Eine schmale Baumreihe trennte die Häuser vom Rest des Clubgeländes.

Das ehemalige brachliegende Feld verwandelte sich in eine kleine private Nachbarschaft. Zusammen mit dem Grundstück, auf dem die Mobilheime von Shelter from the Storm gelagert wurden, bewirtschafteten die Amish nun etwas weniger Land.

»Unglaublich, wie schnell sie das Grundstück und das Haus organisiert haben.« Rook, der jetzt die Hände in die Hüften stemmte, betrachtete genau denselben Anblick wie Rev.

»Das grüne Zeug macht alles möglich«, murmelte Rev. Eine Menge Kohle machte es möglich. Kohle, die Rev oder Reilly nicht hatten.

Reese hatte das Modulhaus in bar bezahlt, um dessen Lieferung zu beschleunigen. Sie und Deacon wollten, dass Reilly so schnell wie möglich aus ihrer Einzimmerwohnung auszog. Eine ihrer Forderungen als Gegenleistung für das Geld war jedoch gewesen, dass er und Reilly es langsam angingen und nicht sofort zusammenzogen.

Aber in den wenigen Wochen, bevor sie beide erwischt worden waren, war Rev gut darin geworden, sich heimlich hinein- und hinauszuschleichen. Und er hatte vor, das fortzusetzen. Vor allem, da er nur von der Schlafbaracke über den Hof und durch die Bäume zu ihrem Haus laufen musste. Verflucht einfach.

»Ich kann nicht glauben, dass sie diesen Haufen Geld einfach so hergegeben hat«, sagte Cage und übergab Dyna an ihren Onkel, der sie ohne zu zögern nahm.

Dyna hüpfte vor Freude in Rooks Armen und rief: »Ook, ook, ook!«, ihr Name für Rook.

Sie nannte Cujo, der gerade herumlief, schnüffelte und sein Bein an allem hochhob, was sich nicht bewegte, Jo. *Jo, Jo, Jo,* schrie sie, sobald der fiese kleine Scheißer in Sichtweite kam.

»Nur weil ich zugestimmt habe, dass Reilly dort eine Zeit lang allein leben kann.«

Rook schnaubte. »Du meinst also, dass du ein paar leere Kisten brauchst, um deinen Kram aus deinem Zimmer zu packen und hierherzubringen.«

Rev grinste und zuckte mit den Schultern. »Wenn ich aus meinem Zimmer ausziehe, wird ein Platz für jemanden anderen frei. Dann kann jemand von den anderen Clubs während des Hochzeitswochenendes dort übernachten. Je mehr Plätze wir zur Verfügung stellen können, desto weniger Zelte werden benötigt.«

Das war seine Version der Geschichte und er hielt sich daran. Die Hochzeit war eine gute Ausrede, um sein Zimmer freizumachen und jede Nacht in Reillys Bett zu schlafen. Da das Hochzeitswochenende nur noch zwei Wochen entfernt war, sollte das genügend ›Zeit‹ geben, die Reese von ihm verlangte, bis er bei ihr einzog.

Er hielt zwei Wochen für völlig angemessen. Sie wahrscheinlich nicht. Aber überraschenderweise war sie durch die Schwangerschaft so weich geworden, dass man sie kaum wiedererkannte.

Abgesehen von einigen leeren Zimmern in der Schlafbaracke wurden auch keine Reservierungen mehr im The Grove Inn für Besucher von außerhalb angenommen – von ein paar Tage vor bis zu ein paar Tage nach der Hochzeit. Die beiden Notunterkünfte, die Trip für Shelter from the Storm gekauft hatte, waren ebenfalls bereits vorübergehend aufgestellt worden und standen allen zur Verfügung, die mit ihren Kindern anreisten.

Die beiden Gastclubs, die Dirty Angels und die Dark Knights, waren von ihnen eingeladen worden und durften bleiben, solange sie wollten. Trip plante außerdem ein Treffen zwischen allen drei Presidents, Vice-Presidents und Sergeants at Arms. Der President der Furys hoffte, dass die Einladung zur Hochzeitsfeier das Bündnis zwischen den Clubs stärken würde.

»Das wird wie Woodstock«, murmelte Rev und versuchte sich vorzustellen, wie verrückt dieses Wochenende sein würde.

»Ohne die verdammten Hippies«, meinte Rook. »Und hoffentlich auch ohne den ganzen Schlamm.«

Cage hob zwei Finger zu einem Friedenszeichen. »Frieden, Liebe und Glück, *Maaaann.*«

»Sex, Drogen und Rock 'n' Roll«, korrigierte ihn sein Bruder.

Cage nickte und grinste. »Das auch.«

»Trip hat endlich nachgegeben«, sagte Rev seufzend und schüttelte den Kopf.

»Ich denke, es ist genau andersherum«, sagte Cage. »Stella war diejenige, die überzeugt werden musste.«

»Ja«, antwortete Rook, »er hat sie deswegen so genervt in der Hoffnung, dass sie, sobald es endlich offiziell ist, zustimmt, ihm die Babys zu geben, die er will.«

»Ich hätte nie gedacht, dass ich mal eins haben will«, gab Cage zu, »aber jetzt kann ich mir ein Leben ohne Dyna nicht mehr vorstellen.«

»Ja, nun, mach du nur so weiter. Ich bleibe Onkel«, sagte Rook, aber sein Gesichtsausdruck passte nicht zu seinem Tonfall, während er auf seine Nichte in seinen Armen hinunterblickte.

Wann immer er Dyna hielt, wurde der Mann zu einem großen Softie.

»Sollen wir Wetten abschließen, wer als Nächster fällt?«, fragte Cage.

»Wer heiratet oder wer geschwängert wird?«, fragte Rev.

»Da wette ich sicher nicht, denn wer hätte gedacht, dass Reese die erste Old Lady ist, die geschwängert wird?«, fragte Rook.

»Da wir gerade von Reese sprechen«, begann Cage. »Du kannst dich bei ihr bedanken, dass es keine Wiederholung meiner Prügelparty gibt.«

»Wie meinst du das?«

»Keine Ahnung, ob ich es dir erzählen darf, aber schaden kann es in diesem Fall nicht.« Cage zuckte mit den Schultern. »Deacon hatte allen im Vorstand eine Nachricht geschickt, um alle wissen zu lassen, dass Reese Reilly von der Leine lässt. Als du an dem Abend in die Sitzung geplatzt bist, wussten wir schon, dass du kommen wirst und warum.«

Was zur Hölle? »Ihr wusstet es alle?«

Sie hatten sich überhaupt nicht so verhalten. Sogar Deacon hatte so getan, als wäre er völlig überrascht. Rev hatte gedacht, damit niemand herausfand, dass er schon Bescheid wusste.

Cage grinste und nickte. »Ja. Wie eng hat sich dein Arschloch zusammengezogen, als du vor uns standst?«

»So eng, dass ich eine Woche lang nicht scheißen konnte.«

Cage und Rook heulten beide laut auf, sodass Dyna in Rooks Armen gluckste und Cujo in der Ferne ein höllisches Gebell ausstieß.

Cage klopfte Rev auf den Rücken. »Dich leiden zu lassen, war Teil der Strafe. Gut, dass er uns vorgewarnt hat, denn diese verdammte Prügelparty wünsche ich niemandem.«

»Ja, aber wenigstens hattest du Jemma, die dich wieder gesund gepflegt hat.«

»Ein Glück, war sie da«, murmelte Cage. »Und jetzt sieh uns an, wir haben beide Ketten um unsere verdammten Knöchel.

Dutch und Whip sind jetzt die einzigen alleinstehenden Ficker in der Werkstatt.«

»Dutch wird sich nie wieder festnageln lassen. Er hat zu viel Spaß während seiner alten Tage«, sagte Rook, blickte dann zu Dyna hinunter und fragte: »Ist dein Opa nicht der ultimative Hengst?«

Dyna zuckte in seinen Armen und fing an zu kichern.

Die Tochter von Cage war ein glückliches Baby. Sie wusste es noch nicht, aber auch sie hatte einen ganzen Club in ihrem Rücken. Es war selbstverständlich, dass jeder von der Fury alles tun würde, um ihr zu geben, was sie brauchte, oder um sie zu beschützen. Sie gehörte nicht nur zu Cage und Jemma, sie gehörte auch zur Fury.

Seine Kinder, falls und wenn er und Reilly sich einmal entschließen sollten, welche zu haben, würden genauso behandelt werden. Ihre Kinder würden verdammt anders aufwachsen als sie beide. Zudem in einer viel besseren Welt. Vor allem würden sie aber von Menschen umgeben sein, die sie liebten und respektierten.

Hoffentlich würde sich keines der Fury-Kinder jemals verloren, einsam oder ungeliebt fühlen.

All das bewies einmal mehr, dass Familie nicht immer aus Blut bestand und Blut nicht immer gleich Familie war. Aber wenn diese Familienbande einmal stark waren, ob nun blutsverwandt oder nicht, waren sie praktisch unzerstörbar.

Ja, sowohl er als auch Reilly hatten endlich ihre wahre Familie gefunden. Dort, wo sie es am wenigsten erwartet hatten.

Aber sie hatten auch einander gefunden.

Am Ende war der Sünder zum Sieger geworden.

Und Reilly war sein Preis.

* * *

»Familie ist nicht immer Blut. Es sind die Menschen in deinem Leben,
die dich in ihrem haben wollen, die dich so akzeptieren, wie du bist.
Diejenigen, die alles tun würden, um dich lächeln zu sehen und die
dich lieben, egal was passiert.« ~ Anonym

* * *

Melden Sie sich für Jeannes Newsletter an, um über ihre
kommenden Veröffentlichungen, Verkäufe und mehr auf dem
Laufenden zu bleiben!
http://www.jeannestjames.com/newslettersignup

VORSCHAU AUF BLOOD & BONES: OZZY

PROLOG

Das bittere Ende

Tommy richtete den schweren Rucksack mit den Lehrbüchern über seiner Schulter. Er war spät dran. Wenn sie ihn erwischte, würde seine Mutter sauer sein.

Aber er war gut darin geworden, sich spät nachts in sein Zimmer zu schleichen.

Er blieb in der Spielhalle, bis die Geschäftsleitung die Türen verschloss, das Licht ausschaltete und ihn und seine Freunde vertrieb. Sein bester Kumpel Jon setzte ihn an der Ecke ab, damit sein rostiger Chevy mit dem Loch im Auspuff seine Mutter nicht aufweckte und verriet, dass er außerhalb der erlaubten Zeit unterwegs war.

Als er das letzte Mal erwischt wurde, bekam er einen Monat Hausarrest.

Aber wenn sie ihn heute Abend erwischen würde, hätte es sich gelohnt. Die knallharten Initialen seines Namens Thomas Kinley Oswald standen jetzt auf Platz eins der Highscore-Liste für Galaga, sein Lieblingsspiel in der Spielhalle.

Sein Ziel war es, eines Tages bis zu Level 255 vorzudringen. Das letzte Level.

Eines Tages ...

Heute Abend war es noch nicht so weit und es würde noch eine Weile dauern, aber er freute sich trotzdem, dass es ihm gelungen war, dem eingebildeten älteren Schüler der Highschool, der seit Monaten an der Spitze stand, seinen Platz abzuringen. Jetzt musste er nur noch sein Bestes geben, um dort zu bleiben.

Er hatte ein kleines Vermögen ausgegeben, um so gut zu werden. Seine Mutter dachte, er spare, um sich einen Gebrauchtwagen zu kaufen, wenn er nächstes Jahr sechzehn Jahre alt würde. Sobald er ein Auto hatte, wollte sie, dass er sich einen Job besorgte und ihr unter die Arme griff, denn obwohl sie hart arbeitete, war sie mit ihren Rechnungen immer im Rückstand.

Ja, wenn sie herausfand, dass er heute Abend sein ganzes Taschengeld ausgegeben hatte - auch wenn es nicht viel war -, plus das Geld, das Mr. Johnson ihm diese Woche für das Mähen seines Rasens gezahlt hatte, wäre sie sauer gewesen.

Er schnitt eine Grimasse.

Am liebsten hätte er sich eine Videospielkonsole für zu Hause gekauft, aber sie würde ihm nie erlauben, sein Geld dafür auszugeben. Deshalb ging er immer wieder in die Spielhalle, anstatt dort zu sein, wo er eigentlich sein sollte: bei seinem Klassenkameraden Tim, um für den morgigen Englischtest zu lernen.

Die Schule war ihm scheißegal. Er wollte nur mit seinen Kumpels abhängen und sie beim Galaga fertig machen. Und natürlich seine Initialen, TKO, oben auf dem Bildschirm sehen.

Er grinste.

Tommy blieb kurz auf dem dunklen Bürgersteig vor Mr. Johnsons Haus stehen, der drei Häuser weiter wohnte als er und seine Mutter.

Die Grundstücke in ihrer Gegend waren winzig und die Häuser schienen noch kleiner zu sein, sodass er das Motorrad, das vor dem Haus geparkt war, deutlich sehen konnte, obwohl die Straßenlaterne schon vor langer Zeit erloschen war. Heute Nacht war der Mond hell genug, um sich im Chrom des Motorrads dieses Bastards zu spiegeln.

Seine Lippenwinkel kräuselten sich. Er hasste diesen Scheißkerl.

Er wusste nicht, was seine Mutter an ihm fand. Alles, was er tat, war trinken, fluchen, rauchen und sie verprügeln.

Er hatte auch einen dummen Namen.

Fender.

Wie blöd war das denn? Wer hielt diesen Namen für cool?

Keiner. Als er seinen Freunden erzählte, wie er hieß, lachten sie alle über ihn.

Dieser blöde Name war sogar auf einen Aufnäher auf seiner stinkenden, dreckigen Lederweste gestickt, die er trug.

Die Weste mit den großen Flicken auf dem Rücken. Die Flicken, die ihn glauben ließen, er sei hart. Ein harter Kerl.

Das war er aber nicht.

Er war einfach nur ein Arschloch.

Sein ›Straßenname‹ war genauso dumm wie der Name auf seinem Rücken.

Deadly Demons MC.

Er wünschte sich, dass sein Vater aus dem Gefängnis käme und das Arschloch aus West Virginia aus dem Bett seiner Mutter zerren und vor die Tür setzen würde. Tommy war jetzt groß genug, dass er ihm dabei helfen konnte.

Aber seine Mutter sagte, dass sein Vater niemals rauskommen würde. Er würde da drin sterben, bevor er seine Zeit abgesessen hätte.

Vor ein paar Jahren hatte sie aufgehört, ihn zu besuchen. Sie hatte ihren Mann aufgegeben und Tommy gesagt, er solle dasselbe tun.

Alles wegen eines Fehlers, den Thomas Oswald Senior gemacht hatte. Ein Fehler, den sein Vater nicht wiedergutmachen konnte. Oder zurücknehmen.

Ein Raubüberfall war schiefgegangen. Ein großes Haus in einer bewachten Wohnanlage wurde ausgeraubt.

Der Kumpel seines Vaters hatte gesagt, dass es ein schneller und einfacher Job sein würde.

Aber es war alles andere als das.

Zwei Polizisten wurden in den Kopf geschossen, während sein Vater und sein Kumpel versuchten zu fliehen und ihr Bestes taten, um nicht geschnappt zu werden.

Tommy war sich nicht sicher, ob sein Vater überhaupt den Abzug betätigt hatte.

Das spielte keine Rolle.

Sein Vater hatte etwas Dummes getan und musste nun dafür bezahlen. Aber auch Tommy musste jetzt dafür bezahlen, denn er musste sich mit einem Arschloch wie Fender herumschlagen, der seine Mutter vögelte und in seiner schäbigen Unterhose am Küchentisch saß, sich an seinen schlaffen Eiern kratzte und laut rülpste wie ein Schwein, während seine Mutter dem Arschloch Essen machte, das er nicht mitbezahlt hatte.

Der dreckige Arschloch-Biker beteiligte sich auch nie an den Rechnungen. Als Tommy ihn eines Abends darauf ansprach, sagte Fender ihm, dass er seine Mutter mit seinem Schwanz bezahlte. Und dass er nur einmal in der Woche bei ihnen übernachtete, wenn er in der Gegend war.

Als er heute Abend das Motorrad vor ihrem Haus sah, musste Fender seine wöchentliche ›Einzahlung‹ gemacht haben.

Tommys Finger verkrampften sich am Riemen seines Rucksacks und er spannte seinen Kiefer an. Mit großen Schritten ging er zu dem Motorrad, das am Bordstein stand, und starrte es einen langen Augenblick lang an, weil er es fast genauso hasste wie Fender.

Er warf einen Blick über die Schulter zum Haus, um sich zu

vergewissern, dass ihn niemand beobachtete, und saugte den Rotz durch die Nasengänge hoch, bis er einen großen, dicken Klumpen auf seiner Zunge hatte. Dann spuckte er den Haufen auf die Mitte des Sitzes.

Nee. Das war nicht gut genug.

Er warf noch einen kurzen Blick über die Schulter, dann balancierte er sein Gewicht auf dem linken Bein aus, hob den rechten Fuß und warf das Motorrad mit aller Kraft um.

Er erschrak über das Geräusch, das das umfallende Motorrad machte, als es auf den Asphalt aufschlug. Schnell kletterte er den kleinen Vorgarten hinauf und versteckte sich im Schatten. Nur für den Fall, dass Fender herauskam, um dem Krach auf den Grund zu gehen.

Aber wie er den fetten Säufer kannte, lag er wahrscheinlich schon bewusstlos mit einem Bier in der Hand in dem Sessel, der früher seinem Vater gehört hatte.

Tommy sollte reingehen und dem Arschloch einen Klumpen Rotz mitten ins Gesicht spucken.

Er wartete noch ein paar Minuten in der Dunkelheit und als Fender nicht wie sonst brüllend aus dem Haus kam, schlich er sich zu dem Fenster, das er offen gelassen hatte.

Er hatte eine kleine Holzkiste hinter einem Busch versteckt, um durch sein Schlafzimmerfenster hineinzuklettern. Er arbeitete sich langsam hoch und kletterte vorsichtig durch das Fenster, wobei er versuchte, nicht zu viel Lärm zu machen.

Nachdem er sich von der Fensterbank abgestoßen hatte, landete er sanft auf den Füßen und verstaute seinen Rucksack in der Ecke seines dunklen Zimmers. Er hörte den Fernseher im Wohnzimmer dröhnen, während er seine Turnschuhe auszog, seine Jeans abstreifte und sich eine Pyjamahose überzog. Eine, die jetzt eng anlag, da er ordentlich gewachsen war, seit seine Mutter sie vor ein paar Jahren gekauft hatte.

Er schlug eine Hand gegen seinen Magen, als dieser laut knurrte.

Vielleicht konnte er sich in die Küche schleichen, etwas zu essen auftreiben und dann zurück in sein Zimmer gelangen, ohne sich mit dem betrunkenen Schwanz auseinandersetzen zu müssen.

Er legte sein Ohr an die geschlossene Tür, hielt den Atem an und lauschte einen Herzschlag lang. Dann einen zweiten.

Außer dem Dröhnen des Fernsehers war nichts zu hören. Wahrscheinlich war seine Mutter schon vor einer Weile ins Bett gegangen, da sie frühmorgens arbeiten gehen musste.

Er schlich auf Zehenspitzen den unbeleuchteten Flur entlang und runzelte die Stirn, als er bemerkte, dass die Schlafzimmertür seiner Mutter teilweise offen stand und ihr Bett unordentlich, aber leer war.

Wahrscheinlich war sie wieder auf der Couch eingeschlafen. Wenn sie jetzt aufwachte und ihn sah, würde sie wenigstens sehen, dass er bettfertig angezogen war. Er konnte so tun, als wäre er in seinem Zimmer gewesen und hätte seine Hausaufgaben gemacht.

Am Ende des kurzen Flurs spähte er um die Ecke in das Wohnzimmer.

Es war leer.

Seine Augenbrauen zogen sich zusammen und er wandte den Kopf, um in die Küche zu schauen. Zumindest den Teil, den er sehen konnte, was von dort, wo er stand, nicht viel war.

Sein Herz klopfte, weil er befürchtete, dass das betrunkene Arschloch jeden Moment um die Ecke kommen und sein typisches streitlustiges Verhalten an den Tag legen würde.

Tommy lauschte noch ein paar Sekunden und obwohl die Deckenbeleuchtung an war, hörte er keine Bewegung in der Küche.

Wo waren sie?

Nicht im Schlafzimmer, nicht im Wohnzimmer und in der Küche war es ruhig. Als er am Badezimmer vorbeikam, war es dunkel und die Tür stand ebenfalls offen.

Waren sie draußen am Rauchen?

Das war möglich. Aber seit wann machte sich dieser fette, stinkende Säufer die Mühe, seinen Arsch aus dem Sessel zu heben, um zu rauchen?

Niemals, der faule Wichser.

Er schlich in Richtung Küche, spähte durch den Türrahmen und erstarrte.

Er blinzelte.

Blinzelte erneut.

Er blinzelte noch einmal, um seine Sicht zu klären.

Er musste sich das alles nur einbilden.

Denn es war unmöglich, dass er sah, was er sah.

Das konnte nicht sein.

Er war müde und sein Verstand musste ihm einen Streich spielen.

Das war nicht seine Mutter.

Das konnte sie nicht sein.

Es sah nicht einmal wie sie aus.

Vielleicht war es eine ihrer Freundinnen.

Ausgeschlossen. Sie hatte keine Freunde.

Vielleicht war es jemand, den Fender zu sich eingeladen hatte.

Ja, das war es.

Eine Fremde.

Eine Fremde.

Es musste eine Fremde sein.

Eine Person, die er nicht kannte.

Eine Person, die er nicht erkannte.

Wer auch immer es war, sie hatte sich die Kleidung seiner Mutter geliehen, das war alles.

Aber das konnte auf keinen Fall seine Mutter sein.

Unmöglich.

Er schloss die Augen, drückte sie mit den Handballen fest zu und öffnete sie dann wieder.

Wer auch immer die Frau war, sie lag auf dem Rücken in einer großen Lache aus dunklem Blut. Seine Mutter würde es schwer haben, das Blut aus ihrer Kleidung zu waschen. Vielleicht würde sie die Klamotten sogar wegwerfen müssen.

Warum sollte sie dieser Frau ihre Kleidung leihen? Warum hatte sie diese Frau in ihr Haus gelassen?

Wo war seine Mutter?

Tommy drehte den Kopf, um zu sehen, dass Fender bewusstlos auf dem Küchentisch lag. Eine blutige Pistole lag vor ihm. Die Finger seiner linken Hand sahen aus, als hätte man sie in rote Farbe getaucht.

Die Wange des Arschlochs lag auf dem Tisch, aber Tommy konnte die Blutspritzer in seinem Gesicht sehen, auf seinem zerrissenen T-Shirt und der Lederweste, die er immer trug.

Nur jetzt trug er die Weste nicht. Sie lag offen auf dem Tisch, mit den Flicken nach oben. Ein großes X war mit Blut über die Aufnäher gemalt worden. Absichtlich. Es war eine Botschaft. Eine Warnung.

Das spielte keine Rolle. Nichts davon war Tommy wichtig. Er scherte sich einen Dreck um den Schwanz, dessen Mund offen stand und dessen Augen geschlossen waren. Fenders Stirn war ebenfalls blutig, weil etwas in seine Haut geschnitten war.

Die Frau auf dem Boden hatte ebenfalls einen blutigen, aufgerissenen Mund. Ihre Augen waren jedoch nicht geschlossen.

Ihre Zähne waren ausgeschlagen; einige lagen wie gefrorene Maiskörner auf dem Boden verstreut. Ihre rechte Schläfe war eingedrückt, so stark, dass ihr Augapfel herausgesprungen war. Der, der noch in der Augenhöhle steckte, starrte seelenlos an die Decke. Der rechte, der an einer Sehne hing, starrte Tommy direkt an.

Galle begann in seiner Kehle zu brennen, als er die Farbe dieser Augen erkannte.

Grau, genau wie seine.

Es konnte nicht sein.

Es konnte nicht sein.

Aber er musste sicher sein, dass sie es nicht war. Dass es jemand anderes war, wie er zuerst vermutet hatte. Jemand, der so aussah wie sie, der die gleiche Augenfarbe hatte, die gleiche Haarfarbe, der die gleiche Kleidung trug.

Denn es konnte nicht sein.

Er ging näher heran, ohne sich darum zu kümmern, dass das Blut auf dem Boden seine Socken bis auf die Haut durchnässte.

Es war ihm egal, dass es in der Küche ganz übel roch. Ein Gestank, der seinen Magen so sehr umdrehte, dass er flach durch den Mund einatmen musste, um nicht zu kotzen.

Es war ihm egal, dass der betrunkene Mistkerl immer noch in Reichweite des Küchentisches saß.

Tommy blieb in der Nähe der Hand stehen, die sich aus ihrem zusammengeschlagenen Körper streckte, holte noch einmal tief Luft und sah an sich herunter.

Er hatte Angst, sie zu berühren.

Sie zu bewegen.

Sie zu schütteln, um zu sehen, ob sie noch am Leben war.

Aber er konnte nicht. Er konnte es nicht.

Denn das konnte nicht richtig sein.

Das konnte nicht real sein.

Sobald er sie berührte, würde es real werden.

Tief in seinem Inneren regte sich etwas, baute sich auf. Ein Druck.

Wie damals, als sein Kumpel eine ganze Rolle Mentos in eine Zwei-Liter-Flasche Cola geworfen und sie geschüttelt hatte. Als er den Deckel aufdrehte …

Tommy schrie: »Ich habe dir gesagt, dass er dir das antun würde, Fuck! Ich habe es dir …«, er schluchzte, »gesagt!«

Er konnte nicht verhindern, dass er hart auf die Knie fiel, direkt in die dicke Blutlache. Wie seine durchnässten Socken durchtränkte das Blut die Baumwolle an seinen Knien, aber das war ihm egal.

Es war ihm egal.

Nichts davon war von Bedeutung.

Nichts spielte eine Rolle.

Er drückte seine Augen zu, aber das änderte nichts an dem, was er sah. Er sah dasselbe, egal ob seine Augen geöffnet oder geschlossen waren.

Ein Anblick, den er nie vergessen würde.

Ein Anblick, der sich in sein Gehirn eingebrannt hatte.

Wie das Blut auf den Kleidern seiner Mutter würde er diese Erinnerung nie wieder loswerden können.

Er würde diesen Gestank nie wieder aus seiner Nase bekommen.

Seine Finger rissen an seinem Haar, als ein hoher Heulton den Raum um ihn herum erfüllte.

Er öffnete die Augen und dachte, Fender sei zu sich gekommen.

Aber das war er nicht.

Es waren seine eigenen Finger, die an seinen Haaren zerrten, seine eigenen Schreie erfüllten seine Ohren.

Er konnte nichts dagegen tun.

Er konnte es nicht.

Der Schmerz in seinem Inneren war so schrecklich, dass er dachte, er würde sterben.

Er krümmte sich in der Mitte, bis seine Stirn fast den Boden berührte, und versuchte, den Schmerz zu lindern, aber es half nichts.

Nichts half.

Das Einzige, was helfen würde, wäre, wenn seine Mutter aufwachte, nach ihm griff, ihn anlächelte und ihm sagte, dass alles gut werden würde.

Ihm die Haarsträhnen aus der Stirn streichen und ihm sagen, dass er nur einen schlimmen Albtraum gehabt hatte.

Denn etwas anderes konnte es nicht sein.

»Mama«, kam es mit einem weiteren gebrochenen Schluchzen heraus. Er griff nach ihrer Schulter und schüttelte sie. Seine Mutter war kalt. Steif.

Weg.

Sie war weg.

Ihr Körper war leer.

Das war kein Albtraum. Es war die Realität.

Er schluchzte so sehr, dass er kaum noch Luft bekam.

Sein Kopf tat ihm weh, sein Magen krampfte sich schmerzhaft zusammen und Rotz rann ihm aus der Nase.

Aber das war ihm egal.

Er wollte auch sterben.

Er hatte niemanden mehr.

Niemanden.

Alle waren weg.

Ein Geräusch ließ ihn aufstehen und seinen Kopf in Richtung des blutigen Küchentisches drehen.

Er war noch am Leben.

Der Scheißkerl war noch am Leben.

Tommy schaffte es, auf die Beine zu kommen und sich zu nähern. Er stieß mit seinem blutigen Fuß gegen den Stuhl und hörte ein schwaches Stöhnen von dem ›harten Kerl‹, der jetzt alles andere als das war. »Warum hast du das getan?« Er versuchte es zu schreien, aber die Worte blieben ihm im Hals stecken.

Als er keine Antwort bekam, riss Tommy Fenders Kopf an den Haaren hoch und versuchte, das Wort zu erkennen, das in seine Stirn geritzt war. Schmale Schlitze von einem Messer. Durch das Blut konnte er es kaum erkennen, aber er glaubte, dass es ›DIEB‹ bedeutete.

Kein Wunder.

Er blickte nach unten. Fenders rechte Hand lag in seinem Schoß und blutete immer noch stark. Es fehlten alle Finger.

Ein Teil des Blutes auf dem Boden stammte nicht nur von seiner Mutter, sondern war wahrscheinlich auch von ihm. Es sollte alles von ihm sein. Das ganze Blut.

Das Arschloch lebte noch, aber nur knapp.

»Warum hast du das getan?«, schrie er schließlich und wollte Antworten. Er brauchte Antworten.

»Nicht … ich.«

Ja, er war es. Das war alles Fenders Schuld. Er hat das alles verursacht. Wegen dem, was er war, wegen dem, was er tat.

»Wer hat das getan?« verlangte Tommy. Als er keine Antwort bekam, riss Tommy seinen Kopf hoch. Er schrie ihm ins Gesicht: »Wer hat das getan? Ich hole dir erst Hilfe, wenn du es mir sagst!« Er unterdrückte ein Schluchzen, das ihm entkommen wollte.

»Blood Fury«, brachte Fender gerade noch heraus.

Wovon zum Teufel sprach er? War er durch den Blutverlust noch dümmer als normal?

Tommy schüttelte den Kopf und verstand nicht.

»Blood Fury.«

Was zum Teufel war Blood Fury? »Ist das wieder so ein MC voller Verlierer wie du?«

Wieder bekam Tommy keine Antwort auf seine Frage, stattdessen konnte Fender sagen: »Sag meinem President … Blood Fury.«

Tommy würde niemandem etwas erzählen.

»Sag es ihm«, beharrte Fender schwach.

Tommys Lippen kräuselten sich erneut. »Fick dich.«

Was, wenn Fender das überleben würde? Das bisschen Haut, das nicht mit Blut bedeckt war, war geisterhaft weiß wie der Tod. Aber das bedeutete nicht, dass er sterben würde.

Wie konnte dieses dumme Arschloch überleben und seine Mutter nicht?

Tommy konnte das nicht zulassen.

Auf keinen Fall.

Er ließ den Kopf des Arschlochs fallen und ging auf die andere Seite des Tisches, wobei er die Hand des Bikers benutzte, die noch ihre Finger hatte.

Tommy hatte noch nie mit einer Waffe geschossen. Er hatte es nur in Filmen und im Fernsehen gesehen. Er wusste, dass es eine Sicherung gab. Ohne die Waffe zu berühren, sah er, dass sie bereits entsichert wurde, als hätte Fender versucht, sich zu schützen.

Aber das war ihm natürlich nicht gelungen, denn er war ein großer, fetter Versager. Tommy erkannte das, auch wenn seine Mutter es nie getan hatte.

Wurde die Handfeuerwaffe benutzt, um das Gesicht und den Schädel seiner Mutter einzuschlagen? Es musste so sein, denn sie war mit geronnenem Blut beschmiert.

Tommy benutzte Fenders Hand und legte die Finger des Mannes um den Kolben der Pistole und den Zeigefinger auf den Abzug.

Er wollte, dass es wie Selbstmord aussah. Das würde die Polizei hoffentlich ablenken.

Auf diese Weise konnte Tommy den Bastard oder die Bastarde der Blood Fury finden, die das getan hatten.

Er legte seine Hand auf Fenders Hand, hob die Waffe und setzte den Lauf an die Schläfe des Bikers.

Nicht einmal eine Sekunde später drückte er mit Fenders Zeigefinger unter seinem eigenen den Abzug.

WENN IHNEN DIESES BUCH GEFALLEN HAT

Danke, dass Sie *Blood & Bones: Rev* gelesen haben. Wenn Ihnen die Geschichte von Rev und Reilly gefallen hat, dann hinterlassen Sie doch bitte eine Rezension bei Ihrem Lieblingshändler und/oder bei Goodreads, um es anderen Lesern mitzuteilen. Rezensionen bedeuten mir viel, denn schon ein paar Worte können einer unabhängigen Autorin wie mir sehr weiterhelfen!

HOLEN SIE SICH IHR KOSTENLOSES BUCH!

Tragen Sie sich in meine E-Mail Liste ein, um als erstes von Neuerscheinungen, kostenlosen Büchern, Sonderpreisen und anderen Zugaben zu erfahren.

https://geni.us/jungfrauunddervampir

BÜCHER VON JEANNE ST. JAMES

Die Dare-Ménage-Serie:
(können unabhängig gelesen werden)
Gewagte Verführung
Gewagtes Angebot
Ein Gewagter Dreier
Gewagtes Verlangen
Gewagte Hingebung
Gewagte Reise

Blood & Bones: Blood Fury MC™**
Blood & Bones: Trip
Blood & Bones: Sig
Blood & Bones: Judge
Blood & Bones: Deacon
Blood & Bones: Cage
Blood & Bones: Shade
Blood & Bones: Rook
Blood & Bones: Rev
Blood & Bones: Ozzy

ÜBER DIE AUTORIN

JEANNE ST. JAMES ist eine USA-Today-Romance-Bestsellerautorin, die eine Schwäche für Alphamänner hat. Sie war erst dreizehn, als sie mit dem Schreiben begann, und ihre erste bezahlte Veröffentlichung war eine erotische Kurzgeschichte im Playgirl-Magazin. Ihr erster erotischer Liebesroman, Banged Up, erschien 2009. Außerdem ist sie glückliche Besitzerin zweier pupsender französischer Bulldoggen. Sie schreibt M/F-, M/M- und M/M/F-Liebesgeschichten.

www.ingramcontent.com/pod-product-compliance
Lightning Source LLC
Chambersburg PA
CBHW020010120726
47903CB00004B/1224